겐지모노가타리源氏物語의 사랑과 자연

이 상 경

▌李相璟

　　日本 立正大学 学士 修士
　　日本 大正大学大学院 文学博士
　　日本 東京大学 客員研究員
　　德成女子大学校 人文科学大学 学長
　現　德成女子大学校 日語日文学科 教授

　저·역서　『源氏物語の人物世界』(제이앤씨)
　　　　　　『일본문화사전』(공동집필)(도서출판 문)
　　　　　　『종교를 알아야 일본을 안다: 일본종교의 100가지 상식』(철학과 현실사)
　　　　　　『오층탑』(소화출판사)
　　　　　　『키재기』(생각의 나무)

　연구논문　「『源氏物語』の人物造形」
　　　　　　「『落窪物語』研究」
　　　　　　「『伊勢物語』研究」
　　　　　　「幸田露伴の『五重塔』研究」 외 다수

　　　　겐지모노가타리源氏物語의 사랑과 자연

초판인쇄　2016년 04월 25일
초판발행　2016년 05월 02일

저　　자　이상경
발 행 처　제이앤씨
발 행 인　윤석현
등　　록　제7-220호
주　　소　서울시 도봉구 우이천로 353 성주빌딩 3F
전　　화　(02) 992-3253(대)
팩　　스　(02) 991-1285
전자우편　jncbook@daum.net
홈페이지　http://www.jncbms.co.kr
책임편집　이신

ⓒ 이상경, 2016. Printed in KOREA.

ISBN 979-11-5917-011-9 03830　　　정가 16,000원

겐지모노가타리源氏物語의 사랑과 자연

이 상 경

제이앤씨
Publishing Company

겐지모노가타리源氏物語의 사랑과 자연

『源氏物語』는 桐壺帝, 光源氏, 薫 삼대에 걸쳐서 사백여명이라는 수많은 인물들이 등장하는 방대한 세계이다. 여기에는 平安시대의 궁중사회라고 하는 절대적 신분사회의 규정에 얽매이면서도 각각의 내면적 고뇌와 승화를 통해 나름대로 삶의 의미를 쟁취해가는, 가련하고 덧없는 인간군상의 모습이 자연의 이치를 그 바탕에 깔고 최대한 아름답게 표현된다.

여기서는 특히, 인간과 자연이 공존하는 六条院의 공간을 중심으로 사계절에 대한 일본특유의 미의식이 씨줄 날줄로 얽혀들어 가면서 하나의 독특한 미적 세계가 구성된다. 六条院의 사방에는 光源氏가 사랑하는 여성들이 그 특성별로 조화롭게 배치된다.

즉, 봄을 상징하는 동남쪽에는 紫上, 여름을 상징하는 동북쪽에는 花散里, 가을을 상징하는 서남쪽에는 秋好中宮, 겨울을 상징하는 서북쪽에는 明石君가 각각 배치된다. 이러한 설정을 통해『源氏物語』는 인간의 내면세계에 사계절에 따른 자연의 이치가 교묘하게 투영됨을 시사한다.

『源氏物語』의 이러한 인간과 자연의 모습은 하나의 미학적-인식론적 원형이 되어 삶과 자연을 접하는 오늘날의 일본인의 의식 구조에도 크나큰 영향을 미치고 있다.

본 저서는 光源氏와 그가 사랑한 紫上, 花散里, 秋好中宮, 明石君를 중심으로 한 사랑과 자연의 이미지 및 그 의미를 고찰한 논고들로 이루어져 있다. 자연을 접하는 일본인의 의식세계를 이해하기 위한 기본적인 연구로서 이것이 다소나마 기여할 수 있다면 좋겠다.

이 글들을 쓰기 위한 그동안의 짧지 않은 연구과정에서 야마다 쇼젠(山田昭全), 호리우치 히데아키(堀内秀晃) 두 교수님과 스즈키 하루코(鈴木治子) 선생을 비롯한 여러 동료 연구자들에게 많은 도움을 받았다. 깊이 감사드린다.

2016년 4월
이상경

목차

목차

4
겨울

부록

1
봄

겐지모노가타리源氏物語의 사랑과 자연

光源氏의 사랑과
봄의 의미_●1

1. 서론

『源氏物語』의 前篇에는 「桐壷」를 비롯한 27권1에서 봄이 배경으로 묘사된다. 이 봄에는 히카루겐지(光源氏)의 후지쓰보(藤壷)와의 만남을 시작으로 한 레이제이(冷泉)의 탄생과 즉위, 藤壷의 사망에 이르는 잠재적 왕권에 관련된 이야기, 무라사키노우에(紫上)와의 만남에서 로쿠조인(六条院) 봄 저택의 화려한 영화 성취와 六条院 안정의 붕괴 및 사랑을 확인하는 이야기, 온나산노미야(女三宮)와의 결혼에서 女三宮의 밀통으로 인한 가오루(薫) 출산과 출가, 가시와기(柏木)의 죽음을 통한 光源氏의 내면적 성숙에 관련된 이야기 등, 세 명의 여성과의 운명적인 사랑이야기가 중심으로 묘사된다. 말하자면 봄을 배경으로 光源氏의 운명적사랑에 의한 영화의 화려함과 어둠이2 모습을 드러내는 것이다.

---

1 원문은 모두 秋山虔外校注(1970) 『源氏物語』 日本古典文学全集, 小学館에 의함. 「桐壷」, 「若紫」, 「末摘花」, 「紅葉賀」, 「花宴」, 「葵」, 「賢木」, 「須磨」, 「明石」, 「澪標」, 「絵合」, 「松風」, 「薄雲」, 「少女」, 「玉鬘」, 「初音」, 「胡蝶」, 「行幸」, 「真木柱」, 「梅枝」, 「藤裏葉」, 「若菜上」, 「若菜下」, 「柏木」, 「横笛」, 「御法」, 「幻」

『古今集』[3]를 통해 보는 헤이안(平安)시대의 봄이 '올해부터 봄을 알기 시작한 벚꽃이여 진다고 하는 것은 배우지 말아다오(49, ことしより春知りそむる桜花散るといふことはならはざらなむ)', '하늘에서 빛 평화롭게 내리는 이 봄날인데 편치 않은 마음으로 꽃이 지누나(84, ひさかたの光のどけき春の日に静心なく花の散るらむ)'처럼 벚꽃이 피는 화창함보다 지는 아쉬움에 주목하듯, 『源氏物語』의 봄에 묘사되는 光源氏의 사랑이야기에도 운명적인 여성들을 통해 이루어내는 그 영화의 화려함 이상으로 속죄같이 깊은 고뇌가 나타난다.

본고에서는 봄을 배경으로 한 光源氏와 藤壺와의 운명적인 사랑의 연장선상에서 이루어지는 女三宮에 대한 허황된 기대와 紫上와의 사랑을 통한 光源氏의 내면세계에 초점을 맞춰, 사계절의 인식이 뚜렷한 『古今集』 봄의 영향을 참고로 하면서 상징적으로 나타나는 봄과의 관련 및 그 의미를 중심으로 분석하기로 한다. 그로써 『源氏物語』에 나타난 자연과 인간의 특징적인 관계에 대해서도 조명해 보고자 한다.

---

2 高橋亨(2003) 「平安朝文学における自然観」, 『源氏物語研究集成』第十巻, 風間書房, p.83에서는 光源氏의 주제적인 세계를 〈빛과 어둠(光と闇)〉으로 규정하며, 그것이 「紅葉賀」와 「花宴」의 의식을 통해 아름답게 부각되는 것을 지적한다.

3 小沢正夫校注(1971) 『古今和歌集』日本古典文学全集, 小学館 참조. 松田武夫(1979) 「勅撰和歌集の撰述課程に於ける意識の問題」, 『古今和歌集』日本文学研究資料叢書, 有精堂, pp.74-91에는 『古今集』의 15종 134首의 和歌가 봄의 추이를 따라 읊어지는 것이 지적된다. 그 중 벚꽃에 대한 비중이 가장 큰데, 피는 벚꽃을 읊은 것이 29首, 지는 벚꽃을 읊은 것이 41首로, 지는 벚꽃을 더 많이 읊고 있다. 피는 벚꽃에 대한 즐거움보다 지는 벚꽃에 대한 아쉬움이 더 간절함을 알 수 있다.

2. 영화를 이루는 藤壺와의 사랑

1) 그리움이 절망으로

「桐壺」의 봄, 11살의 光源氏는 죽은 어머니를 닮았다는 藤壺를 처음 만나 따르기 시작한다. 光源氏는 『古今集』봄의 첫 노래 '해가 바뀌기 전에 봄이 왔다네 지난 한해를 작년이라 부를까 올해라고 부를까(年の うちに春は来にけりひととせを去年とやいはむ今年とやいはむ)'의 망설임에 봄을 맞이하는 기쁨이 나타나듯이[4], 藤壺를 어머니처럼 연인 처럼 망설임으로 다가가 '별 것 아닌 꽃이나 단풍으로도 마음을 나타내 면서[5]', 자연스럽고 아름답게 만남의 기쁨을 표현한다. 그러나 光源氏가 12살 봄의 성인식에서 아오이노우에(葵上)와 결혼하여 藤壺를 만날 수 없게 되자, '(藤壺의) 거문고에 피리 소리로 마음을 맞추면서 희미하게 들리는 목소리로 마음을 달래'고, '이런 곳에 이상적으로 생각하는 사람 을 데려와 살고 싶다고만 생각하며 한탄[6]'하면서, 藤壺를 이상적으로 생 각하고 그리워하기 시작한다.

이어서 「若紫」의 봄에 18살의 光源氏는 '(紫上가) 한없이 마음을 다

---

4 片桐洋一(1984)「万葉集の自然と古今集の自然」,『王朝和歌の世界』, 世界思想社, p.8.
5 「桐壺」p.120. 「はかなき花紅葉につけても心ざしを見えたてまつる」. 池田勉(1986)「源 氏物語『桐壺』の作品構造をめぐって」,『源氏物語 I』日本文学研究資料叢書, 有精 堂, p.293. '어머니 更衣가 죽었다고 하는 의식상황이 源氏의 행위의 근본에 도사리 는 원인이었다'고 지적한다. 小町谷照彦(2003)「平安朝文学における自然観」,『源 氏物語研究集成』第10巻, 風間書房, p.34에는 '"꽃단풍"이 자연미의 근간'인 것이 지 적된다.
6 「桐壺」p.126. 「琴笛の音に聞こえ通ひ、ほのかなる御声を慰めにて、内裏住みの み好ましうおぼえたまふ」, 「かかる所に、思ふやうならむ人を据ゑて住まばやと のみ、嘆かしう思しわたる」

주고 있는 분과 아주 많이 닮아있어서 자연히 눈길이 간 것이라고 생각
하니 눈물이 흘러나오'고, '자기 죄가 무섭고 어쩔 수 없는 일에 빠져서
살아서도 죽어서도 고뇌하게 될 것'[7]이라며, 藤壺에 대한 그리움이 눈물
과 고뇌를 동반할 만큼 깊어진다.

드디어 藤壺가 冷泉를 출산한 「紅葉賀」의 봄에는 '만날 수 없는 현실
을 납득할 수 없다'[8]고 울며 光源氏는 藤壺와의 현실적인 사랑에 집착하
기 시작한다. 처음으로 藤壺를 찾아가 하룻밤을 지냈던 「若紫」의 여름
에 미래가 없는 것을 자각하고 인생에서 단 한번 목메어 울[9]었던 光源氏
가, 이 봄에 冷泉가 탄생하자 『古今集』의 '우리 집에 핀 등나무 꽃물결을
되돌아보며 지나가지 못하고 남들이 보고 있네(120, わが宿にさける藤

---

7 「若紫」pp.281, 286. 「限りなう心を尽くしきこゆる人に、いとよう似たてまつれる
　が、まもらるるなりけり、と思ふにも涙ぞ落つる」, 「わが罪のほど恐ろしう、あ
　ぢきなきことに心をしめて、生けるかぎりこれを思ひなやむべきなめり、まし
　て後の世のいみじかるべき」
8 「紅葉賀」p.399. 「いかさまに昔むすべる契りにてこの世にかかる中のへだてぞか
　かることこそ心得がたけれ」
9 「若紫」pp.305, 306. '아주 무리해서 만나는 것조차 현실이라고 생각되지 않는 것이
　외롭구나···"만나도 다시 만날 밤 또 있으랴 꿈속으로 이대로 사라지고 싶어라"라며
　목메어 운다(いとわりなくて見たてまつるほどさへ、現とはおぼえぬぞわびしき
　や···見てもまたあふよまれなる夢の中にやがてまぎるるわが身ともがな'とむせ
　かへりたまふ'의 '목메어 울다(むせかへる)'는 전편에만 9번(池田亀鑑(1979)『源氏
　物語大成』中央公論社 참조) 묘사된다. 봄에 2번(「若紫」p.306에서 光源氏가 藤壺에
　게 연정을 호소하며, 「幻」p.512에서 紫上의 女房인 中将君 등이 光源氏가 紫上의
　죽음을 슬퍼하며 눈물 흘릴 때), 여름에 1번(「薄雲」p.440에서 夜居僧都가 冷泉帝에
　게 비밀을 말하고자 하며), 가을에 4번(「桐壺」pp.104, 107에서 靫負命婦가 桐壺更衣
　의 母에게 光源氏와 함께 참내하라는 帝의 뜻을 전하면서, 桐壺更衣의 母가 靫負命
　婦에게 更衣가 宮仕를 한 이유를 말하면서, 「玉鬘」p.103에서 玉鬘와 乳母一行 三人
　이 長谷寺에서 右近을 만나 夕顔가 죽었다는 소리를 듣고, 「夕霧」p.427에서 落葉宮
　의 女房들이 落葉宮의 어머니인 御息所의 죽음에), 겨울에 2번(「朝顔」p.481의 자연
　의 遣水 소리, 「幻」p.534의 거문고 피리소리)에 나타난다. 光源氏는 藤壺와의 만남
　이 자신의 바람과 달리 불가능한 것임을 자각하며 인생에서 단 한번 목메어 운다.

波立ちかへりすぎがてにのみ人の見るらむ'처럼 藤壺와의 사랑에 집착하기 시작하여, 결국 「賢木」의 봄에 또다시 藤壺를 찾게 된다.

뜻하지도 않게 머리카락이 옷과 함께 남겨져서 아주 싫어지고 숙세의 깊이가 느껴져서 너무 마음 아프게 생각했다. 남자도 많은 세월을 억눌러 온 마음이 모두 흐트러져서 정신도 못 차리고 이것저것 울며 원망하지만…藤壺가 어떻게 생각할지, 또 자신도 괴롭기 때문에 제정신이 아닌 것처럼 되어 돌아갔다…집에 틀어박혀서 …그립고 슬퍼서 기력을 잃었는지 아픈 것처럼 느껴진다. 초조하고 왠지 속세에 살기 때문에 싫은 일이 많아지는 것 같아 출가를 생각하는데

心にもあらず、御髪の取り添へられたりければ、いと心うく、宿世のほど思し知られて、いみじと思したり。男も、ここら世をもてしづめたまふ御心みな乱れて、うつしざまにもあらず、よろづのことを泣く泣く恨みきこえたまへど、…人の思さむところもわが御ためも苦しければ、我にもあらで出でたまひぬ。…籠りおはして…人わろく恋しう悲しきに、心魂もうせにけるにや、悩ましうさへ思さる。もの心細く、なぞや、世に経ればうさこそまされと思し立つには、

(「賢木」pp.101-105)

기리쓰보노인(桐壺院)이 사망한 이후, 藤壺를 다시 찾은 光源氏는 藤壺가 東宮인 冷泉의 안위를 생각하며 피하자, 손에 남겨진 藤壺의 옷과 머리카락을 보며 숙세를 생각할 정도로 현실이 싫어지고[10] 마음도 아파

---

10 '싫다(うし)'는 전편 276번 후편 31번 묘사된다. 그 중 「賢木」에는 21번 묘사되는데, 7번은 光源氏가 藤壺로 인해, 4번은 藤壺가 光源氏로 인해 괴로워하는 심정이 나타난다. 藤壺가 光源氏로 인해 괴로워하는 심정은 이 외에도 「若紫」11번 중 5번, 「紅葉賀」7번 중 3번, 「花宴」2번 중 1번을 합해 모두 13번으로, 藤壺의 괴로워하는 심정이 훨씬 많이 나타난다. 그러나 숙세를 생각할 정도로 싫어진다는 점에서 光源氏의

진다. 정신도 못 차릴 정도로 울고 원망하며 고통이 깊어져서, 이성을 잃은 남자[11], 제정신이 아닌 사람[12]처럼 된다. 현실을 부정하고 출가를 지향할 만큼 절망한다. 스스로 피한 藤壺를 통해『古今集』의 '산의 벚꽃을 내가 보러왔더니 봄 안개 끼어 산봉우리 꽃도 산기슭 꽃도 감춰버렸네(51, 山桜わが見にくれば春霞峰にも尾にもたちかくしつつ)'의 허탈함 이상으로 光源氏는 절망하게 된다. 藤壺에 대한 사랑의 현실화를 갈망한 끝에 결국 절망하게 된 것이다.

그러나 다음 해의 봄, 겨울에 출가한 藤壺를 찾아간 光源氏는 동궁의 안위를 지키고자 하는 藤壺의 현실인식을 받아들이면서 절망에서 벗어나게 된다.

> (光源氏) 눈앞의 것이 여승의 집이라고 보고 있나니 눈물부터 나누나
> 마쓰가 우라시마…
> (藤壺) 지난 날들의 흔적조차 사라진 우라시마에 파도치듯 찾은 님

괴로움의 깊이가 나타난다.

11 '남자(男)'라는 표현은 전편에 38번 후편에 19번 묘사된다. 전편에서 光源氏 8번, 夕霧6번, 柏木2번, 頭中将・惟光・鬚黒 각 1번씩, 그 외 18번은 일반적인 남자의 경우로 묘사된다. 光源氏는 末摘花 집 앞에서 1번, 紫上가 남자로 인식한 경우의 1번, 朧月夜・藤壺를 상대로 각2번씩, 六条御息所・明石君를 상대로 각1번씩 묘사된다.

12 '제정신이 아닌(我にもあらで)'은 전편에 18번, 후편에 4번 묘사된다. 桐壺更衣 1번, 光源氏 5번, 夕顔 2번, 朧月夜 2번, 末摘花1번, 六条御息所 1번, 女三宮 1번, 落葉宮 1번, 落葉宮의 하녀 小少将 1번, 후편의 匂宮 1번, 中君 1번, 浮舟 2번에 나타난다. 光源氏는 夕顔의 죽음과 관련해서 2번, 藤壺의 거절 때문에 2번(1번은 藤壺의 침소를 찾은 光源氏가 사람들이 다가오자 제정신이 아닌 채로 塗籠에 들어가 있다), 紫上가 숨을 거두었다는 소식에 1번 묘사된다. 光源氏가 제정신이 아닌 사람처럼 되는 경우는 夕顔의 갑작스런 죽음과 紫上가 죽었다는 소식을 접할 때, 그리고 藤壺를 찾은 경우이다. 따라서 光源氏가 '남자'와 '제정신이 아닌'상태의 두 가지가 한 번에 나타나는 상대는 藤壺 뿐이다.

　　　　특별한 일이지요

라고 말하는 소리가 어렴풋이 들려서 참으려고 하지만 눈물이 주르르 흘러내렸다.

(光源氏)　ながめかるあまのすみかと見るからにまづしほたるる松が浦島…
(藤壺)　　ありし世のなごりだになき浦島に立ち寄る浪のめづらしきかな
とのたまふもほの聞こゆれば、忍ぶれど、涙ほろほろとこぼれたまひぬ。

（「賢木」p.128）

　　光源氏는 출가한 藤壺의 집만 봐도 눈물이[13] 나고, 어렴풋이 들리는 藤壺의 답가의 목소리에도 눈물이 흘러내린다. 藤壺를 그리워한 光源氏는 이루어지지 않는 현실에 항상 눈물을 흘렸지만, 출가한 藤壺를 찾은 光源氏의 눈물은 특별히 '주르르'로 표현된다. 光源氏의 눈물이 '주르르'[14]로 표현되는 것은 明石를 떠나는 가을에 아카시노키미(明石君)의 슬퍼하는 답가를 봤을 때와 薫의 생일 50일을 축하하는 봄에 죽은 柏木를 생각하는 장면과 함께 3번이다. 현실을 받아들여야 하는 光源氏의 깊은 아픔이 나타나는 것이다. 「桐壺」, 「若紫」, 「紅葉賀」, 「賢木」의 봄을 통해 깊어진 光源氏의 藤壺에 대한 그리움과 사랑은 현실 앞에서 절

---

13 『源氏物語』에는 눈물이 많이 묘사된다. 시호(潮)로 전편에 35번 후편에 2번, 나미다(涙)로 전편에 174번 후편에 70번 묘사된다. 운다(泣)도 전편에 191번 후편에 90번, 소리 내어 우는(音泣き)것이 전편에 12번, 후편에 4번 묘사된다. 슬픔(悲)이 전편에 249번 후편에 102번 묘사되는 등, 울고 슬픈 경우가 많이 묘사된다.

14 '주르르(ほろほろと)'라는 표현은 전편에 15번 후편에 5번 묘사된다. 그 중 우는 표현으로 朧月夜, 大宮, 近江君, 鬚黒 집의 하인들, 鬚黒, 明石尼君, 六条御息所의 死霊, 落葉宮의 어머니 御息所, 匂宮, 浮舟의 어머니인 中将君, 浮舟, 그 외에 옷이 풀리는 모습, 나뭇잎 떨어지는 모습, 승려들의 모습 2번, 薫가 찾아간 八宮의 산장의 모습들에 표현된다. 光源氏가 '눈물을 주르르 흘리'며 우는 것은 이 외에 「明石」 p.257, 「柏木」p.313에 나타난다.

망으로 변하게 되지만, '주르르' 눈물 흘리는 것을 마지막으로『古今集』의 '눈 남아있어도 봄은 왔다네 휘파람새의 얼어붙은 눈물이 지금쯤 녹겠구나(4, 雪のうちに春は来にけり鶯のこほれる涙今やとくらむ)'처럼, 光源氏의 절망의 고통은 藤壺의 동궁의 안위를 생각하는 현실인식을 받아들이며 변모하여 이윽고 光源氏는 부모다운 모습으로 藤壺와 협력하게 된다.

『古今集』의 '눈 남아있어도 봄은 왔다네 휘파람새의 얼어붙은 눈물이 지금쯤 녹겠구나(4, 雪のうちに春は来にけり鶯のこほれる涙今やとくらむ)'처럼, 光源氏의 절망의 고통은 藤壺의 동궁의 안위를 생각하는 현실인식을 받아들이며 '주르르' 흘리는 눈물을 통해 정화된다. 藤壺의 의지를 확인하며 마음이 정화된 光源氏는 이윽고 부모다운 모습으로 藤壺와 협력하게 된다.

2) 부모다움으로 이루는 영화

光源氏의 부모다운 모습은 「須磨」의 봄, 藤壺에게 스마(須磨) 퇴거의 작별인사를 하면서 나타나기 시작한다. 光源氏는 '아깝지 않은 이 몸이 죽더라도 동궁의 세상만 무사하다면 좋겠다'[15]라고 동궁의 안위를 걱정하며, 출가한 藤壺의 의지를 공유하는 의사표시를 한다. 須磨에서 귀경한 「澪標」의 봄에는 冷泉帝 즉위와 아카시노히메기미(明石姫君)의 탄생을 통해 '자식 세 명 중에 帝와 后가 틀림없이 나란히 태어나리라'[16]던

---

15 「須磨」p.171. 「かく思ひかけぬ罪に当りはべるも、思うたまへあはするの一ふしになむ、空も恐ろしうはべる。惜しげなき身は亡きになしても、宮の御世にだに事なくおはしまさば」
16 「澪標」p.275. 「御子三人、帝、后必ず並びて生まれたまふべし」

점성술을 기억하며, 자식의 영화를 기뻐[17]하는 부모로서의 모습을 보인다. 또한 「絵合」의 봄에는 아키코노무(秋好)의 입궐을 통해 冷泉帝의 안정을 꾀한다는 명목으로 藤壺와 긴밀히 협력하고, 그림경연대회에서도 藤壺와 협력하여 압승하는[18] 등, 속으로는 출가를 지향[19]하면서도 「須磨」, 「澪標」, 「絵合」의 봄을 통해서 자식인 冷泉帝의 앞날을 기대하는 부모의 모습으로 藤壺를 대한다. 특히 그림경연대회에서 압승한 須磨의 그림일기를 가장 잘 이해할 수 있는 사람으로 藤壺를 지목하여[20], 光源氏는 지난날의 동궁의 안위를 위한 결정이 오늘날의 영화의 기반이 된 것이라고 생각하는 마음을 藤壺와 공유하고자 한다.

말하자면 光源氏의 그리움과 절망의 고통에 대한 보상처럼, 「須磨」, 「澪標」, 「絵合」의 봄에는 변모된 부모다운 모습으로 藤壺와 협조하며 영화를 이루어간다.

> 등불이 사라지는 것처럼 사망하자 말 할 수 없이 비탄해한다…남의 눈을 피해서 염불당에 들어가서 종일 울며 지낸다.…'석양 비추는 산봉우리에 걸린 옅은 구름은 고뇌하는 (회색) 소매와 같은 색이련가'
>
> 灯火などの消え入るやうにてはてたまひぬれば、いふかひなく悲しきこ

---

17 光源氏가 冷泉와 관련해서 기뻐하는 것은 「葵」p.11의 桐壺院이 東宮인 冷泉의 후견을 부탁했을 때와 「絵合」p.381의 冷泉가 須磨의 그림에 만족하는 모습을 본 경우와 함께 3번이다.

18 鈴木日出男(1981) 「光源氏の栄華」, 『講座源氏物語の世界』第六集, 有斐閣, p.36. '冷泉帝를 중심으로 한 잠재왕권적인, 또는 秋好中宮을 중심으로 한 준섭관적인, 혹은 明石姫君와의 섭관적인,…이것이 光源氏 영화의 기본적인 구도'라고 지적한다.

19 「絵合」p.382. '허무하다고 세상을 생각하여 (帝가) 좀 더 성장하는 것을 보면 역시 출가를 하겠다고 깊이 생각하는 듯하다(常なきものに世を思して、今すこしおとなびおはしますと見たてまつりて、なほ世を背きなんと、深く思ほすべかめる)'

20 清水好子(1977) 『源氏の女君』, 塙書房, p.41.

とを思し嘆く…人の見とがめつべければ、御念誦堂にこもりゐたまひて、
日一日泣き暮らしたまふ。…'入火さすみねにたなびく薄雲はもの思ふ袖に
いろやまがへる'

（「薄雲」pp.437-438）

절망을 부모다움으로 극복하여 藤壷와 협조한 光源氏는 「薄雲」의 봄,
藤壷가 사망하자 남의 눈을 피해서 종일 울고는 藤壷의 죽음을 슬퍼하는
자신의 마음을 회색소매로, 藤壷의 마음을 옅은 구름[21]으로 비유하며 그
색이 같을 것이라고, 즉 자신과 藤壷의 마음이 같을 것이라고 읊으며
자신들의 사랑을 승화시킨다. 中宮이 되고 太上天皇에 준하는 대우를
받는 높은 지위에 있으면서도 인자하고 공인으로서 품행 단정했던 藤壷
는『법화경』석가의 입멸묘사처럼 그 죽음이 장엄하게 묘사[22]되는 등,
공인으로서의 藤壷는 光源氏와의 비밀이 지켜진 채로[23] 사망하고, 光源
氏는 藤壷에 대한 그리움과 절망의 고통을 冷泉帝의 안위를 위하는 藤壷
의 의지를 지켜내고 협조하는 것으로 극복하여, 서로의 마음을 공유하는
관계로 승화시키는 것이다.

자연의 '옅은 구름'으로 비유되는 죽은 藤壷의 마음은『古今集』봄의

---

21 『源氏物語』에서 '薄雲'의 용례는 죽은 藤壷를 비유하는 경우의 단 한번뿐이다.
22 石田穣二(1971) 「源氏物語における四つの死」,『源氏物語論集』, 桜楓社, p.310. '등
　불(ともしび)'은「桐壷」p.112의 更衣가 죽은 슬픔에 帝가 '등불을 모두 켜 놓고 일어
　나 있다(ともしびをかかげつくして起きおはします)'「総角」p.223의 薫가 大君를
　찾아갔을 때 '(모두가 잠들어서) 부처님이 계신 방의 불도 키는 사람이 없다(仏の御
　ともしびも、かかぐる人もなし)'와 함께『源氏物語』에 3번 나타나는 특별한 경우
　인 것을 지적하며,『河海抄』에서 지적한『법화경』석가의 입멸묘사에 의한 것을
　지적한다. 玉上琢弥(1980)『源氏物語評釈』第四巻, 角川書店, p.192에서는 '藤壷는
　부처와 동격의 대우를 받는다'고 지적한다.
23 高橋和夫(1999) 「桐壷巻の主題」,『源氏物語研究集成』第一巻, 風間書房, p.43에는
　'왕비의 密通이 공공연한 비밀이어도 왕이 알면서도 모르는 척하는 것', 그것이
　'왕권의 保證'이 되는 것이며, 物語의 '암묵의 규칙'이라고 지적한다.

마지막 노래 '오늘이 마지막이라며 봄을 아쉬워하지 않을 때조차 떠나가기 쉬운 꽃그늘이겠는가(134, 今日のみと春を思わぬときだにも立つことやすき花のかげかは)'의 끝나는 봄을 아쉬워하듯, 자연스러운 아쉬움으로 光源氏의 마음속에 남는다. 光源氏가 紫上에게 藤壺에 관해 이야기한 「朝顔」의 겨울, 藤壺가 꿈에 나타나 수치스럽고 원망스럽다고[24] 말한 이후, 光源氏는 「梅枝」의 봄에 藤壺의 붓글씨 솜씨에 대해 아주 깊이가 있고 우아하지만 연약하고 여정이 부족하다고[25] 평하며, 藤壺를 사후에는 인간적으로 생각하려는 모습을 보이고, 「幻」의 봄에도 藤壺에 대해 '아름다웠던 모습을 어릴 적부터 보아왔기에 마지막의 슬픔도 남보다 강하게 느꼈다[26]'라고 明石君에게 얼버무리면서도 솔직히 말하는 등, 자연의 이치처럼 시작된 光源氏의 藤壺에 대한 그리움은 어느덧 자연의 봄처럼 영원히 자연스럽게 회고된다.

3. 女三宮의 降嫁로 인한 고통

女三宮의 降嫁는 光源氏의 藤壺에 대한 그리움에서 기인한다. 황녀인 女三宮와의 결혼이 지위 향상으로 이어질 거라는 욕망보다 光源氏는 女

---

24 「朝顔」p.485. '말하지 않겠다고 했는데 염문이 세상에 알려져서 수치스럽고, 괴로워서 원망스럽다(漏らさじとのたまひしかど、うき名の隠れなかりければ、恥づかしう。苦しき目を見るにつけても、つらくなむ)'
25 「梅枝」p.408. 「故入道の宮の御手は、いとけしき深うなまめきたる筋はありしかど、弱きところありて、にほひぞ少なかりし」
26 「幻」p.521. 「をかしかりし御ありさまを幼くより見たてまつりしみて、さるとぢめの悲しさも人よりことにおぼえしなり」. 원문의 頭註에서는 光源氏가 藤壺에 대한 감정을 들키지 않으려고 明石君에게 변명한다고 지적한다.

三宮의 어머니가 藤壷의 여동생이라는 혈통관계에 기대[27]한다. 그러나 「若菜上」의 봄, 女三宮를 六条院으로 맞은 40세의 光源氏는 '아주 어리게만 보이기에 …너무나도 신통치 않은 모습이라고 본다'[28]를 시작으로, 女三宮의 和歌의 글씨체는 물론, 품성도 어리고 부족한 사람이라고 계속 실망한다. 藤壷의 혈통인 紫上를 통해 혈통의 동질성을 기대했던 光源氏의 女三宮에 대한 기대가 어긋나는 것이다. 이러한 女三宮의 어린 품성은 다음해의 봄 六条院의 공차기놀이(蹴鞠)에서 고양이 목줄에 걸린 발 사이로 柏木가 女三宮를 보게 되는 사건[29]으로 이어지고, 女三宮를 단념하지 못하는 柏木는 女三宮의 고양이에게 집착하면서 마음속의 女三宮의 허상을 사랑하다가[30], 4년 후에는 밀통을 일으키게 된다.

柏木와 女三宮의 밀통에 분개하는 光源氏의 마음속의 지옥[31]은 柏木

---

27 「若菜上」pp.35, 41. '이 황녀의 어머니인 女御야말로 그 藤壷의 동생이었을 것이다. 얼굴 생김새도 언니 다음으로 아주 빼어나다는 평판이 있던 사람이니 부모 어느 쪽으로 봐도 姫宮는 틀림없이 평범한 수준은 아닐 것이다'라며 궁금하게 생각한다.…마음속으로는 역시 마음이 끌리는 모습이어서(「この皇女の御母女御こそは、かの宮の御はらからにものしたまひけめ。容貌も、さしつぎには、いとよしと言はれたまひし人なりしかば、いづ方につけても、この姫宮おしなべての際には、よもおはせじを」など、いぶかしくは思ひきこえたまふ。…御心の中にも、さすがにゆかしき御ありさまなれば)

28 「若菜上」p.57. 「いといはけなくのみ見えたまへば、…あまりもののはえなき御さまかなと見たてまつりたまふ」를 시작으로, 성인식을 마친 13세의 女三宮가 나이에 비해서도 '아주 젊고 어리다(いと若く幼げなり)'(p.65), '아주 고귀하지만 어린 모습으로(いとらうたげに幼きさまにて)'(p.66), '21, 2세정도가 되었지만 아직 역시 부족하고 어린느낌이 들어 가냘프고 귀엽다고만 생각한다(二十一二ばかりになりたまへど、なほいといみじく片なりにきびはなる心地して、細くあえかにうつくしくのみ見えたまふ)'(「若菜下」겨울 p.176), '거문고는 역시 어린 솜씨지만(琴は、なほ若き方なれど)'(p.182) 등, 光源氏가 女三宮를 어리다고 생각하는 것이 이어진다.

29 「若菜上」p.132. 森一郎(1971)『源氏物語の方法』, 桜楓社, p.197.

30 秋山虔(1983)「柏木の生と死」, 『講座源氏物語の世界』第七集, 有斐閣, p.3.

가 女三宮에게 보낸 편지를 발견한 「若菜下」의 여름에 女三宮와 柏木를 멸시[32]하고, 자신의 전례를 통해 柏木를 자기 비밀의 투영으로[33] 보면서 극치에 달해, 겨울에 女三宮에게 비꼬는 말을 하고 柏木에게 미워하는 마음을[34] 표현하는 것으로 나타난다. 그러나 「柏木」봄에는 女三宮의 薰 출산에 이은 출가, 로쿠조노미야스도코로(六条御息所)의 死靈 출현, 柏木의 사망 등의 일련의 사건을 통해 光源氏는 지옥에서 구제되는 한편으로, 자신의 세계와 인생의 허망함을 자각[35]하고 女三宮와 薰에 대한 생

---

31 長谷川政春(1983) 「女三宮の出家」, 『講座源氏物語の世界』第七集, 有斐閣, p.28.

32 「若菜下」pp.241, 243. '참 어리구나. 이런 것을 어질러 놓다니. 내가 아닌 사람이 봤더라면'하고 생각하니 멸시하게 되어 '역시 그랬구나. 아주 전혀 깊이가 없어서 마음에 걸렸는데'라고 생각한다.(「あないはけな。かかる物を散らかしたまひて。我ならぬ人も見つけたらましかば」と思すも、心劣りして、「さればよ。いとむげに心にくきところなき御ありさまをうしろめたしとは見るかし」と思す。)'사람이 깊이 조심하는 것은 아주 어려운 일이구나'라고 柏木의 마음까지 멸시해버렸다(「人の深き用意は難きわざなりけり」と、かの人の心をさへ見おとしたまひつ。)처럼, 光源氏는 편지도 제대로 감추지 못하는 女三宮의 어린 품성에 다시금 실망하고, 깊이가 없어 마음에 걸렸던 점을 떠올리며 女三宮와 柏木를 멸시한다.

33 「若菜下」p.245. '아버지도 이렇게 마음속으로는 알고 있으면서 모르는 척하고 있었구나. 생각해 보면 그때의 일은 아주 무섭고 있어서는 안 되는 잘못이었다.'라고 자신의 전례를 생각하자 사랑의 깊은 산길은 비난할 수 없다는 마음이 들었다(「故院の上も、かく、御心には知ろしめしてや、知らず顔をつくらせたまひけむ。思へば、その世の事こそは、いと恐ろしくあるまじき過ちなりけれ」と、近き例を思すにぞ、恋の山路はえもどくまじき御心まじりける). 秋山虔(1983) 「柏木の生と死」, 『講座源氏物語の世界』第七集, 有斐閣, p.11.光源氏가 柏木를 자기 근간의 비밀스런 어둠에 대한 명확한 투영으로 보는 것을 지적한다.

34 「若菜下」pp.260, 261, 270. 겨울의 光源氏는 女三宮에게 '이 노인도 아버지 朱雀院처럼 생각해서 그리 멸시하지 마시오(「さだすぎ人をも、同じくなずらへきこえて、いたくな軽めたまひそ」)'라고 비꼬고, 柏木가 너무 미워서(いと憎ければ) '거꾸로 가지 않는 세월이오. 늙음은 피할 수 없는 것이지(「さかさまに行かぬ年月よ。老は、えのがれぬわざなり」)'라며 노려본다.

35 長谷川政春(1983) 「女三宮出家」, 『講座源氏物語の世界』第七集, 有斐閣, p.33. '柏木의 사망이나 女三宮 출가로 光源氏는 겨우 구제되어, 자신의 세계, 자신의 인생의 빛을 보존할 수 있게 되었지만, 그것은 동시에 허망함을 자각하고 확인하는 일이었

각과 태도도 바꾸게 된다.

'…과연 희한한 일이로다. 살아생전 두렵다고 생각했던 일의 응보겠지. 이승에서 이렇게 뜻하지도 않은 일을 당했으니 저승에서의 죄도 조금은 가벼워지겠지'라고 생각한다.…마음속으로 속상하게 생각하는 것이 있어서 (축하하는 분들을) 그리 융성하게 대접하지 않고… 남들 앞에서는 내색하지 않지만, 아직 (아기의 모습이) 보기에 충분치 않은 모습이어서 특별히 보려고도 하지 않는다…밉다고 생각하는 마음도 잊고 도대체 어떻게 된 일인가 하고 슬프고 아쉬워 참을 수가 없다…안쓰럽고 불쌍하다…物怪가 여기에서도 떨어지지 않고 있었다고 생각하니 안쓰럽고 후회된다.

「…さてもあやしや。わが世とともに恐ろしと思ひし事の報なめり。この世にて、かく思ひかけぬ事にむかはりぬれば、後の世の罪もすこし軽みなんや」と思す。…御心の中に心苦しと思すことありて、いたうももてはやしきこえたまはず、…いとよう人目を飾り思せど、まだむつかしげにおはするなどを、とりわきても見たてまつりたまはずなどあれば…うしと思す方も忘れて、こはいかなるべきことぞと悲しく口惜しければ、えたへたまはず、…いとほしうあはれなり。…物の怪のここにも離れざりけるにやあらんと思すに、いとほしう悔しう思さる   (「柏木」pp.289-300)

「柏木」의 봄, 光源氏는 藤壷와 자신의 죄를 재인식[36]하면서 女三宮의 죄를 응보로 받아들여 합리화한다. 薫의 친부가 아니라는 내색할 수 없는 사실을 속상해(心苦し)[37]하면서도, 女三宮의 출가에 六条御息所의 死

다'고 지적한다.
36 深沢三千男(1982) 「五十日の祝」, 『講座源氏物語の世界』第七集, 有斐閣, p.63. '女三宮가 저지른 일은 源氏에게 있어서 자신의 죄의 깊이를 재인식하는 거울이었다'고 지적한다.

靈이 관련된 것을 알고는 女三宮를 출가시킨 것을 후회하게 된다. 女三宮가 '비구니가 되어야겠다는 결심'을 하고, '평소의 모습보다는 훨씬 어른스럽게' 출가를 원하는 말을 하고, 출가를 말리는 光源氏의 말에 '머리를 흔들며 너무 심한 말을 한다고 생각하며' 평소와는 다르게 적극적이고 주체적인[38] 모습으로 출가를 주장한 것이 六条御息所의 死靈에 의한 것이라고 깨달은 光源氏는 출가한 女三宮가 안쓰럽고 후회된다. 게다가 光源氏를 두려워하며 자신의 파멸을 감지[39]하다가 光源氏의 노려보며 비꼬는 말에 병을 얻은 柏木가 『古今集』의 '남김없이 다 지기에 사랑스런 벚꽃이어라 살아남은 이 세상 결국은 추해지니(71, 残りなく散るぞ

---

37 속상함(心苦し)은 전편 223번, 후편 113번 묘사된다. 전편의 103번이 光源氏가 느끼는 경우인데, 光源氏가 紫上에게 17번, 女三宮에게14번, 明石君에게 11번, 末摘花에게 8번, 六条御息所, 玉鬘, 朱雀院에게 각각 7번씩, 空蟬에게 5번, 葵上, 花散里에게 각각 3번씩, 冷泉에게 2번, 藤壺, 左大臣, 葵上의 부모, 大宮(夕霧의 외조모), 六条御息所의 生靈, 右近将監, 明石姫君, 明石入道, 薫, 雲井雁와 落葉宮 둘 다에게 각각 1번씩, 그리고 자기 자신 스스로 5번 속상해한다. 光源氏 스스로가 속상한 경우는 막 태어난 冷泉을 볼 수 없어서(「紅葉賀」), 藤壺가 사망한 후 冷泉이 외로워할 것(「朝顔」)의 冷泉와 관련해서 2번과 「柏木」에서 薫와 관련하여 3번의 합계 5번이다. 藤壺는 3번 느끼는데 葵上가 죽은 후의 光源氏에 대해(「葵」), 冷泉가 꿈에서도 친부가 누구인지 진상을 모를 거라고 생각하며(「薄雲」), 光源氏가 오빠인 兵部卿宮와 사이가 안 좋은데 오빠가 딸을 입궐시키고 싶어 해서(「澪標」)의 경우이다. 柏木는 女三宮에 대해서 2번, 아내인 女二宮에 대해서 3번 느낀다. 女三宮는 光源氏와 柏木에게 각각 1번씩 느낀다. 누군가의 안타까운 모습을 지켜보는 객관적인 고통이 대부분이던 光源氏의 속상함이 薫 출생이후에는 자신의 직접적인 속상함이 된다.

38 「柏木」pp.291, 292, 297. 「尼にもなりなばやの御心つきぬ」, 「常の御けはひよりはいと大人びて聞こえたまふ」, 「頭ふりて、いとつらうのたまふ、と思したり」. 藤井貞和(1980)『源氏物語の始原と現在』, 冬樹社, p.161에서는 '결심(心つきぬ)을 한다는 것은 사령출현의 복선이다. 너무나도 적극적이고 주체적인 점에서 이상하다'고 지적한다.

39 「柏木」pp.221, 249. '밀통이 밝혀져서 이렇게 괴로우면 그 때문에 죽더라도 괴롭지 않겠지(事の聞こえあらむにかばかりおぼえむことゆゑは、身のいたづらにならむ苦しくおぼゆまじ)', '몸이 파멸된 기분이 들어(身のいたづらになりぬる心地すれば)'

めでたき桜花ありて世の中はての憂ければ)'를 지향하듯 '죽음을 통해 光源氏의 용서를 구하[40]'며, 『古今集』의 '가지에서도 쓸데없어 져버린 꽃이다 보니 떨어져도 물거품 되어 사라지누나(81, 枝よりもあたに散りにし花なれば落ちても水のあわとこそなれ)'의 '물거품이 사라지듯이[41]' 허망하게 사망한다. 따라서 薫의 탄생 50일을 축하하는 날의 光源氏는 마치 『古今集』의 '피는 꽃은 천차만별이어도 빨리 지는데 그래도 누가 봄을 끝까지 원망하리오(101, 咲く花はちぐさながらにあたなれど誰かは春をうらみはてたる)'처럼, 진실에 대한 자신의 속상함보다는 柏木의 죽음을 애석해 하고, 출가한 女三宮를 안쓰럽게 생각한다.

(유모의 진상을 모르는) 거리낌 없는 모습이 아주 속상하고 시선을 피하고 싶다고 생각한다.…'…이렇게 버려진 내 잘못이라고 생각하는 것도 여러 가지로 가슴 아프고 아쉽네요. 되돌리고 싶은 심정입니다'…아아 허무한 그 사람과 아이의 인연이었다고 생각하며 보니까 이 세상의 무상함도 계속 생각하게 되어 눈물이 주르르 흘러내린다… '…남모르게 (아버지를 밝힐 수 없는)덧없는 아이만을 남겨놓고, 그토록 자존심 높고 우수했는데 자멸해버렸구나' 라며 애석하여 미워하는 마음도 버리고 울어버렸다.…(女三宮는) 어떻게 생각할까. 깊이 생각하지는 않지만, 아무렇지도

---

40 「柏木」p.280. '괘씸하다는 미움도 용서해줄 마음이 생기겠지 모든 것이 죽음으로 청산된다(なめしと心おいたまふらんあたりにも、さりとも思しゆるいてんかし。よろづのころ、いまはのとぢめには、みな消えむべきわざなり)'
41 「柏木」p.308. '泡の消え入るやうにて'. 頭註에는 『古今集』 '물거품이 꺼지지 않고 떠있는 슬픈 이 몸이라 말하며 물 흐르듯 역시 살고 싶어지누나(恋五, 792, 水の泡の消えでうき身といひながらながれてなほも頼まるるかな)', '떠올라서는 사라지는 물거품 되고 싶어라 떠도는 것조차 하고 싶지 않은 이 몸은(恋五, 827, うきながら消ぬる泡ともなりななむながれてとだに頼まれぬ身は)'와 유사한 표현으로 사랑에 목숨 바친 柏木의 죽음을 특징짓는다고 지적한다.

않지는 않겠지'라고 마음속을 짐작하는 것도 속상하는 일이다.…어떻게
그 일을 잊겠는가 하고 생각나는 일은 있지만, 불쌍한 마음이 들어 무슨
일이 있을 때는 (柏木를) 그립게 생각한다.…(薰가) 벌써부터 기품이 높
고 무게가 있어 남들과 달라 보이는 풍취 등은 거울에 비친 자신의 모습
과도 닮은 곳이 없지 않게 보인다고 생각한다…'싫은 일을 잊지 못하면서
도 죽순을 깨무는 이 아이는 예뻐서 버릴 수가 없구나'

とり散らし、何心もなきを、いと心苦しうまばゆきわざなりやと思
す。…「…思ひ棄てられたてまつる身の咎に思ひなすも、さまざまに胸いた
う口惜しうなん。取り返すものにもがなや」…あはれ、はかなかりける人の
契りかな、と見たまふに、おほかたの世の定めなさも思しつづけられて、
涙のほろほろとこぼれぬる…「…人知れずはかなき形見ばかりをとどめおき
て、さばかり思ひあがりおよすけたりし身を、心もて失ひつるよ」とあはれ
に惜しければ、めざまし、と思ふ心もひき返し、うち泣かれたまひぬ。…「い
かに思すらん。もの深うなどはおはせねど、いかでかただには」と推しはか
りきこえたまふも、いと心苦しうなん。…いかにぞや思し出づることはあ
りながら、あはれは多く、をりをりにつけて偲びたまふ。…今より気高く
ものものしうさまことに見えたまへる気色などは、わが御鏡の影にも似げ
なからず見なされたまふ。…「うきふしも忘れずながらくれ竹のこは棄てが
たきものにぞありける」　　　　　　　（「柏木」pp.311-315,「横笛」pp.333-338)

　밝힐 수 없는 진실이 계속 속상하지만 光源氏는 女三宮의 출가가 후회
되고, 죽은 柏木와 薰의 인연이 마음 아파서 눈물이 '주르르' 흘러내린다.
출가한 藤壷를 찾아갔을 때처럼 눈물이 주르르 흐르면서 그동안 쌓인
마음의 고통이 정화되는 것이다. 光源氏는 이제 柏木에 대한 미움도 버
리고 오히려 女三宮의 마음을 헤아림으로써 괴로워한다.

柏木의 일주기가 지난 「横笛」의 봄, 출가한 女三宮의 모습을 보는 光源氏는 지난날의 女三宮의 잘못을 잊을 수는 없지만, 죽은 柏木를 불쌍하게 생각하기도 하고, 죽순을 깨무는 薫를 마치 자신을 닮은 것처럼 느끼기도 하면서[42] 薫를 예뻐하는 자비로운 마음조차 생겨난다.

「若菜上」의 봄에 光源氏의 藤壷에 대한 그리움에서 비롯된 女三宮의 降嫁는 光源氏가 자신의 죄를 재인식하는 불행한 사건의 계기가 되었지만, 「柏木」와 「横笛」의 봄을 통해 光源氏는 스스로를 돌아보며 미움을 버리고 상대방의 마음을 헤아리면서, 자비로움으로 고통을 극복하는 인간적인 성숙을 이루어 간다.

4. 재평가되는 紫上와의 사랑

「若紫」의 봄, 18세의 光源氏는 藤壷를 닮았다는 이유로 藤壷의 혈통인 10세의 紫上를 사랑하기 시작한다. 「花宴」에서는 紫上의 성장에 만족하고, 「賢木」에서는 몰래 보는 藤壷의 아름다운 모습이 紫上를 닮았다고 확인하는 등, 光源氏는 藤壷에 대한 그리움을 紫上를 통해 기대이상으로 충족해 간다. 따라서 藤壷와의 현실에 절망하여 출가를 지향하면서도 光源氏는 紫上가 마음에 걸려 출가를 못할 정도로[43] 紫上를 사랑하고, 36세에는 紫上와 함께 六条院 봄의 저택이 '이승의 극락정토'[44]라고

---

42 주36과 같음, p.64. '薫는 친부인 柏木보다 혈맥이 이어지지 않는 源氏의 정신적 계보에 더욱 강하게 연결되어 있다'고 지적한다.
43 「賢木」p.110의 가을.
44 「初音」p.137. 「生ける仏の御国」. 鈴木日出男(1989) 『源氏物語歳時記』, 筑摩書房, p.3

할 만큼의 화려한 영화를 이루어낸다. 그러나 「若菜上」의 봄, 女三宮의 降嫁를 알게 된 紫上는 '光源氏를 믿고 살아온 세간의 웃음거리가 될 것이라고 속으로 생각하면서도 겉으론 태연하게 행동[45]'하며 마음속의 고민을 내색하지 못하고 참다가, 光源氏의 신혼 3일째의 꿈에 나타나 光源氏를 놀라게 한다. 최고의 신분인 女三宮의 인품에 비해도 월등히 훌륭한 紫上의 품격을 재확인하는 光源氏와 달리, 紫上는 심신이 분리된 채로 깊어진 고뇌[46]가 生靈化될 정도로 절망을 키워가는 일상[47]을 지내며, 두 사람의 사랑에 괴리가 일어나기 시작한다.

「若菜下」의 봄 정월, 47세의 光源氏는 六条院 女三宮의 거처인 寝殿에서 女樂을 개최하고, 紫上를 벚꽃보다도 더 아름다운 사람으로, 明石君를 꽃도 열매도 같이 맺힌 감귤 꽃으로, 明石女御를 아침 햇살이 비추는 등나무 꽃으로, 女三宮를 피어오르기 시작한 파란 버드나무로[48] 비유하며 『古今集』의 '내려다보니 초록버들 분홍벚꽃 잘 섞여서 멋진 수도야말로 봄의 비단이라네(56, 見渡せば柳桜をこきまぜて都ぞ春の錦なりける)'보다도 더 멋진, 자신의 여성들에 의한 六条院 봄의 아름다운 완성을 자부한다. 그러나 그날 밤 '당신은 남보다 뛰어난 삶을 살았'고 '이전보다도 몇 배나 더 깊어지는 내 애정의 깊이를 알게 될 것'이라고 말하는

에서는 '하늘'과 '봄 안개', '눈 사이 풀'과 '나무 새싹', '사람 마음'이라는 '天象景物人心'이 유기적으로 관련되어, 六条院 봄의 저택의 배경으로 묘사되는 것을 지적한다.
45 「若菜上」p.48. 「うらなくて過ぐしける世の、人わらへならんことを下には思ひつづけたまへど、いとおいらかにのみもてなしたまへり」
46 森一郎(1971) 『源氏物語の方法』, 桜楓社, p.147. '女三宮降嫁로 인해 생긴 紫上의 고뇌는 柏木 사건보다도 더 큰 의미를 갖는 사건'이라고 지적한다.
47 日向一雅(1989) 『源氏物語の王権と流離』, 新典社, p.130. 紫上가 光源氏의 꿈에 나타난 것은 紫上의 원망의 生靈化라고 지적한다.
48 「若菜下」pp.183-185.

光源氏에게, '참을 수 없는 한탄스러움만이 마음속에 쌓이고 어느새 그 고통이 기도처럼 되어 삶을 지탱해주었다'[49]고 말하는 紫上는 光源氏와의 마음의 괴리를 확인하며 병에 걸리게 된다. 그리고 3년 후의 봄에는 『古今集』의 '하늘에서 빛 평화롭게 내리는 이 봄날인데 편치 않은 마음으로 꽃이 지누나'처럼, 紫上는 영화를 이룬 六条院을 떠나 니조인(二条院)으로 옮겨간다. 光源氏가 紫上를 중심으로 이룬 六条院의 안정된 세계가 근본에서부터 붕괴되기 시작하는 것이다.

저승에서는 같은 연좌에 앉자고 약속하여 그것을 믿고 있는 두 사람 사이지만…부처님이 계시다는 서방극락정토의 모습과 그다지 다르지 않을 것 같아…은은하게 먼동이 터 가는데 봄 안개 사이에서 보이는 여러 가지 꽃들은 역시 봄에 마음이 끌리게끔 아름답게 피어서 새들이 지저귀는 소리도 피리 소리에 뒤떨어지지 않을 것 같아, 슬픔도 기쁨도 더 이상은 없을 만큼…

後の世には、同じ蓮の座をも分けんと契りかはしきこえたまひて、頼み をかけたまふ御仲なれど…仏のおはすなる所のありさま遠からず思ひやら れて…ほのぼのと明けゆく朝ぼらけ、霞の間より見えたる花のいろいろ、 なほ春に心とまりぬべくにほひわたりて、百千鳥の囀も笛の音に劣らぬ心 地して、もののあはれもおもしろさも残らぬほどに、…

（「御法」pp.480-483）

「御法」의 봄, 출가를 원하는 紫上에게 光源氏는 내세에서의 인연을 약속하면서도 출가를 허락하지 않는다. 紫上는 원망스럽게 생각하면서

49 「若菜下」p.198. 「心にたへぬもの嘆かしさのみうち添ふや、さはみづからの祈り なりける」

도 오히려 光源氏의 슬픔을 걱정하여 결국에는 자신의 죄가 깊다는 쪽으로 생각하고, 죽음에 대한 불안을 씻어내고자 二条院에서 법화경 천부를 공양하게 된다. 자신의 죽음을 준비하는[50] 紫上의 모습은 봄 안개의 신비함 속에서 자연의 봄과 일치되어[51] 슬픔도 기쁨도 더 이상 없는 아름다운 경지로 나타난다. 『古今集』의 '봄 안개 색이 여러 가지 색으로 보이는 것은 산에 핀 꽃 그림자 비치기 때문일까(102, 春霞色のちぐさに見えつるはたなびく山の花のかげかも)'의 꽃 그림자가 봄 안개에 비치듯, 紫上의 내면세계가 반영된 아름다운 법화경 천부 공양의 세계는 光源氏가 紫上에게 약속한 내세에서의 인연이 마치 현세에 나타나 보이듯이 아름다운 경지를 이루어낸다. 光源氏와 紫上의 화려한 六条院의 세계는 종말을 맞게 되지만, 이 봄, 출가하지 못하는 紫上의 고육지책으로 나타난 光源氏와 紫上의 사랑의 세계는 『古今集』의 '핀 벚꽃을 다 져버리게 한 바람의 흔적으로 물이 없는 하늘에 파도가 이는구나(89, さくら花散りぬる風のなごりには水なき空に波ぞ立ちける)'처럼, 허공에 벚꽃 잎 흩날리듯 허무하면서도 아름다운 경지를 보여주는 것이다.

光源氏의 허황된 집착이 紫上를 힘들게도 하지만, 「若紫」의 봄에 벚꽃과 봄 안개를 배경으로 사랑하기 시작한 藤壺를 닮은 紫上와의 인연은

---

50 小町谷照彦(1982) 「死に向かう人ー紫の上論」, 『講座源氏物語の世界』第七集, 有斐閣, p.165.

51 拙稿(2007.11) 「『源氏物語』의 紫上와 봄의 이미지」, 『日語日文学研究』, 韓国日語日文学会, 63輯2巻 참조. 小町谷照彦(1980) 「北山の春」, 『講座源氏物語の世界』第二集, 有斐閣, p.12에는 '안개 긴 산속의 벚꽃'의 원형이 『古今集』의 '벚꽃'에 있다는 『古今集』의 영향이 지적된다. 『古今集』의 봄 안개(霞)를 기다리는 제3首부터 봄 안개가 사라지는 제130首까지 14번 읊어지는 봄 안개처럼, 가을에 사망하는 紫上의 인생에도 『源氏物語』의 봄 안개 35번 중 9번이 관련되며, 시작과 마지막의 봄에 봄 안개가 상징적으로 묘사된다.

기대이상으로 아름다운 사랑의 세계를 이루어낸 것이며, 「御法」의 봄, 紫上와의 사랑을 시작한 二条院에서 光源氏는 봄 안개 속의 꽃들을 배경으로 사랑이 완성되는 세계를 보게 되는 것이다.

5. 결론

이상에서 보아 왔듯이, 『源氏物語』의 봄에는 光源氏의 藤壷에 대한 그리움이 紫上, 女三宮와의 인연으로 작용하는 것이 나타난다. 藤壷를 닮은 紫上와의 사랑은 기대이상으로 아름다운 사랑의 세계를 이루는 반면, 女三宮와의 결혼은 실망과 고통을 가져오면서, 『古今集』 봄의 화려함과 아쉬움 이상으로 光源氏 사랑의 세계에도 사랑으로 인한 영화와 고뇌가 나타난다.

光源氏는 현실적일 수 없는 藤壷와의 사랑을 藤壷의 의지를 이해하고 협력하는 것으로 극복하여 영화를 이루고, 藤壷의 죽음을 통해서는 서로의 마음을 공유하는 관계로 승화시키지만, 光源氏의 마음속에 남은 그리움과 아쉬움은 女三宮와의 인연으로 연결된다.

따라서 藤壷의 혈통인 女三宮와의 결혼은 필연적일 수도 있지만, 기대에 어긋나는 女三宮의 인품을 통해 光源氏는 藤壷와의 죄를 재인식하는 고통을 겪게 된다. 光源氏는 女三宮의 출가와 柏木의 죽음이라는 엄청난 대가를 치르면서 자신의 태도에 대해 많은 후회를 하게 되고, 비로소 그 고통을 자비로움으로 극복하는 인간적인 성숙을 이루어 간다.

藤壷를 닮은 紫上와의 사랑은 六条院 봄의 저택을 중심으로 한 화려한 세계를 자랑하며 성공하는 듯 했지만, 藤壺에 대한 끝없는 그리움은 결국 紫上를 아프게 한다. 그럼에도 불구하고 光源氏와 紫上의 깊은 사랑은 사랑을 시작한 二条院에서 紫上에 의해 아름다운 세계로 구현되고, 허무하면서도 사랑이 완성되는 아름다운 경지를 이루어낸다.

봄으로 이어지는 光源氏의 藤壺에 대한 사랑은 紫上 및 女三宮와의 운명적인 사랑을 통해 고통과 함께 더욱더 깊이 성숙되고, 마침내는 허무하기 때문에 더욱더 아름다운 특이한 미학적 경지에 도달하는 것이다. 『古今集』의 봄이 아쉬움을 읊음으로써 더욱더 아름답게 느껴지는 것처럼, 光源氏의 사랑 또한 영화를 이루는 이면에 고통과 후회와 허무함을 동반함으로써 성숙되고 아름다운 경지에 다다라 더욱더 깊이 있는 사랑의 의미를 지니게 된다.

겐지모노가타리|源氏物語의 사랑과 자연

紫上와
봄의 이미지_●2

1. 서론

　紫上는 봄과 특별히 관련이 깊다. 紫上는 『源氏物語』의 봄의 풍경이 처음으로 묘사되는 「若紫」[1]에서 光源氏와 만나면서 등장하여, 여러 가지 측면에서 봄을 상징하는 여성으로 살아가게 된다. 즉 光源氏로부터 '지지 않는 벚꽃'과 같은 이상적인 여성상을 교육받으며 성장하여, 光源氏의 부인이 되어서는 六条院의 봄의 저택의 안주인으로 살게 된다. 그리고 춘추우열론을 전개하면서 '봄의 마님[2](春の上)'이라는 명칭의 봄의 주인공으로 부각된다. 게다가 夕霧에 의해서 왕 벚꽃으로 비유되는가 하면, 光源氏에 의해서는 벚꽃보다도 아름다운 사람으로 높이 평가되기도 한다. 이 모든 것이 다 '봄'의 이미지와 연관되어 있는 것이다. 그러나

1　池田和臣(1980) 「若紫巻の成立」, 『講座源氏物語の世界』第二集, 有斐閣, p.98. 阿部秋夫(1982.3) 「源氏物語執筆の順序」, 『源氏物語(1)成立論構想論』国文学解釈と鑑賞別冊, 至文堂 등에는 『源氏物語』의 「若紫」巻이 가장 먼저 집필되었다는 '若紫巻起筆說'이 있다.

2　유정(1977) 『겐지 이야기』 을유문화사, p.408, p.431에서는 '봄의 여왕'으로, p.485에서는 '무라사키 여왕'으로 번역되었다.

이 '봄'이 화려하기만 한 것은 아니다. 紫上의 내면세계는 부모와 자식과 남편이라는 보편적인 삶의 조건에서도 채워지지 않는 깊은 고뇌의 그림자를 드리우게 된다. 그래서 紫上는 허무한 삶의 주인공3으로 묘사되기도 한다. 피는 꽃이 지니는 화려함의 이면에 지는 꽃의 아쉬움이 함께하는 것이다. 『古今集』를 비롯한 당시의 봄에 대한 전형적인 인식4이 반영되어, 겉보기에 화창하고 아름다운 紫上의 인생에도, 실은 무상함이라고 하는 이미지가 겹쳐 나타나는 것이다. 그럼에도 불구하고 사후의 紫上는 그 인품을 통해 영원히 봄의 계절의 주인공으로 光源氏와 후손들의 마음에 자리 잡아 『源氏物語』의 봄을 상징하는 인물로 완성된다.

　본고에서는 光源氏의 부인이며 六条院의 봄의 안주인으로 그리고 영원한 봄의 주인공으로 자리 잡게 되는 紫上의 내면세계를, 그녀가 상징하는 봄의 이미지들을 통해서 분석하기로 한다.

2. 봄에 대한 기다림

　『古今集』의 '봄'에는 '봄 안개(霞)'를 주제로 읊은 和歌가 1首 전해진다.5 거기서는 '봄의 여신이 입는 봄 안개로 된 옷은 씨실이 약해서 산바

3　拙著(2007)『源氏物語の人物世界』, 제이앤씨, p.75 참조.
4　鈴木日出男(1993)『古代和歌史論』, 東京大学出版会, p.419 '『万葉集』는 물론 記紀歌謠 이래의 고대 和歌의 기본적 표현형식인 〈寄物陳思〉가『古今集』시대의 和歌에서는 더 풍부하게 사용되며 정착하여, 벗꽃이라고 하면 금방 지는 허무한 아름다움이라는 일본적 미의식의 전형'이 있음을 지적한다. 또한 小町谷照彦(1980)「北山の春」, 『講座源氏物語の世界』第二集, 有斐閣, p.12에는 '안개 낀 산속의 벗꽃'의 원형이『古今集』의 '벗꽃'에 있다는『源氏物語』에 대한『古今集』의 영향이 지적된다.
5　그 외에도『古今集』의 '봄'에는 '봄 안개(霞)'가 봄의 다른 주제를 수식하는 표현으로

람에 옷이 나부끼누나(23.春のきる霞の衣ぬきをうすみ山風にこそ乱るべらなれ)⁶'라며, 봄의 여신의 옷으로 비유되는 '봄 안개'가 읊어져, 그 속에 있는 것을 신비한 아름다움을 지닌 것으로 상상하게 한다.⁷

어린 紫上가 처음으로 光源氏에게 발견되는 「若紫」의 서두 역시 산 속의 벚꽃과 봄 안개를 배경으로 하고 있다.⁸ 봄 안개의 효과를 고려한다면, 봄 안개 속에서 등장하는 紫上에게는 시초부터 이미 신비한 아름다움을 지닌 봄꽃 같은 여성의 이미지가 기대되는 것이다.

> 삼월 말이어서 京의 꽃은 이미 한창 때를 지나버렸다. 그러나 산 속의 벚꽃은 아직 한창으로 점점 더 안으로 깊이 들어감에 따라 안개가 낀 경치도 흥미로워 보이기에 (光源氏는) 이러한 외출도 좀처럼 없는 일이고 게다가 제약이 많은 몸이다 보니 신기하게 느껴지는 것이었다.…(光源氏는) 아무도 없어 심심하기에 저녁 무렵의 안개가 자욱한 속에서 그 작은 울타리가 있던 곳으로 가 보았다. …뛰어 나온 여자 아이는 많은 아이들과는 달리 성인이 된 후의 모습이 기대되는 아름다운 얼굴 모습이다.
>
> 三月のつごもりなれば、京の花、盛りはみな過ぎにけり。山の桜はまだ盛りにて、入りもておはするままに、霞のたたずまひもをかしう見ゆれば、かかるありさまもならひたまはず、ところせき御身にて、めづらしう

13首 등장하여, 봄의 필수적인 요소임을 나타낸다.

6 『古今和歌集』의 원문 인용은 모두 小沢正夫校注(1971) 『古今和歌集』 日本古典文学全集, 小学館에 의함.

7 鈴木日出男(1989) 『源氏物語歳時記』, 筑摩書房, p.9. 봄 안개는 『古事記』의 '秋山之下氷壮夫와 春山之霞壮夫'를 시작으로 한 신화에서 시작하여 '佐保姫'의 전승과 연관이 있다며 '인간을 초월한 힘을 가지고 벚꽃을 숨기기도 하면서 벚꽃을 신비적인 아름다움으로 상상하게' 한다고 지적한다.

8 『源氏物語』에서 봄 안개는 35번 사용된다. 봄 경치의 배경으로 쓰이는 가운데, 그 중 9번은 특히 紫上와 관계가 깊다.

思されけり。…人なくて、つれづれなれば、夕暮のいたう霞みたるにまぎ
れて、かの小柴垣のほどに立ち出でたまふ。…走り来たる女子、あまた見
えつる子どもに似るべうもあらず、いみじく生ひ先見えてうつくしげなる
容貌なり。　　　　　　　　　　　　　（「若紫」pp.273、274、279、280）⁹

　京에서 산 속으로 그리고 점점 더 깊이 공간 이동을 하여 들어가자
아직 한창인 벚꽃과 자욱하게 끼어 있는 봄 안개가 나타난다. 저녁 무렵
의 자욱한 봄 안개 속에서 光源氏는 작은 울타리 안을 들여다본다. 많은
아이들 속에서 그 아이들과는 다른, '성인이 된 후의 모습이 기대'되는,
예쁜 모습의 어린 紫上가 천진난만한 모습으로 뛰어 나오는¹⁰ 것이다.
光源氏는 성인이 될 때까지 '성장해 가는 모습이 보고 싶어 응시(ねびゆ
かむさまゆかしき人かな、と目とまりたまふ。)'(「若紫」p.281)하더
니, '가깝게 지내면서 마음대로 가르쳐 키워서 아내로 삼고 싶다고 생각
(うち語らひて心のままに教へ生ほし立てて見ばや、と思す。)'(「若
紫」p.287)하기에 이른다. 자욱한 안개 속에서 뛰어 나오는 어린 紫上는
光源氏의 눈에 사모하는 藤壺를 닮은 여성으로 비쳐진다. 이렇게 해서
자욱한 봄 안개와 벚꽃¹¹을 배경으로 등장한 어린 紫上는 그 배경의 효

---

9 이하『源氏物語』의 원문 인용은 모두 阿部秋夫秋山虔今井源衛校注訳(1970)『源氏
　物語』日本古典文学全集, 小学館에 의함.
10 原岡文子(1996)「『源氏物語』の子ども性文化」,『源氏研究』第一号. pp71, 72. '『源
　氏物語』에는「원칙적으로 여성이나 어린 여자아이 또는 귀공자도 뛰는 일이 없기」
　때문에, 뛰는 것은「반질서」적이며,「남자아이」의 행위를 시사하며, 그런 점에서
　紫上는「両性具有」의「어떤 性的 役割에서 해방된」인생을 살았다'는 지적처럼, 紫
　上의 독특한 등장 방식에서는 과거의 관습에서 해방된 새로운 삶에 대한 시도가
　감지된다.
11 河添房江(1992)『源氏物語の喩と王権』, 有精堂, p.28. '봄 안개와 벚꽃'은 '平安 시대
　日本画의 가장 보편적인 画題가 될 만큼의 '지적 구성미'를 갖춘 '선택된 경관미'라

과를 통해 이미 봄 안개 속의 '꽃'12이 되는 것이다.

어린 紫上를 자신의 집인 二条院으로 데려 온 光源氏는 그곳에서 어린 紫上에게 이상적인 여성상을 교육하며 어른이 되기를 기다린다. 천진난만한 산속의 벚꽃이 京로 옮겨져서, 『古今集』의 벚꽃을 읊은 첫 和歌 '올해부터 봄을 알기 시작한 벚꽃이여, 진다고 하는 것은 배우지 말아다오(49. ことしより春知りそむる桜花散るといふことはならはざらなむ)'의 '지지 않는 벚꽃'으로의 교육을 꿈꾸듯이, 光源氏의 어린 紫上에 대한 이상적인 여성상으로의 교육이 시작되는 것이다. 그리고 이렇게 二条院에 살기 시작한 어린 紫上는, 『古今集』 '봄'의 '신성한 미와 산을 이리도 가리는 봄 안개여 그곳에는 남에게 알려지지 않은 꽃이 피고 있을까(94. 三輪山をしかも隠すか春霞人に知られぬ花や咲くらむ)'처럼, 봄 안개 속과 같은 二条院에서 그 정체가 가려진 채 주변의 궁금증13을 자아내면서, 마치 피어나기를 기다리는 봄꽃처럼 이상적인 여성으로 성장하게 되는 것이다.

이 아이(紫上)는 어린 마음에도 (光源氏를) 멋진 분이라고 생각하여 '아버지보다도 더 멋진 분이네요' 등 말씀하신다. '그럼 그 분의 자식이 되

고 지적한다.

12 上坂信男(1977) 『源氏物語―その心像序説―』, 笠間書院, p.219. 「若紫」 p.298의 光源氏와 尼君와의 贈答歌 '엊저녁에 잠깐 꽃을 보았기에 오늘 아침엔 봄 안개와 함께 사라지려해도 되질 않습니다.(夕まぐれほのかに花の色を見てけさは霞の立ちぞわづらふ)'와 '정말로 꽃 둘레를 떠나기 힘든 건지 봄 안개로 알 수 없는 하늘의 모습을 두고 봅시다(まことにや花のあたりは立ちうきとかすむる空のけしきをも見む)'에서부터 이미 '벚꽃은 紫上를 가리키고 있다고 지적한다.

13 「紅葉賀」 p.406에 특히 葵上의 친정인 左大臣家에서 한탄하고, 천황이 궁금해 하며 훈계하는 장면이 묘사된다.

시지요'라고 말씀드리자, 고개를 끄떡이며 그렇게 되면 아주 좋겠다고 생각하신다. 종이 인형 놀이를 할 때에도 그림을 그릴 때에도 源氏님을 특별히 만들어서 예쁜 옷을 입히고는 소중히 하신다.…(光源氏가) 외출에서 돌아오면 (紫上가) 제일 먼저 마중을 나와 다정하게 말을 걸고 품에 안겨서는 멀리하거나 부끄러워하거나 하지 않는다.…'남편을 가졌으니 얌전히 해야지요(라는 유모의 말에 紫上는 속으로) '이 사람들의 남편은 흉하게 생겼는데 나는 이렇게 아름다운 젊은 사람을 가졌구나'

　　この若君、幼心地に、めでたき人かなと見たまひて、「宮の御ありさまよりも、まさりたまへるかな」などのたまふ。「さらば、かの人の御子になりておはしませよ」と聞こゆれば、うちうなづきて、いとようありなむ、と思したり。雛遊びにも、絵描きたまふにも、源氏の君と作り出でて、きよらなる衣着せ、かしづきたまふ。…ものよりおはすれば、まづ出でむかひて、あはれにうち語らひ、御懐に入りゐて、いささかうとく恥づかしとも思ひたらず。…御男などまうけたてまつりたまひては、あるべかしうしめやかにてこそ…この人々の男とてあるは、みにくくこそあれ、我はかくをかしげに若き人をも持たりけるかな'

(「若紫」pp.298, 336, 「紅葉賀」p.394)

　二条院에 살게 된 어린 紫上는 光源氏를 멋지다고 생각하며 잘 따른다. 멋진 光源氏의 자식이 되어도 좋고, 보기만 해도 좋고, 남편이 되었다니 감격스럽기까지 하다. 어린 紫上가 아직 '주체적인 인간 성격으로 묘사되지 않았[14]'기 때문이지만, 光源氏는 어린 紫上를 二条院으로 데려오자마자 자는 紫上를 깨워서까지 '여자는 마음이 온순한 것이 좋다(「…女は、心やはらかなるなむよき」)'(「若紫」p.332)라고 마음의 방향[15]부

---

14 秋山虔(1980) 『源氏物語の世界』, 東京大学出版会, p.80

터 가르치는 등, 어린 紫上의 '주체적인 행위자로서의 삶을 압살'[16]하는 교육이 시작되고, 산 속의 벚꽃과 같은 어린 紫上는 光源氏를 잘 따르며 교육받는 것이다. 이윽고 최고 교양인으로서 익혀야 하는 서도, 와카(和歌), 그림 등을[17] 배우는(「紅葉賀」p.389) 紫上에 대해, '한번 가르치면 빨리 습득하는 재능과 뛰어난 성품으로 자신의 뜻이 이루어지고 있다고 생각(ただ一わたりに習ひとりたまふ。おほかた、らうらうしうをかしき御心ばへを、思ひしことかな、と思す。)'(「紅葉賀」p.404)하며 光源氏가 만족해 할 만큼, 어린 紫上는 光源氏의 이상적인 여성으로 성장해간다. 그리고 그것은 光源氏가 의도했던 결혼으로 이어진다.

추운 겨울날의 光源氏에 의한 일방적인 결혼에 紫上는, '이런 마음이 있을 줄은 꿈에도 생각지 않았기에, "어떻게 이런 마음을 믿음직스럽다고 생각해 왔을까"라며 한심한 생각이 든다.(かかる御心おはすらむとはかけても思し寄らざりしかば、などてかう心うかりける御心をうらなく頼もしきものに思ひきこえけむ、とあさましう思さる。)'(「葵」p.64)처럼 한심해한다. 그러나 봄이 되어 光源氏와 결혼한 紫上의 정체가 세상에 알려지자, '쇼나곤이 돌아가신 외조모의 기도 덕분이라고 감격해할 만큼(少納言なども、人知れず、故尼上の御祈りのしるしと見たてまつる。) 세상 사람들의 축하가 이어지고(西の対の姫君の御幸ひ

---

15 光源氏는 아내인 葵上와 사이가 좋지 않자 紫上와 '항상 같이 있으면서 마음을 위로 받고 싶다(明け暮れの慰めに見ん)'(「若紫」p.301)며 현실적으로는 葵上의 연장선상에서도 紫上를 생각하는 등, 光源氏의 이상적인 아내로서의 교육이 시작된다.

16 秋山虔(1980) 『源氏物語の世界』, 東京大学出版会, p.76.

17 中田武司(1980) 「若紫巻と『伊勢物語』」, 『講座源氏物語の世界』第二集, 有斐閣, p.31. '若紫巻의 소녀 교육은 『伊勢物語』49段을 이상적으로 구현화한 것'이라고 지적한다.

を、世人もめできこゆ。)' 紫上는 계모가 질투하는 가운데 아버지와도 왕래하게 된다.(父親王も思ふさまに聞こえかはしたまふ。…継母の北の方は、安からず思すべし。)(「賢木」pp.95, 96) 게다가 '바람이 불면 제일 먼저 흔들립니다 황폐한 뜰에 내린 이슬에 쳐진 거미집은(風吹けばまづぞみだるる色かはるあさぢが露にかかるささがに)'처럼 紫上 자신이 光源氏를 의지하며, 光源氏가 집에 없는 불안함과 의지하는 마음을 和歌로 표현하기에 이른다. 光源氏 또한 글씨체는 물론 '무엇이든 부족함 없이 키웠다(何ごとにつけても、けしうはあらず生ほし立てたりかし)(「賢木」p.110)고 자신하며 이상적인 여성상으로 성장한 紫上의 모습에 만족해한다. 紫上가 어른이 되길 기다리며 교육한 보람이 있어, 紫上는 기대했던 이상적 여성으로 성장한 것이다.

  그러나 기다리던 봄은 '교육과 성장' 만으로 오는 것이 아니듯, 光源氏의 須磨 퇴거로 인해 紫上는 '진정한 봄'이 오기를 기다려야만 하는 어려운 상황에 놓이게 된다. 「須磨」에서 光源氏가 須磨로 퇴거하는 늦은 봄, 紫上는 '헤어져 있어도 당신의 그림자만이라도 머무른다면 거울을 보면서 마음을 달랠 텐데요…아깝지도 않은 내 목숨과 바꿔서라도 눈앞의 이별을 잠시라도 멈추게 하고 싶군요.(別れても影だにとまるものならば鏡を見てもなぐさめてまし…惜しからぬ命にかへて目の前の別れをしばしとどめてしかな)'(「須磨」pp.165, 178)처럼 光源氏와의 이별을 슬퍼하고, 光源氏 또한 '지나 온 산에 봄 안개가 멀리까지 끼어…산봉우리의 봄 안개가 고향을 가로막고 있지만 마주보는 하늘은 구름 위의 같은 하늘이구나(来し方の山は霞遥かにて、…ふる里を峰の霞はへだつれどながむる空はおなじ雲ゐか)'(「須磨」p.179)처럼, 봄 안개가 멀리

까지 끼어 있는 산을 뒤돌아보며 紫上와의 안타까운 이별을 봄 안개가 가로 막는 것으로 표현한다. 가로 막는 봄 안개처럼 光源氏의 須磨 퇴거로 인한 이별과 재회의 기다림이 불가항력적인 일임을 느끼게 하는 것이다.

『古今集』 '봄'의, '봄 안개가 낀 곳은 어디일까 요시노의 요시노산에는 눈만 내리는데(3.春霞たてるやいづこみよしのの吉野の山に雪はふりつつ)'의 봄 안개와 같이 신비스런 봄이 오길 기다리고, '봄 안개가 끼고 나무에 새싹이 돋는 봄이 오니 꽃 안 핀 이 고을에도 눈이 꽃처럼 내리누나(9.霞たち木の芽もはるの雪降れば花なき里も花ぞちりける)'처럼 따뜻한 봄이 되길 또 기다리고, 이젠 '봄 안개가 낀 산은 멀리 있지만, 불어오는 바람엔 꽃향기가 난다(103.霞たつ春の山辺は遠けれど吹きくる風は花の香ぞする)의 봄 안개를 통한 믿음으로 봄이 오기를 기다리듯이, 京의 봄 안개 속과 같은 二条院에서 이상적인 여성으로 성장한 紫上는 시련의 극복과 현실적 영화라는 진정한 봄날이 오기를 기다리게 되는 것이다.

3. 화창한 봄의 주인공

光源氏가 귀경하고 紫上가 봄의 안주인이 되면서 진정한 봄날도 찾아오는 듯하다. 「玉鬘」를 시작으로 하는 玉鬘十帖[18]에서 紫上는 표면상

---

18 紫上의 봄은 「若紫」, 「末摘花」, 「紅葉賀」, 「花宴」, 「葵」, 「賢木」, 「須磨」, 「明石」, 「澪標」, 「絵合」, 「松風」, 「薄雲」, 「朝顔」, 「少女」, 「玉鬘」, 「初音」, 「胡蝶」, 「蛍」, 「野分」, 「真木柱」, 「梅枝」, 「藤裏葉」, 「若菜上」, 「若菜下」, 「御法」의 『源氏物語』

봄의 주인공으로 부각되는 것이다.

즉, 「初音」의 六条院에서 처음으로 맞이하는 새해 첫날의 평화로운 모습이 봄 안개에 이끌려 신비하리만큼 아름답게 묘사되고, 그 속에서 紫上의 집은 극락정토로 비유될 만큼 특히 아름다우며, 紫上는 봄의 안 주인으로 안정[19]된 모습을 보이게 된다.

해가 바뀐 새해 아침의 하늘의 경치가 한 쪽의 구름도 없이 화창하여, 신분도 별것 아닌 사람의 집에서도 눈 녹은 사이로 봄나물이 녹색을 보이기 시작하고 어느새 봄 안개가 끼어 나무의 새싹이 나오는 등, 사람 마음까지도 자연히 자유로워지듯 보인다. 더욱이 옥구슬을 깐 듯한 光源氏의 집은 정원부터 모두가 볼거리가 많다. 한층 더 꾸며놓은 여러 여성들의 집은 말로 다 표현할 수가 없다. 紫上가 살고 있는 봄의 정원은 각별하여 매화 향기도 집안의 향기와 잘 어우러져서 바람 속에 풍기고 이 세상에 있는 극락정토라는 생각이 든다. 모두가 잘 융화되어 편안히 살고 있다.

年たちかへる朝の空のけしき、なごりなく曇らぬうららけさには、数ならぬ垣根の内だに、雪間の草若やかに色づきはじめ、いつしかとけしきだつ霞に木の芽もうちけぶり、おのづから人の心ものびらかにぞ見ゆるかし。ましていとど玉を敷ける御前は、庭よりはじめ見どころ多く、磨きましたまへる御方々のありさま、まねびたてむも言の葉足るまじくなむ。春の殿の御前、とりわきて、梅の香も御簾の内の匂ひに吹き紛ひて、生ける仏の御国とおぼゆ。さすがにうちとけて、安らかに住みなしたまへり。

(「初音」p.137)

前篇 41권 중의 25권에 등장한다. 玉鬘十帖는 「玉鬘」, 「初音」, 「胡蝶」, 「蛍」, 「常夏」, 「篝火」, 「野分」, 「行幸」, 「藤袴」, 「真木柱」이다.
19 池田和臣(1981)「玉鬘十帖の成立」,『講座源氏物語の世界』第五集, 有斐閣, p.94. 紫上가 '玉鬘十帖에서는 源氏의 正妻로서 처우되고 있다'고 지적한다.

六条院의 평화로운 정초의 모습과 잘 꾸며 놓은 여러 여성들 사이에서도 단연 돋보이는 紫上의 집은 마치 기다리던 '진정한 봄'이 온 것처럼 극락정토로 비유된다. 『古今集』 '봄'의, '내려다보니 버드나무와 벚꽃을 멋지게 섞어서 京야말로 봄의 비단을 깔았도다(56.見わたせば柳桜をこきまぜて都ぞ春の錦なりける)'의 화창한 봄의 아름다움처럼, 紫上의 집은 봄의 아름다움을 상징하듯 표현된다.

게다가 「胡蝶」의 3월 20여일에는 '紫上의 정원의 모습은 평소보다도 아름다움을 더해서 피는 꽃의 색이며 새 소리(春の御前のありさま、常よりことに尽くしてにほふ花の色、鳥の声)'(p.157)가 가득 찬 가운데 舟楽을 열어 秋好中宮의 여관들을 초대하는 등 紫上는 봄의 주인공으로서 그 아름다움을 적극적으로 만끽한다.

봄의 마님의 호의로 부처님 앞에 꽃 공양을 한다. 새와 나비의 춤옷을 나눠 입은 여자 아이 8명을 생김새 등이 특히 예쁜 아이들로 골라서, 새에는 은 꽃병에 벚꽃을 꽂고, 나비에는 금 꽃병에 황매화 꽃을 꽂아 같은 꽃이면서도 꽃봉오리가 멋지고 세상에 더없는 색의 최고품으로 준비하셨다. 남(紫上)쪽 정원의 산 쪽에서 배를 저어 나오면서 (秋好中宮의) 정원으로 나올 무렵, 바람이 불어, 꽃병의 벚꽃이 날린다. 하늘이 아주 화창하게 맑아서 봄 안개 사이로 여자 아이들이 모습을 드러내는 것은 아주 아름답게 보인다.

春の上の御心ざしに、仏に花奉らせたまふ。鳥蝶にさうぞき分けたる童べ八人、容貌などことにととのへさせたまひて、鳥には、銀の花瓶に桜をさし、蝶は、黄金の瓶に山吹を、同じき花の房いかめしう、世になきにほひを尽くさせたまへり。南の御前の山際より漕ぎ出でて、御前に出づるほど、風吹きて、瓶の桜すこしうち散り紛ふ。いとうららかに晴れて、霞の

間より立ち出でたるは、いとあはれになまめきて見ゆ。

（「胡蝶」pp.163-164）

秋好中宮이 봄의 독경을 시작하는 첫 날, 꽃 공양을 하는 紫上가 '봄의 마님(春の上)'으로 표현되기 시작한다. 紫上는 六条院의 봄의 안주인이 된 이후, 「胡蝶」, 「常夏」, 「真木柱」에서 각각 1번씩 3번에 걸쳐서 '봄의 마님(春の上)'이라고 불리는데, 「胡蝶」에서는 꽃을 들고 봄 안개가 낀 봄의 방향으로부터 공양하러 오는 아이들의 모습이 봄의 화창한 아름다움으로 표현되며 부처님 앞에 꽃 공양을 하는 꽃의 주인으로서의 紫上가 봄의 마님으로서 타당한 것이 나타난다. 또한 紫上는 봄의 안주인으로서 秋好中宮과 춘추우열에 관한 和歌를 주고받으며 봄의 아름다움을 부각시키고, 동시에 六条院에서의 자신의 위치[20]와 질서를 확고히 하게 된다.

뿐만 아니라 紫上는 「蛍」의 장마 때에 光源氏와 함께 明石姫君의 교육을 위한 物語를 고르면서 '무라사키노우에(紫の上)'라는 명칭(p.206)[21]으로 불리며 光源氏의 부인으로서 안정된 모습을 보이기 시작한다. 그리고 그 한편으로 '봄의 마님'으로 부각되어, 아름다움에 있어서도 光源氏의 부인으로서 자격이 충분함을 보여주는 것이다. 또한 「常夏」에서도 황매화(山吹)로 표현되며[22] 항상 紫上의 마음에 걸리던 玉鬘를 光源氏가

---

20 針本正行(1981)「春秋争い」, 『講座源氏物語の世界』第五集, 有斐閣, p.128. 秋好中宮과의 춘추우열론으로 인해 紫上는 中宮에게서 그 존재를 확인받은 셈이 되고, 光源氏의 사회적 영화의 지주로서의 中宮과 정신적 지주로서의 紫上가 六条院 세계의 안정을 꾀하고 있다고 지적한다.

21 '봄의 마님'이라는 표현은 玉鬘十帖의 「胡蝶」, 「常夏」, 「真木柱」에서만 사용되는데, '무라사키노우에(紫の上)'라는 표현은 玉鬘十帖의 「蛍」, 「藤袴」, 「真木柱」에서 1번씩 사용되다가 紫上가 별세한 이후의 「蜻蛉」까지 합계 15번 사용된다.

22 「玉鬘」p.129에서 光源氏는 정초에 입을 옷으로 玉鬘에게 황매화 꽃의 무늬가 있는

'봄의 마님(春の上)과 똑같이 생각할 수는 없다고 생각(春の上の御おぼえに並ぶばかりは、わが心ながらえあるまじく思し知りたり。)'(p.226) 하는 것으로, 紫上의 지위가 확고해 진 것이 시사된다. 게다가「野分」에서는 夕霧가 紫上를 봄 안개 속의 멋진 왕벚꽃(春の曙の霞の間より、おもしろき樺桜の咲き乱れたるを見る心地す。)(p.257)으로 생각하는 등, 光源氏의 판단을 객관적으로 뒷받침하기도 한다. 그리고「真木柱」에서는 鬚黒가 부인과 헤어지는 것을 '봄의 마님도 들으시고는, 나까지 원망 듣는 원인이 되는 것이 괴롭다며 슬퍼하신다.(春の上も聞きたまひて、「ここにさへ恨みらるるゆゑになるが苦しきこと」と嘆きたまふ)'(p.372)처럼, 紫上의 내면적인 슬픔이 표면화되는 가운데, 光源氏나 夕霧에 의해서는 물론 紫上 자신과 관련해서도 '봄의 마님(春の上)'으로 묘사되기에 이르는 것이다. 이렇게 해서 紫上는 표면적으로는 '화창한 봄의 주인공'이라는 이미지를 확고히 지니게 된다.

4. 지는 봄의 아쉬움

그러나 화창한 봄은 영원하지 않다. 紫上가 봄의 안주인으로 안정되기 시작한「初音」는, 실은 六条院의 '겨울'에 사는 明石君가 紫上의 양녀로서 길러진 자신의 딸에게 '세월을 소나무에 이끌리듯 姫宮를 기다리며

옷을 선물하여 紫上를 궁금하게 만들고,「初音」p.142에서 玉鬘는 황매화 무늬의 의상으로 한층 더 돋보인다(山吹にもてはやしたまへる御容貌). 또한「野分」p.272에서는 夕霧가 玉鬘를 꽃잎이 여러 겹인 황매화(八重山吹の咲き乱れたる盛りに露のかかれる夕映え)로 그 아름다움을 표현한다.

살아 온 나에게 오늘은 휘파람새의 첫소리를 들려주세요, 소리 없는 마을에(年月をまつにひかれて経る人にけふうぐひすの初音きかせよ、音せぬ里の)'(「初音」p.140)라고 하는 편지를 보내, 光源氏를 감동시킨다는 이면이 있다. 「澪標」의 봄 3월에 태어나, 「薄雲」의 겨울에 딸의 인생에 봄이 오길 바라는 明石君로부터 紫上의 양녀가 된 明石姫君가 처음으로 친어머니의 편지를 받는 것이다. 「初音」의 화창한 봄과 같은 紫上의 저택 안에서는 이미 봄에 태어난 明石姫君에게 봄의 자리를 내어주는 일이 진행되기 시작하고 있었던 것이다.

휘파람새가 '어두운 겨울을 지나 드디어 밝은 봄을 맞이하는'[23] 새로 인식되고 있듯이, 明石姫君는 친어머니인 明石君에게 봄을 알리는 새인 것이다. 光源氏 또한 그 답장을 쓰게 하며 明石君의 마음을 헤아려준다. 紫上가 '봄의 마님'으로서 화창한 봄을 만끽하는 그 이면에는, 태생부터가 봄이며, 夕霧와 光源氏로 인해 등나무 꽃(藤の花)[24](「野分」p.276)(「若菜下」p.183)의 아름다움으로 비유되는 양녀 明石姫君에게 봄의 자리를 내어주어야만 하는 역설적인 운명이 내포되어 있는 것이다.

따라서 이윽고 결혼하는 明石姫君를 친어머니인 明石君에게 되돌려주며 紫上는 '더없이 소중하게 키워서 정말로 사랑스럽고 예쁘게 생각하기에 남에게 주고 싶지 않고 진짜 내 아이에게 이런 일이 생긴다면 좋을텐데'(限りもなくかしづきするゐたてまつりたまひて、上はまことにあはれにうつくしと思ひきこえたまふにつけても、人に譲るまじ

---

23 鈴木日出男(1989) 『源氏物語歳時記』, 筑摩書房, p.33.
24 上坂信男(1977) 『源氏物語ーその心像序説ー』, 笠間書院, p.221. '桐壷更衣에서 藤壷로, 藤壷에서 紫上로, 그리고 紫上에서 明石姫君로 등나무 꽃의 인연(藤のゆかり)과 보라색의 인연(紫のゆかり)이 전해져서 이 姫君이야 말로 六条院의 직계 여주인공에 어울리는 것을 암시'하고 있다고 지적한다.

う、まことにかかることもあらましかば)(「藤裏葉」p.442)라고 생각하는 등, 친자식이 없는 아쉬움을 현실로 느끼게 되는 것이다.

게다가 이러한 아쉬움은 女三宮의 등장으로 그 현실성을 더해가게 된다.

'…나는 이상하게도 정처 없이 살아온 게 아닌가. 정말 나는 (光源氏가 남보다 뛰어난 숙세라고 한) 말씀처럼 보통 사람과는 다른 숙세이기도 했던 몸이지만, 보통 사람으로서는 참을 수 없고 채워지지도 않는 생각에서 헤어날 수 없는 몸으로 끝나는 것일까. 한심한 일이구나'라는 등 계속 생각하다 밤이 깊어서 잠든 새벽녘부터 가슴이 아파지셨다. …같은 상태로 2월도 지났다. (光源氏는) 말할 수 없을 만큼 걱정하고 한탄하면서 시험 삼아 장소를 바꿔보자고 二条院으로 옮겨드렸다.

「…あやしく浮きても過ぐしつるありさまかな。げに、のたまひつるやうに、人よりことなる宿世もありける身ながら、人の忍びがたく飽かぬことにするもの思ひ離れぬ身にてややみなむとすらん。あぢきなくもあるかな」など、思ひつづけて、夜更けて大殿籠りぬる暁方より御胸を悩みたまふ。…同じさまにて、二月も過ぎぬ。言ふ限りなく思し嘆きて、試みに所を変へたまはむとて、二条院に渡したてまつりたまひつ。

(「若菜下」pp.203, 205)

光源氏가 女三宮에게로 가서 집에 없는 날, 紫上는 깊이 고민하다가 병에 걸리게 된다. 紫上는 자신을 남보다 뛰어난 삶을 살았다고 단순하게 생각하는 光源氏와는 달리, 자신을 '보통 사람으로서는 참을 수 없고 채워지지도 않는 생각'을 가지고 살았다고 생각하는 것이다. '참을 수 없는 한탄스러움만이 맴돌아 그 고통이 기도처럼 되어 삶을 지탱해주었다(心にたへぬもの嘆かしさのみうち添ふや、さはみづからの祈りな

りける)'(「若菜下」p.198)고 생각하는 紫上는 자신의 마음을 이해하지 못하는 光源氏와의 괴리로 인해 병이 나게 된다. 병이 낫지 않자 光源氏는 시험 삼아 장소를 바꿔보기로 하고, 紫上를 친정처럼 생각하는 二条院으로 옮겨준다. 화창한 봄 3월, 紫上는, 『古今集』'봄'의 '빛이 평화로운 봄날에 마음 편치 않게 꽃이 지누나(84.ひさかたの光のどけき春の日に静心なく花の散るらむ)'처럼, 화창한 봄의 주인공으로 질서를 유지하기 위해 고민 많았던 六条院을 허무하게 떠나가는 것이다.

특별히 소중히 키우셨기 때문에 匂宮와 女一宮를 도중에 키우지 못하시는 것을 (紫上는) 아쉽고 슬프게 생각하신다.…지금까지 너무나도 아름다움이 넘치고 화려하게 보였던 한창일 때는 오히려 이 세상에 피는 꽃의 아름다움에 비유될 정도였지만, 지금은 한없이 안쓰럽고 사랑스러운 모습으로 이 세상을 임시의 집으로 생각하고 있는 모습이 (明石中宮은) 비할 데 없이 마음 아프고 공연히 슬프다.…(光源氏가) 요정도만 좋아도 기뻐하시는 모습을 보는 것도 괴롭고 결국에는 얼마나 한탄하실까 생각하니 (紫上는) 슬픈 생각이 들어…(光源氏는) 이렇게 천년을 사는 방법이 없을까 라는 생각이 들지만, 마음대로 되는 일이 아니어서 이 세상에 머물게 하는 방법이 없는 것이 너무 슬펐다.

とり分きて生ほしたてたてまつりたまへれば、この宮と姫宮とをぞ、見さしきこえたまはんこと、口惜しくあはれに思されける。…来し方あまりにほひ多くあざあざとおはせし盛りは、なかなかこの世の花のかをりにもよそへられたまひしを、限りもなくらうたげにをかしげなる御さまにて、いとかりそめに世を思ひたまへる気色、似るものなく心苦しく、すずろにもの悲し。…かばかりの隙あるをもいとうれしと思ひきこえたまへる御気色を見たまふも心くるしく、つひにいかに思し騒がんと思ふに、あはれな

れば、…かくて千年を過ぐすわざもがな、と思さるれど、心にかなはぬこ
となれば、かけとむる方なきぞ悲しかりける。　　　（「御法」pp.489-491）

　明石中宮의 아이들을 사랑하는 것으로 친자식이 없는 자신의 아쉬움
을 승화[25]시켜며 살아온 紫上는, 이제 匂宮에게 二条院을 물려주고 그곳
의 홍매화와 벚꽃을 즐기도록 유언(「御法」p.489)한다. 삶에 대한 모든
것을 정리한 紫上는 더 이상 손자들을 볼 수 없는 아쉬움만을 슬퍼한다.
그리고 이와 같이 모든 것을 초월함으로써 이제 紫上는 그 자신이 진정
한 아쉬움과 슬픔의 대상이 된다. 明石中宮도 이 세상을 임시의 집으로
생각하는 안쓰럽고 사랑스러운 紫上의 모습을 비할 데 없이 안타깝고
슬프게 생각하기에 이른다. 光源氏 또한 紫上를 살릴 길이 없어 아쉬워
하며 슬퍼한다.

　이러한 아쉬움 속에서 『古今集』 '봄'의 '봄 안개가 끼어있는 산에 핀
벚꽃이여 질 때가 된 것일까 색이 변해가는구나(69. 春霞たなびく山の
桜花移ろはむとや色かはりゆく)'처럼, 사랑하는 사람들과의 이별을 서
로 아쉬워하고, '꽃이 지는 것이 슬픈 것일까 봄 안개가 낀 산에서 우는
휘파람새의 소리는(108. 花の散ることやわびしき春霞たつたの山のう
ぐひすの声)'처럼, 지는 봄을 아쉬워하듯 사랑하는 사람들과의 이별을
슬퍼하며 紫上는 사라져가는 이슬처럼(消えゆく露の心地して)(「御法」
p.492) 덧없이 이 세상을 떠나는 것이다.[26] 그리고 이러한 사라짐에 대한
아쉬움은 紫上가 따스한 봄 그 자체로 재탄생하게 되는 계기가 된다.

---

25 拙著(2007)『源氏物語の人物世界』, 제이앤씨, p.85참조.
26 紫上가 죽는 계절은 가을이며, 小町谷照彦(2003)「平安朝文学における自然観」,『
　源氏物語研究集成』第十巻, 風間書房, p.18은『古今集』의 가을을 '슬픈 가을'로 정
　리한다.

5. 따스한 봄 그 자체

　「梅枝」의 정월, 明石姬君의 성인식을 위한 六条院 여성들의 薫物 시합[27]에서 紫上가 만든 세 종류의 향 중, 매화는 '봄바람에 어울리는'(「梅枝」p.401) 향으로 호평을 받는다. 「玉鬘」에서 紫上가 정초에 입을 옷으로 연말에 光源氏가 보내는 홍매화 무늬의 의상(p.129)을 시작으로, 『源氏物語』의 후반에서는 '紫上의 이미지와 연결됨으로써 홍매화는 화려함과 품격을 겸비한 최고의 꽃으로 다루어지게'[28] 된다. 또한 紫上 死後의 「幻」에서는 紫上를 회상하게 하는 꽃이 된다. 光源氏에 의해 '벚꽃보다도 아름다운 사람'(花といはば桜にたとへても、なほ物よりすぐれたるけはひことにものしたまふ。)(「若菜下」p.184)[29]으로 평가되는 것으로 끝나지 않고, 紫上는 『古今集』'봄'의 '매화 향기를 소매에 옮겨서 머물게 한다면 봄이 지나도 기념이 될 텐데(46.梅が香を袖にうつしてとどめてば春は過ぐともかたみならまし)'처럼, 훗날 기념이 될 사람으로 준비되기 시작하는 것이다.

---

27 「梅枝」의 紫上가 六条院 봄의 동쪽 건물(p.396)에서 薫物을 만드는 것으로, 三田村雅子(1981)「梅花の美」, 『講座源氏物語の世界』第六集, 有斐閣, p.13은 玉上琢弥(1966)『源氏物語評釈』第六巻, 角川書店 등의 지적을 예로 들며, 紫上가 동남쪽에서 동쪽으로 주거를 옮겨 女三宮에게 자리를 내어주는 준비가 시작되고 있다고 지적한다. 그러나 결과적으로 女三宮는 훗날 三条宮로 옮겨가게 되면서 六条院은 明石君의 자손들로 채워지게 된다.
28 三田村雅子(1981)「梅花の美」, 『講座源氏物語の世界』第六集, 有斐閣, p.11
29 女三宮는 파란 버드나무(青柳)로, 明石女御는 등나무 꽃(藤花)으로, 明石君는 감귤 꽃(花橘)으로 각각 비유된다.

A

죽을 것 같이 힘든 마음에도 (光源氏의) 슬퍼하는 모습을 안타깝게 생각하시어…이렇게 마음 아파하시는데 허무하게 되는 모습을 보여드리는 것은 뜻하지도 않은 일이어서 용기를 내어 약을 드시기 때문일까…

亡きやうなる御心地にも、かかる御気色を心苦しく見たてまつりたまひて、…かく思しまどふめるに、むなしく見なされたてまつらむがいと思ひ隈なかるべければ、思ひ起こして御湯などいささかまいるけにや、…

(「若菜下」p.233)

B

무리하게 살고 싶은 목숨이라고 생각되진 않지만, (光源氏와의) 오랜 동안의 인연을 끊어서 슬프게 하는 것만을 남몰래 마음속으로 슬프게 생각하신다.…허락 없이 혼자 마음으로 출가를 하는 것도 보기 흉하고 본심이 아니기에, 이것 때문에 紫上는 원망스럽게 생각하신다. 또 자기도 죄가 가볍지 않을 거라고 불안하게 생각하신다.

あながちにかけとどめまほしき御命とも思されぬを、年ごろの御契りかけ離れ、思ひ嘆かせたてまつらむことのみぞ、人知れぬ御心の中にもものあはれに思されける。…御ゆるしなくて、心ひとつに思し立たむも、さまあしく本意なきやうなれば、このことによりてぞ、女君は恨めしく思ひきこえたまひける。わが御身をも、罪軽かるまじきにやと、うしろめたく思されけり。

(「御法」pp.479, 481)

C

은은하게 먼동이 터 가는데 봄 안개 사이에서 보이는 여러 가지 꽃들은 역시 봄(자연의 봄과 紫上자신)에 마음이 끌리게 되듯이 아름답게 피어서 새들이 지저귀는 소리도 피리 소리에 뒤떨어지지 않을 것 같아, 슬픔도 기쁨도 더 이상은 없을 만큼…

> ほのぼのと明けゆく朝ぼらけ、霞の間より見えたる花のいろいろ、なほ
> 春に心とまりぬべくにほひわたりて、百千鳥の囀も笛の音に劣らぬ心地し
> て、もののあはれもおもしろさも残らぬほどに、…   (「御法」p.483)

二条院으로 옮겨 간 紫上는 ❹에서 보듯, 자신의 죽음을 슬퍼할 光源氏를 생각하며 약을 먹기 시작한다. 자신의 마음을 알아주지 못하는 光源氏에 대한 아쉬움보다도 자신의 죽음을 슬퍼 할 光源氏가 더 마음에 걸린다. 이렇게 紫上는 자신보다도 光源氏를 위해 사는 모습을 보인다. 자신을 비우며 인품이 더욱 높아져가는 것이다. 그렇게 4년을 살아 온 紫上는 ❸에서 보듯 자기가 죽어 光源氏를 슬프게 하는 것만을 슬프게 생각하고, 光源氏의 허가가 없어 출가하지 못하는 것을 한편 원망스럽게 생각하면서도 결국에는 자신의 죄가 깊다는 쪽으로 생각하기에 이른다. 모든 것을 자신의 죄로 돌리는 것이다. 자신의 죄를 깊이 생각하는 紫上는 그 불안을 씻어내듯 법화경 천부를 공양하게 된다. 이렇게 자신의 죽음을 준비하는[30] 紫上의 모습은 ❺에서처럼 봄 안개의 신비함 속에서 자연의 봄과 봄 그 자체로서의 紫上가 일치되는 것으로 묘사되며, 그것은 슬픔도 기쁨도 더 이상 없을 아름다운 경지를 보여준다. 『古今集』 '봄'의, '봄 안개의 색이 여러 가지 색으로 보이는 것은 그 산에 핀 꽃의 그림자가 비춰졌기 때문일까(102. 春霞色のちぐさに見えつるはたなびく山の花のかげかも)'에서 꽃의 그림자가 봄 안개에 비쳐지듯, 봄으로서의 紫上가 반영되어 더 아름답고 신비한 봄을 느끼게 하고 있다.

---

30 小町谷照彦(1982)「死に向かう人ー紫の上論」,『講座源氏物語の世界』第七集, 有斐閣, p.165

항상 봄 안개와 더불어 표현된 紫上는 따스한 봄 그 자체를 상징하는 인물이 되어 간다.

　紫上의 사후, 光源氏는 薫物의 평가를 맡았던 蛍宮를 만나면서도 '이 사람(紫上) 외에는 (홍매화를) 돋보이게 할 사람이 없구나(これより 外に見はやすべき人なくや)'(「幻」p.508)라며 紫上를 그리워하고, '나무가지에 풍취 있게 봄 안개가 끼어있고…심어 놓은 주인(紫上)도 없는 집의 홍매화 나무에 와서 모르는 척 우는 휘파람새여(梢をかしう霞みわたれるに、…植ゑて見し花のあるじもなき宿に知らず顔にてきゐるうぐひす)'(「幻」p.514)처럼, 봄 안개의 신비함에 이끌려 紫上가 심어 놓은 홍매화 나무에 와서 우는 휘파람새를 보며 紫上를 그리워한다. 그리고 光源氏는, 어린 匂宮의 '내 벚꽃이 피어있네. 어떻게 하면 오랫동안 지지 않을까. 나무 둘레에 천막을 쳐서 쌓아두면 바람도 불어올 수 없을 거야(まろが桜は咲きにけり。いかで久しく散らさじ。木のめぐりに帳を立てて、帷子を上げずは、風もえ吹き寄らじ」)'(「幻」p.515)라는 말에서 紫上가 새로운 봄으로 기억되는 것을 보며 웃음 짓게 된다. 紫上는 봄의 여러 이미지들과 연관되면서 남겨진 사람들에게 기억되는 것이다. 이러한 장면에서는 봄의 따스함이 자연스럽게 배어난다. 紫上는 '특히 이 두 사람(匂宮와 女一宮)을 가까이 하면서 귀여워하셨기에 많은 형제 중에서도 서로 격의 없이 지내신다(とりわきてこの二ところをばならはしきこえたまひしかば、あまたの御中に、隔てなく思ひかはしきこえたまへり。)'(「総角」p.295)처럼, 이제 따스한 인생의 봄 그 자체와 같은 존재가 되어 자손들의 삶을 화목하게 인도하고 있는 것이 확인되는 것이다.

6. 결론

 이상에서 보아 왔듯이 紫上는 봄의 여러 이미지들을 종합적으로 구현한 인물이라고 평할 수 있다. 紫上는 자욱한 봄 안개 속의 신비하고 아름다운 벚꽃처럼 나타나서 마치 개화를 기다리듯 光源氏의 이상적인 여성으로 교육받으며 성장한다. 그리고 진정한 봄이 오길 기다리듯 현실의 시련을 견디어내고, 이윽고 화창한 봄의 안주인으로 자리매김 하게 된다. 그러나 한편으로는 지는 봄이라는 현실이 역설적인 운명으로 내재되어 光源氏가 말한 '지지 않는 벚꽃'과 같은 이상적인 여성으로의 교육은 한계를 맞이하는 듯하였다. 하지만 그런 한계에도 불구하고 紫上는 그 인품을 통해 그리움의 홍매화도 되고 아름다운 벚꽃도 되며 자연의 봄 그 자체가 되었다. 다시 말해 자연의 아름다움이 지니는 이미지를 인간의 마음속에 내면화하여 인격적 아름다움으로 승화시킨 것이다. 그리고 사후에 이르러서는 따스한 인생의 봄을 이끌기도 하면서 봄 그 자체의 이미지와 일치되는 존재로 완성되어 갔다. 말하자면 진정한 봄이 오길 기다리고, 화창한 봄을 만끽하는 한편, 사랑하는 사람들과의 이별이라는 아쉬움을 남기는 인생을 살아갔지만, 종국에는 따스함으로 자손들의 삶과 光源氏의 마음속에 살아 숨쉬는 봄으로 재탄생하게 된 셈이다. 이렇듯 삶 자체를 통해 봄의 이미지들을 종합적으로 구현함으로써 이윽고 계절의 봄을 초월한 봄 그 자체가 되었다는 것, 바로 그 점에 『源氏物語』의 '봄'으로 살아 온 '봄의 여인' 紫上의 의미를 발견할 수 있을 것이다.

2
여름

겐지모노가타리源氏物語의 사랑과 자연

光源氏의 사랑과
여름의 의미_●1

1. 서론

『源氏物語』의 첫 巻인 「桐壷」에는 光源氏의 어머니인 桐壷更衣가 병에 걸려 세상을 떠나는 장면이 묘사된다. 그 장면은 '그해 여름, 부인은 왠지 건강이 나빠져서(その年の夏、御息所、はかなき心地にわづらひて)'(p.97)라는 말로 시작된다. 여기에 여름이라는 계절이 그 배경으로 설정되어 있다. 光源氏의 어머니가 죽은 이 '여름'이라고 하는 계절은 『源氏物語』에서 처음으로 묘사되는 계절이며, 세살의 어린나이에 光源氏가 어머니를 여의는 운명적으로 슬픈 계절이 된다.

『源氏物語』의 집필 순서가 「桐壷」가 아닌 「若紫」에서부터 시작되어, 「桐壷」는 「少女」 다음인 21번째쯤에 집필되었을 것이라고 하는 의견1

---

1 阿部秋夫(1982.3) 「源氏物語執筆の順序」, 『源氏物語(1)成立論構想論』国文学解釈と鑑賞別冊, 至文堂 p.165에는 『源氏物語』의 집필 순서에 대해서 이전의 「須磨」설과 池田亀鑑의 「若紫」설 등을 언급하면서, 「桐壷」가 「若紫」, 「紅葉賀」, 「花宴」, 「葵」, 「賢木」, 「花散里」, 「須磨」, 「帚木」, 「空蝉」, 「夕顔」, 「末摘花」, 「明石」, 「澪標」, 「蓬生」, 「関屋」, 「絵合」, 「松風」, 「薄雲」, 「朝顔」, 「少女」 다음쯤에 집필되었을 것이라고 하고 있다. 그렇다면 더욱더 桐壷更衣의 사망하는 계절을 '여름'으로 한 점,

등을 참고로 한다면, 前篇의 중간쯤에 집필된 「桐壺」에서 桐壺更衣가 세상을 떠나는 슬픈 계절을 굳이 '가을'이 아닌 '여름'으로 한 의미를 주목하게 된다. 『古今集』등에서 이미 가을이 '슬픈 계절'로 규정되고, 更衣를 잃은 桐壺帝의 슬픔이 '가을'을 통해 더없이 슬픈 것으로 묘사되는 등, 『源氏物語』의 가을 또한 슬픈 계절로 묘사되는 것을 참고로 한다면, 「桐壺」에서 桐壺更衣가 죽은 계절을 '여름'으로 한 인위적인 의미의 중요성을 생각하게 되는 것이다.

한편 『源氏物語』에서 가장 먼저 집필되었을 것이라고 하는 「若紫」의 '여름'에는 자신들을 가장 사랑해 주는 桐壺帝를 배신한 光源氏와 藤壺가 각각 桐壺帝를 생각하며 두려워하는 모습이 묘사된다. 더운 '여름'을 배경으로 하면서도 마음이 써늘해질 만큼 부적절한 사랑에 따른 '두려움(恐ろしう)'에 고뇌하는 모습이 부각된다. 『源氏物語』를 현재의 구성 순서대로 본다면, 「若紫」의 '여름'은 세살의 어린나이에 어머니를 여읜 光源氏의 슬픔이 근원이 되어 桐壺更衣를 닮은 藤壺를 그리워하게 되고 사랑하게 되면서 光源氏의 사랑이 '두려울' 만큼의 비극으로 진전되는 것을 보여주는 것이 된다.

光源氏의 사랑은 기본적으로 죽은 어머니 桐壺更衣에 대한 그리움을 근원으로 하지만, 桐壺更衣를 닮은 藤壺, 桐壺更衣와 같은 혈통인 明石君, 그리고 藤壺를 닮고 혈통도 같은 紫上 등, 桐壺更衣와 연결되는 인물들을 대상으로 구체화된다. 이러한 구체화는 결코 단순한 우연으로 상정되는 것이 아니라, '여름'을 배경으로 하는 결정적인 주요 사건들을 통해

그리고 이것이 『源氏物語』에서 처음으로 나타난 계절이라는 점에서 중요한 의미가 있다고 생각하게 된다.

내적으로 서로 연결되면서 자연스럽게 하나의 의미를 갖게 된다. 본고에서는 『源氏物語』에서 처음으로 묘사되는 계절이며 光源氏의 어머니가 죽은 계절인 그 '여름'에 주목하면서, 『源氏物語』前篇 41권 중 23권²에 묘사된 여름의 내용들(여름에 일어난 일들)을 중심으로 핵심적 여인들에 대한 光源氏의 운명적인 사랑과 그것에 관련된 여름의 의미에 대해서 분석 고찰하고자 한다.

2. 사랑의 두려움과 무더운 여름

光源氏의 어머니인 桐壺更衣가 죽은 그 '여름' 이후, 『源氏物語』의 여름의 더위를 배경으로 한 문장을 살펴보면, 「帚木」, 「空蟬」, 「夕顔」³ 등의 光源氏의 호기심에서 비롯되는 사랑과 달리, 「若紫」에서는 光源氏와 藤壺가 密通에 의한 임신으로 '두려움(恐ろし)'을 느끼며 깊이 고뇌하는 모습이 묘사되기 시작한다.

『源氏物語』에서 두려움이 들어가는 단어는 전체의 129곳에 나타난다. 그 중 前篇에 나타난 62곳을 보면, 봄에 27, 여름에 13, 가을에 18, 겨울에 4곳 등이 된다. 따라서 '여름'의 계절에 '두려움'이 몰려 있는 것만

---

2 「桐壺」, 「帚木」, 「空蟬」, 「若紫」, 「紅葉賀」, 「葵」, 「賢木」, 「花散里」, 「須磨」, 「明石」, 「澪標」, 「蓬生」, 「薄雲」, 「玉鬘」, 「胡蝶」, 「蛍」, 「常夏」, 「藤裏葉」, 「若菜上」, 「若菜下」, 「鈴虫」, 「御法」, 「幻」

3 「夕顔」의 전반부는 光源氏의 夕顔에 대한 호기심이 묘사되다가, 중반부 이후에는 계절을 '가을'로 하면서 夕顔가 모노노케(物の怪)를 두려워하다 죽게 되는 과정과 그 후의 일이 묘사된다. 여기에도 '두려움(恐ろしう)' 이라는 단어가 8군데 나오는데, 모두가 다 夕顔의 성품과 환경을 묘사하는 것으로 쓰인 것이 특징이다.

은 아니다. 그러나 '여름'의 내용을 들여다보면「帚木」의 2곳을 제외한
「若紫」의 2곳과「紅葉賀」의 1곳에 나타난 光源氏와 藤壷의 두려움,「薄
雲」4곳의 冷泉帝와 僧都의 두려움에 대한 인식,「若菜下」4곳에 나타난
女三宮와 柏木의 두려움, 그리고 光源氏가 상기하는 지난날의 두려움
등, '여름'의 11곳에는 密通과 관련된 '두려움'으로 이야기 고리가 연결되
어 있다.

우선「若紫」의 光源氏와 藤壷가 고뇌하며 두려워하는 장면을 보자.

藤壷는 건강이 좋지 않아 사가로 가셨다. …光源氏는 하고 싶은 무슨
말을 다 하겠는가. 밤이 새는 것을 모르는 어둠의 산에 머물고 싶겠지만,
안타깝게도 여름밤이 짧으니 차라리 만나지 않는 게 낫다. …(光源氏는)
집에 오셔서 울다 자며 누워 지내셨다. …궁궐에도 가지 않고 이삼일 집
안에만 있으니까 또 무슨 일이 있느냐고 (桐壷帝께서) 틀림없이 걱정하
실 것도 같아 (光源氏는) 지은 죄를 두려운 일이라고 생각하신다. …藤
壷도 정말 아주 한심한 몸이라며 한탄하여 병도 깊어졌다. 빨리 입궐하라
는 사자가 끊임없이 오지만, 결심이 서질 않는다. 정말 기분이 평소와 다
른 이유를 생각해봐도 남 몰래 집히는 데가 있고 보니 괴롭고 어떻게 되
는 건지 고민만 는다. 더울 때는 아예 일어나지도 않으신다. (임신) 석 달
이 되어 정말 확실히 알 수 있을 때여서 남들이 보고 이상하게 생각하여
묻는 것이, 뜻하지도 않은 숙세가 한심하게 생각된다. …(桐壷帝가) 한층
사랑스럽고 한없이 마음이 쓰여서 문안의 사자 등을 끊임없이 보내는 것
도 아주 두렵고 고민이 끝이 없다

藤壷の宮、なやみたまふことありて、まかでたまへり。…何ごとをかは
聞こえつくしたまはむ。くらぶの山に宿も取らまほしげなれど、あやにく
なる短夜にて、あさましうなかなかなり。…殿におはして、泣き寝に臥し

暮らしたまひつ。…内裏へも参らで、二三日籠りおはすれば、また、いか
なるにかと、御心動かせたまふべかめるも、恐ろしうのみおぼえたま
ふ。…宮も、なほいと心うき身なりけり、と思し嘆くに、なやましさもま
さりたまひて、とく参りたまふべき御使しきれど、思しも立たず。まこと
に御心地例のやうにもおはしまさぬは、いかなるにかと、人知れず思すこ
ともありければ、心うく、いかならむとのみ思し乱る。暑きほどはいとど
起きも上がりたまはず。三月になりたまへば、いとしるきほどにて、人々
見たてまつりとがむるに、あさましき御宿世のほど心うし。…いとどあは
れに限りなう思されて、御使などのひまなきもそら恐ろしう、ものを思す
こと隙なし。

（「若紫」pp.305-308)

위는 光源氏와 藤壺의 密通 이야기가 구체적으로 묘사되기 시작하는
장면이다. '봄'에 僧都의 설교를 듣던 光源氏가 '내 죄가 두렵구나, 어쩔
수 없는 일에 마음을 빼앗겨 살아있는 한 이것을 고민해야 되겠지. 게다
가 후세에도 괴롭겠지.(わが罪のほど恐ろしう、あぢきなきことに心
をしめて、生けるかぎりこれを思ひなやむべきなめり、まして後の
世のいみじかるべき)'(p.286)라며 자신의 죄를 두려워하는 장면으로 암
시되던 光源氏와 藤壺의 관계가 이 '여름' 구체적으로 묘사되기 시작한
다. 光源氏가 사가로 간 藤壺를 어렵게 찾아가는 것이다. 그리고는 '짧은
여름밤'을 한탄하고, 돌아와서도 光源氏는 '울다 자며 누워 지내는' 것으
로 마음의 애절함과 안타까움의 깊이를 표현한다. 그 반면에 아버지인
桐壺帝를 생각하며 光源氏는 자신의 지은 죄를 '두려운 일(恐ろしう)'이
라고 생각하기에 이른다. 이것은 光源氏가 夕顔의 죽음을 '으스스함(む
くむくしさ)'(「夕顔」p.242), '섬뜩함(ものむつかしき)'(「夕顔」p.252) 등
으로 인식하던 것과는 차이가 있다. 藤壺 역시 자신을 '한심하게(心う

し' 생각하며 '더울 때에 일어나지도 않고' 남편인 桐壺帝가 자신을 위해
주는 것을 '두렵게(そら恐ろしう)'[4] 생각하며 고뇌한다. 여름의 더위 속
에서 光源氏와 藤壺는 桐壺帝를 의식하면서 각자의 마음속에서 '두려움'
을 키워간다.

그리고 이러한 '두려움'은 皇子의 탄생으로 절정에 달한다. 「紅葉賀」
의 여름 4월에는 2월에 낳은 皇子를 데리고 藤壺가 입궐하여, 桐壺帝가
처음으로 皇子를 보는 장면이 전개된다. 光源氏를 닮은 皇子를 桐壺帝가
처음 보는 계절이 '여름'이 되는 것이다.

(皇子는) 사월에 입궐하였다. …두려울 만큼 (光源氏를) 닮은 얼굴을
(桐壺帝도) 생각지도 못하던 일이기에, 뛰어난 사람들끼리는 정말로 닮
는 것이라고 생각하셨다. 더없이 아주 소중히 키우신다. 光源氏를 한없
이 소중하게 생각하면서도 세상 사람들이 승낙할 리가 없다고 생각하여
동궁으로 하지 못했었던 것이 항상 억울하고, 평민으로는 아까운 모습이
며 얼굴 생김새 등을 보면서 괴롭게 생각했었는데, 이렇게 고귀한 어머니
에게서 (光源氏처럼) 빛나는 아름다운 사람이 태어났기에 (桐壺帝는) 흠
없는 옥으로 생각하여 소중히 키우시니, (藤壺는) 무슨 일이 있을 때마다
가슴이 답답하고 불안하게 생각하신다. …光源氏는 얼굴색이 변하는 느
낌이 들어 무섭고 황송하고 기쁘고 슬프고 여러 가지로 감정이 바뀌는
느낌이 들어 눈물이 흘러버릴 것 같다.

四月に内裏へ参りたまふ。…あさましきまで、紛れどころなき御顔つき
を、思しよらぬことにしあれば、また並びなきどちは、げに通ひたまへる

---

4 増田繁夫(1999)「光源氏の古代性と近代性」,『源氏物語研究集成』第一巻, p.328.
「そら恐ろしう」의 두려워하는 대상은 '사건 그 자체나 자기의 행동 등'이 아니라
'남의 눈이나 세상'이라고 한정한다.

にこそは、と思ほしけり。いみじう思ほしかしづくこと限りなし。源氏の
君を限りなきものに思しめしながら世の人のゆるしきこゆまじかりしによ
りて、坊にも据ゑたてまつらずなりにしを、あかず口惜しう、ただ人にて
かたづけなき御ありさま容貌にねびもておはするを御覧ずるままに、心苦
しく思しめすを、かうやむごとなき御腹に、同じ光にてさし出でたまへれ
ば、瑾なき玉と思しかしづくに、宮はいかなるにつけても、胸の隙なく、
やすからずものを思ほす。…中将の君、面の色かはる心地して、恐ろしう
も、かたじけなくも、うれしくも、あはれにも、かたがたうつろふ心地し
て、涙落ちぬべし。   (「紅葉賀」pp.398, 400, 401)

　桐壷帝는 자신을 배신한 증거가 될 수 있는 皇子를 보면서 아는지 모
르는지 아무런 내색을 하지 않는다. 오히려 '뛰어난 사람들끼리는 정말
로 닮는 것이라고 생각'하여 光源氏를 東宮으로 하지 못했던 억울함을
풀 생각으로 소중히 키운다. 藤壷에게는 불안이, 光源氏에게는 아버지
桐壷帝의 사랑이 확인될수록 죄의식 때문에 桐壷帝에 대한 두려움이 더
욱 커져 간다. '얼굴색이 변하는 느낌이' 드는 光源氏는 변하는 얼굴색만
큼이나 마음속까지 뜨거워진다. 19세의 光源氏는 '여름'에 이러한 '뜨거
움'과 '두려움'으로 桐壷帝를 의식한다.

　한편, 藤壷의 불안은 桐壷院의 崩御 後 東宮의 장래를 생각하는 어머
니의 모습에서 선명하게 나타난다.

　　아직도 (光源氏의) 마음이 멈추질 않아 (藤壷는) 자칫 가슴이 무너질
　듯하면서 (桐壷院이) 조금도 그 사실을 알지 못하셨던 것을 생각하는 것
　조차 너무 두려운데, 이제 와서 다시 그와 같은 소문이 나면, 내 몸이야
　어찌 되어도 좋지만, 동궁에게는 틀림없이 안 좋은 일이 일어나게 될 것

이라고 생각하니, 몹시 두려워서 기도까지 시키면서 (光源氏의) 마음을 단념시키려고 여러 방법을 다 생각해서 피했는데, 어떤 틈이 있었을까, 뜻하지도 않게 숨어들어 왔다. …정말 이렇게까지 닮은 것은 괴로운 일이라고, 옥의 티라는 생각이 드는 것도 세상이 성가신 것을 두렵게 생각하기 때문이다.

なほこのにくき御心のやまぬに、ともすれば御胸をつぶしたまひつつ、いささかもけしきを御覧じ知らずなりにしを思ふだに、いと恐ろしきに、今さらにまたさる事の聞こえありて、わが身はさるものにて、東宮の御ために必ずよからぬこと出で来なんと思すに、いと恐ろしければ、御祈祷をさへせさせて、このこと思ひやませたてまつらむと、思しいたらぬ事なくのがれたまふを、いかなるをりにかありけん、あさましうて近づき参りたまへり。…いとかうしもおぼえたまへるこそ心うけれと、玉の瑕に思さるるも、世のわづらはしさのそら恐ろしうおぼえたまふなりけり。

(「賢木」pp.99, 100, 108)

「賢木」의 '봄' 3곳에 나타난 藤壺의 '두려움'을 보면 藤壺가 지금까지 불안해하던 실체를 알 수 있다. 하나는 죽은 桐壺院이 자신의 密通을 끝까지 몰랐다고 하는 사실[5]에 대한 두려움이고, 두 번째는 다시 소문이 나서 東宮에게까지 안 좋은 일이 일어날까 두려워하는 것이고, 세 번째는 東宮이 光源氏를 닮아 세상 사람들이 의심을 하게 될까 두려워하는 것이다. 藤壺는 桐壺院에 대한 죄의식을 갖고 있으면서도 자식인 東宮의 앞날이 더 걱정되는 것이고, 아직도 변치 않는 光源氏의 마음과 세상

---

5 高橋和夫(1999)「桐壺巻の主題」, 『源氏物語研究集成』第一巻, p.43. '왕비의 密通이 공공연한 비밀이어도 왕이 알면서도 모르는 척하는 것', 그것이 '왕권의 保證'이 되는 것이며, 物語의 '암묵의 규칙'이 된다고 지적한다.

사람들의 이목을 두려워하면서 또 역시 東宮의 장래를 생각하는 어머니가 되어 있는 것이다. 따라서 19세의 光源氏가 '뜨거움'과 '두려움'으로 桐壺帝를 의식하는 「紅葉賀」의 '여름', 藤壺는 桐壺帝를 의식하는 두려움만이 아니라, 이미 皇子의 장래를 걱정하는 어머니로서 '가슴이 답답하고 불안'한 생각을 갖게 된다.

이러한 光源氏와 藤壺의 마음의 차이는 「須磨」의 '봄'에서 光源氏가 須磨로 떠나기 전에 출가한 藤壺를 찾아가서 '하늘(을 보는 것)도 두렵다(空も恐ろしうはべる)'(p.171)고 말하는 장면에서도 찾아 볼 수 있다. 藤壺는 '남편은 없고 산분은 슬프게 된 마지막이니 출가한 보람 없어 울면서 지내노라(見しはなくあるは悲しき世のはてを背きしかひもなくなくぞ経る)'(p.172)라며, 光源氏에게 東宮의 후견을 바란 보람이 없어진 것을 슬퍼한다.

藤壺가 皇子를 데리고 입궐하던 「紅葉賀」의 '여름' 이후, 藤壺는 죄의식보다 더욱 강한 어머니로서의 마음이 확실하게 표현되는 것에 비해, 19세의 光源氏에게는 아버지 桐壺帝의 사랑을 확인하는 한편으로 아버지 桐壺帝에 대한 '두려움'만이 더 커지게 되어 간다.

그리고 「薄雲」에 나타난 光源氏 32살의 여름, 藤壺의 사망 49일제를 계기로 冷泉帝는 僧都에게서 자신의 친아버지가 光源氏라는 사실을 듣는다. 여기에는 冷泉帝도 光源氏와 藤壺의 관계를 '두려운' 관계로 인식하는 것이 나타나 있다.

'정말로 말씀드리기 어렵고 오히려 죄가 될지도 모른다고 생각되어 꺼려지는 일이 많지만, 알고 계시지 않으면 죄가 무겁고 하늘이 보시기에도 두렵게 생각되는 일을, 마음속으로 탄식하며 수명이 다한다면 무슨 도움이 되겠습니까. …' …자세히 말씀드리시는 것을 들으시니 (冷泉帝는) 더 없이 놀랄만한 일로 두렵기도 슬프기도 여러 가지로 마음이 혼란스럽다. … '정말로 두렵습니다. 천변이 끊임없이 계시하고 세상이 조용하지 않은 것은 이 때문입니다. …(帝께서) 무슨 죄인지도 모르시는 것이 두려워서…' …현명한 사람(光源氏) 눈에는 이상하게 보이지만, 이렇게까지 정확하게 들으셨다고는 생각지도 못하신다

「いと奏しがたく、かへりては罪にもやまかり当らむと思ひたまへ憚る方多かれど、知ろしめさぬに罪重くて、天の眼恐ろしく思ひたまへらるることを、心にむせびはべりつつ命終りはべりなば、何の益かははべらむ。…」…くはしく奏するを聞こしめすに、あさましうめづらかにて、恐ろしうも悲しうも、さまざまに御心乱れたり。「…いと恐ろしうはべる。天変頻りにさとし、世の中静かならぬはこの気なり。…何の罪とも知ろしめさぬが恐ろしきにより…」…かしこき人の御目にはあやしと見たてまつりたまへど、いとかくさださだと聞こしめしたらむとは思さざりけり

(「薄雲」pp.439-445)

僧都는 冷泉帝에게 '알고 계시지 않으면 죄가 무겁고 하늘이 보시기에도 두렵게 생각되는 일'이라며 말하기 시작한다. 僧都는 冷泉帝에게 아버지를 신하로 두는 불효가 두려운 일이라고 말한다. 僧都의 이야기를 들은 冷泉帝는 光源氏와 藤壺의 관계 그 자체가 '더 없이 놀랄만한 일'이라며 두려움과 슬픔이 교차한다. 그리고 光源氏에게 양위를 제안한다. 冷泉帝는 僧都가 말하는 불효의 해결책으로 양위를 제안하는 것이다. 僧都는 불효의 두려움을 3번에 걸쳐서 반복한다. 冷泉帝는 양위 제안을 고사한 光源氏에게 40세의 축하를 앞두고 准太上天皇의 지위를 주면서도 양위하지 못한 것을 탄식할 정도이다. 僧都의 역할로 冷泉帝는 光源

氏와 藤壷의 관계에 대한 두려움을 양위 제안이라는 방법으로 마음의 해결책을 찾는다. 그러나 光源氏의 입장에서 보면 「薄雲」 '가을'의 '눈을 뜨고 볼 수 없을 만큼 두려운 생각이 들어서(いとまばゆく恐ろしう思して)'(p.446)처럼, 冷泉帝를 통해 사실의 두려움을 다시금 생각하게 된다.

「若菜下」의 '여름'에 나타나는 女三宮와 柏木의 두려움, 그리고 光源氏의 두려움이 연결되는 장면을 보자.

> 女三宮는 아무 생각 없이 잠자고 있었는데 가까이에서 남자의 기척이 나기에 光源氏가 왔을 거라고 생각했는데…겨우 눈을 떠보니 다른 사람이었다. …부들부들 떠는 모습, 물처럼 땀도 흘러 기절할 것 같은 얼굴색…이 사람(柏木)이었구나 라고 생각되자 너무 놀라고 두려워서 아무런 대답도 못하신다. …나(柏木)는 큰 잘못을 저지른 몸이구나. 세상살이가 힘들어지는구나. 라며 두렵고 창피해서 외출도 못한다. …(光源氏가) 노려보는 일이 있다면 너무 두렵고 창피할 거라고 생각한다. …'돌아가신 아버지 桐壷院도 이렇게 마음속으로는 알고 계시면서 모르는 척 하고 계셨던 것일까. 생각해보면 그때의 일은 몹시 두렵고 있어서는 안 될 잘못이었다' 라며 가까운 자신의 전례를 생각하면서 사랑의 깊은 산은 비난할 수 없다는 마음도 든다.
>
> 宮は、何心もなく大殿籠りにけるを、近く男のけはひのすれば、院のおはすると思したるに、…せめて見あけたまへれば、あらぬ人なりけり。…わななきたまふさま、水のやうに汗も流れて、ものもおぼえたまはぬ気色、…この人なりけり、と思すに、いとめざましく恐ろしくて、つゆ答へもしたまはず。…いみじき過ちしつる身かな、世にあらむことこそまばゆくなりぬれ、と恐ろしくそら恥づかしき心地して、歩きなどもしたまは

ず。…この院に目をそばめられたてまつらむことは、いと恐ろしく恥づか
しくおぼゆ。…「故院の上も、かく、御心には知ろしめしてや、知らず顔
をつくらせたまひけむ。思へば、その世の事こそは、いと恐ろしくあるま
じき過ちなりけれ」と、近き例を思すにぞ、恋の山路はえもどくまじき御
心まじりける。   (「若菜下」pp.215, 216, 220, 221, 245)

　女三宮는 光源氏인 줄 알았던 남자가 다른 사람인 것을 알고는 부들부
들 떨며 물처럼 땀이 흐른다. '여름'의 계절에, 女三宮는 떨며 식은땀을
흘린다. 여름의 더위 속에서 놀라 공포에 질린 女三宮의 모습이 부각되
는 장면이다. 게다가 그 남자가 柏木인 것을 알자 女三宮는 더욱 놀라
두려움까지 느끼게 된다. 그 남자가 光源氏가 아니라는 것만으로도 女三
宮는 부들부들 떨리고 식은땀이 흐르는데, 그 남자가 언니 女二宮의 남
편이며, 光源氏의 아들 夕霧의 친구인 柏木라는 사실에 기가 막히고 光
源氏가 두려워진다. 그리고 이러한 女三宮의 놀라움과 두려움은 이전의
光源氏와 藤壷의 두려움의 깊이를 재삼 확인시킨다.

　柏木는 지은 죄를 의식하며 '세상살이가 힘들어진 것'과 光源氏가 '노
려보는 일이 생길 것'을 두려워하고 창피해한다. 지은 죄를 생각하는 柏
木는 이미 세상살이가 힘들다. 그리고 미래의 '光源氏가 노려보는 일'도
예상하며 두려워한다. 그런 柏木에게 겨울의 試楽하는 자리에서 光源氏
가 "'거꾸로 가지 않는 세월이지요. 늙음은 피해갈 수 없는 것이오"라며
지켜보신다(「さかさまに行かぬ年月よ。老は、えのがれぬわざなり」
とてうち見やりたまふ)'(「若菜下」p.270)처럼 노려보는, 柏木가 두려워
하던 일이 일어난다. 결국 光源氏가 사실을 알고 있는 것을 눈치 챈 柏木
가 마음 약해져서 죽음에 이르게 되지만, 이 '여름'에는 桐壷帝가 사실을

알게 될 것을 두려워하면서도 桐壺帝가 모르는 것으로 알던 光源氏를 대신해서, 光源氏에게는 일어나지 않은 두려워하던 현실이, 자신의 죄로 인한 두려움과 창피함을 느끼는 柏木의 마음을 통해서 투영되는 것이다.

뒤를 이어 光源氏가 인과응보적인 자신의 죄를 돌아보며 몹시 두렵고 있어서는 안 될 잘못이었다고 깊이 깨닫고 반성하는 장면이 묘사된다. 이곳의 光源氏는 桐壺帝가 자신의 배신을 알게 될 것을 두려워하던 이전과 달리, 지금은 자신을 돌아보며 이미 桐壺帝가 자신의 죄를 알고 있었을 지도 모른다고 깨닫는다. 그리고 당시의 자신의 密通 그 자체가 아주 두렵고 있어서는 안 될 잘못이었다고 인정하며 반성하게 된다. 光源氏는 이제 자신의 죄를 알고 있었을 아버지 桐壺帝의 마음을 돌아보게 된다. 그리고 '사랑의 깊은 산은 비난할 수 없다는 마음도 든다'처럼, 光源氏는 女三宮의 잘못에 대해서도 집착할 수 없게 된다.

「若菜下」의 '여름'에 나타난 女三宮와 柏木의 두려움의 결과는 「柏木」의 '봄'에 깊은 고민으로 병약해진 柏木가 女三宮의 출산과 출가의 이야기를 듣고는 사실을 모르는 주변 사람들의 한탄과 슬픔 속에서 이윽고 '거품이 사라지듯이 숨을 거두(泡の消え入るやうにて亡せたまひぬ)' (p.308)게 되는 장면으로 이어진다. 이 '봄'에 柏木가 사망하기까지의 女三宮와 柏木, 그리고 光源氏의 '두려운' 마음을 읽어보자.

> (女三宮의) 성격이 강하고 침착한 것은 아니지만 光源氏의 기분이 좋지 않을 때가 있어서 아주 두렵고 괴롭게 느껴지는 것이겠지… '아아 밉구나. 내(柏木) 몸은 죄가 깊구나. 陀羅尼를 소리 높여 읽는 것이 너무 두려워서, 드디어 죽어버릴 것만 같다' … '…참으로 이상한 일이구나. 내(光源氏)가 평생 두렵다고 생각한 일의 응보이겠지. 이승에서 이처럼 뜻

하지도 않게 응보를 만났으니, 후세의 죄도 조금은 가벼워졌을까'

　御心本性の、強くづしやかなるにはあらねど、恥づかしげなる人の御気
色のをりをりにまほならぬがいと恐ろしうわびしきなるべし。…「いであな
憎や。罪の深き身にやあらむ、陀羅尼の声高きはいとけ恐ろしくて、いよ
いよ死ぬべくこそおぼゆれ」…「…さてもあやしや。わが世とともに恐ろし
と思ひし事の報なめり。この世にて、かく思ひかけぬ事にむかはりぬれ
ば、後の世の罪もすこし軽みなんや」　　　　　　　（「柏木」pp.282, 283, 289）

　「若菜下」의 '겨울', '후세에 성불의 방해가 된다면 그 죄는 아주 두려울
것이오(後の世の御道の妨げならむも、罪いと恐ろしからむ)'(p.261)
라는 光源氏의 훈계에, 光源氏가 자신의 죄를 알고 있는 것을 느낀 女三
宮는 光源氏를 두려워하게 되어 柏木에게 편지도 마음대로 못쓰게 된다.
그리고 그러한 女三宮의 모습을 「柏木」의 '봄'에서는 女三宮의 나약한
성격에 기인하는 것으로 묘사된다. 女三宮의 원래의 성격이 나약하다고
하는 것이다.

　그리고 柏木 또한 자신의 죄로 인해 승려(聖)가 陀羅尼를 소리 높여
읽는 소리조차도 두려워하는 나약함을 보인다. 女三宮에 대한 생각만으
로도 「若菜下」의 봄에 '光源氏를 보니 너무 두렵고 제대로 볼 수가 없어
서 "이런 마음을 가져선 안 되지… 게다가 엄청난 일을"'(大殿を見たて
まつるに気恐ろしくまばゆく「かかる心はあるべきものか。…まし
ておほけなきこと」)(p.147)라며 光源氏를 두려워하던 柏木는 女三宮의
고양이로 대신 위안을 삼고 있었는데, 6년이 지나 女三宮를 만나게 된
것이다. 그리고 이제 柏木는 光源氏가 사실을 알았음을 눈치 챈다. 柏木
에게는 두려워하고 창피해하던 바로 그 일이 일어난 셈이다. 남이 읽는

薬師経의 倶毗羅 대장의 이야기를 자기 목을 조르라는 소리로 잘못 듣고 죽어버렸다는 藤原保忠[6]의 이야기를 柏木의 죽음에 연결시키는 복선이 지적되기도 하지만, 두렵고 창피한 柏木는 스스로 견디기 힘든 두려움에 휩싸이며, 결국 이 '봄'에 나약한 柏木는 죽음에 이르게 된다.

그리고 이미 女三宮의 잘못에 집착할 수도 없는 光源氏는 '평생 두렵다고 생각한 일의 응보를 만나 후세의 죄도 조금은 가벼워졌을 것'이라고 합리화하며, 평생 두렵다고 생각했었던 일에서 벗어나려고 한다. 그러나 이 '봄', 光源氏가 평생 두려워했던 '사실이 알려지는 두려움'의 말로가 女三宮의 출가와 柏木의 죽음으로 형상화되어 나타난다.

光源氏가 자신들의 비밀을 안 것을 알고 이렇게 출가와 죽음으로 이어진 女三宮와 柏木의 '두려움'이 시작된 「若菜下」의 '여름'에 光源氏는 자신의 죄를 알고 있었을 아버지 桐壺帝의 마음을 새삼 깨닫게 된다. 즉, 「若紫」, 「紅葉賀」, 「若菜下」로 이어지는 『源氏物語』의 '여름'은 光源氏와 藤壺가 '두려움'에 떠는 계절이며, 사실을 알게 된 冷泉帝로 인해 光源氏가 다시 한 번 두려움을 자각하게 되는 계절이고, 女三宮와 柏木의 두려움을 통해 光源氏가 자신의 두려움을 직시하면서 자기 자신의 반성을 이끌어내는 계절이 된다.

'여름 쯤, 연꽃이 한창일 무렵, 출가한 女三宮가 持仏 개안 공양을 한다(夏ごろ、蓮の花の盛りに、入道の姫宮の御持仏どもあらはしたまへる供養せさせたまふ)'(p.361)로 시작되는 「鈴虫」에서는 출가한 女三宮를 위해 光源氏와 紫上가 女三宮의 持仏 개안 공양을 도와주고[7], 光源

---

6 「柏木」p.284의 주31 참조.
7 藤井貞和(1980)『源氏物語の始原と現在』, 冬樹社, p.163. 개안 공양의 화려함은 '光源氏와 女三宮 사이의 마음의 격절이 참을 수 없을 만큼 깊다'는 것을 나타낸다고

氏의 女三宮에 대한 생활의 배려 등이 이어진다. '여름의 연꽃이 한창일 무렵'이라고 하는 아미타여래의 정토를 연상시키는 이 계절[8]은 자기반성을 하는 光源氏가 도달한 경지를 시사한다. 말하자면 '사랑의 깊은 산'으로 인해 진땀나던 '두려운' 여름은 연꽃 피는 '아미타여래의 정토'로 가기 위한 하나의 과정이 마치 연결 고리가 이어지듯 이어져서 완성된다. 결과적으로 어머니가 죽은 '여름'에 光源氏는 이렇게 '아미타여래의 정토'로 인도되는 것이다.

3. 자손의 번영과 우거진 녹음

「桐壺」의 '여름'이 桐壺更衣의 죽음으로 인해 光源氏에게 운명적으로 슬픈 계절이 되는 데 비해, 「明石」의 '여름'에는 죽은 아버지 桐壺院의 꿈의 계시를 따른 光源氏가 明石入道의 딸 明石君에게 구혼하는 운명적인 장면[9]이 묘사된다. 桐壺更衣가 죽은 것은 후견인도 없는 열악한 형편으로 궁중생활을 한 것이 근본 원인이다. 그리고 更衣가 열악한 궁중생

지적한다.
8 「鈴虫」p.361의 **주1** 참조.
9 光源氏가 자기를 데리러 온 明石入道를 따라 明石로 간 것은 '봄'의 光源氏의 꿈에 죽은 아버지 桐壺院이 나타나 '(해상신인) 住吉신사의 신이 인도하는 대로 빨리 배를 타고 이곳을 떠나라(住吉の神の導きたまふままに、はや舟出してこの浦を去りね)'(「明石」p.219)라고 한 말이 있었기 때문이다. 入道 또한 꿈에 '특이한 모습으로 알리는 사람이 있어서(さまことなる物の告げ知らすることはべりしかば)'(p.221) 따라 왔다면서 '정말로 신의 인도가 틀림없다(まことに神のしるべ違はずなん)'(p.222)고 한다. 꿈의 계시대로 入道를 따라 明石로 간 光源氏는 그곳에서 入道의 마음을 받아들여 그의 딸인 明石君에게 구혼한다. 光源氏와 明石君의 결혼에는 이렇게 桐壺院에 의해 만나게 되는 운명이 있다.

활을 강행한 이유로는 '이 사람이 입궐하는 본뜻을 틀림없이 이루어라 (この人の宮仕の本意、かならず遂げさせたてまつれ)'(「桐壺」p.106) 라는 아버지 大納言의 유언이 있었기 때문으로 밝혀진다. 그러한 집안의 영화회복을 바라는 大納言의 유언은 '도시의 권문과의 결혼을 바라는 明石入道의 삶과 같은 맥락[10]'이다. 「明石」의 '여름', 桐壺更衣와 같은 혈통[11]의 明石入道는 집안의 영화회복을 바라며 光源氏를 사위로 삼으려고 한다.

　　4월이 되었다. 갈아입을 의복과 칸막이의 천 등을 (여름 것으로) 멋있게 조달한다. 모두 신경을 쓰는 것을 딱하게도 미안하게도 생각하지만, 자부심이 강한 (入道의) 인품을 생각해서 하는 대로 놔두었다. …멀리까지 탁 트인 바닷가여서 봄가을의 꽃이나 단풍이 한창일 때보다도 그저 어딘지 자연 그대로 우거진 그늘이 더 멋있어서…소리도 둘도 없이 아름답게 거문고 등을 아주 매력적으로 켜는 솜씨에 마음이 끌려서…태어났을 때부터 기대하는 것이 있습니다. 어떻게 해서든 도읍의 고귀한 분에게 시집보내고자 하는 깊은 결심이 있습니다…먼지 가까운지 알 수도 없는 하늘을 쓸쓸히 바라보며 入道에게 들은 집의 아가씨에 대해 생각해 봅니다

　　四月になりぬ。更衣の御装束、御帳の帷子など、よしあるさまにしい

10 日向一雅(1989)『源氏物語の王権と流離』, 新典社, p.165. 大納言의 유언은 '都の権門との結婚を祈り続けた明石入道の生き方と軌を一にしている'라며 '明石入道와 桐壺更衣가 사촌이라는 설정으로 光源氏에게도 역시 집의 비운을 짊어지게 한다'고 지적한다.

11 「須磨」p.202에는 明石入道가 죽은 光源氏의 어머니에 대해서 「故母御息所は、おのがをぢにものしたまひし按察大納言のむすめなり」처럼, 자기의 사촌이라고 말하며,「女は心高くつかふべきものなり」처럼, 여자는 생각을 높이 가져야한다면서 어려운 형편에서도 입궐하여 光源氏를 낳은 것을 자랑스럽게 말하는 장면이 묘사된다.

づ。よろづに仕うまつり営むを、いとほしうすずろなりと思せど、人ざま
のあくまで思ひあがりたるさまのあてなるに、思しゆるして見たまふ。…
はるばると物のとどこほりなき海づらなるに、なかなか、春秋の花紅葉の
盛りなるよりは、ただそこはかとなう茂れる蔭どもなまめかしきに…音も
いと二なう出づる琴どもを、いとなつかしう弾き鳴らしたるも、御心とま
りて、…生まれし時より頼むところなんはべる。いかにして都の貴き人に
奉らんと思ふ心深きにより…をちこちも知らぬ雲ゐにながめわびかすめし
宿の梢をぞとふ　　　　　　　　　　　（「明石」pp.229, 231, 235, 238）

　明石入道를 따라 明石에 도착한 光源氏는 초여름인 4월, 여름 색으로
바뀌는 생활과 나무가 우거진 그늘이 멋있는 여름의 자연 속에서 明石入
道의 거문고 등을 켜는 아름다운 소리에 마음이 끌린다. 光源氏는 '태어
났을 때부터 기대하는 것'이 있었고, '도읍의 고귀한 분에게 시집보내고
자 하는 깊은 결심'이 있었다고 하는 明石入道의 말에 이끌려 그의 딸에
대한 기대를 듣게 된다. 그리고 光源氏는 딸인 明石君에게 '먼지 가까운
지 알 수도 없는 하늘을 쓸쓸히 바라보며 入道에게 들은 아가씨에 대해
생각해 봅니다'라고 하는 和歌의 편지로 소식을 보내며 구혼하게 된다.
다음해의 여름, '6월쯤부터는 힘든 듯한 모습을 보이면서 괴로워했다(六
月ばかりより心くるしきけしきありて悩みけり)'(「明石」p.252)처럼,
6월부터는 明石君의 회임 소식이 있었던 것으로 묘사된다. 이렇게 「明
石」의 '여름'에는 明石入道 집안의 영화회복에 대한 염원을 시작으로 光
源氏의 明石君에 대한 구혼과 明石君의 회임 소식 등이 가을에 있을 光
源氏의 帰京을 앞두고 묘사된다.
　「澪標」'여름'에는 5월 5일의 이야기가 전개된다. 이 날은 봄에 태어난

明石姫君의 탄생 50일을 기념하여 光源氏가 축하의 사자를 보내고 京에 와서 살 것을 권하는 날이다.

> 5월5일이 50일째가 될 것이라고 남모르게 세어보고는 (姫君를) 보고 싶고 안타깝게 생각하신다. …나(光源氏)의 숙세도 (姫君의) 탄생을 위해 어려움도 있었던 것이다…역시 이대로는 지낼 수 없을 테니 상경하도록 결심하시오…(明石君도) 정말 이렇게 생각해 줄 만큼의 姫君를 낳은 나도 아주 대단하다고 점점 생각이 들었다
>
> 　五月五日にぞ、五十日にはあたるらむと、人知れず数へたまひて、ゆかしうあはれに思しやる。…わが御宿世も、この御事につけてぞかたほなりけり、…なほかくてはえ過ぐすまじきを、思ひ立ちたまひね。…げにかく思し出づばかりのなごりとどめたる身も、いとたけくやうやう思ひなりけり。
>
> (「澪標」p.284)

光源氏는 明石姫君의 탄생 50일을 남모르게 세어보며 지난날의 모든 어려움도 오늘을 위한 것이었다고 생각할 만큼 姫君의 탄생을 기뻐한다. 자신의 신분을 의식하며 평생을 겸손하게 살아온 사람으로 정평이 나 있는 明石君 또한 光源氏의 축하 선물과 편지 등을 받고는 '이렇게 생각해 줄 만큼의 姫君를 낳은 나도 아주 대단하다'고 뿌듯함을 느끼게 된다.

「藤裏葉」의 '여름'인 4월 20일의 明石姫君의 입궐에는 紫上의 의견으로 明石君가 姫君의 후견인으로 정해진다. 「松風」의 '가을'에 明石君가 大堰로 옮겨오고, 「薄雲」의 '겨울'에 姫君를 紫上에게 보낸 8년 후의 이 '여름', 明石君는 입궐하는 姫君의 후견인으로 정해져서 姫君와 재회한다. '오랫동안 여러 가지로 탄식하고 침울해 하며 가지가지로 괴로운 몸이라고 괴로워하던 목숨도 이제는 늘어났으면 좋겠다고 생각할 만큼 개

운해져서(年ごろよろづに嘆き沈み、さまざまうき身と思ひ屈しつる命も延べまほしう、はればれしきにつけて)'「藤裏葉」p.443)처럼, 姬君를 紫上에게 보내고 괴로워하던 明石君도 잘 자라서 입궐하게 된 姬君를 보면서 그 동안의 고생한 마음이 풀어진다.

「若菜上」의 '여름'에는 明石女御가 桐壺御方라고 불리며 '여름쯤에 기분이 좋지 않은데, …회임한 모양이다. …겨우겨우 친정으로 갔다.(夏ごろ悩ましくしたまふを…めづらしきさまの御心地にぞありける。…からうじてまかでたまへり。)(p.79)처럼, 회임하여12 六条院으로 쉬러오는 모습이 묘사된다. 그리고 明石君는 '지금은 女御를 따라 궁중 출입을 하니 모두가 바라는 숙세이다(今は御身に添ひて出で入りたまふも、あらまほしき御宿世なりかし)'(p.79)처럼, 明石女御가 회임한 이 여름, 明石君의 숙세는 더 이상 바랄 것이 없을 정도라고 묘사된다. 게다가 明石女御는 그 옛날 光源氏의 어머니인 桐壺更衣가 살던 桐壺와 같은 이름의 집에 살면서 桐壺御方라고도 불리는 등, 이 '여름'에는 桐壺更衣 집안의 영화회복도 같이 이루어지고 있는 것이 시사된다.

「若菜下」의 '봄'에는 冷泉帝의 퇴위와 東宮의 즉위, 明石女御의 첫째 황자가 東宮이 되는 등의 明石女御 일가의 숙원 성취가 이루어지면서 光源氏로 연결되는 桐壺更衣 집안의 숙원 또한 이루어진 것이 光源氏를 통해서도 암시된다. 그리고 女楽을 마친 光源氏는 여성들의 아름다움을 식물과 꽃으로 비유하게 되는데, 女三宮를 파란 버드나무(青柳)로, 紫上

---

12 光源氏의 어머니인 桐壺更衣가 사망한 여름과 같은 계절인 '여름'에 明石女御가 궁중에서 桐壺更衣가 살던 방과 같은 이름의 방을 쓰고 있어 桐壺御方라고 불리며, 女御의 회임 사실을 알리는 것은 明石 일가의 숙원이 桐壺更衣 일가의 숙원과 같은 맥락에서 연결되고 있는 것을 시사하는 측면이 있다.

를 벚꽃(桜)이라고 하는 '봄'의 景物에 비유하면서, 明石女御와 明石君에 대해서는 '여름'과 관련지어 비유한다.

> 아름답게 만발한 등나무 꽃이 여름에도 피어서 비길 꽃조차 없이 아침 햇볕을 받고 있는 느낌이 든다. …오월을 기다려서 피는 감귤 꽃의 꽃도 열매도 함께 꺾었을 때의 향기를 느끼게 한다.
>
> よく咲きこぼれたる藤の花の、夏にかかりてかたはらに並ぶ花なき朝ぼらけの心地ぞしたまへる。…五月まつ花橘、花も実も具して押し折れるかをりおぼゆ。
>
> (「若菜下」pp.183, 185)

光源氏는 明石女御를 여름까지 피어 비길 꽃조차 없이 아름답게 만발한 등나무 꽃으로[13] 비유하고, 明石君를 오월에 피는 감귤 꽃의 꽃도 열매도 함께 꺾었을 때의 진한 향기가 나는 아름다운 모습으로 비유한다. 六条院의 '겨울'의 안주인으로 살아 온 明石君이지만, 明石君는 '겨울'을 초월하여 光源氏가 明石에 처음 도착한 4월의 '나무가 우거져 그늘이 멋있는' 시기를 지나 이제는 꽃도 열매도 맺은 당당한 여름의 꽃으로 보이게 되는 것이다.

그러므로 「御法」의 紫上가 병약해진 '여름'에는 '明石君도 明石中宮과 함께 二条院으로 건너와서 서로 마음 깊이 조용하게 이야기를 나눈다(明石の御方も渡りたまひて、心深げに静まりたる御物語ども聞こえか

---

13 上坂信男(1977)『源氏物語ーその心象序説ー』, 笠間書院, p.221. 明石女御가 등나무 꽃으로 비유되는 것에 대해 '桐壷更衣에서 藤壷로, 藤壷에서 紫上로, 그리고 紫上에서 明石姫君로, 藤의 인연 紫의 인연이 전해져서, 이 姫君야말로 六条院의 直系 여주인공에 어울리는 것을 암시하고 있다'는 지적에 이어, 그것으로 끝나지 않고, '여름까지 피어'있으면서 '아름답게 만발'하고 있다는 점도 주목할 만 하다.

はしたまふ)'(p. 487)처럼, 이제는 많은 皇子 皇女의 어머니이며 中宮이 된 딸과 함께 明石君는 二条院으로 紫上를 찾아가 마지막 이야기를 나누게 된다. 죽어가는 紫上 앞에 자손의 번영을 이룬 明石君가 六条院의 일원이며 中宮의 어머니로서 안정된 모습으로 앉아 있는 것이다.

光源氏의 皇子인 冷泉帝가 탄생 후 처음으로 입궐한 계절이 '여름'이며, 친아버지가 光源氏인 것을 알게 되는 것도 '여름'이다. 아들인 夕霧 또한 六条院 '여름'의 안주인인 花散里를 후견인으로 하고 있으며, '여름'에 雲居雁와 결혼하는 등, '여름'에는 光源氏의 자손들의 중요한 이야기가 전개된다. 그중에서도 특히 「明石」, 「澪標」, 「藤裏葉」, 「若菜上」, 「御法」의 '여름'으로 이어지는 明石君 집안의 숙원 성취 이야기는 桐壺更衣 집안의 숙원과도 맥을 같이 하면서 녹음이 우거지듯 자손이 번영하기를 기대하던 明石入道의 염원이 이루어진 것이다. 그리고 이렇게 이루어진 明石入道의 염원을 통해 「桐壺」의 '여름'에 담겨진 죽은 어머니 桐壺更衣의 光源氏에게 품은 의지 또한 이루어진 것을 생각하게 한다.

4. 사랑의 슬픔과 쏟아지는 비

『源氏物語』의 '여름'은 紫上와도 관계가 깊다. 紫上와 관련된 『源氏物語』의 '여름'은 「葵」, 「藤裏葉」, 「若菜上」, 「若菜下」, 「鈴虫」, 「御法」, 「幻」의 7곳이다. 그 중 『源氏物語』에 4번 나오는 여름 축제인 葵祭가 紫上와 연관된 것도 '여름'과 紫上와의 특별한 관계를 더욱 주목하게 한다.

우선 「葵」의 '여름'에 紫上는 光源氏와 함께 수레를 타고 葵祭를 구경

간다. 수레에 발을 내려 紫上의 얼굴이 공개되지는 않지만, 光源氏의 二条院의 서쪽 건물에 살고 있다는 소문의 여성의 존재가 세상에 공개되는 셈이다. 葵祭 전에 하는 御禊의 행사에 참가한 光源氏의 모습을 보려다가 葵上와 六条御息所는 이미 수레 사건이 일어나 있는 상황으로, 이것이 계기가 되어 '신분 높은 두 명의 부인은 "잘못 되게"[14] 되는데, 이러한 과정을 통해 부인을 잃은 光源氏가 결국 紫上와 결혼할 것이라는 것이 예고되고 있는 것이다.

「藤裏葉」의 '여름'에는 葵祭를 구경 나온 紫上와 여관들의 모습이 '저것이 紫上라고 멀리서도 알 수 있을 만큼 굉장한 위세이다(かれはそれと、遠目よりおどろおどろしき御勢なり。)'(p.438)처럼, 光源氏의 부인으로서 당당한 紫上의 위세가 멀리까지 공개된다. 한편 明石姬君의 입궐 의식을 마쳐주고 퇴궐하는 紫上의 모습이 '퇴궐하는 의식이 아주 웅장하고 가마등이 허락되어 마치 女御의 모습과 다를 게 없다(出でたまふ儀式のいとことによそほしく、御輦車などゆるされたまひて、女御の御ありさまに異ならぬ)'(p.443)처럼, 가까이서 보아도 姬君의 어머니인 明石君가 자신의 신분을 의식할 정도로 높은 품격[15]으로 묘사된다. 멀리서도 가까이서도 光源氏의 부인으로서 높은 품격을 갖춘 紫上가 표현되는 것이다.

---

14 後藤祥子(1983)「哀傷の四季」, 『講座源氏物語の世界』第七集, p.205「身分高い二人の妻は"差し違える"ことになる」라고 표현한다. 中井和子(1981)「葵祭」, 『講座源氏物語の世界』第三集, p.43에서도 '葵巻에서 葵祭는 葵上・六条御息所라고 하는 두 명의 중요등장인물을 物語 무대에서 사라지게 하기 위한 계기를 만드는 장면으로서 사용되고 있다'고 지적한다.
15 紫上의 표면상의 품격이 높아지는 반면, 明石姬君의 입궐을 계기로 紫上의 내면세계에는 친자식이 없는 허전함이 싹트기 시작한다.

이러한 紫上의 높은 품격은 「若菜上」의 '여름'에도 이어서 묘사된다. 明石女御가 회임하여 六条院으로 친정 나들이를 오자, 紫上는 明石女御를 대면하면서 처음으로 女三宮를 대면하기로 한다. 女三宮를 대면하려는 紫上의 모습은 光源氏가 보기에도 '비할 수 없는 사람(たぐひなくこそは)'(p.82)처럼 훌륭하게 보이고, 紫上를 만난 女三宮도 또한 '어린 성품에 따르게 되었다(幼き御心地にはうちとけたまへり)'(p.84)처럼, 紫上는 누가 봐도 흠이 없는 훌륭한 사람이다.

「若菜下」의 '여름'에는 3월부터 병이 난 紫上가 二条院으로 옮겨 간 후의 일이 葵祭를 계기로 전개된다. 먼저 六条院에서는 '葵祭를 앞둔 재계가 내일로(御禊、明日とて)'(p.214) 다가와 여관들이 구경 갈 준비로 바빠서 女三宮 근처가 조용해 진 틈을 타 柏木가 숨어드는 사건이 일어난다. 柏木로 인해 고뇌하게 된 女三宮를 돌보기 위해, 二条院에 가 있던 光源氏는 진실을 모른 채 다시 六条院으로 간다. 그러는 사이 葵祭의 날에는 紫上가 '숨이 끊어졌습니다(絶え入りたまひぬ)'(p.224)라는 연락을 받고 光源氏는 허둥지둥 다시 二条院으로 달려간다. 二条院으로 간 光源氏는 열심히 加持祈禱를 하여 六条御息所의 死霊이 출현하는 속에서 겨우겨우 紫上를 옮겨 낸다. 光源氏는 二条院과 六条院을 허둥지둥 오가는 속에서도 숨이 끊어진 紫上를 소생시키기에 이른다. 그리고 소생한 紫上는 출가를 원하지만 光源氏는 출가를 허락하지 않는 대신 五戒만이라도 받게 해 준다. 5월의 더위에 건강이 쇄약해진 紫上는 光源氏의 슬퍼하는 모습을 보며 '이렇게 마음 아파하시는데, 내가 허망하게 되는 것을 보시게 하는 것은 정말로 마음이 아픈 일이기에(かく思しまどふめるに、むなしく見なされたてまつらむがいと思ひ隈なかるべけれ

ば)'(p.233)라고 생각하며 탕약 등을 먹어, 6월에는 소강상태에 이르게
된다. 마음이 약해진 紫上에게 光源氏는 연꽃의 이슬을 보며 저승에서의
인연까지도 약속하는 등, 「若菜下」의 '여름'에는 二条院과 六条院을 허
둥지둥 오가는 光源氏가, 결국에는 紫上와의 인연을 재확인하게 되는
운명이 나타난다.

> 연꽃의 이슬이 머물러 있는 동안은 살아 있을까요 잠시 머물듯 짧은 생명
> 인 것을 약속하지요 이승이 아닌 저승에서도 연꽃잎의 이슬처럼 일련탁
> 생 한다고
> 消えとまるほどやは経べきたまさかに蓮のつゆのかかるばかりを契りおか
> むこの世ならでも蓮葉に玉ゐる露のこころへだつな　　　(「若菜下」p.236)

위 문장처럼 紫上는 잠시 머무는 연꽃의 이슬처럼 자신의 생명이 곧
끝난다고 느낀다. 그런 紫上에게 光源氏는 저승에서의 인연까지도 약속
한다. 그리고 아직도 고뇌하는 女三宮를 방치할 수도 없어 六条院으로
찾아간 光源氏는 그곳에서 柏木의 편지를 발견하고 女三宮와 柏木의 관
계를 알게 된다. 葵祭를 배경으로 이러한 六条院의 '지옥16'과 二条院의
죽음에서 소생하는 紫上가 묘사되면서, 紫上는 光源氏의 진심을 보게
되고 紫上는 자신보다도 光源氏의 마음을 더 생각하게 된다.
　紫上의 光源氏를 위하는 모습은 이미 지적한 바와 같이 「鈴虫」17로

---

16 주14과 같음, p.206참조.
17 増田繁夫(1982)「鈴虫巻の世界」, 『講座源氏物語の世界』第七集, p.89 '이 巻에는 특
　별한 사건다운 것이 하나도 묘사 되어있지 않다. 늙은 光源氏는 이제 새로운 物語
　의 세계를 개척해 갈 힘을 잃었다'고 지적한다. 그러나 이 巻은 '두려움'의 세계를
　살아 온 光源氏가 女三宮를 돕는 것으로 자신의 '두려움'을 정리한다는 깊은 의미를
　지닌다.

이어진다. 紫上는 光源氏를 도와 출가한 女三宮의 持仏 개안 공양의 준비를 도와준다. 紫上는 '후세의 죄도 조금은 가벼워졌을까(後の世の罪もすこし軽みなんや)'(「柏木」p.289)라고 생각하며 女三宮의 잘못을 탓하는 마음에서도 자신의 두려움에서도 벗어나고자 하는 光源氏를 도와 女三宮의 持仏 개안 공양을 화려하게 준비한다.

「御法」의 '여름'에는 이미 봄에 二条院에서 法華経 千部를 공양한 紫上가 '여름이 되어서는 더위에 조차 정신을 잃을 듯한 일이 더욱 더 많아졌다(夏になりては、例の暑さにさへ、いとど消え入りたまひぬべきをり多かり)'(p.486)처럼, 여름의 더위 속에서 쇠약해져 가는 모습이 묘사된다. 결국 紫上는 가을이 되어 좀 시원해지자 '정말 사라져 가는 이슬처럼 마지막으로 보이더니…새벽녘에 완전히 숨을 거두셨다(まことに消えゆく露の心地して限りに見えたまへば、…明けはつるほどに消えはてたまひぬ。)'(p.492)처럼 새벽녘의 이슬이 사라지듯 세상을 떠나 슬픈 가을의 주인공이 되지만, 이 '여름'에 쇠약해져가는 紫上는 병문안 온 明石中宮을 대면하고 二条院을 匂宮에게 물려주며 유언하는 등, 죽음에 이르는 길을 이미 가고 있다.

「幻」에는 紫上가 죽은 후의 光源氏 52세의 일 년이 사계절을 통해서 묘사된다. 그 중 '여름'은 4월 1일에 花散里가 보내 온 갈아입을 여름옷을 보고 光源氏가 '매미 날개처럼 얇은 옷으로 갈아입는 오늘부터는 매미의 목숨처럼 덧없는 세상이 더욱더 슬퍼지네요(羽衣のうすきにかはる今日よりはうつせみの世ぞいとど悲しき)(p.523)라며, 덧없는 세상의 슬픔을 읊는 것으로 시작된다. 紫上의 좋은 친구로 살고, 재봉의 솜씨가 뛰어난 六条院 '여름'의 안주인인 花散里가 보내 온 여름옷을 보아도 光

源氏는 紫上가 없는 세상의 슬픔만을 느낀다. 그리고 葵祭 날에는 '(葵祭의 중심인) 賀茂神社의 정경 등을 생각한다(御社のありさまなど思しやる)'(p.523)처럼, 光源氏는 자신이 아는 葵祭의 정경을 생각한다.

「葵」, 「藤裏葉」, 「若菜下」의 葵祭 날은 光源氏와 紫上에게 있어서 인생의 궁극적인 일들이 일어난 날들이다. 그리고 紫上가 없는 지금 光源氏는 葵祭의 정경을 생각하며 紫上를 생각한다. 5월의 비 내리는 밤을 배경으로, 光源氏는 夕霧를 상대로 紫上를 그리워한다.

　　5월의 장마 비가 내릴 때는 그저 생각에 잠겨 지낼 수밖에 할 일이 없어 쓸쓸한데, 드물게 구름이 걷혀서 십 여일의 달이 밝게 빛나는 날, 夕霧가 光源氏 앞에 마주앉았다. 귤꽃이 달빛에 선명하게 보이고 향기도 불어오는 바람에 그리움을 가져 오자, '오랜 세월 귀에 익은 소리'가 나면 좋을 텐데, 라며 (두견새가) 기다려지는데, 갑자기 하늘에 나타나는 구름의 모습이 안타깝다. 쏟아져 내리는 비와 함께 갑자기 부는 바람에 등불도 흔들려 꺼질 듯하여, 하늘이 어두워지는 느낌이 든다. '창을 두드리는 소리' 등의 신기하지도 않은 옛 노래를 흥얼거리는 것도, 이럴 때에 어울리는 것일까, 여인에게 들려주고 싶은 목소리이다.

　　五月雨はいとどながめ暮らしたまふより外の事なくさうざうしきに、十余日の月はなやかにさし出でたる雲間のめづらしきに、大将の君御前にさぶらひたまふ。花橘の月影にいときはやかに見ゆるかをりも、追風なつかしければ、「千代をならせる声」もせなん、と待たるるほどに、にはかに立ち出づるむら雲のけしきいとあやにくにて、おどろおどろしう降り来る雨に添ひて、さと吹く風に灯籠も吹きまどはして、空暗き心地するに、「窓をうつ声」など、めづらしからぬ古言を、うち誦じたまへるも、をりからにや、妹が垣根におとなはせまほしき御声なり

　　　　　　　　　　　　　　　　　　　　　　　　　　　　(「幻」p.525)

위는 「幻」의 '여름 밤'의 모습이다. 5월의 장마 비가 잠시 그친 사이에 光源氏는 찾아 온 夕霧와 마주 앉는다. 달이 비추고 바람이 불어 귤꽃 향기가 그리움을 가져오자 그리움의 두견새[18]를 기다리듯 光源氏는 고인을 그리워한다. 갑자기 하늘이 어두워지며 비가 쏟아지는[19] 모습은 죽은 紫上를 그리워하며 마음속으로 눈물을 흘리는 光源氏의 마음과도 같다. 여름의 풍물인 귤꽃도 두견새[20]도 이제는 紫上에 대한 그리움만을 의미한다. 紫上에 대한 그리움은 갑자기 부는 바람과도 같다. 잠시 그친 비도 눈물이 쏟아지듯 다시 쏟아진다. 이렇게 「幻」의 여름밤에는 紫上를 그리워하는 光源氏가 비가 쏟아지듯 마음속의 눈물을 쏟는다.

아주 더운 계절, 시원한 방에서 생각에 잠겨 연못의 연꽃을 보고 있노라니 '(슬픔이 많은 사람에게는) 얼마나 (눈물이) 많겠는가' 등이 먼저 떠올라 정신이 나간 듯이 멍하니 앉아있는 사이에 날이 저물었다. 쓰르라미 소리가 한창 들리고 뜰 앞의 패랭이꽃이 석양에 빛나는 것을 혼자서 보는 것은 정말 보람 없는 일이다.

할 일없이 심심하여 울고 지내는 여름날을 나를 핑계 삼아 우는 벌레 소리구나

반딧불이 아주 많이 날자 '밤의 궁전에 반딧불 날아' 라며, 언제나처럼

---

18 高橋亨(1987)『物語文芸の表現史』, 名古屋大学出版会, p.205 '冥界의 새라고 하고 두견새를 내세워서 옛 사람인 紫上를 그리워하는 마음'을 표현한다고 지적한다.
19 鈴木日出男(1989)『源氏物語歳時記』, 筑摩書房, p.116. '사람들은 옛 부터 비를 天空에 있는 神慮가 나타난 것이라고 생각하여 초월적인 힘을 느껴왔다. 바람이나 눈과 함께 하늘로 부터의 소식이라고 생각해 왔다'라고 비의 의미를 지적한다.
20 『古今集』 '여름'에는 34首의 和歌가 읊어지는데, 그 중 압도적으로 많은 27首가 '두견새'를, 1首가 '귤꽃'을 읊는다. 그 외에는 '늦게 핀 등나무 꽃', '늦게 핀 벚꽃', '연꽃', '여름 달', '패랭이꽃', '6월말일'이 1首 씩 읊어진다.

옛 노래도 (장혼가의) 이런 종류만 입에 담게 되었다.

밤이 온 것을 아는 반딧불을 보아도 슬픈 것은 밤낮을 가리지 않는 죽은 자에 대한 그리움이 있어서이다.

いと暑きころ、涼しき方にてながめたまふに、池の蓮の盛りなるを見たまふに、「いかに多かる」などまづ思し出でらるるに、ほれぼれしくて、つくづくとおはするほどに、日も暮れにけり。蜩の声はなやかなるに、御前の撫子の夕映えを独りのみ見たまふは、げにぞかひなかりける。

つれづれとわが泣きくらす夏の日をかごとがましき虫の声かな

蛍のいと多う飛びかふも、「夕殿に蛍飛んで」と、例の、古言もかかる筋にのみ口馴れたまへり。

夜を知るほたるを見てもかなしきは時ぞともなき思ひなりけり

(「幻」p.528)

紫上를 그리워하는 光源氏는 연꽃 위의 물방울을 보아도 '많은 눈물'로 읊은 옛 시가 떠오르고, 반딧불이 나는 것을 보아도 '장혼가'의 한 구절이 생각난다. 紫上를 그리워하는 光源氏의 '산문의 차원을 초월한 언어의 차원이 和歌를 요청[21]'한다. 이렇게 光源氏는 紫上를 그리워하며 여름을 보낸다. '밤낮을 가리지 않는 죽은 자에 대한 그리움'으로 紫上만을 생각하는 光源氏의 모습이 부각된다. 물론 「幻」는 紫上가 죽은 후의 光源氏의 일 년이 묘사되는 巻이어서 光源氏는 紫上를 그리워하며 이렇게 눈물로 가을 겨울을 보내고, 연말에는 紫上와의 편지를 눈물로 불태운다. 그리고는 '생각에 잠겨 지나가는 세월도 모르는 사이 일 년도 내 인생도 오늘로 다 하노라(もの思ふと過ぐる月日も知らぬ間に年もわ

---

21 주7과 같음, p.179. 「散文の次元を超えた言語の次元が和歌を要請している」라고 지적한다.

が世もけふや尽きぬる)'(p.523)라며, 光源氏가 자신의 삶을 和歌로 정리하기에 이른다.

불어오는 귤꽃 향기로 그리움의 두견새를 기다리고, 그 마음에 장마비가 쏟아지듯 그리움의 눈물이 쏟아지는 光源氏의 紫上를 그리워하는 모습에서 紫上가 봄의 안주인으로 끝나지 않고 光源氏의 인생 그 자체의 의미가 되어 있음을 알 수 있다. 그리고 그것은 '여름'에 죽은 어머니를 기리는 마음에서 기인될 수도 있다. 桐壷更衣를 닮은 藤壷, 桐壷更衣와 같은 혈통인 明石君, 藤壷를 닮은 같은 혈통의 紫上는 이렇게 '여름'이라는 계절을 통해서 光源氏의 어머니인 桐壷更衣와 연결된다. 어머니가 죽은 '여름'을 이제껏 울어보지 못한 光源氏[22]가 이 '여름' 쏟아지는 비처럼 눈물을 흘려야만 하는 이유가 여기에 있는 것이다.

5. 결론

『源氏物語』의 '여름'은 光源氏의 저택 六条院 '여름'의 안주인인 花散里가 대표한다고 보통 생각한다. 그러나 花散里에 관한 과제는 다음으로 미루고, 본고에서는 光源氏의 어머니인 桐壷更衣가 죽은 '여름'에 주목하여, 이후 '여름'에 전개된 주요사건들을 중점적으로 고찰하였다. 그 결과, 어머니 桐壷更衣를 비롯하여 桐壷更衣를 닮은 藤壷, 桐壷更衣와 같은 혈통인 明石君, 그리고 藤壷를 닮고 혈통도 같은 紫上 등, 光源氏와 관련

---

22 「桐壷」p.100에 光源氏가 세살 때 어머니가 돌아가셨기 때문에 너무 어려서 '무슨 일이 일어났는지도 모른다(何ごとかあらむとも思したらず)'라고 있다.

된 주요인물들이 여름을 매개로 한 하나의 의미연관 속에 있음이 밝혀졌다. 그 요점들을 정리해보면 다음과 같다.

「若紫」, 「紅葉賀」, 「若菜下」, 「鈴虫」로 이어지는 '여름'은, 光源氏가 桐壺更衣를 닮은 藤壺를 사랑하게 되면서 시작된다. 桐壺帝를 배신한 光源氏와 藤壺는 두려움에 떨게 되고, 사실을 알게 된 冷泉帝로 인해 光源氏는 다시 한 번 두려움을 자각하게 되며, 女三宮와 柏木의 두려움을 통해 光源氏는 자신의 두려움을 직시하면서 자기 자신의 반성을 이끌어내기에 이른다. 그리고 결국에는 女三宮의 持仏 개안 공양과 생활을 도와주면서 연꽃 피는 '아미타여래의 정토'로 인도된다. 이 일들이 모두 '여름'이라는 계절로 연결된다.

「明石」, 「澪標」, 「藤裏葉」, 「若菜上」, 「御法」로 이어지는 '여름'은, 桐壺更衣의 사촌이며 집안의 영화회복이라는 更衣와 같은 숙원을 지니는 明石入道의 딸 明石君에게 光源氏가 구혼하면서 운명이 시작된다. 明石君의 임신과 태어난 姫君의 입궐, 明石女御가 桐壺御方라고 불리며 회임하여 친정인 六条院에 와서 쉬는 모습 등으로 明石 일가의 숙원은 물론 桐壺更衣 일가의 숙원 또한 '여름'을 통해서 성취되는 것이 시사된다. 많은 皇子 皇女의 어머니인 明石中宮의 모습은 녹음이 우거지듯 자손의 번영을 기대하던 明石入道의 염원이 이루어진 것이며 「桐壺」의 '여름'에 죽은 어머니 桐壺更衣의 의지가 이루어진 것으로도 연결된다.

紫上의 인생이 묘사되는 「葵」, 「藤裏葉」, 「若菜上」, 「若菜下」, 「鈴虫」, 「御法」, 「幻」의 '여름' 중 특히 葵祭가 직간접으로 언급된 「葵」, 「藤裏葉」, 「若菜下」, 「幻」의 '여름'은, 紫上의 인생의 궁극적인 사건들로 연결된다. 「葵」에서 光源氏와 함께 수레를 타고 葵祭를 구경 간 紫上가 「藤裏葉」

에서는 光源氏의 부인으로서 당당한 위세를 보이며 葵祭를 구경하기에 이른다. 그리고「若菜下」에서는 병든 紫上가 죽음에서 소생하여, 지옥을 헤매듯 괴로움을 경험하는 光源氏와 인생의 인연을 재확인한다. 이렇게 葵祭가 묘사되는 '여름'에는 紫上와 光源氏가 키워온 인연이 연결된다. 이윽고「幻」의 '여름'에 이르러 光源氏는 紫上를 그리워하며 쏟아지는 비처럼 눈물을 흘린다. 어머니가 죽은 '여름'을 이제껏 울어보지 못한 光源氏가 紫上를 그리워하며 쏟아지는 비처럼 눈물을 흘린다. 紫上를 그리워하며 우는 이 '여름'이 마치 어머니인 桐壺更衣가 죽은 '여름'과 연결되는 느낌을 주는 것이다.

이와 같이『源氏物語』의 '여름'은 桐壺更衣와의 인연선상에서 등장하는 藤壺, 明石君, 紫上의 삶의 궁극적인 사건들을 묘하게 서로 이어주는 연결고리처럼 작용하면서 光源氏의 어머니인 桐壺更衣가 죽은 그 '여름'으로 모두 통하고 있는 것을 알 수 있다. '여름'이라는 배경설정은 결코 단순한 우연이 아니라 光源氏의 인생에 있어서, 특히 그 사랑의 전개에서 간과할 수 없는 하나의 문학적 의미를 지닌다.

花散里와
여름의 이미지 ●2

1. 서론

　『無名草子』에 의하면, '바람직한 사람은 花散里이다. 그리 뛰어나지도 않은 생김새나 모습이면서 잘 생긴 사람들 속에서 조금도 뒤떨어지지 않는 평판으로, 성실한 夕霧 大将를 양자로 한 것은 바람직하고 훌륭한 일이다¹' 라고 하여, 특출하지 않은 외모에도 불구하고 좋은 평판을 얻어 夕霧의 양어머니가 된 것을 花散里의 특징으로 꼽는다.

　花散里는 「花散里」권의 여름에 光源氏의 '그리움'의 대상으로 등장하여, 光源氏와의 관계가 마지막으로 묘사되는 「幻」권의 여름에 이르기까지 '변치 않는' 존재로서 光源氏의 곁을 지킨다. 그녀는 六条院 봄의 紫上, 가을의 秋好中宮, 겨울의 明石君와는 다른 '편안함'으로 夕霧와 玉鬘 등 친어머니 없는 아이들의 후견을 맡으며 光源氏의 '신뢰'의 대상이 된다.

　『万葉集』『古今集』『新古今集』등 삼대가집의 여름·겨울이 봄·가을에

1　桑原博史校注(1976)『無名草子』, 新潮社, p.29. 「好もしき人は、花散里。何ばかり
　まほならぬ容貌有様ながら、めでたき人々にたちまじりて、をさをさ劣らぬ世の
　おぼえにて、まめ人の大将、子にしなどせられたるが、好もしういみじきなり」

비해 歌数가 적고, 『源氏物語』의 여름·겨울 또한 봄·가을의 아름다움에 비해 그 표현이 빈약한 것처럼, 여름의 주인공인 花散里의 묘사 또한 봄을 대표하는 紫上의 내용이나 분량에는 미치지 못한다. 그럼에도 불구하고 花散里는, 『源氏物語』 前篇 41巻 중 21巻2에 걸쳐 그 모습을 드러내며, '여름부인(夏の御方)', '동편부인(東の御方)', '동편어머니(東の上)' 등으로 불리면서 六条院의 한 축으로서의 존재감을 곳곳에서 인식하게 한다.

본고에서는 六条院의 사계절을 상징하는 여성 중, 光源氏의 마음의 평화에 크게 기여한 花散里를 그녀에게 투영된 여름의 이미지를 통해서 분석하기로 한다.

2. 光源氏의 그리움의 대상

花散里는 짧은 「花散里」 권의, 光源氏가 찾아가는 긴 과정을 통해 '옛사람'으로서, '그리움의 대상'으로서, 光源氏가 '찾아가는 대상'으로 등장한다. 『万葉集』와 『古今集』의 '여름'3에 '두견새'와 '귤꽃'이 표현되는 것처럼, '오월 장마가 모처럼 개인' '여름'날 찾아가는 그 과정 또한 '두견

---

2 「花散里」, 「須磨」, 「明石」, 「澪標」, 「蓬生」, 「松風」, 「薄雲」, 「少女」, 「玉鬘」, 「初音」, 「蛍」, 「篝火」, 「野分」, 「梅枝」, 「藤裏葉」, 「若菜上」, 「若菜下」, 「夕霧」, 「御法」, 「幻」, 「匂宮」의 21권이다. 紫上는 26권, 明石君는 19권, 秋好中宮은 六条御息所와 합쳐서 23권에 묘사된다.

3 『万葉集』의 여름 105首중에는 두견새가 66首, 귤나무가 23首에 표현된다. 『古今集』 '夏歌'에는 '늦게 핀 꽃(2)' '울기 전의 두견새(2)' '귤꽃 향(1)' '두견새(25)' '연꽃(1)' '여름 달(1)' '패랭이꽃(1)' '유월 말일(1)' 총 8종 34首가 읊어진다.

새'[4]와 '귤꽃'[5]에 의해 '和歌적인 여름의 정취[6]'가 표현된다.

光源氏가 花散里를 찾게 되는 것은 「葵」에서 「賢木」에 이르는 葵上의 사망, 六条御息所의 伊勢 하향, 桐壺院의 사망, 藤壺의 출가, 그리고 弘徽殿大后의 득세로 세상의 모든 것이 변하고 어려워진 역경 속에서이다. 말하자면 花散里는 光源氏가 역경 속에서 '마음이 쓰이는 사람(あはれのくさはひ)'(「花散里」p.145)으로 떠올린 '옛사람'이다. 따라서 그 '옛사람'을 찾아 가는 과정은 光源氏의 '그리움'으로 가득 차게 된다.

中川 부근에서는 '옛날이 그리워 참을 수 없는 두견새(내)가 온 적 있는 이 집 울타리에서 웁니다.(をち返りえぞ忍ばれぬほととぎすほの語らひし宿の垣根に)'(p.146)처럼, '옛날'이 생각나는 집을 지나면서도 자신의 '그리움'을 호소하는 것을 시작으로, 츠쿠시의 고세치(筑紫の五節)

---

4 鈴木日出男(1989) 『源氏物語歳時記』, 筑摩書房, p.112. 두견새에는 '영원하길 바라는 염원(永遠なるものへの祈り)'이 들어있다고 지적한다. 『源氏物語』의 '두견새'는 「花散里」5곳, 「蛍」1곳, 「幻」3곳, 「蜻蛉」2곳의 11곳에 묘사되어, 특히 「花散里」에 집중적으로 나타난다.

5 주4와 같음, p.98. 귤꽃은 '지난날을 생각나게 하는 것(過往を思い起こさせるもの)'이라고 지적한다. 『源氏物語』의 '귤꽃나무(橘)'는 「花散里」3곳, 「蓬生」1곳, 「少女」1곳, 「胡蝶」3곳, 「真木柱」1곳, 「若菜下」1곳, 「幻」2곳, 「早蕨」1곳, 「蜻蛉」3곳, 「浮舟」1곳의 17곳에 묘사되는데, 花散里와 관련된 것은 「花散里」의 麗景殿女御의 집에 있는 나무를 그리움의 상징으로 읊은 것 3곳과 「少女」의 六条院 동북쪽의 花散里 집 정원에 심어 놓은 나무를 말하는 1곳의 4곳이다. 그 외 「蓬生」1곳은 末摘花와 관련된 것이고, 「胡蝶」3곳과 「真木柱」1곳은 玉鬘와 光源氏가 夕顔를 그리워하는 장면에 묘사되며, 「若菜下」1곳은 明石君와, 「幻」2곳은 光源氏와 夕霧의 紫上에 대한 그리움과 관련이 있다.

6 瀬古確(1979) 「源氏物語の四季観自然観」, 『源氏物語講座』第五巻 有精堂, p.177. 「夏のものとしては…特に橘や郭公のみられるのは万葉以来の風流人の伝統である」라며, 귤꽃과 두견새가 万葉 이래의 전통적인 여름의 풍물인 것을 지적한다. 細野はるみ(1981) 「花散る里をたづねてぞとふ」, 『講座源氏物語の世界』第三集, 有斐閣, pp.184, 195.에서도 '古今集적인 여름의 정취'라고 지적하며, 두견새와 귤꽃이 『古今集』의 여름을 대표한다고 지적한다.

등 '옛날'과 관련된 작은 추억까지도 되새기면서 光源氏는 花散里[7]가 사는 집에 다다르게 된다.

花散里가 사는 집에 도착해서는 우선 언니인 麗景殿女御를 만난다. 故桐壷院의 女御였던 麗景殿女御[8]는 光源氏를 어머니 대신으로 돌봐줬을 가능성이 있는 여성이다. 그리고 그 셋째 여동생(御妹の三の君)인 花散里가 光源氏의 경제적 지원을 의지하며 언니와 함께 살고 있다. 이 집은 '가까이 있는 귤꽃에서 그리움의 향기가 나는(近き橘のかをりなつかしく匂ひて)'(p.148) 집으로, 光源氏는 언니인 女御에게 자신을 '그리움'의 '귤꽃'을 찾아 온 '두견새'로 비유한다. '귤꽃 향이 그리운 두견새가 꽃 지는 마을을 찾아 와 울고있네(橘の香をなつかしみほととぎす花散る里をたずねてぞとふ)'(p.148)라며, 光源氏는『万葉集』夏雑歌[9] '귤꽃 지는 마을에 사는 두견새는 짝사랑하면서 우는 날이 많아라(大伴旅人,1473,橘の花散る里のほととぎす片恋ひしつつ鳴く日しぞ多き)'라고 노래한 旅人처럼, '옛사람'을 그리워하는 '두견새'가 되어 '귤꽃'의 '꽃 지는 마을'을 찾아 와 운다고 말한다. 이 '꽃 지는 마을(花散る里)'이「花

---

7 '花散里'의 명칭은『源氏物語』의 15곳에 나타난다.「花散里」1곳,「須磨」4곳,「明石」1곳, 二条東院 개축을 생각하면서는「澪標」2곳,「蓬生」2곳, 二条東院으로 옮겨가는「松風」1곳,「少女」1곳, 그 후의「御法」2곳, 노후에 二条東院을 유산으로 받아 다시 옮겨 간「匂宮」의 1곳에 표현된다.

8 坂本昇(1981)『源氏物語構想論』, 明治書院, p.257. 桐壷院이 麗景殿女御를 光源氏의 母代로 했을 가능성을 지적하며, 光源氏와 花散里는 '左大臣 집안도 인정하는 관계'로, '大臣의 딸'이라는 고귀한 집안출신인 '桐壷帝女御의 여동생과의 결혼은 帝를 비롯하여 궁중 내에서 공인된 것'으로 생각할 수 있다고 지적한다.

9『万葉集二』(1972) 小学館, p.316.『万葉集』夏雑歌에는 '귤꽃 지는 마을(橘の花散る里)'이 1473과 1978의 '귤꽃 지는 마을에 다니기 때문에 산두견새가 울어대는 것일까(橘の花散る里に通ひなば山ほととぎすとよもさむかも)의 두 首 표현된다.『源氏物語』「花散里」p.149 頭註에서는 권 명과 셋째 여동생의 이름이『万葉集』夏雑歌 1473을 근거로 한다고 지적한다.

散里」권의 권 명이 되고 나중에는 花散里의 이름이 되는데10, 光源氏는 이 '꽃 지는 마을'에, 『古今集』夏歌 '오월을 기다려 피는 귤꽃 향을 맡으니 그리운 옛사람의 소매향기가 난다(139, 五月まつ花橘の香をかげば 昔の人の袖の香ぞする)'처럼, '시간이 지나도 변치 않기에 그리운'11 '귤꽃 향' 같은 '옛사람'을 찾아 왔다고 말한다.

花散里의 언니인 麗景殿女御 또한 '찾는 이 없어 황폐해진 이 집은 귤꽃만이 처마 끝에 피어있지요(人目なく荒れたる宿はたちばなの花 こそ軒のつまとなりけれ)'(p.149)라며, 황폐해진 옛집의 '귤꽃'으로 光源氏가 그리워하는 '옛사람'의 존재를 확인시켜 준다. 이렇게 '두견새'와 '귤꽃'을 통해 소원했던 시간이 회복되는 과정을 지나, '그리움' 속의 '변치 않는' 花散里가 드디어 모습을 드러낸다. 길게 묘사되는 女御와의 만남을 거쳐서 마지막에 마침내 花散里가 등장하는 것이다. 이는 花散里가 바로 어머니같은 女御에 대한 光源氏의 '그리움'까지도 함께 계승하는 인물임을 시사하기 위한 절차였다고도 읽을 수 있다.

오랜만인데다가 세상에서 보기 힘든 (光源氏의) 아름다운 모습이기에 (花散里는) 기다리던 괴로움도 잊어버릴 것이다. 이것저것 언제나처럼 인정스럽게 말씀하시는 것도 생각이 없는 말은 아닐 것이다. 적어도 (光源氏가) 상대하시는 분은 모두 평범하지 않아 각각 별것 아니라고 생각

---

10 光源氏가 찾아 온 '꽃 지는 마을'에는 언니(女御)와 동생(三の君)이 함께 살고 있어서, 언니가 살아있는 동안에는 '꽃 지는 마을'인 '花散里'는 두 사람이 사는 집과, 두 사람을 같이 지칭한다. 그리고 언니가 죽은 후에는 花散里의 이름이 된다.
11 주4와 같음, p.100. 『古今集』夏歌 139의 和歌를 '시간이 지나도 변치 않기에 그리워 한다(時が経っても変らなぬものだからこそ懐しまれる)'라고 해석하며, 귤꽃은 記 紀에서 『万葉集』로 '常住不変'의 의미로 빈번히 읊어져 왔다고 지적한다.

되지 않기 때문일까, (기다린 것을) 미워하지 않고, 서로 마음이 통하면
서 지내고 계셨다.

> めづらしきに添へて、世に目馴れぬ御さまなれば、つらさも忘れぬべ
> し。何やかやと、例の、なつかしく語らひたまふも、思さぬことにあらざ
> るべし。仮にも、見たまふかぎりは、おし並べての際にはあらず、さまざ
> まにつけて、言ふかひなしと思さるるはなければにや、憎げなく、我も人
> も情をかはしつつ過ぐしたまふなりけり。   (「花散里」p.150)

아름다운 光源氏의 모습에 기다리던 괴로움도 잊어버린 것인지, 언제
나처럼 인정스럽게 말하며 생각이 있는 듯한 光源氏의 태도에 그의 입장
을 이해하게 된 것인지, '이전에 궁중에서 가볍게 만난 적이 있다(内裏わ
たりにてはかなうほのめきたまひ)', 光源氏의 '타고난 천성으로 완전
히 잊지도 못한다(例の御心なれば、さすがに忘れもはてたまはず)'(「花
散里」p.145) 등으로 중요한 여성이 아닌 것처럼 묘사되던 花散里가 미워
하지 않고 마음이 통하던 사이의 여성으로, 처음으로 光源氏 앞에 등장
한다.

이렇게 등장한 花散里는 「須磨」에서, 봄의 '달빛 깃드는 내 소매는
좁지만 머물게 하고 싶어라 싫증나지 않는 달빛 같은 당신을(月影のや
どれる袖はせばくともとめても見ばやあかぬ光を)'(p.167), 여름의 '황
폐해지는 처마의 인초를 보고 견디니 흠뻑 (눈물의) 이슬 내리는 내 소매
입니다(荒れまさる軒のしのぶをながめつつしげくも露のかかる袖か
な)'(p.188) 같은 노래를 통해, 역경의 光源氏에게 자신의 '변치 않음'을
표명하고[12] 위로한다.

---

12 篠原昭二(1992)『源氏物語の論理』, 東京大学出版会, p.113. 紫上가 '바닷가 당신의

이윽고 역경이 지나 須磨에서 帰京한 光源氏는 '二条院의 동쪽에 있는 저택은 故 桐壷院의 유산이었는데, 더없이 훌륭하게 개조한다: 花散里등과 같은 안쓰러운[13] 분들을 살게 하겠다(二条院の東なる宮、院の御処分なりしを、二なく改め造らせたまふ。花散里などやうの心苦しき人々住ませむ)'(「澪標」pp.274-275)처럼, 二条東院을[14] 개축하기 시작한다. 이는 아직도 '옛날'을 이어주는 언니와 함께 '옛집'에 살고 있는 '변치 않는' 花散里를 염두에 두기 때문인 것이다. 이 二条東院은 故桐壷院의 유산인 만큼, 故桐壷院의 女御였던 언니와 함께 살고 있는 花散里로서는 二条東院에 들어갈 자격이 있는 셈이다.

「澪標」에서 花散里의 배경으로 묘사되는 세 번째 '여름'[15], '몇 년 동안 기다리며 살아온 花散里의 마음을 결코 소홀히 생각하지 않는' 光源氏는, 오랜만에 찾아 온 자기를 須磨 퇴거 때보다도 더 '슬프다'고 원망하며 솔직하게 대하는 花散里에게서 '온화함(おいらか)'과 '애틋함(らうたげ)'을 느끼게 된다. 그리고 '언제나처럼' '끊임없이 말하고 '위로'한다. 「花散里」에서 '서로 통하는' 사이가 「須磨」의 역경을 위로하는 과정을 지나,

소금물 밴 소매와 비교해보오 파도 길에 가로막힌 밤의 내 옷자락을(浦人のしほくむ袖にくらべみよ波路へだつる夜のころもを)'의 和歌로 '당신과 함께' 라는 마음이 담겨져 있는데 비해, 花散里는 상대방의 큰 슬픔을 무시하고 자신만의 슬픔을 전한다고 비판한다.

13 주8과 같음, p.286. '고귀한' 여성의 의미도 있다고 지적한다.
14 『源氏物語』 현대문에서는 '花散里나 明石君 등을 살게 하려고 光源氏가 생각했다'고 해석하고 있으나, 결국 明石君는 이주를 거부했다. 주8과 같음, p.287. 故桐壷院의 유산인 만큼, 桐壷院의 女御인 麗景殿女御와 그 여동생이 이주해 사는 것이 명분이 있다고 지적한다. 게다가 아직 麗景殿女御가 살아있으므로 花散里는 女御와 여동생 두 사람을 가리킨다.
15 「澪標」에는 「花散里」의 '귤꽃'이나 '두견새'같은 '옛날을 그리워하는' 和歌的 소재는 묘사되지 않는다.

「澪標」에서는 솔직한 표현을 통해 '변치 않는' 관계로 확인된다.

花散里의 배경으로 '여름'이 묘사되는 8곳 중, 「花散里」, 「須磨」, 「澪標」의 세 곳의 여름을 지나면서 '그리움' 속의 '변치 않는' 관계가 확인되며, 이러한 과정을 거쳐 花散里는 光源氏의 二条東院으로 이주하게 된다.

3. 夕霧의 양어머니

언니와 함께 살던 花散里는 「松風」의 봄에 '花散里라고 하시는 분을 옮기게 한다(花散里と聞こえし、移ろはしたまふ)'(p.387)처럼, 혼자서[16] 二条東院의 서쪽 건물로 이주[17]하게 된다. 故桐壺院의 유산인 二条東院은 花散里가 노후에 光源氏의 유산으로 물려받아 살게 될(「匂宮」p.13) 사적인 공간이 되며, 故桐壺院의 전통이 담긴 의미 있는 공간이다. 이곳에서의 花散里는 '동원(東の院)' '서편(西の対)' 등으로 불리며 자기의 역할을 충실히 하기 시작한다.

花散里는 '성품이 온화하고 순진하여(御心ざまのおいらかにこめきて)' '이 정도의 숙세인 몸이라고 단념하고(かばかりの宿世なりける身にこそあらめと思ひなし)', '편안하고 느긋한(うしろやすくのどかにものしたまへ)' 모습으로 지내며, 光源氏가 '밤에 묵기 위해 일부러 오시지는 않는다(夜たちとまりなどやうにわざとは見えたまはず)'(「薄雲」

---

16 주8과 같음, p.289. 二条東院을 개축하는 2년 사이에 언니인 麗景殿女御가 사망했을 것으로 추정한다.

17 玉上啄弥(1980) 『源氏物語評釈』第四巻, 角川書店, p.66. 花散里는 二条東院의 책임자이며, 염색, 재봉, 양육, 사무적 재능 등에도 뛰어나, 光源氏 저택의 주부로서 상류가정 출신인 花散里가 적합하다고 지적한다.

p.428)처럼, '온화' '순진' '편안' '느긋' 등의 성품으로, 밤에 오지 않는 光源氏와의 남녀 관계는 '단념'하고 지낸다. 또한 紫上와 차별 없는 경제적 지원을 해주기 때문에 '보기에 편안하게(めやすき御ありさま)'(p.428) 지내면서도, 고귀한 집안 출신인 花散里는 재봉·염색 등의 재능[18]을 발휘(「少女」p.52)한다. 이러한 성품 '좋고' '유능'한 花散里에게 光源氏는 아들 夕霧의 후견을 부탁한다.

　　光源氏는 (夕霧를) 서쪽 건물의 부인에게 말씀하시어 후견을 맡기셨다. …그저 말씀대로 따르는 성격이어서 (夕霧에게) 친근하고 인정스럽게 대접해 드린다. …얼굴 생김새가 빼어나지 않으시구나. 이런 분도 아버지는 버리지 않으셨구나 등을 생각하며 …마음가짐이 이렇게 부드러운 사람과 서로 사랑하고 싶구나 라고 생각한다. …원래 빼어나지 않은 생김새가 좀 늙어 보이는데 너무 마르고 머리숱이 적은 것 등이 이렇게 흠잡게 만드는 것이다.

　　殿はこの西の対にぞ、聞こえ預けたてまつりたまひける。…ただのたまふままの御心にて、なつかしうあはれに思ひあつかひたてまつりたまふ。…容貌のまほならずもおはしけるかな、かかる人をも人は思ひ棄てたまはざりけりなど、…心ばへのかやうに柔かならむ人をこそあひ思はめ、と思ふ。…もとよりすぐれざりける御容貌の、ややさだ過ぎたる心地して、痩せ痩せに御髪少ななるなどが、かくそしらはしきなりけり。

（「少女」pp.61, 62）

---

18 池田亀鑑(1984)『平安朝の生活と文学』, 角川書店, p.182 '裁縫染色의 기술 등은 女子의 資格으로서 중요시되었다'고 지적한다. 주17과 같음, p.408. 梅壷中宮도 光源氏의 일원으로 일을 분담해 주는 등의 영광 속에서, 花散里가 'には' 'せさせたまふ' 등의 최상의 존경어로, '中宮과 동격이라고 할 수 있는 대우'을 받고 있다고 지적한다.

「少女」권의 가을, 二条東院의 서쪽 건물에 사는 花散里는 光源氏의 말에 따라 어머니를 잃은 夕霧의 후견을 맡아 친근하고 인정스럽게, 인품으로 夕霧를 대한다. 그리고 夕霧는 얼굴 생김새가 빼어나지 않은 이런 분도 아버지는 버리지 않으셨다며 光源氏를 신뢰하게 되는 한편, 마음가짐이 이렇게 부드러운 사람과 서로 사랑하고 싶다고 생각할 정도로 花散里의 '마음가짐'을 이상적으로 생각하게 된다. 夕霧의 후견을 맡으면서 花散里의 특출하지 않은 외모가 표면화되지만, 花散里를 통해 夕霧는 光源氏를 신뢰하고 오히려 '마음가짐'의 중요성을 깨닫게 되는 등, 夕霧가 객관적인 입장에서 花散里의 내면적 세계를 인정하게도 된다.

花散里가 六条院 여름의 거처로 이주하는 가을에는 '夕霧가 따라오고 花散里가 돌보셨기에 정말로 이렇게 되는 것이 가장 좋다고 생각되었다 (侍従の君添ひて、そなたはもてかしづきたまへば、げにかうもあるべきことなりけりと見えたり)'(「少女」p.74)처럼, 夕霧를 돌보는 花散里의 이상적인 어머니로서의 모습이 공개된다.

「若菜上」권의 겨울 12월에는 冷泉帝의 칙명으로 夕霧가 六条院 여름의 거처에서 光源氏 四十賀宴를 준비하게 되고, 夕霧의 의상을 만드는 花散里는 '이쪽 마님(こちらの上)'(p.94)으로 표현된다. 花散里의 뛰어난 솜씨를 인정받는 동시에, 夕霧의 어머니로서도 공개적으로 인정받는 것이다. 花散里도 '이런 굉장한 사람들 속에 낄 수가 있겠는가 하고 생각했었는데, 夕霧의 인연으로 정말 제대로 대접을 받게 되었다(かかるものものしき数にもまじらひたまはましとおぼえたるを、大将の君の御ゆかりに、いとよく数まへられたまへり)'(p.95)라며, 夕霧의 어머니로 인정받아 '우에(上)'로 대접받는 영광을 솔직히 만족스러워하게 된다.

또한 「夕霧」의 겨울에는 夕霧가 雲居雁에게 落葉宮의 편지를 '六条의 동편 어머니의 편지(六条の東の上の御文)'(p.414)라고 하며, 花散里를 '우에(上)'라고 말하는 것이 묘사된다. 夕霧에게 있어서 花散里는 이제 어머니와 같은 '우에(上)'인 것이다. 그리고 花散里는 夕霧에게 落葉宮에 대한 질문을 하는 장면에서도 '히가시노우에(東の上)'로 묘사된다. 紫上를 '지금까지도 지금부터도 이 세상에 흔치않은 아름다운 분(来し方行く末あり難くもものしたまひ)'(「野分」p.261)이라고 생각하는 夕霧가 花散里에게 '그 다음에 부인의 마음가짐이 훌륭하다(さてはこの御方の御心などこそは、めでたきものに)'(「夕霧」p.456)라고 말하는 철없는 '칭찬'에, 花散里는 '쓴웃음'을 짓기도 하지만, '재미있는 것은 院(光源氏)이 자신의 버릇을 남이 모르는 줄 알고, (夕霧가) 조금이라도 바람기가 있으면 큰일 났다고 생각해서 충고한다. 험담까지도 귀담아 듣는 것은 잘난척하는 사람이 자신의 단점을 모르는 것처럼 생각된다(おかしきことには、院の、みづからの御癖をば人知らぬやうに、いささかあだあだしき御心づかひをば大事と思いて、いましめ申したまふ。後言にも聞こえたまふめるこそ、さかしだつ人の己が上知らぬやうにおぼえはべれ)'(p.456)라며, 光源氏의 단점을 지적하는 것으로 완곡하게 夕霧를 훈계하는, 어머니다운 모습을 보이기도 한다. 花散里는 紫上처럼 특별히 뛰어난 미모는 아니지만, 紫上가 말할 수 없는 것을 말하는 夕霧의 어머니로서 紫上와 같은 최상급의 '우에(上)'로 손색이 없다. 夕霧의 어머니로서의 花散里의 배경에는 '가을'과 '겨울' 만이 묘사되면서 夕霧의 어머니로서의 역할이 강조되지만, 그 역할을 통해 '우에'로 표현되는 花散里는 光源氏 여름 세계의 여성으로서 인생의 기반을 다지고 있음을 짐작케 한다.

4. 紫上와의 좋은 '인연'

「少女」의 봄, 光源氏는 六条院 造営을 서두르고, 紫上는 친아버지인
式部卿宮의 五十賀 준비로 바쁜 가운데 '東院에서도 분담하여 하는 일들
이 있다(東の院にも、分けてしたまふ事どもあり)', 紫上와 花散里의
'사이는 이전보다도 더 기품 있게 인정을 나누며 지내고 계셨다(御仲ら
ひ、ましていとみやびかに聞こえかはしてなん過ぐしたまひける)'(p.71)
라고, 二条東院의 花散里와 二条院의 紫上의 관계가 묘사된다. 花散里
는 紫上를 도와 역할을 다하고 인품으로 소통하면서 光源氏 세계의 안
정에 기여한다. 二条東院에서의 4년간의 삶을 통해 花散里는 마치 『古
事記』[19]의 고노하나노사쿠야 히메(木花咲夜姫)와 이와나가 히메(石長
姫)를 통해 강조되던 아름다움과 안정의 세계를 실현한 셈이다. 光源氏
에게 있어서 花散里는 紫上와 더불어 상호보완적인 관계에 있는 것이다.
「梅枝」의 봄 2월에 明石姫君 성인식(裳着) 전날의 薫物 놀이에서 花
散里는 '여름부인(夏の御方)'으로 묘사된다. 하지만, '축에 들지도 못한
다며 연기가 나는 것조차도 조심스럽게 생각(数々にも立ち出でずや

---

19 『古事記』(1973) 小学館, p.134. 大山津見神가 木花佐久夜毘売만 부인으로 삼은 邇
邇芸命에게 '천신의 자손의 수명이 눈 내리고 바람 불어도 항상 바위처럼 영원히
不変 不動하시라(天つ神の御子の命は、雪零り風吹くとも、恒に石の如くして、
常石に堅石に動がず坐せ)'고 바위처럼 못생긴 딸도 같이 시집을 보낸 것이라고 말
한다. 외모보다도 의미가 더 강조되는 上巻의 石長比売의 이야기이다.

と、けぶりをさへ思ひ消えたまへる御心'하는 깊은 성품을 보인다. 그리고 花散里는 紫上가 화려하고 신선한 향을 만든 것에 비해 '특이하고 차분한 향이 나서 깊고 친근하게(さま変り、しめやかなる香して、あはれになつかし)'(p.401) 느껴지는 여름향기 荷葉를 만든다. 花散里는 깊고 친근하게 느껴지는 향이 묻어나오듯, 깊은 성품으로 紫上를 비롯한 다른 부인들을 대한다.

「若菜下」의 겨울에는, '여름부인'으로 묘사되는 花散里가 많은 손자들을 돌보는 紫上를 부러워하여 夕霧와 典侍 사이에서 태어난 아이들을 데려다 키우는(p.169) 등, 紫上를 따라하고 있는 것이 묘사된다. 花散里는 紫上를 의식하고 따르는 것이다.

이러한 花散里에게 「御法」의 봄에는, 二条院에서 열린 紫上의 法華経 천부 공양에서 紫上가 이별을 아쉬워하며 和歌를 보낸다. 이때 花散里는 六条院으로 이주하던 날 이래 처음으로 紫上와의 관계에서 '花散里'라는 이름으로 묘사된다.

> 花散里 부인에게,
> 목숨은 끊어지겠지만 법회에서의 말씀처럼 대대로 맺어진 깊은 인연이 믿음직스럽습니다.
> 답가,
> 맺어진 인연은 끊어지지 않을 것입니다 얼마 남지 않은 법회처럼 내 생명도 얼마 안 남았겠지만.
> 花散里の御方に、
> 絶えぬべききみのりながらぞ頼まるる世々にと結ぶ中の契りを
> 御返り、

結びおくちぎりは絶えじおほかたの残りすくなきみのりなりとも

(「御法」p.485)

　「御法」에는 '花散里'라는 이름이 紫上의 法華経 천부 공양에 참석하는 장면과 돌아가려는 장면에 두 번 묘사된다. '花散里'라는 이름[20]은 花散里가 二条東院과 六条院으로 이사하던 날 이후 묘사되지 않고 있었다. 그 이름이 「御法」에서 紫上를 상대로 두 번이나 묘사되는 것이다. 紫上의 法華経 천부 공양에 참석해 있는 동안 紫上와 花散里는 모든 신분과 지위, 관계를 떠나, 二条院과 二条東院부터의 '그리움'으로 마주하는 것이다. 二条院과 二条東院 시절부터의 '옛날'을 공유하는 '紫上'는 죽음을 눈앞에 두고 '花散里'가 '친근'하게 다가오는 것이다. '맺어진 깊은 인연'을 강조하는 紫上에게 花散里도 변함없는 인연[21]의 정으로 응대하며, 紫上의 마음을 편안하게[22] 해 준다.

　紫上와의 관계에서 花散里는 '여름부인'과 '花散里'라는 이름으로 불린다. 그리고 花散里의 배경으로 묘사되는 '겨울'과 '봄'이 이윽고 '여름'으로 이어질 것이 기대되듯, '그리움'으로 '맺어진 인연'이 끊어지지 않고

20 『源氏物語』의 15곳에 나타난 '花散里'의 명칭 중, 花散里가 二条東院으로 옮겨가는 장면이 묘사된 「松風」1곳 이후에는, 六条院으로 옮겨 가는 장면인 「少女」1곳에, 그 후 紫上와 관련된 「御法」2곳, 노후에 二条東院을 유산으로 받아 다시 옮겨 간 「匂宮」의 1곳에만 표현된다. 二条東院과 六条院에서의 花散里는 건물과 계절의 이름 등으로 불리면서 자신의 역할을 충실히 하는 것으로 볼 수 있다. '花散里'라고 불리는 것은 '花散里'라는 이름에 부여된 '옛날'의 '그리움'의 이미지를 포함한 것으로 해석할 수 있다.
21 「御法」p.485의 주13에는 '明石上는 사유하여 훗날의 남의 비난을 생각해서 축하하여 읊었다. 이 노래는 있는 그대로이다. 이것이 花散里의 성품이다'라고 하는 「細流抄」의 말이 소개된다.
22 小町谷照彦(1982) 「死に向かう人ー紫の上論」, 『講座源氏物語の世界』第七集, 有斐閣, p.168. 「紫の上はしばしの安穏を得る」 참조.

이어질 것이 기대되는 것이다.

5. 六条院 여름의 안주인

六条院으로 이주하는 「少女」의 가을, '온화하고 꾸밈이 없는 花散里(おいらかに気色ばまぬ花散里)'(p.73)라고 '花散里'라는 이름으로 묘사된 이후, 花散里는 六条院에서도 '동편부인(東の御方)' '여름부인(夏の御方)' 등 건물과 계절의 이름으로 불리며 자신의 역할을 충실히 하게 된다. 그러나 二条東院에서 花散里의 배경으로 묘사되지 않던 '여름'이 六条院으로 이주한 이후부터는 다시 묘사되기 시작한다. 그리고 六条院 여름의 거처에는 여름의 이상적인 '시원스런 샘'과 '나무 그늘'이 있고 '그리움'의 '귤꽃'이[23] 있어 花散里의 이미지를 연상케 한다.

六条院의 「玉鬘」에서 처음으로 묘사되는 여름, '동편부인(東の御方)'으로 불리기 시작하는 花散里는 玉鬘의 후견도 맡아(p.121)[24] '온화한(おいらか)' 성품으로 묘사된다. 그리고 「初音」의 봄 정월에는 花散里와 光源氏가 '마음의 거리감도 없이 인정 있는 사이(御心の隔てもなく、あはれなる御仲らひ)'로, 光源氏보다 나이가 많은[25] 花散里는 '머리 등

---

23 주17과 같음, p.462. '귤꽃'의 '그리움'을 통해 花散里가 꽃이 진 후의 여름을 생각나게 하는, 화려함이 없는 사람인 것을 말하고 싶었을 것이라고 지적한다.

24 주17과 같음, pp.120, 127참조. 光源氏는 六条院에서 玉鬘가 있어야 할 곳이 사람들의 출입이 많은 紫上의 거처도 아니고, 그 女房로 잘 못 보일지도 모르는 지체 높은 中宮의 거처도 아니고, 花散里의 거처에 있으면 남들도 가볍게 보지 못할 거라고 생각한다.

25 주8과 같음, p.245. 光源氏보다 10살은 더 많을 것으로 추정한다.

도 아주 한창일 때를 지났(御髪などもいたくさかり過ぎに)'고, 남녀 관계는 없어도 '정말 사이좋고 흔치않은 부부의 인연(いと睦ましく、あり難からん妹背の契り)'이며, '내(光源氏) 마음이 변치 않고, 상대방의 마음이 신중한 것(まづわが御心の長さも、人の御心の重さをも)'(p.141)을 기쁘게 생각하는 '신뢰'의 관계로 성숙되어 있는 것이 나타난다.

「蛍」의 여름에는 光源氏가 花散里의 거처에 있는 馬場에서 競射 대회를 열어, 花散里가 '동편부인'으로 불리며, '이곳에서 개최한 신기한 일을 이 마을의 명예로 생각(今日めづらしかりつる事ばかりをぞ、この町のおぼえきらきらしと思したる)'하는 만족을 얻는다. 光源氏도 이러한 花散里를 '느긋한 인품(のどやかにおはする人ざま)'으로 마음 편하게(心やすく)(p.200) 생각한다. 花散里는 '가까이서 자는 것은 전혀 어울리지 않는다(け近くなどあらむ筋をば、いと似げなかるべき筋)'(p.201)며 光源氏와의 남녀관계는 생각지도 않고, 자신의 '느긋한 인품'으로 光源氏를 '마음 편하게' 해준다.

「藤裏葉」의 여름에는 夕霧와 雲居雁의 결혼을 계기로 光源氏는, '여름부인이 때때로 화려함이 없어지겠지만, 夕霧가 있으니까(夏の御方の、時々に華やぎたまふまじきも、宰相のものしたまへば)'(p.445)라며, 자신의 출가 후에는 夕霧가 花散里를 돌봐줄 것으로 생각이 들 만큼, 花散里를 夕霧의 어머니로 인정하고 있는 것이 나타난다.

그리고 「若菜下」의 여름에는, 光源氏가 출가한 朧月夜의 의상을 二条院의 紫上에게 부탁하면서 '또 한 벌은 六条의 '동편부인(東の君)'에게 부탁하기로 하지요(一領は、六条の東の君にものしつけむ)'(p.255)라며, 紫上를 상대로 花散里를 '東の君'로 표현하긴 하지만, 花散里의 재봉과

염색 솜씨가 紫上에게 뒤지지 않는(「野分」p.274)다고 생각해 오던 光源氏는 花散里의 솜씨를 紫上 앞에서 인정하기에 이른다.

이렇게 六条院 여름의 안주인으로 살면서 光源氏의 신뢰와 인정을 받는 花散里는 이윽고 紫上가 죽은 후인 「幻」의 여름, 紫上를 대신해서 光源氏에게 계절의 변화에 따른 갈아입을 옷을 만들어 주게 된다. 염색과 재봉의 솜씨 있는 花散里가 紫上를 대신 하는 것이다. 그리고 花散里는 光源氏의 옷을 만들어주면서 紫上에 대한 그리움으로 光源氏를 위로한다.

> 여름부인에게서 계절의 갈아입을 의상을 만들어 드린다면서,
> 여름옷을 갈아입는 오늘만은 옛 생각도 쌓여 오겠지요.
> 답가,
> 매미 날개처럼 얇은 옷으로 갈아입는 오늘부터는 매미의 목숨처럼 덧없는 세상이 더욱더 슬퍼집니다.
> 夏の御方より、御更衣の御装束奉りたまふとて、
> 夏衣たちかへてける今日ばかり古き思ひもすすみやはせぬ
> 御返し、
> 羽衣のうすきにかはる今日よりはうつせみの世ぞいとど悲しき
>
> (「幻」p.523)

光源氏 52세의 일 년이 묘사되는 「幻」의 여름 4월 1일, '여름부인'으로 묘사된 花散里는 光源氏가 갈아입을 여름옷을 만들어 주면서 '새로 지은 여름옷을 보면 지금까지 紫上가 만들어 주던 일이 생각날 것'이라며 紫上를 잃은 光源氏의 슬픔을 위로한다. 紫上에 대한 의리를 지키는 것도 되지만, 花散里 자신이 지금까지 光源氏의 옷을 만들어 오던 紫上가 생

각난 것일 수도 있다. 光源氏의 마음에 위로가 되지 못하는 女三宮나 明石君와 달리, 花散里는 光源氏를 위로하고 紫上에 대한 그리움의 세계로 이끌어 간다. 花散里를 상대로 덧없는 세상이 더욱더 슬퍼진다고 솔직하게 말하는 光源氏는 오월 장마의 계절에는 풍겨오는 '귤꽃 향기'를 맡으며 '두견새'를 기다리게 되고, 이윽고 죽은 紫上가 그리워 울며[26] 그리움의 세계로 이끌려가게 된다. '귤꽃 향기'와 '두견새'로 대표되는 여름에 등장하여 여름을 상징하는 마을에서 살아온 花散里가 이제는 紫上에 대한 光源氏의 '그리움'까지도 이끌어 주는 것이다.

『源氏物語』에서 花散里의 배경으로 묘사되는 8번의 '여름' 중, 六条院의 花散里의 배경으로 묘사되는 「玉鬘」, 「蛍」, 「藤裏葉」, 「若菜下」, 「幻」의 5번의 여름을 지나면서, 花散里는 자신의 '인품'과 '능력'으로 光源氏와의 관계를 성숙되고 위로하는 관계로 이끌어, 光源氏의 슬픔을 그리움으로 승화시키며, 간접적으로 최초의 저 '그리움'의 세계로 되돌아가는 것이다.

6. 결론

이상과 같이, 花散里는 역경에 처한 光源氏에게 떠오른 그리운 사람이며 변치 않고 光源氏를 사랑한 여성이다. 花散里는 二条東院에서 인정과 부드러운 마음가짐으로 夕霧의 후견을 맡아 '우에(上)'로 표현되기에 이른다. 그리고 紫上와는 기품과 인정을 갖고 인간적으로 소통하는 좋은

---

26 拙稿(2008.8)「『源氏物語』에 나타난 光源氏의 사랑과 여름의 의미」, 『日本研究』제 10집, 고려대학교 일본학연구센터. p.220 참조.

인연을 맺는다. 이러한 것을 토대로 花散里는 六条院 여름의 안주인으로서의 명예를 지켜내며, 변함없이 느긋하고 편안한 상대로 光源氏의 기대에 부합한다. 게다가 마지막에는 紫上가 죽은 후에 光源氏에게 紫上에 대한 그리움을 특별히 불러일으키게 하는 매개자의 역할까지도 수행하게 된다.

花散里는 그 내용이 구체적으로 묘사되지 않는 '옛날'의 인물로 등장함으로써, 처음부터 '그리움'의 대상이라는 이미지를 띠고 있다. '두견새'와 '귤꽃'이 光源氏와 花散里의 관계를 상징한다. 그러한 만남 이후 花散里는 자신의 인품과 역량으로 二条東院과 六条院 여름의 거처에서 夕霧의 양어머니 역할을 통한 '어머니'의 이미지와, 紫上와의 관계를 통한 '안정'의 이미지라고 하는 그 존재의미를 구축해나간 것이다. 그리고 紫上가 죽은 후의 花散里는 光源氏에게 紫上에 대한 그리움을 불러일으키게 하면서, 간접적으로 최초의 저 '그리움'의 세계로 되돌아간다.

이러한 점에서 花散里는 『源氏物語』에서 결코 가볍게 볼 수 없는 중요한 인물의 한 사람이며, 적어도 일본고전문학에서 여름을 대표하는 '두견새'와 '귤꽃'의 의미를 체현한 인물이라는 측면에서는 '여름 그 자체의 상징' 또는 확고한 '여름의 여인'이라고 말할 수 있을 것이다.

3
가을

겐지모노가타리源氏物語의 사랑과 자연

光源氏의 연인들의 죽음과 가을의 의미_●1

1. 서론

　平安시대의 가을은 『古今集』의 '누구에게나 가을은 오는 건데 이 몸 특별히 슬프다는 생각을 하게 되었지요(185, おほかたの秋来るからに わが身こそかなしきものと思ひ知りぬれ)', '무엇을 봐도 가을은 슬프 네요 단풍들면서 변하고 지게 되어 끝난다 생각하니(187, 物ごとに秋ぞ かなしきもみぢつつ移ろひゆくをかぎりと思へば)' 등에서 보듯 이미 '슬픈 가을' '허무한 가을' 등으로 인식된다. 『源氏物語』[1]에서도 가을은 역시 슬픔의 계절이다. 가을이 처음으로 묘사되는 「桐壷」권에서는 '궁궐 에 불어 눈물의 이슬 맺는 바람소리에 황자인 어린 싸리 걱정이 되는군 요(宮城野の露吹きむすぶ風の音に小萩がもとを思ひこそやれ)'처럼, '이슬(露)' '바람(風)' '싸리(萩)' 등의 가을 경물을 통해 기리츠보고이(桐 壷更衣)를 잃은 帝의 깊은 슬픔과 남겨진 어린 히카루겐지(光源氏)를 걱 정하는 마음이 표현되고 있다. 그리고 가을이 두 번째[2]로 묘사되는 「夕

---

1 원문은 모두 『源氏物語』(1970) 日本古典文学全集, 小学館에 의함.

111

顔」권에서는 光源氏가 사랑한 유가오(夕顔)의 죽음으로 光源氏의 슬퍼하는 모습이 묘사된다. 「葵」권의 가을에는 葵上의 죽음으로, 「澪標」권의 가을에는 로쿠조노미야스도코로(六条御息所)의 죽음으로, 「御法」권의 가을에는 무라사키노우에(紫上)의 죽음으로 光源氏의 슬픔이 깊어진다3. 즉, 봄에는 후지츠보(藤壺)와 가시와기(柏木), 여름에는 桐壺更衣, 겨울에는 桐壺院의 죽음이 묘사되는데 비해, 가을에는 光源氏가 사랑한 네 명의 여성들이 죽음으로써 光源氏의 인생에서 더 없이 슬픈 경험이 반복되며 깊어지는 구조를 보인다.4 가을이라는 계절을 배경으로 그 죽음과 슬픔의 깊이가 더욱 효과적으로 부각되는 셈이다.

그런데 『源氏物語』에 묘사되는 가을의 죽음은 『竹取物語』의 '가구야히메(姬) 8월 15일의 승천' 등의 영향을 받으면서, 추석에 조상신을 맞아 제사를 지내고 돌려보내는 민속전승의 옛이야기들이 기반이 되었다고도 지적된다.5 그만큼 光源氏가 사랑한 여성들과의 영원한 이별을 인생

---

2 『源氏物語』의 前篇 41권중에서 26권에 가을이 묘사된다. 「桐壺」, 「夕顔」, 「若紫」, 「末摘花」, 「紅葉賀」, 「葵」, 「賢木」, 「須磨」, 「明石」, 「澪標」, 「関屋」, 「松風」, 「薄雲」, 「朝顔」, 「少女」, 「玉鬘」, 「野分」, 「藤袴」, 「真木柱」, 「藤裏葉」, 「柏木」, 「横笛」, 「鈴虫」, 「夕霧」, 「御法」, 「幻」

3 슬픔 외에 「少女」권의 六条院의 완성이나, 「藤裏葉」권의 准太上天皇의 지위에 오르는 영화의 절정, 「明石」권의 明石君를 처음 만나는 일, 「朝顔」권의 朝顔에 대한 짝사랑, 「鈴虫」권의 출가한 女三宮의 거처에서 방울벌레소리를 듣는 연회를 벌이는 모습 등 슬픔과 다른 종류의 상황들도 가을을 배경으로 한다. 그러나 가을은 그 무엇보다도 光源氏가 사랑한 네 명의 여성들이 죽어 光源氏의 인생에서 더 없이 슬픈 경험이 반복되는 계절이라는 점이 두드러진다.

4 光源氏가 사랑하는 여성들의 가을의 죽음에 藤壺의 죽음이 포함되지 않은 것은 光源氏와 藤壺의 사랑을 공식적으로 인정할 수 없는 질서 의식이나, 혹은 藤壺의 죽음이 묘사된 봄에서 또 다른 의미를 찾아 볼 수 있을 것이다.

5 三谷栄一(1980) 「夕顔物語と古伝承」, 『講座源氏物語の世界』第一集, p.218. 『源氏物語』의 주요 여성들이 8월 15일 밤을 중심으로 죽는 것은 『三代実録』, 『明月記』, 『吾妻鏡』, 『親長卿記』등에 남아있는 8월 중순의 御霊祭의 영향에 의한 민족 전승

의 회피할 수 없는 자연적 이치로 인정하여 그 깊은 슬픔을 위로하고자한 의미를 찾아 볼 수 있을 것이다. 그런 위로의 의미는 가을이 갖는또 하나의 이미지, 즉 '결실의 계절' '수확의 계절'이라는 것과도 연결될수 있다. 『万葉集』6의 '가을 논 수확하는 초막 만들어 나 있노라니 소매도 추워지고 이슬도 내렸다네(2174, 秋田刈る仮廬を作り我が居れば衣手寒く露そ置きにける)', '벼 타작하면 거칠어진 내손을 오늘밤에도 주인집 도련님이 잡고서 울어줄까(3459, 稲つけばかかる吾が手を今夜もか殿の若子が取りて嘆かむ)' 등의 힘든 수확과 관련된 和歌에서 시사하듯, 고대부터 가을에는 남겨지는 결실이라는 그러한 위로의 성격이 암시된다. 쓸쓸한 가을에도 알찬 결실이 남겨지듯, 슬픈 죽음 이후에도 자손들은 마치 결실인양 남아, 상실의 슬픔이 깊어지는 만큼 그 슬픔이 자손들에 대한 새삼스런 관심과 애정으로 승화되면서 그나마의 위로라는, 쇠락 속의 풍요라는, 자연적 이치와도 유사한 의미를 갖게 되는 것이다.

본고에서는 『源氏物語』의 가을 이야기 중, 光源氏의 인생에서 가장슬픈 이별로 묘사되는 사랑하는 여성들의 죽음과 그 죽음 후에도 남겨지는 결실에 초점을 맞추어, 그 죽음 및 결실과 가을의 연관성, 그리고그것이 光源氏의 삶과 내면적 세계에 부여하는 의미에 대해서 분석·고찰하고자 한다.

을 이어받은 행위라고 지적한다.
6 『万葉集』(1973) 日本古典文学全集, 小学館

2. 夕顔의 죽음과 가을

光源氏와 夕顔의 사랑은 '이슬'의 '빛'으로 이어진 허무한 사랑이다. 이 사랑은 夕顔의 和歌 '짐작하건데 그분인 것 같군요 흰 이슬의 빛 한층 더 반짝이네 이 저녁의 박꽃은(心あてにそれかとぞ見る白露の光そへたる夕顔の花)'에 光源氏가 마음이 끌리는 것으로 시작된다. 이어서 光源氏는 가을인 8월 16일의 '안개[7]도 짙게 끼고 이슬 젖은(霧も深く露けき)' 새벽에 夕顔를 데리고 폐원[8]으로 놀러가 '저녁 이슬에 꽃 피듯 복면 벗은 얼굴은 당신 집 근처를 지나던 인연 때문이지요. 이슬의 빛은 어떻습니까(夕露に紐とく花は玉ぼこのたよりに見えしえにこそありけれ露の光やいかに)'라고, 첫 인연을 강조하면서 자신의 얼굴을 '이슬의 빛'에 비유한다. 夕顔도 '빛이 난다고 생각하며 본 박꽃 위의 이슬은 황혼의 어둠으로 잘못 본 것이었죠(光ありと見し夕顔の上露はたそかれ時の空目なりけり)'라고 '이슬의 빛'으로 두 사람의 사랑을 이어간다. 그러나 농담[9]처럼 '잘못 본 것[10]'이라고 답가한 그날 밤, 光源氏가 마음속으로

---

7 上坂信男(1975)『源氏物語その心象序説』, p.105 참조. 가을의 안개는 『源氏物語』에서 '小野의 안개·宇治의 안개(小野の霧宇治の霧)'라고 할 만큼, 夕顔와 落葉宮·薰와 姬君의 관계를 상징한다. 가을의 안개는 『源氏物語』후편인 薰와 姬君을 중심으로 한 宇治의 안개가 27번(『源氏物語大成』(1979), 中央公論社), 전편에서는 夕霧와 落葉宮에게 13번, 光源氏와 六条御息所에게 4번, 光源氏와 藤壷에게 3번, 光源氏와 夕顔에게 2번 등 43번의 총 70번이 묘사되며, 현실과 다른 또 다른 세계를 시사한다.

8 「夕顔」p.233 頭註. 篠原昭二(1980)「廃院の怪」, 『講座源氏物語の世界』第一集, 有斐閣, p.252. 河原院전설이 폐원의 모델임을 지적한다.

9 「夕顔」p.236 頭註 참조.

10 犬養廉(1980)「夕顔との出会い」, 『講座源氏物語の世界』第一集, p.192. 夕顔는 첫 和歌의 '그분'을 頭中将로 잘못 봤었다고 이제 와서 말할 수 없어서 '황혼의 어둠으로 잘 못 봤다고 말한 것'이라고 지적하기도 한다. '그분'이 光源氏냐 頭中将냐 하는

六条御息所를 夕顔와 비교하다 잠깐 잠들어 六条御息所인지 귀신(物の怪)인지 알 수 없는 아름다운 여성이 질투하는 꿈을 꾼 그 순간, 옆에 누워있던 夕顔는 '땀에 흠뻑 젖어 정신을 잃고(汗もしとどになりて、我かの気色なり)' 갑자기 죽게 된다. 겁 많은[11] 夕顔의 이상한[12] 죽음으로 묘사되지만, 夕顔의 '잘못 본 것'이라는 말로 '이슬[13]'이 '빛'을 잃고 『万葉集』의 '이슬은 아침에 내려서 저녁에는 사라진다네(217,…露こぞば朝に置きて夕には消ゆといへ…)'나, 『古今集』의 '울며 날아간 기러기의 눈물이 떨어졌겠지 수심에 잠긴 집의 싸리 위 내린 이슬(221, 鳴きわたる雁のなみだや落ちつらむ物思ふ宿の萩のうへの露)'처럼, 사라지는 '허무함'이나 '눈물'을 뜻하는 본래의 의미로 되돌아간 셈이다. 光源氏와 夕顔의 '이슬'의 '빛'으로 이어진 착각 같은 사랑은 '빛'을 잃은 '이슬'이 소멸하듯 이렇게 허무하게 끝나버린다.

光源氏와 夕顔의 사랑은 17세의 光源氏와 19세의 夕顔가 신분과 속마음을 숨기고 시작한 비일상적인[14] 것이었다. 하지만, 光源氏가 夕顔의

결론나지 않은 논설이 아직 남아있다.
11 夕顔가 죽는 것은 夕顔의 겁 많은(物怖ぢ) 성격 때문으로 전개된다. 겁 많은 성격은 「夕顔」3곳과 「手習」에 浮舟의 행동을 두고 말한 1곳에 나타나, 『源氏物語(1)』p.238, p.259의 右近의 말과, p.240의 光源氏의 말로, 夕顔가 『源氏物語』에서 가장 '겁 많은 사람'으로 묘사된다. 게다가 '두려움(恐)' 또한 『源氏物語』의 129곳 중 前篇의 62곳에서 봄에 27, 여름에 13, 가을에 18, 겨울에 4곳이 묘사되는데, 가을의 「夕顔」권에만 8곳이 몰려있다. 그 중 夕顔의 두려워하는 모습이 2곳이며, 전체적으로 夕顔가 죽은 이유를 특히 겁 많은 성격 때문으로 한다.
12 木村正中(1980) 「夕顔の女」, 『講座源氏物語の世界』第一集, p.231. 夕顔의 죽음이 이상한 것은 '그 죽음이 이상할수록 그 사랑의 순수함이 높아지는' 구상 때문이라고 지적한다.
13 夕顔와 관련된 '이슬'은 「夕顔」에 6번, 「帚木」에 頭中將와의 관계에서 3번 묘사된다.
14 後藤祥子(1986) 『源氏物語の史的空間』, 東京大学出版会, p157에서는 「三輪山伝説」과 「葛城神説話」을, 三谷栄一(1980) 「夕顔物語と古伝承」, 『講座源氏物語の世界』

'부드럽고 의젓한 느낌(柔らかに、おほどきて)'에 끌려 '남몰래 니조인 (二条院)에 데려가고 싶다(誰となくて二条院に迎へてん)'고도 생각하고, 8월 15일 밤에는 '이승에서만이 아닌 다음 생에서의 인연까지를 믿으라(この世のみならぬ契りなどまで頼めたまふ)'고도 말할 만큼 나름대로의 깊은 사랑이었다. 그래서 光源氏는 난생 처음으로 '어이없어'[15]하고 '허탈해'[16]하며, '눈물'[17] 흘리고『古今集』의 '가을 긴 밤이 새는 것도 모르고 우는 벌레는 나처럼 무언가를 슬퍼하는 것일까(199, 秋の夜のあくるも知らず鳴く虫はわがごとものやかなしかるらむ)'처럼 몇 번이고 소리 내어, 다른 여성들이 사망했을 때보다도 심하게 가장 많이 '울며'[18]

第一集, p.212에서는「狐女房譚」의 영향을 지적하고, 鈴木日出男(1989)『源氏物語歲時記』, 筑摩書房 p.203에서는 흰 박꽃, 흰 부채의 흰색이 여우로 둔갑한 흰옷을 입은 미녀 임(任)씨와 어떤 남자가 사랑에 빠져든다고 하는 당나라의 전기소설『任氏伝』의 여우나 흰옷의 흰색에 통한다며, 夕顔를 여우의 화신인 임씨로 보고 괴이한 세계가 시작된다고 지적한다. 또한 日向一雅(1989)『源氏物語の王権と流離』, 新典社, p.99에서는 光源氏와 夕顔가 공유한 세계는 서로의 신분을 숨기고 현실의 사회적인 관계를 끊고 스스로를 비일상적인 존재로 전화하는 것으로 확보된다고 지적한다.

15 「夕顔」p.242.『源氏物語』前篇의 어이없어(あきれたる)하는 13곳 중, 光源氏가 어이없어 하는 것은 夕顔의 죽음을 본 경우와, 紫上가 죽은 후 1년이 지나 자신을 돌아보며 오래도 살아왔다며 어이없어 하는「幻」권 가을 8월의 2곳이다.

16 「夕顔」p.244.『源氏物語』前篇에서 허탈해(あへなき)하는 것은 13번이며, 桐壺更衣가 죽은「桐壺」, 夕顔가 죽은「夕顔」, 六条御息所가 죽은「澪標」, 紫上의 죽음과 관련된「若菜下」,「御法」, 落葉宮의 어머니 御息所의 죽음과 관련된「夕霧」의 2번 등, 7번이 죽음과 관련된다.

17 『源氏物語』前篇에 눈물(涙)은 155번 묘사된다.「夕顔」권의 5번 중, 光源氏가 눈물 흘리는 것은 夕顔의 죽음으로 승려가 염불할 때와, 49제를 지낼 때의 2번이다.

18 「夕顔」p.244.『源氏物語』前篇에서 '우는(泣く)' 것은 175번 묘사된다.「夕顔」권의 19번 중 17번이 夕顔에 관한 것이며, 夕顔의 죽음을 슬퍼하며 우는 것으로는 光源氏의 7번, 右近의 6번 등 16번이다. 光源氏는「葵」권에서 葵上의 죽음 전후로 1번씩 2번,「澪標」권에서 六条御息所가 죽기 전의 출가 후에 1번 운다. 紫上가 죽은「御法」권에서는 눈물을 많이 흘리는 대신 우는 표현이 묘사되지 않은 것과 비교해보면 夕顔의 죽음을 슬퍼하는 방법으로는 '우는' 횟수가 가장 많다.

그 죽음을 슬퍼[19]한다.

18일 새벽, 히가시야마(東山)에서 夕顔의 유해를 보고 나오는 光源氏는 폐원으로 놀러갈 때의 '안개도 짙게 끼고 이슬 내린' 새벽길과 같은 '이슬이 잔뜩 내리고, 한층 짙은 아침 안개가 낀 길(道いと露けきに、いとどしき朝霧に)'을, 『古今集』의 '누구를 위한 단풍의 비단이기에 가을 안개는 사호의 산 일대를 감추려고 하는가(265, 誰がための錦なればか 秋霧の佐保の山べをたちかくすらむ)'처럼, 夕顔의 죽음을 비밀로 숨긴 채 혼자 걸어 나온다. 그리고 夕顔의 49제 법요에서는 '울고 울면서 오늘 나 홀로 묶은 속바지 끈을 언제나 다시 만나 풀어볼 수 있으리(泣くなくも今日はわが結ふ下紐をいづれの世にかとけて見るべき)'라고, '우는' 자신을 강조하며 사랑을 맹세한 옛사람들[20]처럼 夕顔에 대한 영원한 사랑을 읊는 것으로 夕顔의 죽음이라는 현실을 받아들인다. 이렇게 해서 현실을 인식한 光源氏는 「玉鬘」권에서 夕顔의 딸 다마카즈라(玉鬘)를 양녀로 삼기위해 '夕顔가 살아있다면 明石君와 같은 대우를 했을'[21] 소중한 사람이라고 紫上에게 말하게 되는 것이다.

즉, 光源氏의 '울음'에는 夕顔의 죽음을 슬퍼하는 단순한 슬픔만이 아닌 현실을 인식한다는 또 하나의 의미가 있다. 그리고 그 의미는 玉鬘를 매개로 구현된다. '우는' 자신을 강조한 光源氏는 「玉鬘」권의 '사랑했던

---

19 『源氏物語』前篇에 슬퍼하는(悲) 것은 183번 묘사된다. 「夕顔」권의 7번 중, 光源氏가 슬퍼하는 것은 6번 묘사된다.

20 「夕顔」p.266 頭註의 『万葉集』2919 '둘이서 같이 묶었던 그 끈을 혼자서 나는 풀어보지 않으리 곧 만날 때까지는(ふたりして結びし紐をひとりして我は解き見じただに逢ふまでは)' 참조.

21 「玉鬘」p.120 「世にあらましかば、北の町にものする人の列には、などか見ざらましし」 가을의 9월에 光源氏가 六条院의 花散里에게 玉鬘를 부탁하기 위해 紫上에게 한 말이다.

夕顔를 조금도 잊지 못하는(飽かざりし夕顔を、つゆ忘れたまはず)' 모습으로 연결되어, '덧없이 슬프게 생각하는 사람 대신(あとはかなくみじと思ふ御形見)'으로 데려 오려고 생각하면서도 현실적으로 데려오지 못한 채 행방불명이 되었던 3세의 玉鬘를 17년 만에 만나, 이윽고는 양녀로 삼는 것이다. 玉鬘의 등장을 위한 夕顔의 죽음으로 생각될 수도 있지만, 夕顔의 죽음으로 인한 光源氏의 슬픔 속에 사랑하는 사람의 딸이 일종의 결실로서 남겨지는 셈이다.

가을의 '이슬'과 '안개'를 배경으로 한 '울음'으로 夕顔에 대한 사랑과 그 죽음에 대한 깊은 슬픔이 증명된 光源氏는 이윽고 夕顔가 남긴 딸 玉鬘를 자신의 양녀로 삼게 되는 것이다. 光源氏는 玉鬘를 夕顔대신으로 생각하거나 六条院의 화려함을 장식하기 위한 사람[22]으로 생각하여 玉鬘를 혼란스럽게도 하지만, 친부 頭中将와 대면하게 해 주며 夕顔의 죽음을 속죄하듯[23] 玉鬘를 양아버지의 입장에서 보살피기도 한다. 玉鬘도 결국은 光源氏를 인간적으로 이해하며 자진해서 누구보다도 먼저 光源氏의 四十賀를 개최하고(「若菜上」) 紫上와도 친하게 대면하는(「若菜下」) 등, 육친을 초월한 인간의 인연을 믿는[24] 양녀로서 光源氏를 생각하여 光源氏와 夕顔의 사랑의 결실로서의 의미를 지니게 된다.

22 森一郎(1971)『源氏物語の方法』, 桜楓社, p.113.
23 長谷川政春(1981)「さすらいの女君」,『講座源氏物語の世界』第五集, pp.49-52참조.
24 拙著(2007)『源氏物語の人物世界』, 제이앤씨, p.144.

3. 葵上의 죽음과 가을

아오이노우에(葵上)는 「桐壺」권에서 光源氏가 성인식을 하던 12세에 아버지들의 뜻에 따라 맞이한 16세의 배필이며, 「若紫」권에서는 '그림에 그린 공주님(絵に描きたるものの姫君)25'으로 묘사된다. 그런 光源氏와 葵上가 제대로 부부다워지는 것은 「葵」권의 결혼 9년 만에 임신을 하면서부터이다. 그러나 葵上는 아들 유기리(夕霧)를 출산한 26세의 가을 8월 20일쯤 밤에 혼자서 쓸쓸한 죽음을 맞이한다. 葵上의 죽음은 六条御息所의 遊離魂 때문에 깊어지는 병세, 光源氏의 아쉬움과 슬픔, 葵上가 눈물을 흘리다가 가족이 궁에 가고 없을 때 '숨이 끊어져버렸다(絶え入りたまひぬ)'라는 담담한 상황묘사로 진행된다. 가을 경물도 특별히 묘사되지 않는다. 葵上가 죽은 원인에는 아오이마츠리(葵祭)26에서 葵上가 光源氏의 애인인 六条御息所의 수레자리를 빼앗는 후처학대27를 하여 자존심이 훼손된 六条御息所의 遊離魂에게 괴롭힘을 당했다는, 말하자면 여성들의 자존심 경쟁이 근본에 있다. 그런 뜻하지 않은 葵上의 죽음을 슬퍼하는28 光源氏는 六条御息所를 비롯한 세상의 남녀 관계가 '싫어(うし)'29지게 된다.

---

25 「若紫」p.300
26 中井和子(1981)「葵祭」,『講座源氏物語の世界』第三集, p.43 '葵祭는 葵上와 六条御息所라는 두 명의 중요등장인물이 物語의 무대에서 사라지는 계기'가 되었다고 지적한다.
27 大朝雄二(1981)「六条御息所の苦悩」,『講座源氏物語の世界』第三集, pp.16-17.
28 「葵」권의 슬프다는 표현 10번 중, 光源氏는 葵上가 괴로워할 때에 2번, 죽고 나서 2번의 4번, 左大臣과 사람들에게 각각 3번씩 묘사된다.
29 '싫어지다(うし)'는『源氏物語』前篇 276번 중,「葵」권의 光源氏에게 15번, 六条御息所에게 9번, 頭中将에게 1번의 25번이 묘사된다. 葵上가 죽기 전의 12번 중, 六条御

그런 한편으로 '가까운 사람의 죽음을 경험한 적이 별로 없어서 葵上가 더없이 그리운(あまたしも見たまはぬことなればにや、たぐひなく思し焦がれたり)' 光源氏는 슬퍼하는 처부모의 모습을[30] 지켜봄으로써 葵上의 죽음이라는 현실을 한층 실감하게 된다.

左大臣이 딸을 잃은 슬픔에 괴로워하는 모습도 당연하고 애절하여 (光源氏는) 하늘만 바라보며…

정해져 있는 상복의 엷은 묵색 너무 연하나 눈물은 하염없이 소매마저 적시네.

…이슬 젖듯 아주 눈물겹지만 이 아기만이라도 남겨놓고 간 것을 위안으로 삼았다. …어머니 大宮는 슬픔에 젖어 일어나지도 못하시고 위태로워보였다… (頭中将가 왔을 때 光源氏는) 서리 내려 시든 뜰의 화초를 보고 있었다. 바람이 거칠게 불어 찬비가 쏟아져 내리자 눈물도 앞 다퉈 쏟아질 듯하여…

죽은 아내가 비가 되고 구름이 된 저 하늘마저 요즘은 찬비 내려 더욱 어두워졌네. …

息所의 6번과 光源氏의 5번이 수레의 자리다툼과 六条御息所의 遊離魂을 둘러 싼 심리 현상이다. 그리고 葵上가 죽은 후의 六条御息所의 3번 중 2번은 자신에 대해서, 1번이 光源氏의 싫어진 마음을 헤아리는 것이며, 光源氏의 4번 중에 1번이 六条御息所에 대한 심정이고 3번이 세상에 대한 것이다. 즉, 光源氏는 葵上의 죽음 그 자체보다도 葵上와 六条御息所의 다툼과 遊離魂, 이어지는 葵上의 죽음으로 세상의 남녀관계가 싫어지게 된다. 그 외에 「夕霧」권에 29번, 「賢木」권에 21번, 「若菜下」권에 20번, 「柏木」권에 15번, 「須磨」권에 15번등이 묘사된다. 「葵」권 이전에 집필된 「若紫」, 「紅葉賀」, 「花宴」권에도 11번, 7번, 2번이 묘사되어, 그 중 괴로운 심정이 표현된 것은 藤壷의 9번이다.
30 葵上의 죽음에 光源氏가 우는 것이 2번 左大臣이 3번, 슬퍼하는 것이 光源氏가 2번 左大臣이 3번, 눈물 흘리는 것이 光源氏 3번 左大臣 2번 大宮가 3번 묘사되면서 남편인 光源氏 이상으로 슬퍼하는 부모의 모습이 부각된다.

시들어 버린 울타리에 남겨진 패랭이꽃은 아내가 남기고 간 가을의 유
물이네요. …

당신을 잃고 먼지 쌓인 바닥의 패랭이꽃의 이슬(눈물)을 떨어내며 몇
밤을 잤을까요.

大臣の闇にくれまどひたまへるさまを見たまふもことわりにいみじけれ
ば、空のみながめられたまひて…

限りあれば薄墨ごろもあさけれど涙ぞそでをふちとなしける

…いとど露けけれど、かかる形見さへなからましかば、と思し慰さむ…
宮は沈み入りて、そのままに起き上りたまはず、危ふげに見えたまふを…
霜枯の前栽見たまふほどなりけり。風荒らかに吹き時雨さとしたるほど、
涙もあらそふ心地して、

見し人の雨となりにし雲ゐさへいとど時雨にかきくらすころ…

草枯れのまがきに残るなでしこを別れし秋のかたみとぞ見る…

君なくて塵積りぬるとこなつの露うち払ひいく夜寝ぬらむ

(「葵」pp.41, 42, 43, 48, 49, 50, 58)

슬퍼하는 左大臣의 애절한 모습을 보며 光源氏는 葵上의 죽은 현실을
실감하고 葵上가 죽어서 간 하늘을 바라본다. 그리고는 '상복의 묵색이
너무 연하다'면서 자신의 속마음이 보기보다 더 슬픈 것을 표현하고 '하
염없이 눈물이 흐른다'고 읊게 된다. 이 눈물은 남겨진 아기 夕霧를 보면
서도 이어져 光源氏는 '이슬' 젖듯 눈물에 젖지만 그래도 夕霧가 남은
것을 위안으로 삼는다. 이어서 처남인 頭中将의 조문에 光源氏의 아픈
마음이 늦가을의 '서리 내려 시든[31] 뜰과 '찬비[32]', '바람' 등의 자연과

---

31 '서리 내려 시든(霜枯)'은 『源氏物語』 전체에 5번 묘사된다. 나머지 4번은 「若紫」,
「関屋」, 「若菜上」, 「匂宮」로, 어린 紫上가 처음으로 二条院 東対에 와서 서리 내려

함께 묘사된다. 서리 내려 시든 뜰의 화초를 보던 光源氏는 바람 불고 찬비가 쏟아지자, '찬비 같은 눈물'이 앞을 가려 '마음은 물론 하늘마저 어둡다'고 읊어, 막막하고 쓸쓸한 마음을 표현한다. 그리고 이 마음은 위태로울 만큼 슬퍼하는 장모 大宮에게 葵上가 남긴 夕霧의 존재를 통해 가족의 인연이 남아있다고 위로하기에 이른다. 이렇게 장인의 슬프고 애절한 모습을 보면서 이어진 눈물과 슬픔의 과정을 지나, 光源氏는『古今集』의 '혼자 누운 이불은 풀잎이 아니건만 가을의 이 밤에는 이슬의 눈물 나네(188, ひとり寝る床は草葉にあらねども秋くるよひはつゆけかりけり)'처럼, 葵上를 잃고 혼자 자는 밤의 허전함과 슬픔의 눈물을 이윽고 가을의 '이슬'³³로 표현하게 된다. 눈물을 자연의 이슬로 표현하며 인생의 허무함을 알게 된 22세의 光源氏는 左大臣의 집을 떠나며 마치 葵上의 죽은 현실이 이제 확인된 듯 처음으로 운다.³⁴ 그리고 이렇게 '울게' 된 이 가을 光源氏는 여성들과의 관계대신 이슬 같은 눈물로 이어진 장인, 장모, 아들이라는 가족의 울타리를 얻게 되는 것이다. 가족이 가을의 결실로 남아 光源氏의 아픔을 위로하는 것이다.

그 후의 光源氏는「賢木」권에서 桐壺院의 사망으로 左大臣이 힘을 잃

시든 뜰의 화초를 그림처럼 재미있어 하는 장면이며, 光源氏가 귀경하는 空蟬를 우연히 만나는 장면의 배경, 女三宮의 降下로 마음의 병을 얻은 紫上가 光源氏의 四十賀를 하는 배경, 匂宮가 薫에 대한 경쟁심으로 향을 만드는 배경 등에 묘사된다.
32 葵上의 죽음과 관련 된 '찬비'는『源氏物語』14번 중에 5번 묘사된다.
33 「葵」권의 이슬(露3, 露けし3) 6번 중 光源氏와 葵上에게 관련된 것은 夕霧를 보고 눈물겨워하는(露けし) 1번, 葵上의 죽음을 슬퍼하는(露) 1번의 2번이다. 그 외에는 六条御息所가 光源氏에게 葵上를 잃은 슬픔을 위로하는 노래(露けし), 光源氏의 六条御息所에 대한 답가(露), 六条御息所의 거취와 관련된(露) 것, 光源氏가 朝顔에게 슬프다고 말하는(露けし) 것이다.
34 「葵」권의 光源氏는 葵上가 物怪로 괴로워할 때 1번, 葵上의 장례를 치루고 左大臣집을 떠날 때 세상의 무상함을 생각하며 1번의 2번 운다.

어도 변치 않고 찾아오고, 須磨에서 帰京한 「澪標」권에서는 夕霧의 교육도 시작하고, 권력에서 멀어진 장인이 太政大臣이 되는 権勢를 회복하여 영화를 이루도록 가족으로 보살핀다. 이전에는 葵上에게 소원한 光源氏가 원망스럽기도 했던 大臣이지만, 光源氏는 葵上가 죽은 후에 오히려 大臣 집안을 보살피며 가족의 일원으로 가족의 인연을 지켜 가는 모습을 보인다. 쇠락 속의 결실이라는 가을의 의미가 葵上의 죽음 이후에도 이렇게 그 일단을 드러내는 셈이다.

4. 六条御息所의 죽음과 가을

葵上의 죽음으로 六条御息所가 확실히 싫어진[35] 「葵」권의 光源氏는 새벽안개(朝ぼらけの霧りわたれる) 속에 놓고 간 六条御息所의 '인생 무상한 슬픈 일을 들어도 눈물 나는데 남겨진 소매 젖어 슬픔이 크겠지요(人の世をあはれと聞くも露けきにおくるる袖を思ひこそやれ)'라는 위로편지를 받는다. 그러나 光源氏는 '남겨진 몸도 죽은 자도 똑같이 허무한 이슬 같은 세상 집착하는 마음이 더욱더 덧없지요(とまる身も消えしも同じ露の世に心おくらむほどぞはかなき)'라고 '이슬'같이 '허무한 세상'이니 오히려 집착하지 말자며, 위로하는 六条御息所의 마음을 무색하게 한다. 六条御息所도 자기를 싫어하게 된 光源氏의 마음을 이해

---

35 「葵」권의 光源氏는 六条御息所의 遊離魂 때문에 六条御息所가 싫어졌지만, 「賢木」권에서는 '싫어지다(うし)'의 21번 중, 光源氏와 六条御息所의 관계에서 光源氏에게 1번, 六条御息所에게 4번 묘사되어, 六条御息所가 光源氏를 힘들어하는 것이 부각되면서 伊勢로 떠나게 된다.

하며 光源氏를 단념하기로 결심한다. 「夕顔」권의 가을에도 光源氏는 '안개가 아주 짙은 아침, 심한 재촉에 졸린 모습으로 개탄하며 귀가한다.(霧のいと深い朝、いたくそそのかされたまひて、ねぶたげなる気色にうち嘆きつつ出でたまふ)'처럼 안개가 걷히는 것도 기다리지 않고, 아직 '짙은 안개 낀 아침'에 겉으로는 가기 싫은척하며 六条御息所의 집을 나서는 모습이 그려졌었다. 光源氏와 六条御息所의 불편한 관계가 '안개'로 상징되어 묘사되는 것이다.

드디어 이세(伊勢)로 떠날 결심을 한 六条御息所를 노노미야(野宮)로 찾은 「賢木」권의 光源氏는 그러나 마음이 약해져 '운다.' 그리고는 '새벽 이별은 언제나 이슬 젖어 눈물 나는데 이는 지금껏 알지 못한 가을 하늘이라네(あかつきの別れはいつも露けきをこは世に知らぬ秋の空かな)'라고 읊으며, '돌아오는 길에서도 눈물로 이슬 젖는다(道のほどいと露けし)'처럼, 六条御息所와의 이별이라는 사실상의 헤어짐 앞에서 光源氏의 솔직한 슬픔의 눈물이 '이슬'로 묘사된다.

이렇게 슬픔의 눈물이 '이슬'로 표현된 光源氏는 '안개가 짙게 끼어서 정취 있는 새벽에(霧いたう降りて、ただならぬ朝ぼらけに)' 伊勢로 떠나는 六条御息所를 멀리서 배웅하며 '가는 길 바라보며 배웅하려니 이 가을에는 저 오사카 산을 안개야 가리지마라(行く方をながめもやらむこの秋はあふさか山を霧なへだてそ)'라고 혼잣말로 읊는다. 만남을 기대하는 오사카(逢坂)산을 바라보며 오사카 산을 가리는 '안개'를 거부하는 것으로, 六条御息所와의 재회를 기대하는 마음을 표현하는 것이다. 光源氏는 수레 다툼의 피해자면서 동시에 遊離魂의 가해자가 된 六条御息所와 이별하며 지금까지의 힘든 연인의 관계를 상징하듯 묘사된 '짙은

안개 낀 새벽'의 '안개'를 六条御息所와의 힘든 관계를 청산하듯 거부하며 재회를 기대하는 것이다.

> 光源氏는 (六条御息所가 출가 한 것을) 듣고, 사랑하는 사이는 아니더라도 역시 무슨 일이 있을 때는 상의할 수 있는 상대라고 생각하고 있었는데 이렇게 출가한 것이 아쉽게 생각되어 놀라서 찾아갔다. …변치 않을 마음을 보여주지 못하고 끝나는 것이 아쉬워 심하게 운다. 여자(六条御息所)도 이렇게까지 생각해줬던 것에 만감이 교차하여 딸인 전 斎宮의 앞날을 부탁한다. …(六条御息所는) 숨이 끊어질 듯 운다. …(光源氏는 전 斎宮에게) 마음이 흔들리고 관심이 생기지만 (어머니인 六条御息所가) 그렇게까지 말했는데 라며 마음을 고친다. …칠팔일 지나서 (六条御息所가) 사망했다. (光源氏는) 허탈하게 생각되어 세상도 아주 덧없고 허전하여 궁중에도 가지 않고 여러 장례준비 등을 지시한다.
>
> 大臣聞きたまひて、かけかけしき筋にはあらねど、なほさる方のものをも聞こえあはせ人に思ひきこえつるを、かく思しなりにけるが口惜しうおぼえたまへば、驚きながら渡りたまへり。…絶えぬ心ざしのほどはえ見えたてまつらでやと口惜しうて、いみじう泣いたまふ。かくまでも思しとどめたりけるを、女もよろづにあはれに思して、斎宮の御ことをぞ聞こえたまふ。…消え入りつつ泣いたまふ。…心もとなくゆかしきにも、さばかりのたまふものを、と思し返す。…七八日ありて亡せたまひにけり。あへなう思さるるに、世もいとはかなくて、もの心細く思されて、内裏へも参りたまはず、とかくの御事などおきてさせたまふ。(「澪標」pp.300, 302, 303)

「澪標」권의 가을, 6년이 지나 伊勢에서 귀경한 六条御息所가 갑자기 출가를 하자 光源氏는 놀라서 찾아가 심하게 운다[36]. 野宮로 六条御息所

를 찾아갔을 때도 마음이 약해져 울었는데, 六条御息所가 출가하자 光源氏는 더욱 아쉬워하며 다시 우는 것이다. 그리고 六条御息所도 우는 光源氏를 보고 감동하여 함께 운다. 그런데 이 '울음' 또한 단순한 슬픔의 표시만은 아니다. 六条御息所는 자신의 딸인 전 사이구(斎宮)의 앞날을 부탁하며 운다. 두 사람이 우는 것은 하나의 상징적인 의미를 내포한다. 즉, 光源氏와 六条御息所는 우는 행위를 통해 불편하던 연인의 관계에서 자식의 미래를 걱정하는 현실적인 '부모'의 모습으로 재탄생하는 것이다. 따라서 딸의 앞날을 부탁한 36세의 六条御息所의 죽음은 '사망했다'라는 단순한 기술로 묘사되고, 29세의 光源氏는 허탈해하고 허전해하며 가족처럼 장례준비를 해준다. 그리고 눈과 진눈깨비(雪霰)[37]가 흩날리는 추운 날에는 전 斎宮에게 '(눈과 진눈깨비) 흩날리어서 맑지 않은 하늘에 어머니의 혼 떠돌고 있을 그 집 아주 슬프겠지요.(降りみだれひまなき空に亡きひとの天かけるらむ宿ぞかなしき)'라고, 전 斎宮의 슬픈 마음을 헤아리며 마치 아버지 같은 모습으로 위로를 표현한다. 光源氏는 초겨울 날씨의 추위 속에서도 딸 주변을 떠돌 六条御息所의 영혼을 의식하여, 전 斎宮을 '깨끗한 마음으로 대하겠다(心清くてあつかひきこえむ)', '소중한 딸로 대하겠다(かしづきぐさにこそ)'라고 다짐하면서 20세의 전 斎宮을 자식처럼 대하겠다는 六条御息所와의 약속을 이행하게

---

36 「澪標」권 가을에서 '우는' 장면은 光源氏가 출가한 六条御息所를 찾아가 '우는' 장면과, 우는 光源氏를 보고 감동하여 자신의 딸인 전 斎宮의 앞날을 부탁하며 '우는' 六条御息所의 '어머니'로서의 모습, 이렇게 2번이다.

37 '눈과 진눈깨비'에 대해 원문의 頭註에서는 六条御息所가 죽은 날이 초겨울이 아닐까 의심하면서도 『湖月抄』의 '이런 날이 가을에도 많이 있다'는 지적을 소개한다. '진눈깨비'는 『源氏物語』에 2번 묘사되는데, 또 1번은 「帚木」권 11월의 '진눈깨비 내리는 밤'의 左馬頭의 체험담이다.

된다. 이렇게 해서 光源氏와 六条御息所와의 관계에도 가을의 결실이 남겨지듯 전 斎宮이 자식 같은 존재로 남겨지는 것이다.

光源氏는 어머니의 죽음을 슬퍼하며[38] 시간이 지나도 '소리 내어 울며 지내(音泣きがちにてぞ過ぐし)'는 전 斎宮을 「絵合」권에서 입궐시켜 「少女」권 가을에는 中宮이 되도록 후견하고, 「鈴虫」권에서는 死霊이 되어 나타난 六条御息所의 妄執을 슬퍼하며 출가를 원하는 中宮을 타일러 망집을 진정시키기 위한 추선공양을 권하는 등, 딸의 공덕 쌓기를 바라던 六条御息所의 뜻이 이루어지도록 충실히 中宮을 후견하는 모습을 보인다. 그러자 中宮도 자기를 후견해준 光源氏에게 부모님이 살아있었다면 해주었을 보은의 뜻을 담아 四十賀를 개최하고, 紫上의 法華経千部供養에도 협력한다. 또한 紫上의 사후에는 '시들어버린 들판을 싫어해서 돌아가신 분은 가을을 좋아하지 않으셨나 보네요(枯れはつる野辺をうしとや亡き人の秋に心をとどめざりけん)'(「御法」)라며 봄을 좋아하던 紫上의 마음을 배려하고, 紫上의 죽음을 애통해하는 光源氏의 마음을 마치 자식 같은 심정으로 이해하며 위로하기에 이른다. 六条御息所와의 이별과 죽음 그리고 그 이후의 전개에서도 이렇듯, 슬픔과 위로라는 가을의 이미지가 마치 자연의 이치처럼 겹쳐지는 것이다.

---

38 六条御息所의 죽음을 슬퍼하는 것은 光源氏와 전 斎宮이 주고받은 和歌에 1번씩 묘사된다.

5. 紫上의 죽음과 가을

紫上는 로쿠조인(六条院)의 봄의 안주인이며 봄을 상징하는 여성으로 살았지만[39] 죽는 계절은 가을로 설정된다. 光源氏와 紫上의 관계에 가을이 배경으로 묘사되는 것은 「賢木」, 「松風」, 「朝顔」, 「少女」, 「野分」와 紫上가 죽음에 이르는 「御法」, 그리고 「幻」권이다. 『古今集』의 가을은 '가을이라고 눈으로 선명하게 볼 순 없어도 바람소리에 가을 알고 놀라 버렸네(169, 秋来ぬと目にはさやかに見えねども風の音にぞおどろかれぬる)'처럼 부는 바람소리에 어느새 가을이 왔다고 놀라면서 맞이하는 계절인데, 병든 紫上는 시원한 가을이 되기를 기다린다. 紫上는 이미 가을의 허무함과 슬픔의 '이슬'에 젖듯 '눈물'에 젖어, 죽음을 기다리듯 가을을 기다리며, 남기고 갈 光源氏의 개탄을 생각하며 슬퍼한다.

　　가을을 기다려 세상이 좀 시원해지자 기분도 얼마간 상쾌해지는 듯하다. …그러나 몸으로 느낄 수 있을 만큼의 가을바람은 아닌데도 이슬에 젖듯 눈물에 젖어 지낸다. …바람이 심하게 불기 시작한 저녁 무렵에 …마지막엔 얼마나 개탄할까 생각하니 슬퍼져서
　　(紫上)　　내렸다고 생각하는 틈조차 덧없어라 자칫하면 바람에 흔들리는 싸리 위 이슬 (내가 일어난 것처럼 보여도 잠시지요 싸리위의 이슬처럼 금방 사라지겠지요)…
　　(光源氏)　자칫하면 앞 다퉈 사라지는 이슬 같은 세상에 앞서거니 뒤서거니 하지 않으면 좋으련만

---

39 拙稿(2007.11)「『源氏物語』의 紫上와 봄의 이미지」, 『日語日文学研究』, 한국일어일문학회, p.269참조

라며, 눈물이 자꾸 흘러서 다 닦지도 못한다.

　(明石中宮) 가을바람에 잠시도 머물 수 없는 이슬 같은 세상을 누가
　　　　풀잎 위만 그렇다고 할까요 (우리도 그렇지요)

　…이렇게 천년을 살 방법이 없을까 하고 생각하지만, 이루어질 수 없는 일이어서, 살릴 수 있는 방법이 없는 것이 슬펐다. …宮는 손을 잡고 울고 울며 보니까, 정말로 사라져가는 이슬 같은 느낌이 들어 임종처럼 보이자 송경을 의뢰하러 가는 많은 사자들로 소란스러워졌다. 이전에도 이러다가 소생한 경우가 있어서 그때처럼 귀신일 거라고 의심하여 밤새도록 여러 가지 방법을 다 해 봤지만 보람도 없이 밤이 샐 무렵에 사라지듯 돌아가셨다.

　秋待ちつけて、世の中すこし涼しくなりては御心地もいささかさはやぐやうなれど、…さるは身にしむばかり思さるべき秋風ならねど、露けきをりがちにて過ぐしたまふ。…風すごく吹き出でたる夕暮に、…つひにいかに思し騒がんと思ふに、あはれなれば、

　おくと見るほどぞはかなきともすれば風にみだるる萩のうは露…

　ややもせば消えをあらそふ露の世におくれ先だつほど経ずもがな

とて、御涙を払ひあへたまはず。

　秋風にしばしとまらぬつゆの世をたれか草葉のうへとのみ見ん

　…かくて千年を過ぐすわざもがな、と思さるれど、心にかなはぬことなれば、かけとめむ方なきぞ悲しかりける。…宮は御手をとらへたてまつりて泣く泣く見たてまつりたまふに、まことに消えゆく露の心地して限りに見えたまへば、御誦経の使ども数も知らずたち騒ぎたり。さきざきもかくて生き出でたまふをりにならひたまひて、御物の怪と疑ひたまひて、夜一夜さまざまの事をし尽くさせたまへど、かひもなく、明けはつるほどに消えはてたまひぬ。

　　　　　　　　　　　　　　　　　　　　　　（「御法」pp.489-492）

光源氏는 죽음을 앞둔 紫上를 아카시(明石)中宮과 함께 마주한다. 이렇게 光源氏는 갑자기 죽은 夕顔, 뜻하지 않게 죽은 葵上, 생이별한 六条御息所의 죽음에서는 이루지 못한 특별한 모습을 보인다. 즉, 남편이자 가족으로, 죽어가는 紫上를 딸과 함께 마주하는 것이다. 紫上는 자신의 인생을 '허무하고 덧없는[40] 이슬'이라고 말하며, 자신을 '바람에 흔들리는 싸리 위의 이슬[41]'처럼 금방 사라질 것이라고 말한다. 「若菜上」권에서 光源氏가 온나산노미야(女三宮)를 대면한 紫上에게 '물새의 푸른 날개(나의 마음)는 색이 변치 않는데 싸리의 속잎(당신 속마음)은 이전과 다르네요(水鳥の青羽はいろもかはらぬをはぎのしたこそけしきことなれ)'라며, 紫上를 '싸리'로 표현한 이후, 紫上가 자신을 '싸리 위의 이슬'로 읊은 것이다. 『古今集』의 '싸리의 이슬 구슬 꿰려 집으면 사라진다네 그러니 볼 사람은 가지채로 보시오(222, 萩のつゆ玉にぬかむととれば消ぬよし見む人は枝ながら見よ)', '꺾어서 보면 떨어져버리겠지 가을싸리의 가지도 휘어지게 내려있는 흰 이슬(223, 折りてみば落ちぞしぬべ

---

40 '허무하다(はかなき)'는 「空蟬」, 「末摘花」, 「関屋」, 「篝火」의 4권을 제외한 모든 권에서 119번 사용된다. 그 중 가을의 죽음과 관련하여 사용되는 것이 많은 편이지만, 紫上처럼 죽기 전에 자신의 인생을 두고 말하는 것은 紫上의 내면적 세계가 특별한 경지에 도달한 것을 나타낸다.

41 上坂信男(1975)『源氏物語その心象序説』, 笠間選書10, p.63. '바람에 흔들리는 싸리 위의 이슬'을 '떨어지는 덧없음의 상징(こぼれ落ちるはかなさの象徴)'이라고 지적한다. 또한 高田祐彦(2003)「景物論の歴史と可能性」, 『源氏物語研究集成』第十巻, 風間書房, p.144.는 石田穣二(1971)「源氏物語における四つの死」, 『源氏物語論集』, 桜楓社의 '위의 이슬(上露)'이 보기 드문 例라는 지적을 인용하면서, 또 하나의 夕顔의 마지막 和歌에 있는 '박꽃위의 이슬(夕顔の上露)'을 지적한다. 그리고 '싸리 위의 이슬(萩の上露)'이 紫上의 죽음을 표현하는 특별한 말이라고 지적한다. '싸리'는 「帚木」, 「若菜上」, 「御法」와 『源氏物語』의 후편에 2번의 5번 묘사되며, 그 중 2번이 紫上를 나타낸다. 참고로 '어린싸리(小萩)는 「桐壷」에 光源氏를 나타내는 2번과 후편에 2번의 4번 묘사된다.

き秋萩の枝もたわわに置ける白露)'처럼, 허무한 '싸리 위의 이슬'에 '바람에 흔들리는' 위태로움으로 자신에게 다가오는 죽음을 표현한 것이다. 光源氏는 눈물 흘리고 슬퍼하며 허무한 이슬 같은 세상이니 생사를 함께 하고 싶다고 말한다. 明石中宮은 이 세상 자체가 허무한 이슬 같다고 말하며 우는 등, 紫上의 죽음 앞에서 가족은 생사의 경계를 초월하여 남겨지는 이세상도 허무한 이슬 같다고 강조한다. 그리고 눈물 흘리며 슬퍼하는 51세의 남편 光源氏와 우는⁴² 23세의 딸 明石中宮을 가족으로 남겨두고 43세의 紫上는 사라져가는 이슬처럼 죽게 된다. 『古今集』의 '바로 엊그제 모심기 했었는데 어느새 벌써 벼이삭 흔들리며 가을바람 부누나(122, 昨日こそ早苗とりしかいつのまに稲葉そよぎて秋風の吹く)'처럼, 어린 아카시히메기미(明石姬君)를 받아 키운 紫上는 姬君를 어느새 中宮으로 성장시키고 가을바람과 더불어 가을 속으로 사라지는 것이다. 자식을 남기며 가족이 지켜보는 가운데 가을바람 앞의 이슬⁴³이

---

42 「御法」, 「幻」를 통해 紫上의 죽음에 대해 우는 것은 明石中宮 2번, 夕霧 1번 묘사된다. 눈물 흘리는 것이 光源氏 10번, 夕霧 2번, 세상 사람들 1번, 슬프다는 표현이 光源氏 15번등으로, 光源氏는 눈물 흘리며 슬퍼하고, 자식인 明石中宮과 夕霧는 운다. 단, 「幻」(p.528)의 여름에 '넋 나간' 光源氏가 쓰르라미 우는 소리를 들으며 '하는 일 없이 나의 울며 지내는 여름날을 탓하는 듯이 우는 벌레소리 들리네(つれづれとわが泣きくらす夏の日をかごとがましき虫の声かな)'라며, 자기가 울며 지낸다고 읊어, '운다'는 표현이 1번 사용되나, 직접적인 '우는' 모습은 묘사되지 않는 것이 특징적이다.

43 '바람' 앞의 '이슬'은 紫上와의 첫 번째 가을인 「賢木」 권에서도 묘사되었다. 光源氏는 雲林院에서 출가할 수 없는 이유로 '풀 위의 이슬 같이 허망한 집에 임 두고 오니 사방의 태풍소리에 맘 편할 날 없어라(あさぢふの露のやどりに君をおきて四方のあらしぞ静心なき)'라며, '이슬'같이 '허망한' 집에 '태풍'의 바람이 불어 紫上가 걱정된다고 말한다. 紫上도 '바람이 불면 제일 먼저 흔들려 불안하지요 색 바랜 풀 위 이슬에 매달린 거미줄은(風吹けばまづぞみだるる色かはるあさぢが露にかかるささがに)'라며, '바람' 앞의 허망한 '이슬'에 매달린 자신의 불안한 처지를 호소하며 光源氏를 기다린다고 표현했다. 이때는 출가를 생각하던 光源氏가 紫上가

사라지듯 죽는[44] 紫上 인생의 실로 가을다운 모습이 거기에 있다.

 '허탈하고 슬픈(あへなくいみじ)' 光源氏는 '14일에 죽어서 지금은 15일 새벽이다. 해가 아주 찬란하게 떠서 들판의 이슬도 숨을 구석 없이 비춘다. 세상살이를 생각하니 더욱 더 싫어진다(十四日に亡せたまひて、これは十五日の暁なりけり。日はいとはなやかにさし上りて、野辺の露も隠れたる隈なくて、世の中思しつづくるにいとど厭はしく)'처럼, 紫上가 죽은 다음날 햇볕에 한껏 모습을 드러낸 화장터의 이슬을 보면서, 삶의 끝자락에서 보는 '화장터의 이슬'같이 덧없는 삶이 싫어 紫上 때문에 하지 못한 출가를 다시금 생각하게 된다. 그러나 光源氏는 紫上의 죽음에 '눈물이 마를 틈도 없이(涙の干る世なく)' 깊어지는 슬픔으로 아직은 출가하지 못하고, 그 슬픔을 葵上 때보다 진한 묵색의 상복[45]을 입는 것으로 표현한다. 그리고는 '넋 나간(ほれぼれしく)[46]' 자신을 추스르기 위해 紫上와 약속한[47] 사후의 一蓮托生을 염원하며 수행에

걱정되어 돌아오게 되지만, 두 사람은 젊은 가을날에 사랑의 거처인 집과 삶이 '바람 앞의 이슬'같이 허망하다고 이미 인식하고 있었던 것이다. 이렇게 '이슬같은 인생의 허무함을 알면서도 紫上에 대한 사랑 때문에 출가하지 않았던 光源氏는, 紫上가 죽은 후에 화장터의 '이슬'을 보며 다시금 출가를 생각하게 된다.

44 石田穰二(1971)「源氏物語における四つの死」,『源氏物語論集』, 桜楓社, p.320. 紫上의 죽음은 '이 사람에게 어울리고 이상할 만큼 아름답다'고 지적한다.

45 玉上啄弥(1978)『源氏物語評釈』第九巻, 角川書店, pp.103-104. 처의 죽음에는 묵색 상복을 입는 것이 규정이며, 葵上가 생각나는 것은 紫上가 准太上天皇 光源氏의 부인으로 죽은 것을 인정받는 것이라고 지적한다.

46 『源氏物語』에서 '넋 나간(ほれぼれしく)'은 12번 사용되는데, 光源氏에게는 紫上의 죽음에 3번(「若菜下」에서 紫上가 物怪 때문에 죽은 줄 알았을 때와 「御法」, 「幻」의 여름에 연못의 연꽃을 보고 紫上가 생각난 경우) 사용된다.

47 「若菜下」p.236. 紫上가 소강상태가 되었을 때 光源氏는 '약속하지요 이 세상 아니라도 연꽃잎 위에 구슬처럼 이슬 내려 일련탁생하기를(契りおかむこの世ならでも蓮葉に玉ゐる露のこころへだつな)'라고 죽어서도 같이 일련탁생하기로 약속했다.

전념한다. 다른 여성들의 죽음과는 달리 우는 행위가 묘사되지 않는 光源氏는 현실을 받아들이지 못하고, 오히려 '허무한 이슬'은 '염원의 이슬'이 되어 紫上와의 生死를 초월한 영원한 사랑을 염원하는 光源氏를 수행으로 이끄는 것이다.

紫上가 죽어 1년이 되는 「幻」권 가을에도 '이슬'로 이어지는 슬픔이 표현된다. 光源氏는 칠월 칠석의 이슬 내린 정원을 보며 '칠월칠석의 견우직녀 만남은 구름 위의 일이요 이별 슬픈 이곳은 이슬까지 내리네(たなばたの逢ふ瀬は雲のよそに見てわかれのにはに露ぞおきそふ)'처럼, 이슬같이 슬픈 눈물을 흘리며 紫上의 죽음을 슬퍼하고, 혼자가 되어서도 아직까지 살아온 자신을 '어이없어[48]'하면서 '가신님 그리운 내 몸도 갈 때가 다 되었지만 아직도 많이 남은 내 눈물이 흐르네(人恋ふるわが身も末になりゆけどのこり多かる涙なりけり)'라며, 紫上의 죽음에 대한 슬픔이 영원할 것을 표현한다. 그리고는 '같이 일어나 국화꽃 아침이슬 받았었는데 외로이 소매 젖는 눈물의 가을이네(もろともにおきゐし菊の朝露もひとり袂にかかる秋かな)'처럼 연명장수를 기원하며 받던 추억의 이슬[49]로 외로워하고, 이슬이 내리듯 눈물 흘리며 깊어가는 가을처럼 紫上에 대한 그리움도 깊어간다.

그런 한편, 紫上가 죽은 이 가을의 슬픔과 허무함 속에서도 마치 위로처럼 나름의 결실이 또한 모습을 드러낸다. 가을이 깊어가듯 光源氏의 슬픔과 그리움이 깊어가는 속에서 夕霧, 明石中宮, 니오노미야(匂宮) 등

---

48 夕顔의 죽음에 직면해 처음으로 어이없어 했던 光源氏가 紫上가 죽은 후 1년이 지난 「幻」권 가을 8월에 2번째이며 인생 마지막으로 어이없어한다.
49 光源氏와 紫上가 관련된 이슬은 「賢木」권에서 2번, 「御法」, 「幻」권에서 13번('이슬(露)' 10번, 눈물을 뜻하는 '이슬(露けし)' 3번)의 합계 15번이 묘사된다.

자손들이 가을의 결실처럼 남겨져 위로의 의미를 지니게 되는 것이다. 紫上의 죽음에 울고 눈물 흘리는 夕霧가 光源氏를 대신하여 추선법요를 치르며 紫上를 '그리워하고(恋しくおぼえたまふ)', 明石中宮도 紫上를 잠시도 잊지 않고 '그리워한다(恋ひきこえたまふ)'. 손자인 匂宮도 紫上에게 물려받은 벚나무를 '내 벚꽃이 피었다(まろが桜は咲きにけり)'라며 紫上를 잊지 않는 등, 친자식을 남기지 못한 紫上 자신은 허무한 이슬같은 인생이라며 '이슬'처럼 갔지만, 紫上는 어머니로서 할머니로서 자식들의 마음에도 영원히 남는 것이다.

사후까지 이어질 영원한 사랑을 염원하며 이슬 내리듯 눈물 흘려 슬퍼하는 光源氏의 허무함 속에 자식이라는 결실이 내포되는 자연 본래의 모습이 투영됨으로써, 光源氏의 연인들의 죽음을, 비록 소멸하지만 완전한 소멸은 아닌, 남겨진 결실을 통해 일종의 영원으로 이어져가는, 그런 자연의 법칙에 따라 받아들여 위로하고자 하는 가을의 깊은 의미가 부각되는 것이다.

6. 결론

이상에서 보아 왔듯이, 光源氏가 사랑한 네 명의 여성들이 가을인 8월 중순을 전후해 죽게 되고, 光源氏가 그 여성들의 죽음을 슬퍼하는 마음은 가을 경물들을 통해 표현된다. 夕顔와 六条御息所의 죽음에는 '이슬'과 '안개'가, 葵上와 紫上의 죽음에는 '이슬'이 光源氏의 슬픔과 허무함의 깊이를 상징하듯 표현된다. '안개'로 감추어진 특이함과 '이슬'의 눈물과 허무함이 光源氏가 사랑한 여성들과의 관계 내지 슬픔의 깊이를 추측할 수 있게 한다. 이슬은 눈물처럼 맑아 아름답지만 동시에 이내 사라지는 슬픔과 허무함을 상징한다. 光源氏가 사랑하는 여인들의 죽음이 하필 가을을 그 배경으로 하는 까닭이 거기에 있다. 「若紫」를 최초로 집필했다는 『源氏物語』의 집필 순서[50]에 따르면 葵上의 죽음에 이은 六条御息所와의 이별이 夕顔의 죽음보다 먼저 묘사된다. 이 집필 순서로 보면 葵上에서 六条御息所로, 夕顔로 그리고 紫上의 죽음으로 이어지면서 가을이 깊어지듯 이슬의 무게와 의미도 깊어져, 슬프고, 허탈하고, 어이없고, 그래서 울고, 눈물 흘리고, 결국은 넋이 나가버린다고 하는 光源氏의 슬픔과 허무함이 깊어져 가는 구조를 보인다. 가을-이슬-슬픔-허무함-눈물 등이 하나의 의미체로서 연결되어 光源氏의 아픔을 나타내는 문학적 장치로 반복 작용하며 가을이 깊어가듯 인생의 가을도 깊어가는 것이다.

그러나 이슬처럼 허망하게 사라져가는 소멸의 가을은 또한 그 허망한 쇠락 속에서 다음을 기약하는 결실을 남겨준다. 光源氏와 그 사랑하는 여성들의 사랑과 삶이 종말을 고하는 가을에는 친자식인 夕霧, 明石中宮만이 아니라 玉鬘, 秋好中宮 등도 사랑의 결실로 남아 깊어가는 가을의 허무한 슬픔 속에서도 결실로서의 자식이라는 '가을'의 또 다른 의미를 부각시키는 것이다. 사랑하는 여성들의 죽음을 가을 속에 배치함으로써 『源氏物語』는 가을이 갖는 슬프고 허망한 '소멸', 그리고 동시에 사랑으로 맺어진 풍요로운 '결실', 이 두 가지의 복합적인 이미지로 사랑의 의미 그 자체를 시사한다. 『源氏物語』의 가을은 사랑하는 여성들의 거듭되는

---

50 阿部秋生(1982.3)「源氏物語執筆の順序」, 『源氏物語(I)成立論構想論』, 至文堂, p.20. 「若紫」, 「紅葉賀」, 「花宴」, 「葵」, 「賢木」, 「花散里」, 「須磨」, 「帚木」, 「空蟬」, 「夕顔」의 순서로 집필되었다고 한다.

죽음을 통해 사랑이 깊어가는 의미 또한 느끼게 하는, 주제전개를 위한 최적의 장치로서 설정된 계절이라고 말할 수 있다.

秋好中宮과
가을의 이미지_●2

1. 서론

秋好(아키코노무)中宮은 천황이 되지 못하고 사망한 비운의 전 東宮과 六条御息所(로쿠조노미야스도코로)의 딸로, 斎宮(사이구)가 된 후 어머니와 함께 伊勢(이세) 하향한, 전례 없는 특별한 모녀관계의 주인공이다. 실제 역사에서 유일하게 동반 하향(977-985)한 斎宮 規子(기시)内親王(949-986)과 어머니인 徽子(기시)女王(929-985)의 사실에 준거한다. 당시 조정의 동행중지 명령을 뿌리치고 하향한 村上(무라카미)천황의 皇妃 10명 중 가장 교양 높은 女御였을 徽子女王과, 어머니가 사망한 다음해에 죽어 역사적 자료 등이 거의 남아있지 않은 規子内親王[1]이 모델이 된 것이다.

그러나 秋好는 規子内親王과는 달리 어머니의 사망 후에도 光源氏의 양녀가 되어 '前斎宮', '斎宮の女御(사이구노뇨고)', '梅壷の御方(우메쓰

---

[1] 西丸妙子(2002)「女御徽子ならびに娘の規子内親王の交友関係(一)」,『福岡国際大学紀要』7号, p.71.

보노온카타)', '中宮', '西の御方(니시노온카타)', '冷泉院の后の宮(레이제
이인노기사이노미야)'2등으로 불리며, 어머니가 이루지 못한 中宮의 지
위에도 오르고, 훗날에는 어머니의 불교공양도 한다. 秋好는 사계절 중
주로 봄과 가을에3 묘사되면서, '풍류(みやび)'의 미적 공간4인 光源氏의
저택 六条院(로쿠조인)에서 光源氏 세계의 영화와 번영에 기여하며, 어
머니가 이루지 못한 삶을 영위하고, 어머니를 생각하며 어머니가 뜻하는
삶을 산다. 그리고 中世 이후에는 원문에 없는 '秋好'라는 호칭5도 생겨
난다.

　본고에서는 六条院의 가을 공간을 친정으로 하며 어머니에 대한 영원
한 그리움을 품고 사는 秋好中宮의 내면세계에 주목하여, 規子内親王과
徽子女王의 모녀관계, 秋好에게 나타난 봄의 의미를 토대로 형성되는
가을의 이미지와 의미를 중심으로 분석하고자 한다.

2　秋好는 光源氏의 양녀가 되기 전에는 '前坊の姫宮', '斎宮'로 묘사된다.
3　「葵」의 봄, 가을, 「賢木」의 가을, 「澪標」의 가을, 겨울, 「絵合」의 봄, 「薄雲」의 가을,
　　「少女」의 가을, 「玉鬘」의 가을, 「胡蝶」의 봄, 「蛍」의 여름, 「野分」의 가을, 「行幸」의
　　봄, 「藤袴」의 가을, 「真木柱」의 봄, 「梅枝」의 봄, 「藤裏葉」의 여름, 겨울, 「若菜上」
　　의 겨울, 「若菜下」의 봄, 「柏木」의 봄, 「鈴虫」의 가을, 「御法」의 가을, 「匂宮」와
　　「竹河」 등의 22권 중, 가을 10번, 봄 8번, 겨울 3번, 여름 2번이 배경으로 묘사된다.
4　河添房江(1992)『源氏物語の喩と王権』, 有精堂, p.24. '六条院이라는 곳은, 꽃에 비
　　유될 만한 아름다움을 지닌 여성들에 의해 그 聖性이 유지되는 "풍류(みやび)"의
　　미적공간이다' 라며, 이곳에 여성-자연(꽃)-아름다움이 하나의 연계 속에서 구현되
　　어 있음을 지적한다.
5　針本正行(1981) 「春秋争い」, 『講座源氏物語の世界』第五集, 有斐閣, p.120.

2. 봄에 나타난 秋好의 운명

「葵(아오이)」, 「絵合(에아와세)」, 「胡蝶(고초)」, 「行幸(미유키)」, 「真木柱(마키바시라)」, 「梅枝(우메가에)」, 「若菜(와카나)下」, 「柏木(가시와기)」의 여덟 차례 봄에는 秋好가 中宮이 되는 궁중과 六条院에서의 삶이 묘사된다. 먼저「葵」에서는 '六条御息所의 딸인 前坊(젠보)의 공주가 斎宮로 되셨기에(六条御息所の御腹の前坊の姫宮斎宮にゐたまひにしかば)'[6](p.12)라며 秋好가 斎宮로 된 것이 알려지고, 桐壷帝(기리쓰보노미카도)가 光源氏에게 '斎宮도 내 皇女들과 똑같이 생각한다(斎宮をもこの皇女たちの列になむ思へば)'(p.12)라며, 光源氏가 秋好를 桐壷帝의 皇女들처럼 대해야 하는 운명이 시사된다. 이어서「絵合」의 秋好는 光源氏의 후견으로 冷泉帝에게 입궐하여 斎宮女御, 梅壷御方[7]등으로 불린다. 또한 그림을 잘 그리는 秋好는 그림을 좋아하는 帝와 그림을 통해서 가까워지고 총애도 깊어져서, 궁중에서는 그림그리기와 그림수집이 대유행을 한다. 藤壷(후지쓰보)의 그림대회[8]와 어전의 그림대회까지 개최될 정도로 궁중에서의 관심이 秋好에게 집중되는 것이다. 결국 光源氏의 須磨의 그림일기로 秋好쪽이 승리하면서 秋好는 궁중에서의 입지는 물

---

6 원문은 모두 秋山虔外校注(1970)『源氏物語』日本古典文学全集, 小学館에 의함.
7 '斎宮女御'는「絵合」에서 帝와 함께 그림을 잘 그리는 모습이 묘사되는 장면,「薄雲」에서 성격이나 품위가 이상적이어서 帝의 마음에 든다고 묘사되는 장면,「少女」에서 光源氏가 中宮으로 최적임자라고 천거하며 묘사된다. '梅壷御方'는「絵合」에서 그림겨루기를 하는 장면에 2번 묘사된다. 또한 朱雀院이 梅壷에게 여러 가지 그림을 보내는 장면과,「梅壷」의 중궁이 되었다고 묘사되는 장면에서는 '梅壷'라고 묘사된다.
8 「絵合」p.370의 頭註에서 그림대회인 '絵合'가『源氏物語』이전의 역사에 없는 것을 村上天皇의 天徳内裏歌合(960년)를 준거로 삼아 창시된 것을 지적한다.

론 세상의 평판도 확고해진다. 「真木柱」에서는 男踏歌(오토코토카) 일행의 순회하는 순서9가 어전에서 中宮, 朱雀院(스자쿠인), 東宮으로 명기되면서 秋好의 中宮으로서의 안정된 입지가 시사된다. 이처럼 「葵」, 「絵合」, 「真木柱」의 봄을 통해 秋好는 궁중에서 명실상부한 中宮으로 부각된다. 光源氏의 후견에 의한 秋好의 궁중에서의 운명적인 성공담10이 묘사되는 것이다.

　「胡蝶」, 「梅枝」, 「若菜下」에서는 秋好의 六条院에서의 모습이 묘사된다. 「胡蝶」의 紫上(무라사키노우에)가 자택에서 船樂을 연 다음날, 中宮인 높은 신분 때문에 가 볼 수 없었던 秋好는 '이른 아침에 光源氏의 노랫소리(새의 지저귐이라는 노래가사)를 中宮은 산 너머로 듣고 부럽

---

9 『源氏物語(三)』의 부록 pp.499-503. 땅을 강하게 밟으며 박자에 맞춰 노래 부르는 集団舞踏이 중국에서 전해져 일본의 天武持統朝부터 문헌에 보인다. 남녀구별 없이 하다가 平安시대부터 정월 14일과 16일에 남녀가 따로 하는 踏歌로 변했다. 매년 하지는 않는데, 983년 이후에 男踏歌는 소멸되었다. 摂関시대에 많이 행해지고 『源氏物語』의 집필시대에 남아있었던 女踏歌가 『源氏物語』에는 나오지 않는다. 「末摘花」(p.376), 「初音」(p.152), 「真木柱」(p.373), 「竹河」(p.89)에 男踏歌가, 「花宴」(p.435), 「賢木」(p.127)에는 막연히 踏歌를 회상하고, 「胡蝶」(p.166)에는 「初音」의 男踏歌를 회상하는 것이 보인다. 「末摘花」에는 男踏歌가 있을 예정이라고 묘사되고, 「初音」에서는 궁중에서 朱雀院, 六条院의 순서로 순회하며 六条院의 영화가 부각된다. 「竹河」에서는 어전에서 冷泉院으로 순회하며 冷泉院의 안정된 영화가 묘사된다.

10 또한 성공한 秋好가 「行幸」에서 光源氏의 양녀인 玉鬘(다마카즈라)의 성인식에 中宮으로서 둘도 없이 훌륭한 선물을 보내고, 「柏木」에서 光源氏의 부인인 女三宮(온나산노미야)의 해산 오일 째 되는 날에 中宮으로서 공적으로 성대한 축하선물을 보내는 등, 秋好가 中宮이 되도록 후견해준 光源氏의 번영에 기여하여 中宮의 후견인인 光源氏의 권세가 부각된다. 鈴木日出男(1981) 「光源氏の栄華」, 『講座源氏物語の世界』第六集, 有斐閣, p.35에서는 秋好의 성공이 결과적으로 光源氏에게도 비약적인 번영을 가져다주는 것을 지적한다. 玉上琢弥(1979) 『源氏物語評釈(七)』, 角川書店, p.386에서는 '光源氏가 秋好中宮을 후원한 것은 自家의 勢力을 유지하기 위한 수단이라는 정치적 판단'이라고 지적한다.

게 생각한다(朝ぼらけの鳥の囀を、中宮は、物隔ててねたう聞こしめしけり)'(p.161)처럼, 紫上의 저택에서 흘러나오는 光源氏의 노랫소리를 듣고 부러워(妬し)[11]한다. 『古今集』[12]의 '산속에서는 가을이 특히나 더 외로워라 사슴 우는 소리에 잠 깨어 뒤척이네(山里は秋こそことにわびしけれ鹿の鳴く音に目をさましつつ)'(秋上, 214)라는 가을의 외로움과는 전혀 다른, 紫上 저택의 관현악 놀이가 끝나가는 새벽에 들려오는 光源氏의 노랫소리에 秋好는 평생에 단 한번 부러움을 표시한다. 이어서 열린 中宮인 자신의 계절 독경(季御読経)에서 秋好는 紫上의 和歌에 대한 답가로 '어제는 소리 내어 울고 싶을 정도였어요. "나비 따라서 거기로 갈 뻔 했지요 겹겹 울타리 황매화 산이 가로막지 않았다면(昨日は音に泣きぬべくこそは。こてふにもさそはれなまし心ありて八重山吹をへだてざりせば)'(p.165)라고, 紫上의 봄의 공간에 대해 극찬한다[13].

---

11 「胡蝶」p.161의 頭註에서는 '이걸로 춘추론 경쟁에서 中宮이 승리를 양보한 것'이라고 지적한다. 『源氏物語』에서 부러워하다(妬し)는 전편에 61번(池田亀鑑(1979)『源氏物語大成』中央公論社 참조), 후편에 31번 표현된다. 전편에서는 光源氏 27번, 頭中将 9번, 朱雀院 3번, 夕霧 3번, 柏木, 六条御息所, 六条御息所의 物怪, 秋好, 紫上, 紫上의 계모, 鬚黒부인, 蛍宮, 冷泉帝, 末摘花의 숙모, 落葉宮 각1번등이 표현된다. 또한 針本正行 前揭書, p.128에서도 '이것으로 봄을 상징하는 紫上는 中宮이 그 존재를 확인하면서, 物語에 확고한 입지를 얻게 되었다'고 지적한다.
12 小沢正夫校注(1971)『古今和歌集』日本古典文学全集, 小学館.
13 紫上의 和歌 '봄꽃 핀 화원 찾아온 나비조차 풀잎 밑에서 가을을 기다리는 벌레는 싫어할까요(花ぞののこてふをさへや下草に秋まつむしはうとく見るらむ)'(p.164)에 대해 玉上琢弥(1978)『源氏物語評釈(五)』, 角川書店, p.220에서는 '현천황의 中宮에게 六条院의 여주인은 멋지게 대항하려고 한다. 六条院의 여주인은 현천황의 中宮에 필적한다. 그 정도로 六条院 영화와 안녕의 이야기이다'라고 지적한다. 또한 「梅枝」p.406의 頭註에서는 中宮이 인품만이 아니라, 六条院의 일원으로서 원활하게 대답하는 등의 총명함까지 갖추고 있다고 지적한다. 「野分」p.255의 秋好가 '봄 산에 마음이 끌리던 것도 잊을 정도로 가을 정원이 아름답다'고 생각하는 장면의 묘사를 통해 봄에 대한 극찬도 진심이었던 것으로 추측할 수 있다.

秋好는『源氏物語』에서 어머니의 죽음을 슬퍼하며 소리 내어 우는 유일한 인물인데, 紫上에게 '소리 내어 울고 싶을 정도로 그곳에 가고 싶었다'고 어머니의 죽음에 버금가는 절박한 심경을 나타내는 최상의 언어로 극찬한다.

「梅枝」의 明石姬君의 성인식에서 허리띠 매는 역할을 秋好에게 부탁하며 光源氏가 '(中宮에게 허리띠 매는 역할을 부탁하는 것은 전례가 없는 일이어서) 후대에 선례로 남을 이례적인 일이 될까 마음에 걸립니다(後の世の例にやと、心せばく忍び思ひたまふる)'라고 한 말에 대해서도, '어떤 건지 생각도 안했는데 이렇게 과대평가를 해 주시니 오히려 신경이 쓰입니다(いかなるべきこととも思ひたまへわきはべらざりつるを、かうことごとしうとりなさせたまふになん、なかなか心おかれぬべく)'(p.405)라며, 秋好는 원만과 겸손으로 대답한다.

秋好의 紫上와 光源氏에 대한 부러움과 극찬, 원만함과 겸손함의 표현 등은 「若菜下」에서 18년간 재임한 冷泉帝가 讓位할때 '秋好는 특별한 이유도 없이 일부러 이렇게 中宮으로 해 준 마음을 생각하니 드디어 六条院을 세월이 흐름에 따라서 한없이 고맙게 생각한다(冷泉院の后は、ゆえなくて、あながちにかくしおきたまへる御心を思すに、いよいよ六条院の御ことを、年月にそへて、限りなく思ひきこえたまへり)'(p.158)처럼, 中宮이 되도록 후견해 준 光源氏에 대한 감사의 마음에서 비롯된 것이 나타난다. 이미 「若菜上」의 겨울에 秋好가 '光源氏의 후견에 대한 깊은 감사의 마음을 보이고자(あり難き御はぐくみ…深き御心ざしをもあらはし御覧ぜさせたまはん)', '부모님이 살아계셨다면 해주셨을 보은의 마음까지 더해서(父宮母御息所のおはせまし御ための

心ざしをもとり添へ思すに)'(p. 90) 光源氏의 四十賀를 성대하게 개최하기도14 했지만, 이렇게 봄의 계절에는 光源氏의 후견으로 秋好가 궁중에서의 성공을 이루고, 감사하는 마음으로 六条院의 번영에 보답하는 등, 秋好 자신의 삶을 이루어 가는 운명적인 모습이 집중적으로 묘사된다.

3. 가을에 나타난 秋好의 내면적 변화와 성장

1) 어머니로 인한 기쁨과 슬픔

「葵」15, 「賢木(사카키)」, 「澪標(미오쓰쿠시)」, 「薄雲(우스구모)」, 「少女(오토메)」, 「玉鬘(다마카즈라)」, 「野分(노와키)」, 「藤袴(후지바카마)」16, 「鈴虫(스즈무시)」, 「御法(미노리)」의 가을에는 秋好의 내면적인 변화와 성장이 주로 묘사된다. 우선 「賢木」와 「澪標」에서 어머니 六条御息所로 인한 기쁨과 슬픔이 강조되면서 각별한 모녀관계가 부각된다. 「賢木」에서 '斎宮는 어린 마음에 정해지지 않던 어머니와의 동행이 이렇게 결정되어가는 것을 기쁘게만 생각한다.(斎宮は、若き御心地に、不定なり

---

14 이때 光源氏는 葵上(아오이노우에)가 六条御息所와의 원한이 깊어 서로 갈등하던 두 사람의 운세가 자식들에게서는 각각 다른 모습으로 나타났다(p.94)고 생각하며 秋好의 궁중에서의 성공을 인정한다. 이미 「藤裏葉」의 여름(p.439)에도 光源氏는 紫上와 함께 葵祭를 보면서 葵上와 六条御息所의 수레사건을 떠올리고, 신하인 夕霧에 비해 秋好가 中宮인 최고의 지위에 오른 것이 감개무량하다고 말했다.

15 「葵」의 가을에는 伊勢 하향을 위한 궁중과 野宮(노노미야)에서의 결재(御祓)등으로 바쁜 秋好의 외형적인 상황이 묘사된다.

16 「藤袴」의 가을 8월에는 玉鬘가 尚侍(나이시)로의 입궐을 앞두고, 궁중에서 帝寵 때문에 中宮이나 女御 등의 의리를 지켜야하는 사람들과 경쟁하게 될까봐 고민하며, 의지할 사람이 없는 것을 한탄하는 장면이 묘사된다. 玉鬘의 심리를 통해 秋好의 궁중에서의 지위가 기득권으로 인정된 것이 나타나있다.

つる御出立の、かく定まりゆくを、うれしとのみ思したり。)'(p.83)
처럼, 어머니와 함께 伊勢 하향하는 秋好의 기쁨이 나타난다. 秋好의 기
쁨은 977년 28세의 斎宮規子內親王이 어머니인 徽子女王과 동반 하향하
며 어머니와의 동행이 기쁘다고 감사하며 어머니의 마음을 위로한 사
실17의 영향도 있겠지만, 14세의 秋好는 어린마음에 천진하게 기뻐하는
것으로 묘사된다. 부모에 대한 자식의 기쁨18으로는 秋好의 이 기쁨과
東宮인 冷泉가 임종을 앞둔 아버지 桐壺院과 出家를 결심한 어머니 藤壺
를 만나 기쁘게 생각하는(「賢木」pp.89, 107) 경우, 須磨(스마)에서 光源
氏가 故 桐壺院의 꿈을 꾸고 나서 아버지의 사랑을 느끼고 기뻐하는(「明
石(아카시)」pp.219-220)경우의 세 사람에게서 나타난다. 그러나 東宮의
기쁜 만남이 부모와의 마지막이 되고, 光源氏도 죽은 아버지의 꿈이라는
점에서 어머니와 함께하는 秋好의 기쁨과는 본질적으로 달라진다. 秋好
의 기쁨만이 어머니와 함께할 수 있는 시간이 주어진 유일하게 긍정적인
것이다.

그리고 冷泉帝의 시대가 된 「澪標」의 가을에는, 6년 만에 帰京하여
중병 때문에 출가한 六条御息所가 사망하면서 秋好19의 깊은 슬픔이 묘

---

17 「賢木」p.75의 頭註를 비롯하여, 山本利達(1981)「斎宮と斎院」,『講座源氏物語の世
界』第三集, 有斐閣, p.35에서도 『日本紀略』, 素寂 『紫明抄』, 四述善成 『河海抄』,
島津久基『対訳源氏物語講話』의 古注를 검토하며, 977년의 斎宮規子內親王(949-986)
과 어머니인 徽子女王(929-985)이 伊勢 동반 하향한 사실(977-985)을 秋好의 伊勢
하향의 준거로 지적한다.
18 '기쁨(うれし)'은 전편에 137번, 후편에 89번 표현된다. 전편에서 부모를 생각하는
자식의 기쁨은 秋好가 六条御息所와의 伊勢동행을 기뻐하는 것과 東宮이 부모와
의 만남을 기뻐하는 2번, 光源氏가 故 桐壺院의 꿈을 꾸고 아버지의 사랑을 느끼는
2번의 합계 5번이다. 반대로 부모가 자식을 생각할 때는 20번 표현된다. 光源氏의
여성과의 관계에서 40번 표현되고, 그 외에도 남녀관계에서 표현되는 경우가 대부
분이다.

사된다. 秋好는 『古今集』의 '무엇을 봐도 가을은 슬프네요 단풍들면서 변하고 지게 되어 끝난다 생각하니(物ごとに秋ぞかなしきもみぢつつ 移ろひゆくをかぎりと思へば)'(秋上, 187)라는 모든 것이 끝나는 가을의 슬픔 이상으로, 항상 함께 했던 어머니와 죽음의 길을 동행하지 못하는 것까지 슬퍼한다.

'아무것도 생각할 수가 없어요'라고 뇨벳토를 통해서 대답한다.…

녹지 못해 내리듯 죽지 못해 사는 게 슬프네요 진눈깨비 흩날려 어둠 속 갇혀 사는 이 몸은

사양하는 듯한 글씨체가 실로 의젓하고, 필적이 숙달되지는 않았지만 사랑스럽고 품위가 있어 소질이 있어 보인다. …덧없이 흘러가는 세월 따라 더욱더 외롭고 초조해지고, …소리 내어 울며 지낸다. 같은 부모라도 한시도 떨어지지 않고 같이 지내면서, 斎宮로 갈 때도 부모가 같이 가는 경우는 없었지만 강제로 졸라서 갈 정도의 마음이었는데, 죽음의 길에는 같이 가지 못한 것을 눈물이 마를 틈도 없이 비탄해하며 지낸다.

「何ごともおぼえはべらでなむ」と、女別当して聞こえたまへり。…

消えがてにふるぞ悲しきかきくらしわが身それとも思ほえぬ世に

つつましげなる書きざま、いとおほどかに、御手すぐれてはあらねど、 らうたげにあてはかなる筋に見ゆ。…はかなく過ぐる月日にそへて、いと どさびしく、心細きことのみまさるに、…音泣きがちにてぞ過ぐしたま ふ。同じ御親と聞こえし中にも、片時の間も立ち離れたてまつりたまはで ならはしたてまつりたまひて、斎宮にも親添ひて下りたまふことは例なき 事なるを、あながちに誘ひきこえたまひし御心に、限りある道にてはたぐ ひきこえたまはずなりにしを、干る世なう思し嘆きたり。　　(pp.304-308)

<hr>

19 秋好는 본문에서 '斎宮'라고 22번 묘사되고, '前斎宮'라고는 2번만 묘사된다.

장례 준비를 해주는 光源氏에게 秋好는 '아무것도 생각할 수가 없다'는 말만을 전하고, 伊勢까지 함께 간 어머니를 생각하며 깊이 슬퍼한다. 光源氏가 보낸 '(진눈깨비) 흩날리어서 맑지 않은 하늘에 어머니의 혼 떠돌고 있을 그 집 아주 슬프겠지요(降りみだれひまなき空に亡きひとの天かけるらむ宿ぞかなしき)'라는 위로의 노래에도, 徽子女王이 아버지 重明(시게아키라)親王의 사후 1년이 지나 비통한 심정을 읊은 '어두워지고 언제부터인지도 모르게 소나기 내려 밤이 새지 않은 채 세월이 흘렀구나'의 '어둠'[20] 이상으로 '죽지 못해 사는 어둠속의 슬픔' 이라는, 마치 죽음을 바라는 듯이 극단적인 슬픔의 답가를 보낸다. '꺾어서 보면 떨어져버리겠지 가을 싸리의 가지도 휘어지게 내린 흰 이슬(折りてみば落ちぞしぬべき秋萩の枝もたわわに置ける白露)'(『古今集』秋上, 223)처럼, 슬픔의 눈물로 가득 찬 秋好는 슬픈 절박함을 참지 못하고 꺾이듯, 결국 소리 내어 울게(音泣き)된다. 이렇게 『古今集』가을의 슬픔 이상으로 슬퍼하며, 『源氏物語』에서도 전례 없이 부모의 죽음을 비통해하며 소리 내어 우는[21] 것은 秋好 한사람이 유일하다. 어머니로 인한 기쁨과

20 '어둠(かきくらし)'은 『古今集』402, 566, 775에서도 읊고 있지만, 西丸妙子(2001)「斎宮女御徽子の義母登子への心情」, 『福岡国際大学紀要』5号, p.96에서 徽子의 가집인 『斎宮女御集』114번의 노래「かきくらしいつとも知らず時雨つつ明けぬ夜ながら年を経にけり」에 대해 '「かきくらし」는 깜깜해지는 것, 계속 내리는 「時雨」는 암흑 같은 마음, 「明けぬ夜」는 불교의 무명장야로 어둠을 삼중으로 하여, 徽子의 암담한 심중을 묘사한다. 아버지(重明親王906-954)의 죽음에 번민하는 자신의 마음을 진정시키지 못하는 어둠의 깊이이다'라고 지적한다. 또한 『源氏物語』의 '어둠(かきくらし)'은 전편에 16번, 후편에 11번 표현되며, 전편에서는 秋好 1번외에 光源氏 6번, 柏木 2번, 桐壺更衣母, 葵上母, 葵上女房, 夕霧, 紫上女房 각1번, 須磨에서 光源氏의 억울함을 불쌍히 여기듯 폭풍우가 부는 하늘 묘사 1번, 明石君가 姬君를 紫上에게 보내기로 결심한 후의 明石君의 마음이 반영된 듯한 눈 내리는 하늘 1번등에 묘사된다.
21 '소리 내어 우는(音泣き)' 것은 전편에 12번, 후편에 4번 표현된다. 전편에서는 秋好

더 없이 깊은 슬픔의 강조를 통해, 秋好의 각별했던 모녀지간과 그에 따른 처절한 외로움이 부각된다.

　光源氏도 秋好의 슬픈 답가의 필체²²를 보는 것을 계기로 겸손함과 의젓함, 사랑스러움, 품위 등의 소질을 확인하며, '깨끗한 마음으로 대하겠다(心清くてあつかひきこえむ)', '소중한 딸로 대하겠다(かしづきぐさにこそ)'(p.306)라고 다짐한다. 외로운 秋好의 冷泉帝 입궐을 생각하고 계획하면서 전적으로 후견하게 된다. 따라서 秋好는 光源氏의 후견으로 어머니가 죽은 1년 뒤에 사망한 規子内親王과는 다른 인생을 전개하게 된다. 六条御息所의 유언에서 시작된 光源氏의 후견이 秋好의 외로움과 소질 등을 확인하면서 본격적으로 진행되는 것이다.

외에 光源氏, 葵上, 末摘花의 2번, 柏木, 落葉宮, 그리고 和歌에 표현된 경우가 空蝉의 2번, 頭中将, 秋好, 蛍宮 등인데, 부모의 죽음이 슬퍼 소리 내어 우는 것은 秋好 한사람뿐이다. 光源氏가 夕顔의 죽음을 슬퍼하며 소리 내어 우는 경우, 葵上에게 物怪가 붙어 소리 내어 우는 경우, 末摘花가 찾아오지 않는 光源氏를 기다리며 소리 내어 우는 경우, 柏木가 자신의 죽음을 예감하며 소리 내어 우는 경우, 落葉宮가 자신을 믿고 맡겨달라는 夕霧의 말에 기가 막혀 소리 내어 우는 경우 등의 절박한 상황에서 주로 표현된다. 후편에서는 大君가 1번, 薫가 3번 소리 내어 운다.

22 光源氏는 六条御息所의 '필적은 과연 이곳의 여성들 중에서 뛰어나다(御手はなほここらの人の中にすぐれたりかし)'(「葵」p29), '필적이 정취가 있고 우아하다(御手いとよしよししくなまめきたるに)'(「賢木」p.87)라고 칭찬해 왔으며, 그 외에도 朧月夜, 朝顔, 紫上의 필적을 명필로 인정한다. 光源氏는 후에 「梅枝」에서 紫上에게 '각별히 우수한 필적이라고 생각(際ことにおぼえしや)'했던 六条御息所의 붓글씨 솜씨에 비해 '中宮의 필적은 섬세한 취향이 있지만 재능은 좀 떨어지는 듯(宮の御手は、こまかにをかしげなれど、かどや後れたらん)'(p.408)하다고 秋好를 평가 절하하며 紫上의 솜씨를 칭찬하는 등, 光源氏가 六条院의 질서를 신분 높은 秋好보다 사랑하는 紫上를 중심으로 생각하는 모습을 보인다. 그러나 秋好의 필체를 처음 본 光源氏는 소질이 있다고 생각한다.

2) 그리움이 반성으로

「薄雲」의 가을, 女御인 秋好는 二条院으로 퇴출하여 光源氏가 '완전히 부모처럼 대하며(むげの親ざまにもてなして扱ひきこえたまふ)' 옛날을 회고[23]하는 반면, '연정을 참고 있는 후견인(思ひ忍びたる御後見)'이라고 말하는 이중적인 태도에 언짢아(むつかしう)[24]하면서 光源氏에 대한 갈등을 펼치게 된다.

아주 대답하기 어렵다고 생각하지만, 전혀 대답을 안 하는 것도 불편해서 '더욱이 어떻게 알겠어요. 특별히 어느 쪽이라고 할 수는 없지만, 옛 노래에서 "마음이 끌린다"고 하는 가을 저녁이 허무하게 돌아가신 어머니와 인연이 있다고 생각됩니다'⋯불쾌한 생각이 들어 조금씩 안으로 들어간 듯⋯女御는 光源氏에게 가을의 정취를 아는 척하는 얼굴로 대답한 것이 후회스럽고 부끄럽고 심중 기분이 언짢아 아픈 듯이 하고 있는데, 光源氏는 아무렇지도 않게 평소보다도 더 아버지처럼 하면서 다닌다.⋯紫上에게 '女御가 가을에 마음이 끌리는 것도 애처롭고⋯'

---

23 p.449. 光源氏는 '옛일들, 그 野宮에서 떠나기 힘들었던 새벽의 일 등을 말한다(昔の御事ども、かの野宮に立ちわづらひし曙などを聞こえ出でたまふ)'처럼, 옛일을 회고해 말한다.

24 언짢아(むつかし)하는 것은 전편에 58번, 후편에 31번 표현된다. 전편의 光源氏에게 16번, 玉鬘에게 5번, 藤壺에게 2번, 女三宮에게 2번이 이성과의 관계에서 표현된 것이며, 一条御息所의 2번은 딸인 落葉宮를 걱정하며 표현된 것이다. 秋好에게는 光源氏의 이중적인 태도를 언짢아하는 것(「薄雲」p.451)과 光源氏에게 어머니를 그리워하며 가을의 정취를 아는 척하는 얼굴로 대답해서 언짢아진 것(「薄雲」p.454), 그리고 讓位한 冷泉院과 지내면서 光源氏에게 이전보다 만나기가 힘들어져 언짢다고 말한 것(「鈴虫」p.375)의 3번이 표현된다. 秋好에게 표현된 것을 보면 처음의 光源氏의 태도에 대해 언짢아하는 것은 다른 인물들의 경우와 비슷한데, 두 번째는 어머니를 그리워하는 마음에서 비롯된 유일한 경우이며, 세 번째는 光源氏를 상대로 『源氏物語』에서 유일하게 긍정의 표현으로 사용된 경우이다.

いと聞こえにくきことと思せど、むげに絶えて御答へ聞こえたまはざら
んもうたてあれば、「ましていかが思ひ分きはべらむ。げにいつとなき中
に、あやしと聞きし夕こそ、はかなう消えたまひにし露のよすがにも思ひ
たまへられぬべけれ」…心づきなうぞ思しなりぬる。やをらうつひき入りた
まひぬるけしきなれば、…女御は、秋のあはれを知り顔に答へきこえてけ
るも、悔しう恥づかしと、御心ひとつにものむつかしうて、悩ましげにさ
へしたまふを、いとすくよかにつれなくて、常よりも親がりありきたま
ふ。…女君に、「女御の、秋に心を寄せたまへりしもあはれに…」

(pp.452-454)

　　부모처럼 봄가을 각각의 아름다움을 설명하며[25] 마음이 끌리는 계절
에 대해 묻는 光源氏에게 秋好는 '언제나 항상 그립지 않을 때는 없는
것인데 가을 저녁은 이상하게 마음 끌리네(いつとても恋しからずはあ
らねども秋の夕べはあやしかりけり)(『古今集』恋1, 546)'[26]처럼, 어머
니가 사망한 가을에 더 마음이 끌린다고 대답한다. 그러자 光源氏는 '당
신도 그럼 슬픔을 나눠줘요 남모르게 가을의 저녁바람 이 몸에 사무치네
(君もさはあはれをかはせ人しれずわが身にしむる秋の夕風)'라며　태
도를 바꿔, 자신도 가을을 느끼니 슬픔을 나누자고 '연정을 참는 후견인'
의 모습으로 말해, 秋好를 불쾌하게(心づきなう)[27] 만든다. 그러나 秋好

25　「薄雲」p.452. 光源氏는 당나라에서는 봄꽃 비단이 가장 아름답다고 하고, 和歌에서
　　는 가을 정취가 각별하다며 춘추우열론을 편다. 頭註에 万葉集16 額田王(누카타노
　　오키미)의 長歌와 拾遺集 雑下의 短歌가 가을 정취를 주장한 전례로 지적된다.
26　「薄雲」p.452. 頭註 참조.
27　불쾌하다(心づきなう)는 전편에 53번, 후편에 16번 표현된다. 전편에서 光源氏의
　　11번, 玉鬘의 8번, 落葉宮의 4번, 藤壺의 3번, 空蟬의 3번, 秋好, 葵, 朝顔, 雲井雁,
　　紫上의 각1번등이 거의 남녀관계로 인해 불쾌감을 느낀다. 그러나 秋好에게는 光
　　源氏에게 불쾌감을 느끼지만 자신의 반성으로 이어지는 특별함이 있다.

는 내면을 보여서는 안 되는 높은 신분이면서 이성적이지 못하고 어머니를 그리워하는 마음에 사로잡혀 틈을 보인[28] 자신에 대해 아파 보일 만큼 후회하고(悔し)[29], 부끄러워하고(恥づかし)[30], 언짢아한다. 죽은 어머니를 생각하며 살던 秋好는 光源氏를 불편하게 생각하며 갈등하는 것을 계기로 원인 제공한 자신에 대해 반성하게 되고, 그 반성을 통해 높은 신분으로 살아야하는 현실을 직시하면서 내면적으로도 規子内親王이 살지 못한 새로운 삶을 전개하게 된다.

『源氏物語』에서 죽은 어머니를 그리워하는 것이 현실적인 자기반성으로 이어진 사람은 秋好 한사람이다. 『無名草子(무묘조시)』[31]에서 秋好를 '자신을 반성하고 신경 쓰는 것이 훌륭하다'라고 평가하듯이, 秋好

---

28 玉上琢弥(1981)『源氏物語評釈(四)』, p.232. '고귀한 신분일수록 자신의 기호 등을 표현해서는 안 되는데, 어머니가 그리운 나머지 斎宮은 이성적인 태도를 취하지 못했고, 光源氏는 그 틈을 파고들었다 '고 지적한다.

29 자신의 행동을 후회(悔し)하는 것은 전편에 41번, 후편에 22번 표현된다. 전편의 光源氏에게 표현된 17번, 夕霧, 柏木의 각2번, 紫上, 朧月夜, 落葉宮, 雲井雁의 각1번등이 거의 사랑하는 이성과의 관계에서 표현된 것으로 가장 많다. 그 외에 六条御息所의 2번은 葵祭에 구경 간 것을 후회하는 것과 死霊으로 나타나 딸이 斎宮일 때 불교에서 멀어진 것을 후회하며 딸이 불교적인 공덕을 쌓도록 딸을 위해 전언을 부탁하는 것이다. 朝顔의 숙모인 女五宮와 落葉宮의 어머니인 一条御息所의 각2번, 朱雀院의 1번도 딸을 위해 표현된다. 그리고 秋好의 1번만이 어머니와 관련된 자신의 언행을 후회하는 유일한 것이다.

30 부끄러움(恥づかし)은 전편에 201번, 후편에 137번 표현된다. 전편의 光源氏에게 40번으로 가장 많이 표현되고, 紫上에게 7번, 葵上에게 4번, 明石君에게 3번이 이성과의 관계에서 표현된 것이며, 秋好에게도 3번 표현된다. 秋好에게는 '필요 이상으로 부끄러워하는 내성적인 성격'(「澪標」306)과 冷泉帝에게의 입궐을 앞두고 보내온 朱雀院의 선물과 노래에 답가하는 것을 부끄러워하는(「絵合」361)장면, 그리고 어머니에 대한 그리움으로 이성적이지 못한 자신을 부끄러워하는 것인데,『源氏物語』에서 秋好만이 어머니를 생각하는 마음과 관련하여 부끄러워하는 마음이 표현된 유일한 경우이다.

31 桑原博史校注(1976)『無名草子』, 新潮社, p.30. 「我から心用ゐなどいみじく」

는 자기반성을 통해 자신의 삶을 돌아보고 거듭난다. 光源氏도 이러한 秋好를 보며 이제는 '어울리지 않는다(似げなきことなり)(p.454)'라고 현실적인 자신의 나이를 깨달아, 더욱 부모다운 모습을 취하게 된다. 秋好의 성숙한 자기반성이 光源氏의 후견인으로서의 자세에도 영향을 주는 것이다.

3) 영화와 무상함

「少女」권의 가을에는 秋好가 六条御息所가 되지 못했던 中宮이 되어 어머니와의 추억의 장소로 돌아온다. 즉, 光源氏의 천거로 中宮이 되어 완성된 六条院의 어머니와 살던 집이 있던 가을 공간을 친정으로 하여 이사한다. '어머니와 달라서 행운이 따른다고 세상 사람들도 놀라 말한다 (御幸ひの、かくひきかへすぐれたまへりけるを、世の人驚ききこゆ)(p.25)'처럼, 秋好는 六条御息所 이상으로 꿈을 이루어 금의환향한다.

> 오륙일 지나서 中宮이 궁중에서 퇴출해 왔다.…행운이 따른 것도 있지 만, 인품이 그윽하고 의젓하여 세상 사람들도 특별히 중요하게 생각한 다.…구월이 되자 단풍이 여기저기 물들어 中宮의 정원도 말할 것도 없 이 아름답다.…
>   (中宮) 진심으로 봄 기다리는 정원은 우리 집 예쁜 단풍을 바람결에 라도 좀 봐주세요.…
>   (紫上) 바람에 지는 단풍은 가볍지요 봄의 녹색을 석간송으로 대신하 여 좀 봐주세요.…
>   (中宮은 紫上의) 이렇게 급히 취향을 갖춘 재능 있는 모습을 훌륭하다 고 생각하며 본다.…(光源氏) '이 단풍 소식은 아주 정곡을 찔렀네요. 봄

이 한창일 때 이 답가를 하시지요.…'

　五六日過ぎて、中宮まかでさせたまふ。…御幸ひのすぐれたまへりける
をばさるものにて、御ありさまの心にくく重りかにおはしませば、世に重
く思はれたまへることすぐれてなんおはしましける。…九月になれば、紅
葉むらむら色づきて、宮の御前えもいはずおもしろし。…

　　（中宮）　こころから春まつ苑はわがやどの紅葉を風のつてにだに見よ…

　　（紫上）　風に散る紅葉はかろし春のいろを岩ねの松にかけてこそ見め…

　　かくとりあへず思ひよりたまへるゆゑゆゑしさなどを、をかしく御覧
ず。…（光源氏）「この紅葉の御消息、いとねたげなめり。春の花盛りに、
この御答へは聞こえたまへ。…」

(pp.75-76)

　六条院에 돌아 온 秋好의 '그윽하고 의젓한(心にくく重りかに)' 좋은
인품을 세상 사람들도 행운 이상의 것으로 인정한다. 六条御息所, 明石
君, 秋好, 紫上와 관련되어 주로 묘사된 '그윽함'[32]과, 葵上와 秋好의 성품
에 주로 묘사된 '의젓함'[33]의 두 성품을 겸비한 秋好는 '그윽하고 의젓한'
특히 좋은 인품이다. 인품 좋은 秋好는 가을 공간의 주인답게 아름다운
단풍 소식을 紫上에게 먼저 전하기도[34] 하고, 光源氏가 봄까지 대답을
미루도록 타이를 정도로 가을의 정취를 인정하지 않는 紫上에 대해서도
오히려 취향을 갖춘 재능이 훌륭하다며 紫上를 인정해주는 여유를 보이
기도 한다. 秋好의 두드러진 인품은 「玉鬘」에서 光源氏가 玉鬘의 거처

---

32 '그윽하다(心にくく)'는 전편에 46번, 후편에 21번 표현된다. 전편에서는 六条御息
　所, 明石君, 秋好, 紫上(각3번씩)와 관련하여 주로 묘사되고, 女三宮는 '그윽하지
　않은 사람'으로 묘사된다.
33 '의젓하다(重りかに)'는 전편에 9번, 후편에 9번 표현된다. 葵上와 秋好(각2번씩)의
　성품에 주로 묘사된다.
34 원문의 頭註에서는 이 장면부터 梅壺中宮을 秋好中宮으로 바꿔 표현하기 시작한다.

에 대해 고민하며, 秋好의 거처에 있게 하면 하녀처럼 보일 것이라고 우려하는 장면35을 통해서도 시사된다.

『古今集』의 '가을 왔다고 눈으로 선명하게 볼 순 없어도 바람소리에 가을 알고 놀라버렸네(秋来ぬと目にはさやかに見えねども風の音にぞおどろかれぬる)'(秋上, 169)처럼, 태풍36 부는 「野分」에서는 秋好의 가을에 대한 진심도 나타난다. '우리 낭군의 옷자락 펄럭이며 신선하게도 예쁜 안감 보이네 가을의 첫 바람에(わがせこが衣のすそを吹き返しうらめづらしき秋のはつかぜ)'(『古今集』秋上, 171)의 가을바람에 안감이 보이듯, 강한 태풍에 마음 속 깊이 감춰온 어머니에 대한 그리움을 드러내듯, 秋好는 가을에 대한 소회를 드러낸다.

> 中宮의 정원에는 가을꽃을 심어 놓았다…넓게 만든 정원의 경치를 보고 있노라니, 깜빡 봄의 산도 잊게 되어…봄의 정원의 꽃밭에 마음이 끌리던 사람들의 마음도 완전히 바뀌는 것이, 시대 따라 변하는 세상 사람들의 모습 같다. (中宮은) 이 경치가 마음에 들어 (궁중에도 가지 않고) 친정에 머물러있기 때문에 관현악 놀이등도 개최하고 싶지만, 8월은 故前坊의 기월이어서…정원의 꽃 색이 점점 더 아름다워지는 모습을 보고 있는 사이에, 태풍이 예년보다도 강한 기세로 날씨가 돌변하며 불어 왔다. 꽃들이

---

35 「玉鬘」p.119. 「蛍」p.195의 여름에도 光源氏가 秋好는 고귀한 신분이어서 노골적으로 마음을 표현할 수 없지만, 玉鬘는 친근하고 현대적이어서 참지 못하고 가끔은 남이 보면 이상하게 생각할 행동을 하며(결과적으로는 光源氏가 玉鬘에 대한 마음도 억제한다), 秋好와 玉鬘를 마음속으로 비교하는 장면이 묘사된다.

36 鈴木日出男(1989)『源氏物語歳時記』, 筑摩書房, p.175에서 「野分」의 '바람에 초인적인 위력을 본다'고 지적하듯이, 태풍(野分)으로 인해 夕霧는 아름다운 紫上의 모습, 玉鬘, 明石姫君의 모습 등 평소에 볼 수 없었던 모습을 보게 된다. 秋好도 평소에 표현하지 않던 가을 정원에 대한 진심을 드러낸다.

시드는 것을, 그다지 꽃에 관심이 없는 사람도, 이건 큰일 났다고 마음이 소란해지는데, 더욱이 풀숲 이슬이 목숨이 흐트러지듯 흐트러지자 마음이 황폐해지듯 아팠다. '(봄꽃을 바람에게서 지키기 위해) 덮어씌울 만큼의 큰소매'는 가을 하늘에서야말로 꼭 필요한 것 같이 생각된다.

中宮の御前に、秋の花を植ゑさせたまへること、…造りわたせる野辺の色を見るに、はた春の山も忘られて、…春の御前の花園に心寄せし人々、またひき返し移ろふ気色、世のありさまに似たり。これを御覧じつきて里居したまふほど、御遊びなどもあらまほしけれど、八月は故前坊の御忌月なれば、…この花の色まさるけしきどもを御覧ずるに、野分例の年よりもおどろおどろしく、空の色変りて吹き出づ。花どものしをるるを、いとさしも思ひしまぬ人だに、あなわりなと思ひ騒がるるを、まして、草むらの露の玉の緒乱るるままに、御心まどひもしぬべく思したり。「覆ふばかりの袖」は、秋の空にしもこそ欲しげなりけれ。 (pp.255-256)

秋好는 봄의 산에 끌리던 마음도 잊고, 관현악놀이를 개최하고 싶을 정도로 가을 정원의 아름다움에 빠지지만, 아버지의 기월인 것을 생각하며 아름다움을 조용히 감상한다. 秋好에게 있어 가을은 부모가 더 생각나는 계절이다. 그러다가 태풍으로 가을 정원의 꽃과 이슬 등이 시들고 흐트러지는 것을 보고는 봄에 꽃이 지는 것[37] 이상으로 마음 아파하고 안타까워한다. 秋好는 가을 정원의 꽃은 물론, 풀숲 이슬에서조차 생명

37 「野分」p.256 頭註에 『後撰集』(春中, 64)의 '넓은 하늘을 덮어씌울 만큼의 소매 있으면 봄에 피는 꽃들을 바람에 안 맡기지(大空に覆ふばかりの袖もがな春咲く花そ風にまかせじ)'에 의한 것이 지적된다. 또한 「藤裏葉」의 초겨울인 10월에 冷泉帝와 朱雀院이 六条院에 行幸했을 때에도, '축산의 단풍은 어느 곳도 모두 아름답지만, 서쪽의 가을 공간은 각별하다(山の紅葉いづ方も劣らねど、西の御前は心ことなる)'(p.450)라고, 가을 공간의 단풍이 특별히 아름다운 것이 묘사된다.

을 느끼며[38] 흐트러지는 이슬에도 마음 아파한다. 가을 정원을 소중히 생각하는 가을 공간의 주인다운 본 모습을 드러내는 것이다.

이러한 秋好의 저택에 대해 夕霧는 '기품 있어 고상하게 살고 있는 느낌과 모습(気高く住みたるけはいありさま)'(p.266)이라고 평가하고[39], 光源氏도 紫上에게 '中宮을 만나는 것은 주눅이 들어요.···깊이가 있어서 마음이 쓰여요. 아주 의젓하고 여성스러우면서 생각이 있어 보여요(宮に見えたてまつるは、恥づかしうこそあれ。···奥ゆかしく心づかひせられたまふぞかし。いとおほどかに女しきものから、気色づきてぞおはするや)'(p.267)라고, 秋好를 깊이 있고, 의젓하고, 여성스럽고, 생각이 있다며 그 인품을 높이 평가하기에[40] 이른다. 中宮이 되어 가을 공간의 주인으로 돌아온 秋好가 그 영화에 걸맞은 인품의 소유자로 성장한 것이 부각되는 것이다.

이렇게 최고의 영화와 인품이 확인된 秋好는, 「若菜下」의 여름[41]과 「柏木(가시와기)」의 봄에 나타난 六条御息所의 死霊을 통해 光源氏에

---

38 '생명(玉の緖)'은 전편에 2번, 후편에 2번 표현된다. 「野分」의 秋好의 정원의 이슬, 「横笛」의 一条御息所가 자신의 생명을 표현한 말(玉の緖), 「総角」의 大君가 薫에게 보낸 답가의 눈물의 생명(涙のたまのを), 「宿木」의 中君의 정원 억새의 이슬의 모습(露をつらぬきとむる玉の緖) 등, 모두 가을에 표현된다.

39 「野分」에서 夕霧는 紫上를 벚꽃(樺桜)에, 玉鬘를 황매화(八重山吹)에, 明石姫君를 등나무꽃(藤)에 비유하지만, 秋好에 대해서는 자연의 꽃으로 비유하지 않는다.

40 光源氏가 칭찬의 뜻으로 주눅이 드는 여성으로는 秋好 이외에 葵上, 藤壷, 紫上, 明石君, 空蝉, 玉鬘 등이 있다.

41 「若菜下」의 여름, 六条御息所는 死霊으로 나타나 光源氏를 원망하면서도, 딸인 中宮의 후견을 해준 것에 대해서는 감사의 마음을 전하고, 中宮이 '남과 다투거나 질투하지 말고, 불교의 공덕을 쌓도록'(p.228) 전언을 부탁하는 어머니의 모습을 보인다. 藤井貞和(1980) 『源氏物語始原と現在』, 冬樹社, p.335에서도 '모노노케(物怪)는 源氏 및 紫上에게 怨霊으로 나타'나지만 '딸인 秋好中宮에게는 守護霊이라고 지적한다.

대한 집착에서 벗어나지 못하는 어머니의 아픔을 깨닫고, 「鈴虫」의 가을에는 찾아 온 光源氏에게 출가의 허락을 원하게 된다.

'돌아가신 슬픔만을 잊지 못하고, 저승에 대해서는 생각하지 못한 것이 어리석었어요.…나 자신이 그 업화를 식혀주고 싶다는 생각이 점점 쌓여서 출가를 생각하게 되었지요.'…단지 御息所를 생각하며 道心이 깊어졌는데, 冷泉院이 허락할 리가 없는 일이어서 (어머니의) 추선공양을 열심히 하며 더욱 더 마음 깊이 세상의 무상함을 깨닫게 된다.

「後れしほどのあはればかりを忘れぬことにて、物のあなた思うたまへやらざりけるがものはかなさを。…みづからだにかの炎をも冷ましはべりにしがなと、やうやうつもるになむ、思ひ知らるる事もありける」…ただかの御息所の御ことを思しやりつつ、行ひの御心すすみにたるを、人のゆるしきこえたまふまじきことなれば、功徳の事をたてて思いし営み、いとど心深う世の中を思し取れるさまになりまさりたまふ。 (pp.377-379)

秋好는 光源氏와 冷泉院이 허락하지 않아 출가는 못하지만, 죽은 어머니의 업화를 식혀주기 위해 도심이 깊어진다. 불교의 공덕을 쌓으면서 인생의 무상함도 더 깊이 터득한다[42]. 말하자면 六条御息所가 死霊으로 나타나 불교의 공덕을 쌓도록 부탁한 일이, 秋好의 어머니를 위하는 마음으로 인해 이루어지는 것이다. 秋好의 각별하게 지낸 어머니에 대한

---

42 鈴木日出男, 「光源氏の栄華」, 前掲書, p.48. 光源氏가 '영화를 하나씩 이룰 때마다 부상하는 출가지향의 의사는 자신의 영광의 증거'이며 '음예를 직시하는 것으로 오히려 광명의 한가운데에 군림하는 거대한 왕자의 모습이 부각된다. 동시에 光源氏의 평행감각이 나타난 것'이라고 지적한다. 최고의 영화와 인품을 이룬 秋好가 인생무상의 경지에 도달한 것도 이와 같다고 볼 수 있는데, 秋好의 경우에는 부모에 대한 영원한 그리움을 통해 승화되는 것이 특징이다.

영원한 그리움이 인생의 무상함을 터득하는 차원으로 승화되어 결실을 맺게 된다.

인생의 무상함을 터득한 秋好는 「御法」의 가을에 '笠取山(가사토리산) 아름다운 단풍에 산이 빛나고 오고가는 사람의 소매조차 비추네(雨降れば笠取山のもみぢ葉はゆきかふ人の袖さへぞ照る)'(『古今集』秋下, 263)처럼, 紫上의 죽음을 슬퍼하는 光源氏에게 '시들어버린 들판을 싫어해서 돌아가신 분은 가을을 좋아하지 않으셨나 보네요(枯れはつる野辺をうしとや亡き人の秋に心をとどめざりけん)'라며 봄을 좋아하던 紫上의 마음을 배려하는 和歌로, 紫上의 죽음을 애통해하는 光源氏의 마음을 위로하기에 이른다. '말하는 보람이 있고 풍류가 있는 분으로, 위로해주는 것은 이 宮만이 남아 있다고 조금은 슬픔도 잠시 잊어지는 듯 생각되는데…(言うかひありをかしからむ方の慰めには、この宮ばかりこそおはしけれと、いささかのもの紛るるやうに思しつづくるにも…)'(p.503)처럼, 秋好는 紫上를 잊지 못하는 光源氏의 마음을 조금이나마 위로할 수 있는 사람으로 묘사된다. 어머니가 죽은 슬픈 가을에 마음이 끌리던 秋好는 '단풍잎들이 흘러와 모여드는 항구에서는 붉은색이 깊어진 파도가 일겠구나(もみぢ葉の流れてとまる水門には紅深き波や立つらむ)'(『古今集』秋下, 293)처럼, 어머니를 그리워하고 위하며 단풍같이 깊은 색으로 물든 마음이 공덕이 쌓이듯 쌓여, 光源氏의 큰 슬픔도 위로할 정도로 무상함의 경지에 도달하는 내면적인 깊은 성장 내지 승화를 이루어 간 것이다.

4. 결론

　이상으로『源氏物語』의 유일한 斎宮이고, 특별한 모녀관계의 주인공이며, 中宮도 되고 六条院 가을 공간의 주인도 된 秋好를, 배경으로 주로 묘사된 봄과 가을을 통해서 그 삶의 모습과 의미를 중심으로 고찰해 보았다.

　「葵」에서「柏木」에 이르는 봄을 통해서는, 秋好가 光源氏의 후견으로 궁중에서 명실상부한 中宮이 되어, 光源氏에게 감사하는 마음으로 六条院의 질서와 번영에도 기여하는, 자신의 운명적인 삶의 모습이 전개된다.

　「葵」에서「御法」에 이르는 가을에는, 어머니와의 각별한 모녀관계를 통해 秋好의 변화하고 성장하는 내면적인 세계가 나타난다. 秋好는 어머니의 생전에는 어머니와 함께하는 기쁨을, 어머니의 사후에는 슬픔과 그리움을 내면 깊이 품고, 그리움을 표현한 것에 대해 반성하며 영화에 걸맞은 인품을 지닌 사람으로 성장한다. 깊어지는 가을처럼 내면적으로 깊어지는 어머니에 대한 영원한 그리움을 통해 최고의 인품에 다가서는 것이다. 그리고 결국은 어머니의 아픔까지도 깨닫게 되어, 어머니가 원하는 도심과 불교공덕으로 인생의 무상함이라는 삶의 본질을 터득하는 경지에 도달하게 된다.

　이렇듯, 秋好는 봄에는 운명처럼 영화를 달성하는 삶을 사는 한편, 가을에는 각별했던 어머니에 대한 영원한 그리움을 통해 인생무상을 터득하는 경지로 승화된다. 또한 부모 자식 간의 관계, 특히 마음의 연결이 영원하다는 것이 나타난다. 따라서『源氏物語』의 가을 또한 秋好의 삶이 반영되어, 슬픈 가을, 외로운 가을 이상의, 어머니에 대한 영원한 그

리움을 통해 인생무상의 경지로 승화되는 삶의 의미를 지닌, 더욱 더
깊이 있는 자연의 이미지로 다가오는 것이다.

4

겨울

겐지모노가타리源氏物語의 사랑과 자연

光源氏의 사랑과
겨울의 의미_●1

1. 서론

　『源氏物語』前篇의 겨울은 「유가오(夕顔)」에서 「마보로시(幻)」에 이르는 20권1에 주로 나타난다. 그 중 六条院 겨울저택의 안주인인 아카시노기미(明石君) 중심 부분을 제외한 히카루겐지(光源氏)의 세계에 주목하면, 겨울에 남몰래 夕顔의 49재를 지낸 光源氏가 어린 무라사키노우에(紫上)의 보호자를 자청하며 紫上를 二条院으로 데려와 결혼하는 것으로 시작된다. 그러나 光源氏의 후지쓰보(藤壷)에 대한 비밀스런 미련으로 고독을 느끼는 紫上의 슬픔은 光源氏의 온나산노미야(女三宮)와의 혼인 결정으로 인해 紫上의 불안과 고뇌를 극대화시키게 된다. 이러한 光源氏의 비밀로 인해 영화의 이면에서 드러나지 않던 光源氏와 紫上의 근원적인 문제가 두드러진다. 두 번째는 아버지인 기리쓰보인(桐壷院)

---

1 『源氏物語』前篇 41권중 「夕顔」, 「若紫」, 「末摘花」, 「紅葉賀」, 「葵」, 「賢木」, 「須磨」, 「澪標」, 「蓬生」, 「薄雲」, 「朝顔」, 「少女」, 「玉鬘」, 「行幸」, 「真木柱」, 「藤裏葉」, 「若菜上」, 「若菜下」, 「夕霧」, 「幻」의 20권에 겨울이, 봄은 27권에, 가을은 26권에, 여름은 23권에 묘사된다.

이 光源氏와 藤壺의 비밀을 내색하지 않은 채로 사망하면서 다음해에 藤壺가 출가하고, 女三宮와 가시와기(柏木)의 불륜으로 고뇌하던 光源氏의 빈정거리는 말로 柏木가 병에 걸리는 등, 불륜으로 인한 말 못할 고통이 형상화되어 나타난다. 그리고 세 번째는 유기리(夕霧)의 오치바노미야(落葉宮)에 대한 사랑에 대해 光源氏가 아무 말도 하지 못한 채 혼자서 이해하려고 애쓰는[2] 아버지로서의 내면세계 등이 중심을 이룬다. 말하자면 겨울에는 光源氏가 紫上와의 사랑에서 비밀스런 부분들이 묘사되는 것을 중심으로, 아버지인 桐壺院과 아들인 夕霧와의 관계에서도 또한 사랑하기 때문에 의식하지 못하는 마음의 거리를 초월하여 사랑의 의미를 터득해 가는 가족으로서의 운명적인 모습이 부각된다. 그 배경으로 '싸락눈', '서리 내려 시든 정원', '눈', '얼음', '서리' 등의 겨울 현상이 주인공들의 입장과 내면세계를 대변하며 인생에 있어서의 겨울의 의미를 생각하게 한다.

본고에서는 겨울을 배경으로 한 光源氏와 아내 紫上와의 사랑을 중심으로 고찰하는 한편, 아버지 桐壺院과 아들 夕霧를 통한 부자지간의 사랑 등의 가족 간의 깊은 사랑과 관련된 光源氏의 내면세계에 초점을 맞춰, 사계절의 인식이 뚜렷한 『古今集』 겨울의 영향을[3] 참고로 하면서 상징적으로 나타나는 겨울과의 관련 및 그 의미를 중심으로 분석하고자 한다.

---

2 이 외에도, 겨울에 末摘花와 첫날밤을 지낸 光源氏가 처음 본 末摘花의 못생긴 얼굴에 놀라 末摘花의 비밀을 알고 실망하지만, 결국 末摘花를 평생 돌봐주는 등, 스스로의 운명을 거역하지 않고 받아들이는 光源氏의 모습 또한 겨울에 나타나는 운명적인 모습으로 이해할 수 있다.

3 野村精一(1979) 「古今集歌の思想」, 『古今和歌集』 日本文学研究資料叢書, 有精堂, p.55. '『源氏物語』는 『古今集』 없이는 언어적으로 성립되지 않았을 것이다' 라며 양자의 절대적인 연관관계를 지적한다.

2. 아내 紫上와의 아픈 사랑

1) '싸락눈'과 '서리 내려 시든 정원'을 배경으로

光源氏와 紫上가 겨울을 배경으로 하는 10권[4] 중, 「와카무라사키(若紫)」에는 '싸락눈(霰)'과 '서리 내려 시든 정원(霜枯れの前栽)'이, 「아사가오(朝顔)」, 「와카나(若菜)上」, 「幻」에는 '눈(雪)'이, 「若菜下」에는 '서리(霜)'가 묘사되면서 光源氏와 紫上의 숨겨진 내면세계가 부각된다.

우선 「若紫」의 겨울, 18세의 光源氏가 若紫의 보호자인 외조모 아마기미(尼君)의 사망 소식을 듣고 10세의 어린 若紫를 걱정하며 찾아간 평화로운 밤[5]이, 갑자기 '싸락눈 내리고 바람도 거친 무서운 밤'으로 묘사되면서 尼君의 거부로 진전이 없던 光源氏와 若紫의 관계가 새롭게 정립된다.

> 싸락눈 내리고 바람도 거친 무서운 밤의 모습이다. '어찌 이렇게 소수의 인원으로 초조하게 지낼 수 있단 말이오'라고 울며, 버리고 갈 수 없어서 '창문을 닫아요. 아주 무서운 밤 같으니 내가 숙직을 하겠소. 모두 가까이 오시오'라며 아주 익숙하게 방에 들어간다. …'얕지 않은 이 마음은 아버지보다 더할 것이오.'
>
> 霰降り荒れて、すごき夜のさまなり。「いかで、かう人少なに、心細うて過ぐしたまふらむ」とうち泣きたまひて、いと見捨てがたきほどなれば、「御格子まゐりね。もの恐ろしき夜のさまめるを、宿直人にてはべら

<hr>

4 光源氏의 紫上와 관련된 겨울은 「若紫」, 「紅葉賀」, 「葵」, 「薄雲」, 「朝顔」, 「玉鬘」, 「若菜上」, 「若菜下」, 「夕霧」, 「幻」의 10권에 나타난다.
5 「若紫」p.315 「みずからのどかなる夜おはしたり」

む。人々近うさぶらはれよかし」とて、いと馴れ顔に御帳の内に入りたま
へば…「浅からぬ心ざしはまさりぬべくなむ」   (「若紫」pp.318, 320)

'싸락눈 내리고 바람도 거친 무서운 밤'은 '쓸쓸하고 황폐한 곳'[6]에 살
고 있는 보호자를 잃은 若紫의 고독하고 불안한 처지를 부각시키는 한편
으로, 藤壺를 닮은 어린 若紫에게 집착하는 光源氏에게는 보호자 역할을
맡는 절호의 기회가 제공된다. '싸락눈(霰)'은『古今集』겨울의 長歌[7]에
1번 나열되는 겨울의 경물로,『源氏物語』에는 3번 묘사된다.[8]「若紫」
외에「요모기우(蓬生)」에서 스에쓰무하나(末摘花)의 외롭고 절망적인
나날과「우스구모(薄雲)」에서 明石君의 불안하고 절망적인 나날 등의
배경으로도 묘사되어, '고독 · 불안 · 절망' 등을 상징한다. 또한 '무서
움 · 섬뜩함 · 쓸쓸함' 등을 시사하는 '스고키(すごき)'는 바람과 연결되
어 사용되는 3번의 용례 중, 光源氏가 노노미야(野宮)로 로쿠조노미야스
도코로(六条御息所)를 찾아갔을 때와 紫上가 죽음을 앞두고 기대어 앉
아 뜰을 지켜보는 저녁 등의 극대화된 외로움으로 이별이 감지되는 가을
의 2번과 달리, 겨울의 '무서운 밤[9]'에는 밀실[10]에서 약자인 若紫의 처지

---

6 「若紫」p.315 「いとすごげに荒れたる所」
7 小沢正夫校注(1971)『古今和歌集』日本古典文学全集, 小学館,(1005, 冬の長歌, 凡河
  内躬恒)「ちはやぶる 神無月とや 今朝よりは 雲りもあへず 初時雨 紅葉とともに
  ふる里の 吉野の山の 山嵐も 寒く日ごとに なりゆけば 玉の緒解けて こき散らし
  霰乱れて 霜氷り いや固まれる 庭の面に むらむら見ゆる 冬草の 上に降り敷く
  白雪の 積り積りて あらたまの 年を数多に 過ぐしつるかな」
8 「若紫」p.318「霰降り荒れてすごき夜」는 싸락눈만이 내리는 유일한 실제상황으로,
  '싸락눈(霰)'은「蓬生」p.333에서 末摘花의 숙모가 末摘花의 시종까지 데리고 筑紫
  로 간 후의 末摘花의 절망적인 마음이 나타난 날과,「薄雲」p.422에서 明石君가 姫
  君를 紫上에게 보내기로 결심한 후의 明石君의 마음이 불안한 날에 '눈'과 함께
  묘사되는 '눈이나 싸락눈이 날리는 날이 많다(雪霰がちにて)'의 고독하고 절망적인
  상황과 함께 3번 묘사된다.

가 부각되면서 상대적으로 강자인 光源氏의 뜻이 허용된다. 말하자면 光源氏의 갑작스런 방문으로 若紫는 '두려움'과 '추위에 떨게'[11]되는 반면, 光源氏는 무서운 밤을 지켜주기 위해 스스로 숙직을 하겠다며 방에 들어가는 명분과 '아버지보다 더한 마음'을 내세우며 보호자이길 자청하는 기회를 얻는다. 이렇게 若紫와 光源氏의 상황 차이를 부각시키는 동시에 그 격차를 초월하는 매개체로 겨울의 특별한 자연현상이 활용된다. 따라서 다음날 밤에 光源氏는 '아버지의 심부름으로 왔다'[12]면서 若紫의 친아버지인 효부쿄노미야(兵部卿宮)보다 먼저 若紫를 二条院으로 데려[13]오는 비상식적인 일까지도 가능하게 된다.

> 아주 기분이 나쁘고 어떻게 할지 몰라 떨었다…너무 외로워서 울며 잤다…'여자는 성질이 온순한 게 좋다'…예쁜 그림과 장난감 등을 가져다가 보이면서 마음에 들게 한다.…정원의 나무나 연못 쪽을 바라보니, 서리 내려 시든 정원의 나무들이 그림을 그린 듯이 재미있고, 본적도 없는 검

---

9 '스고키'는 상황에 따라 '무섭다·섬뜩하다·쓸쓸하다' 등으로 해석된다. 전편의 15번과 후편의 5번의 용례 중, 전편에서는 봄에 1번, 여름에 3번, 가을에 6번, 겨울에 5번 나타난다. 하늘의 모습, 달그림자, 거문고 소리 등이 주를 이루며, 바람과 연결되어 나타나는 경우는 3번이다.

10 鈴木日出男(1989) 『源氏物語の歳時記』, 筑摩書房, p.271. 『紫式部日記』와 『枕草子』 73단을 예로 들며 여름밤에 비해 겨울밤이 훨씬 밀실적인 것을 지적한다. 光源氏의 경우에도 若紫의 보호자 역할을 시작으로, 二条院에 데려오기, 첫날밤 등이 밀실적인 겨울밤에 이루어진다.

11 「若紫」p.319 「いと恐ろしう」, 「そぞろ寒げに」

12 「若紫」p.318 「宮の御使いにて参り来つるぞ」

13 玉上琢弥(1971) 「若紫」, 『源氏物語講座』第三巻, 有精堂, p.49와 大朝雄二(1971) 「藤壺」, 『源氏物語講座』第三巻, p.323에서는 若紫의 운명이 『伊勢物語』初段의 「いちはやきみやび」와 관련된다고 지적한다. 南波浩(1980) 「紫の上の発見」, 『講座源氏物語の世界』第二集, p.59에서는 앞의 지적을 따르면서, 동시에 藤壺 대신의 운명이 시작된다고 지적한다.

정색 주홍색 옷을 입은 사람들이 서로 섞여 빈틈없이 오가는 모습에 아주 재미있는 곳이라고 생각한다.

いとむつけく、いかにすることならむ、とふるはれたまへ…いとわび しくて泣き臥したまへり…「女は、心やはらかなるなむよき」…をかしき絵 遊び物ども取りに遣はして、見せたてまつり、御心につく事どもをしたま ふ。…庭の木立、池の方などのぞきたまへば、霜枯れの前栽絵にかけるや うにおもしろくて、見も知らぬ四位五位こきまぜに、隙なう出で入りつ つ、げにをかしき所かな、と思す。 (「若紫」pp.331-332)

光源氏가 한밤중에 二条院으로 데려 온 若紫는 '기분이 나쁘고' '떨리 고' '외로워서' 울며 자지만, 다음날 아침에 光源氏가 '여자는 성질이 온순 한 게 좋다'고 교육하며 그림과 장남감 등으로 달래자 순순히 마음이 풀린다. 若紫는 二条院의 '서리 내려 시든 정원'의 겨울모습도 호의적으 로 바라보게 된다. 『古今集』의 '산골에서는 겨울에 외로움이 한층 더하 네 사람도 찾지 않고 풀잎도 져버렸다 생각하니(315, 山里は冬ぞさびし さまさりける人目も草もかれぬと思へば)'처럼 외조모조차 사망하여 산 골에서 외롭게 지낸 어린 若紫는, 자신에게 관심을 보이는 二条院의 주 인인 光源氏를 중심으로 마음이 움직이기 시작한다. 『源氏物語』에 2번 묘사되는 '서리 내려 시든 정원(霜枯れの前栽)'14은 「아오이(葵)」의 겨

---

14 「若紫」p.332 「霜枯れの前栽絵にかけるやうにおもしろくて、見も知らぬ四位五位 こきまぜに、隙なう出で入りつつ、げにをかしき所かな、と思す」. '서리 내려 시 든 정원(霜枯れの前栽)'은 「葵」p.48의 경우와 함께 겨울의 용례로 2번 나타난다. 또한 가을 9월 말에 '서리 내려 시든 풀(草)'이 「関屋」p.350에서 光源氏가 귀경하는 空蟬를 만나는 배경으로 묘사되고, 「若菜上」p.86에서는 겨울 10월에 紫上가 光源 氏의 40세 축하를 위한 薬師仏供養을 하는 배경으로 '온통 서리 내려 시든 들판(霜 枯れわたれる野原)'이 묘사된다.

울, 죽은 아오이노우에(葵上)의 49재가 지나 左大臣집을 떠나는 光源氏가 보고 슬퍼하며 지나가는 비(時雨)로 눈물이 시사되는 장면과 함께 슬픔을 상징하듯 묘사된다.[15] 그러나 어린 若紫는 '서리 내려 시든 정원' 조차 그림처럼 멋있다고 생각하고, 처음 보는 색색의 옷을 입은 사람들의 분주한 모습에도 재미를 느끼면서 二条院 생활을 긍정적으로 생각하기 시작한다. 光源氏의 일방적인 교육과 더불어 묘사된 겨울 아침의 '서리 내려 시든 정원'은 어린 若紫에게 있어서 색다른 자연의 아름다움으로 二条院 생활에 대한 흥미를 유발하고 능동적으로 순응하게 되는 특별한 역할을 한다.

말하자면 '싸락눈'과 '서리 내려 시든 정원'이라는 겨울 현상을 배경으로 光源氏의 보호자 역할과 若紫의 二条院 생활이라는 비상식적인 일이 상식을 초월하여 가능하게 된다. 光源氏와 아직 어린 若紫의 소통의 한계 또한 초월하는 특별함이 부여된다. 어린 若紫에게 있어서 '싸락눈'과 '서리 내려 시든 정원'은 새로운 생활을 시작하는 획기적인 계기로 작용한다.

이윽고 자연현상이 묘사되지 않는 겨울, 「모미지노가(紅葉賀)」의 12월 말쯤에는 若紫가 상복을 벗고[16], 光源氏가 22세가 된 「葵」의 겨울에는 일방적인 계획으로 14세의 若紫와 첫날밤을 지낸다[17]. 갑작스런 첫날

---

15 「葵」p.48 「霜枯れの前栽みたまふほどなりけり。風荒らかに吹き時雨さとしたるほど、涙もあらそふ心地して」. 鈴木日出男, 前揭書, p.250. 자연의 생명의 쇠퇴함을 상징하는 '서리 내려 시든'이 사람의 죽음을 생각하는 슬픔에 와 닿는다고 지적한다.
16 「紅葉賀」p.392 「御服、母方は三月こそはとて、晦日には脱がせたてまつりたまふ」
17 「葵」p.63 「男君はとく起きたまひて、女君はさらに起きたまはぬあしたあり」.「紅葉賀」pp.390, 391의 겨울에는 光源氏가 藤壷의 사가에서 藤壷의 오빠이며 若紫의 친아버지인 兵部卿宮를 우연히 만나 호색적인 마음이 들만큼 서로의 인품과 자태를 평가하며 내심 호감을 갖는다. 若紫를 데리고 있는 光源氏가 사실을 모르는

밤에 若紫는 光源氏에게 배신감을 느끼며 응석도 부리지만, 많은 선물과 光源氏가 친근함에 마음이 풀리면서 「薄雲」의 겨울에는 紫上가 光源氏가 데려온 아카시노히메기미(明石姬君)를 '아주 예쁜 아이를 얻었다[18]'고 생각하며 키우기 시작하는 등, 光源氏와 紫上의 부부로서의 모습이 차례대로 갖추어진다. 특별한 자연현상이 묘사되지 않는 겨울을 통해, 상복을 벗는 일에 이어 결혼과 자식을 얻는 등의 인간의 의지로는 거역할 수 없는 천륜 같은 운명적인 사건이 이어짐으로 인해, 자연현상으로 다 묘사할 수 없는, 겨울이 지니는 운명적인 깊은 의미가 시사된다.

2) '눈'과 '서리'를 배경으로

「朝顔」, 「若菜上」, 「幻」에는 눈 내린 겨울 풍경을 배경으로 어른으로서의 光源氏와 紫上의 사랑의 아픔이 드러난다. 우선 藤壷 사망 후의 「朝顔」의 겨울에는 朝顔에게 마음이 끌리는 光源氏의 귀가를 기다리며 눈물짓는 紫上가 '눈이 쌓인 밤'의 '맑은 달의 조용한 아름다움'을 배경으로 藤壷를 그리워하는 光源氏에게 자신의 외로움을 호소한다.

> 눈이 아주 많이 내려 쌓였는데 아직도 내려…생김새도 더 빛나 보인다.…'…벚꽃이나 단풍이 한창일 때보다도, 겨울밤 맑은 달에 쌓인 눈 비친 하늘은 이상하게 화려한 색도 없는데 몸에 사무쳐서 내세의 일까지 생각하게 되니, 아름다움도 허망함도 더 이상 없이 느껴지네요.…'…(藤壷는) 세련된 교양이 비할 바 없이 깊었는데 당신은 어쨌든 藤壷의 혈통

兵部卿宮를 평가하고 호감을 사는 등의 光源氏의 若紫에 대한 의도가 자연히 배어나오는 과정이 이미 묘사되었다.
18 「薄雲」p.426 「上にいとよくつき睦びきこえたまへれば、いみじううつくしきもの得たりと思しけり」

으로 크게 다르진 않지만 좀 귀찮게도 질투심이 있는 점이 힘드네요.…

(紫上)   얼음에 갇힌 돌 사이 물은 흐르지 못하는데 하늘의 맑은 달
          빛은 흘러만 가누나

(光源氏) 많은 일 생각나 옛날이 그리워진 눈 내리는 날 슬픔을 더하
          는 원앙의 울음소리

　雪のいたう降り積りたる上に、今も散りつつ、人の御容貌も光まさりて
見ゆ…「…花紅葉の盛りよりも、冬の夜の澄める月に雪の光りあひたる空
こそ、あやしう色なきものの、身にしみて、この世の外のことまで思ひ流
され、おもしろさもあはれさも残らぬをりなれ。…」…深うよしづきたると
ころの、並びなくものしたまひしを、君こそは、さいへど紫のゆゑこよな
からずものしたまふめれど、すこしわづらはしき気添ひて、かどかどしさ
のすすみたまへるや苦しからむ。…

　こほりとぢ石間の水はゆきなやみそらすむ月のかげぞながるる

　かきつめてむかし恋しき雪もよにあはれを添ふる鴛鴦のうきねか

(「朝顔」pp.480, 482, 484)

　눈이 많이 쌓인 날에 더 빛나 보이는 모습의 光源氏는 朝顔에게 사랑
을 거부당하고 二条院에 돌아와, 紫上에게 변명을 늘어놓아야 하는 처지
에 놓여있다. 藤壺에 대한 사랑의 대안으로 마음이 끌린 고귀한 신분의
朝顔[19]에게 사랑을 거부당해 마음이 편치 않은 채로, 光源氏는 자신의
바람기 있는 현실을 슬퍼하는 紫上를 상대한다. 光源氏는 벚꽃이나 단풍
이 한창인 봄가을의 아름다움보다도 겨울밤의 맑은 달과 쌓인 눈이 비친
하늘이 훨씬 더 좋다[20]며 겨울추위의 미를 터득한 듯한[21] 보편적이지

---

19 森藤侃子(1980)「朝顔巻の構想」, 『講座源氏物語の世界』第四集, p.242.
20 瀬古確(1979)「源氏物語の四季観自然観」, 『源氏物語講座』第五巻, 有精堂, p.180. 사

않은 말로, 속세보다는 내세에 관심이 더 많다고 주장하며 紫上의 아픔을 회피하려 한다. 光源氏는 藤壷, 오보로즈키요(朧月夜), 明石君, 하나치루사토(花散里)에 대해 회상하는 말로 紫上에게 자신과의 현실적인 관계를 강조하지만, 紫上는 집에 갇힌 자신을 얼음[22]에 갇힌 돌 사이의 '물'로, 밖의 여성들 사이를 떠도는 光源氏를 '달빛'으로 읊어 비교하면서, 光源氏에게 자신의 외로움을 표현한다.

눈 내린 날의 이 대화는 『古今集』 '밤하늘에 뜬 달의 달빛이 너무 맑아서 달빛 비추던 연못물이 제일 먼저 얼었네(316, 大空の月の光し淸ければ影見し水ぞまづこほりける)'의 맑은 '달빛'과 달빛을 바라보다 얼어붙은 '물'이 강조되는 겨울의 풍경처럼, 빛나는 光源氏의 모습과 光源氏를 바라보다 얼어붙은 紫上 자신의 그 얼음에 갇혀버린 '물'의 존재로 紫上 스스로를 비유한다. 여성들 사이를 오가며 거짓을 말하는 光源氏에게 달빛에 물이 얼어붙는 겨울의 차디찬 추위처럼, 光源氏를 바라보다 얼어붙은 紫上의 외로움과 슬픔이라는 사랑의 추위가 진솔하게 표현된다.

그러나 光源氏는 그런 紫上를 보면서 紫上의 슬픔보다는 오히려 귀엽고 藤壷를 닮은 것 같아서 사랑스럽다며, '지난해에 藤壷 앞에서 눈 산을 만들던'[23]일을 추억하고, '눈 내리는 날'에는 '옛날이 그리워진'다고 읊는 등, 눈앞의 紫上를 보며 마음속의 藤壷를 그리워한다.[24] 光源氏의 藤壷

람들이 좋다고 하지 않는 겨울 풍물에 대한 작가의 깊은 이해를 지적한다.
21 高橋和夫(1980)「雪まろげ-雪の美」,『講座源氏物語の世界』第四集, p.257. 작가는 心敬보다 400년 앞서 '추위의 미(冷えの美)'를 발견했다고 지적한다.
22 '얼어 갇히다(こほりとぢ)'는 전편에 2번 묘사된다. 紫上 자신의 외로운 처지를 읊은 노래와 桐壷院 49재 이후에 사가에 돌아간 藤壷를 대신하여 王命婦가 사람들이 줄어드는 외로움을 비유하여 부른 노래로, 외로움이 시사되는 공통점이 있다. 그 외에 얼다(氷)가 전편과 후편에 각 5번씩 용례가 나타난다.
23 「朝顔」p.481「ひと年、中宮の御前に雪の山作られたりし」

에 대한 집착은 藤壺가 원망하며 나타나는 꿈으로 이어지지만, 光源氏는 외로움으로 인한 紫上의 사랑의 아픔보다는 藤壺에 대한 그리움과 아쉬움을 키워간다. '눈 내리는 밤', 光源氏는 紫上와의 현실적인 사랑을 인정하면서도 마음속으로는 藤壺를 그리워하고, 紫上는 눈앞의 光源氏를 상대로 외로운 마음을 호소한다. 藤壺를 그리워하는 光源氏와 光源氏에게 외로움을 호소하는 紫上의 사랑의 일방적인 관계가 부각되면서, 사랑하면서도 운명적으로 잠재하는 光源氏와 紫上의 사랑의 아픔이 시사된다.

「다마카즈라(玉鬘)」의 자연현상이 묘사되지 않는 겨울25에는 光源氏가 선물하는 정초에 입을 여성들의 옷에서 여성들의 품격을 상상하며 질투하는 紫上의 모습에 '얼굴색으로 나타나진 않지만 紫上의 마음이 편치 않을 것 같다'고 편치 않은 紫上의 내면을 짐작하는 등, 상대방의 마음을 헤아리는 光源氏의 부부로서의 운명적인 모습이 나타나기도 하지만, 「若菜上」의 '눈'을 배경으로 光源氏와 紫上의 소통할 수 없는 내면의 고뇌가 나타난다.

겨울의 '눈 내리는 날'은 光源氏가 「末摘花」에서 末摘花의 얼굴을 처음 보는 아침을 비롯하여 「須磨」에서 달밤에 京를 생각하는 배경, 또는 「若菜下」에서 柏木에게 비꼬는 말을 하는 배경으로도 묘사되면서 光源氏의 고독한 고뇌가 상징적으로 시사되기도 하지만26, 「若菜上」에서 光

---

24 森藤侃子, 前揭書, p.246에서 吉岡曠(1974) 「『鴛鴦のうきね』ー朝顔巻の光源氏夫妻」, 『中古文学』13.14号)가 紫上의 노래를 화해한 것이라고 지적한 것보다 今井源衛(1971) 「『紫上』ー朝顔巻における」, 『源氏物語講座』第三巻)의 지적에 동조하며, 紫上와 光源氏의 노래를 서로의 마음을 각각 읊은 独泳歌라고 지적한다. 今井는 p.353에서 紫上의 노래 '하늘 空(소라)'에는 '거짓 嘘(소라)'의 의미가 있다고 하면서 光源氏의 바람기에 의한 紫上의 우울한 고뇌가 나타나있다고 지적한다.

25 「玉鬘」pp.129-130 「色には出だしたまはねど、殿見やりたまへるに、ただならず」

26 이 외에도 겨울의 '눈 내리는 날'은 「薄雲」에서 明石君가 姫君를 二条院에 보낼

源氏가 紫上에게 女三宮와의 혼인 결정을 고하고 紫上가 자신의 고뇌를 내색하지 않으려고 애쓰면서 紫上의 사랑의 아픔은 더욱 깊어지게 된다.

　　눈이 날려서 하늘 모습도 마음이 끌리는 정취가 있어, (光源氏는 紫上와) 지난날과 앞날에 대한 여러 이야기를 나눈다.…(光源氏)'불쾌한 생각이 들겠지요. 그러나 어떤 일이 있어도 이전과 달라질 건 없으니 의심하지 마시오.…'…(紫上) '이렇게 하늘에서 떨어진 것 같은 일이니 피할 수가 없었겠지. 미운 소리도 하지말자. 내 마음에 신경 쓰고 내 말에 귀를 기울일 만큼 자신들의 마음에서 시작된 사랑도 아니고, 막을 수도 없는 일이니 어리석게 생각에 잠기는 모습을 남들에게 보이지 않게 하자…'… 이제는 괜찮을 거라고 안심하여 믿고 살아 온 세상에서 남의 웃음거리가 될 것이 내심 걱정도 되지만, 겉으로는 태연하게 처신한다.

　　雪うち降り、空のけしきもものあはれに、過ぎにし方行く先の御物語聞こえかはしたまふ…「あぢきなくや思さるべき。いみじきことありとも、御ため、あるより変わることはさらにあるまじきを、心なおきたまひそよ。…」…「かく空より出できにたるやうなることにて、のがれたまひ難きを、憎げにも聞こえなさじ。わが心に憚りたまひ、諫むることに従ひたまふべき、おのがどちの心より起れる懸想にもあらず。堰かるべき方なきものから、をこがましく思ひむすぼほるるさま、世人に漏りきこえじ。…」…今はさりとも、とのみわが身を思ひあがり、うらなくて過ぐしける世の、人わらへならんことを下には思ひつづけたまへど、いとおいらかにのみもてなしたまへり。
　　　　　　　　　　　　　　　　　　　　　　　　　（「若菜上」pp.45-48）

것을 고뇌 끝에 결심하는 배경과 光源氏가 姬君를 데리러 간 배경, 「賢木」에서 桐壺院의 49재를 마치고 사가인 三条宮로 돌아간 藤壺의 외로운 배경, 「行幸」에서 冷泉帝가 많은 신하들과 大原野로 行幸하는 배경, 「真木柱」에서 玉鬘에게 가려고 하는 鬚黒의 길을 막는 역할 등의 고독한 고뇌가 시사되는 것으로도 나타난다.

'눈 날리는 하늘'을 배경으로 女三宮와의 결혼에 의해 달라질 것이 없다고 말하는 光源氏와 女三宮와의 결혼은 '하늘에서 떨어진' 일이어서 光源氏도 피할 수 없었다고 합리화시키지만 생각에 잠겨 갈등하는, 그러나 남의 눈을 의식하여 태연한 척하는 紫上의, 표면상으로는 온화하지만 내면적으로 갈등하는 이중적인 마음의 세계가 나타난다.

병든 스자쿠인(朱雀院)이 출가를 앞두고 女三宮의 앞날을 걱정하는 것으로 시작되는 「若菜上」은 光源氏가 "'이 황녀의 어머니인 女御야말로 그 藤壺의 동생이었다. …이 히메미야(姬宮)는 평범한 생김새는 아닐 것이야'라는 등 궁금하게 생각했다[27]'처럼, 光源氏가 女三宮의 어머니가 藤壺의 동생인 것을 생각하며 女三宮와의 결혼에 마음이 기울어지는 과정을 거쳐 紫上에게 女三宮와의 결혼 결심을 고하고 紫上의 불안이 깊어지는 과정으로 나타난다. 紫上는 자신의 고통을 내색하지 않는, 즉 내면과 외면을 다르게 살며 외면이 내면의 정신을 압살하게 되는[28] 결정적 처지에 놓인다. 紫上의 이러한 아픔은 다음 봄에 光源氏의 女三宮와의 결혼 3일째의 꿈에 紫上가 나타나면서 光源氏의 후회를 이끌어내기도 하지만, 「朝顔」와 「若菜上」의 '눈'을 배경으로 이어진 光源氏의 藤壺에 대한 운명적인 그리움은 결과적으로 光源氏 세계의 붕괴를 초래하는 紫

---

27 「若菜上」p.35 「この皇女の御母女御こそは、かの宮の御かたはらにものしたまひけめ。…この姬宮おしなべての際には、よもおはせじを』など、いぶかしくは思ひきこえたまふべし」

28 鈴木日出男(1997) 「光源氏愛憐執着」, 『源氏物語時空』, 笠間書院, pp.76, 78. '하늘에서 떨어진 것 같은 女三宮降嫁라는 사태에 대처라도 하듯이 자신의 고뇌를 내면에 가두고, 마음은 마음, 처세의 태도는 태도라고 내면과 외면을 구별하여 살려고 했다…이렇게 마음과 태도를 이분하는 삶의 방법은 내면의 정신을 바깥쪽에서부터 압살하게 될 것이다. 지금까지의 紫上는 끊임없이 그러한 위기에 처해져왔다' 이것에 대해서 光源氏는 宿世라는 절대적인 힘에 농락당하는 인간의 무력함을 생각할 수밖에 없는 관념적인 논리에 다다르고 있다'고 지적한다.

上의 사랑의 아픔을 심화시키게 된다.

드디어「若菜下」의 초겨울에는 아카시노뉴도(明石入道)의 소원 풀이 (願果たし)를 위한 光源氏의 스미요시 신사 참배(住吉詣)에 동행하여, 光源氏의 내면세계와는 동떨어진 '서리(霜)' 내린 경치를 칭송하며 六条院의 번영을 기원하는 紫上의 고독한 상황이 나타난다.

> 육지에는 서리가 아주 많이 내려서 소나무 숲도 흰서리와 색이 혼동될 정도이다. 모든 것이 춥게 느껴지고 즐거움도 외로움도 한층 깊이 느껴진다. 紫上는…신기하고 재미있게 생각한다. (紫上) '스미요시의 소나무에 늦은 밤 내린 서리는 신이 걸어둔 하얀 실 덧머리이겠지'…紫上는 이렇게 세월이 흐름에 따라 女三宮나 明石君들의 높아지는 명성에…(光源氏의 사랑이 식는) 그런 세상이 오기 전에 출가하고 싶다고 끝없이 생각하지만, 건방지게 생각할까 염려되어서 확실히 말도 못한다…(光源氏의 女三宮에 대한 사랑이 자신과 동등해지는) 그런 일이 당연하다고 생각하면서도 그럴 줄 알았다고 마음 편치 않지만, 역시 내색하지 않고 평소와 같은 모습으로 지낸다.…(손녀인 女一宮를 돌보는 것으로) 외로운 혼자만의 밤을 위로한다.

> 霜のいとこちたくおきて、松原も色紛ひて、よろづのことそぞろ寒く、おもしろさもあはれさもたち添ひたり。対の上、…めづらしくをかしく思さる。「住の江の松に夜ぶかくおく霜は神のかけたるゆふかづらかも」…対の上、かく年月にそへて方々にまさりたまふ御おぼえに…さらぬ世を見はてぬさきに心と背きしがな、とたゆみなく思しわたれど、さかしきやうにや思さむとつつまれて、はかばかしくもえ聞こえたまはず。…さるべきこと、ことわりとは思ひながら、さればよ、とのみやすからず思されけれど、なほつれなく同じさまにて過ぐしたまふ。…つれづれなる御夜離れの

ほども慰めたまひける。　　　　　　　（「若菜下」pp.165, 166, 169）

　'우리 외에 또 누가 옛일을 알아 스미요시 신사의 오래된 소나무에
뭐라 물어 보리오', '스미노에를 사는 보람 있었던 바닷가라고 나이 든
비구니도 이제는 알겠네요'29라고 증답하는 光源氏와 明石尼君와의 노
래를 통해 明石入道의 소원 풀이를 위한 스미요시 신사 참배라는 본뜻이
시사되는 한편, 하얗게 서리 내린 소나무 숲을 배경으로 '서리'를 신의
뜻으로 해석하며 六条院의 번영을 기원하는 紫上의 노래가 이어진다.
『源氏物語』 전편에 14번 나타나는 '서리'30 중 2번이 스미요시 참배의
배경으로, 3번이 紫上의 노래를 시작으로 한 아카시노뇨고(明石女御)와
나카쓰카사노기미(中務君)의 노래로 이어지며 특별히 신의 은혜로 칭송
된다. 紫上는 '서리'조차도 '신의 뜻'으로 칭송하며, 六条院의 번영을 기
원하는 노래로 光源氏 세계의 안주인으로서의 역할을 이행한다. 그러나
그 이면에는 明石 가문의 번영과 女三宮의 득세에 비해 초라해지는 자신
의 고독을 절감하며, 출가를 원하면서도 내색하지 못하고 인내하는 紫上
의 모습이31 드러난다. 紫上의 삶은, 『古今集』 '서리의 씨실 이슬의 날실
힘이 약한 것일까 산의 비단 짜면서 한편으로 지누나(秋下291, 霜のたて
露のぬきこそよわからし山の錦の織ればかつ散る)32처럼, 六条院의 번

---

29 「若菜下」pp.164, 165 「たれかまた心を知りてすみよしの神世を経たる松にこと問
　　ふ」, 「住の江をいけるかひある渚とは年経るあまも今日や知るらん」
30 '서리(霜)'는 「夕顔」, 「若紫」에 1번씩, 「少女」, 「藤袴」에 3번씩, 「若菜下」에 6번의 전편
　　14번과 후편 4번의 합계 18번의 용례가 보인다. 전편 14번 중, 특별히 신의 은혜로
　　칭송되는 紫上, 明石女御, 中務君의 노래 이외에는 자연현상의 하나로 묘사된다.
31 鈴木日出男(1989) 『源氏物語の歳時記』, 筑摩書房, p.268. 住吉신사의 얼어붙은 심
　　야의 광경은 紫上의 고립된 마음을 상징한다고 지적한다.
32 『古今集』에는 '서리(霜)'를 읊은 노래가 10首 보인다(秋歌下277, 291, 羈旅歌416, 恋

영을 완성하는 한편으로 외로움이 깊어진다. 이미 봄에 光源氏에게 출가의 뜻을 거절당한[33] 이후, 한층 깊어지는 출가의 이유에도 불구하고 紫上는 내색하지 않고 인내하면서 더욱 깊이 고독해진다. '서리 내려 시든' 정원을 좋아하는 것으로 二条院 생활을 시작하여 '서리'를 칭송하는 것으로 光源氏 세계의 안주인 역할을 다하는 紫上의 특별한 삶의 근원에는 光源氏의 藤壷 그리움에서 기인하는 사랑의 고독을 감내해야 하는 잠재적인 운명이 도사린다. 겨울 서리를 배경으로 光源氏의 영화와 대조적으로 紫上의 고독을 인내하는 모습이 부상한다.

「幻」의 겨울, 紫上의 사망 후 1년이 지나 出家를 준비하며 紫上와의 편지를 불태운 52才의 光源氏는 '눈이 아주 많이 내려 온통 쌓인' 불명회의 날(仏名日)에 '생김새가 옛날의 빛나던 아름다움에 한층 빛이 더해져서 더 없이 멋진'[34] 모습으로 紫上의 사망 이후 처음이자 마지막으로 사람들 앞에 나타난다. 『古今集』 겨울의 중심소재인 '눈(雪)'[35]에도 '우리 집에는 눈이 잔뜩 내려서 길도 없다네 쌓인 눈 밟으면서 찾는 이가 없으니(322, わが宿は雪降りしきて道もなし踏みわけてとふ人しなければ)'나, '요시노 산의 흰 눈을 밟으면서 들어간 사람 소식도 끊기고 모습도 안보이네(327, みよしのの山の白雪ふみわけて入りにし人のおとづれ

歌三663, 雜歌下993, 雜躰1003, 1005, 1047, 大歌所御歌1072, 神遊びの歌1075)
33 「若菜下」p.159.
34 「幻」pp.534, 535 「雪いたう降りて、まめやかに積りにけり」, 「御容貌、昔の御光にもまた多く添ひて、あり難くめでたく見えたまふ」
35 『古今集』는 가을 145首, 봄 134首, 여름 34首, 겨울 29首의 순서로 겨울의 和歌 수가 적어지며, 松田武夫(1979) 「勅撰和歌集の撰述課程に於ける意識の問題」, 『古今和歌集』日本文学研究資料叢書, 有精堂, pp.74-91의 지적처럼, '겨울'에는 '지나가는 비(時雨)'1首, '산마을(山里)'1首, '얼음(氷)'1首, '눈(雪)'17首, '설중매(雪中梅)'4首, '12월말일(師走晦日)'1首, '한해의 마지막(年のはて)' 4首 등의 순서로 읊어진다.

もせぬ)', 혹은, '흰 눈이 내려 쌓이고 또 쌓이는 산마을에는 살고 있는
사람의 마음도 소진되리(328, 白雪の降りてつもれる山里は住む人さへ
や思ひ消ゆらむ)'나, '눈이 내려서 사람도 안다니는 길이 되었네 흔적이
없어지듯 마음도 소진되리(329, 雪降りて人もかよはぬ道なれやあとは
かもなく思ひ消ゆらむ)'처럼 사람과의 소식 단절로 인해 오히려 오지
않는 사람이 더 그립고 생각나게 되는 노래가 있듯이[36], 光源氏는 사람
들과의 관계를 단절한 고독 속에서 죽은 紫上를 한없이 그리워한다.『古
今集』겨울의 '눈이 내리고 해가 저물어서야 끝까지 단풍들지 않는 소나
무도 보이는구나(340, 雪ふりて年の暮れぬる時にこそつひにもみぢぬ
松も見えけれ)'처럼, 이제 光源氏는 눈을 배경으로 紫上와의 사랑의 아
픔과 소통의 불가능을 초월하여 죽은 紫上만을 바라보고 그리워하며 추
억을 정리한다.[37] 이윽고 光源氏는 쌓인 '눈' 속에서 한층 더 빛나는 모습
으로 승화된다.

3. 아버지 桐壺院과 아들 夕霧에 대한 깊은 사랑

「사카키(賢木)」의 겨울, 桐壺院은 朱雀帝에게 '세상을 통치할 관상을
가진 光源氏를 親王으로도 하지 않고 신하로서 朝廷의 후견인으로 한
자신의 그 뜻을 거역하지 말라'며 東宮과 光源氏의 앞날을 부탁하고[38],

---

36 楠矯開(1984)「王朝和歌と雪」,『王朝和歌の世界』, 世界思想社, p.207.
37 小山利彦(1982)『王朝文学世界の研究』, 桜楓社, p.129. '작가 자신의 눈에 대한 심상
   이 중시되어, 눈이 장면의 정감만이 아닌 인물상의 조형에 관련'된다고 지적한다.
38 「賢木」p.88「齢のほどよりは、世をまつりごたむにも、をさをさ憚りあるまじう

光源氏에게도 朝廷에서 근무하는 마음가짐과 東宮을 後見하는 일[39]을 유언으로 남기고 사망한다. 光源氏의 어머니인 기리쓰보노고이(桐壷更衣)가 여름에 덧없이 사망한 것에 비해, 아버지인 桐壷院은 따뜻한 말로 아버지로서의 마지막 모습을 보이면서 겨울에 사망한다. 桐壷院 사망의 배경으로 특별한 겨울의 자연현상이 묘사되지 않는 반면, 光源氏가 桐壷院의 49재를 마치고 三条宮의 藤壷를 찾아 간 날은 '눈이 흩날리고 바람이 심한 날'로[40] 묘사되고, 桐壷院의 一周忌 때에는 '눈이 아주 많이 내리고' 光源氏가 '눈 녹은 물에 젖듯이 눈물을 흘리면서 의식을 진행'하는[41] 모습이 묘사된다. 아버지의 유언과 사망의 배경으로 자연현상이 묘사되지는 않지만, 光源氏가 아버지를 그리워하는 배경으로는 '눈'이 내린다. 光源氏는 '눈'을 배경으로 살아생전의 잘못을 초월하여 그리움으로 아버지를 기리는 아들로서 순수하게 마주한다. 이윽고 「미오쓰쿠시(澪標)」의 자연현상이 묘사되지 않는 겨울, 光源氏는 아버지 桐壷院의 추선공양을 위해 法華八講会를 개최하며[42] 아버지의 영혼을 위해 도리를 다하는

なむ見たまふる。必ず世の中たもつべき相あるひとなり。さるによりて、わづらはしさに、親王にもなさず、ただ人にて、朝廷の御後見をさせむ、と思ひたまへしなり。その心違へさせたまふな」
39 「賢木」p.89「大将にも、朝廷に仕うまつりたまふべき御心づかひ、この宮の御後見したまふべきことを、かへすがへすのたまはす」
40 「賢木」p.91「雪うち散り風はげしうて」
41 「賢木」p.120「雪いたう降りたり」、「雪の雫に濡れ濡れ行ひたまふ」
42 光源氏는 「明石」p.219의 꿈에 桐壷院이 '자신의 죄가 있다(おのづから犯しありければ)'고 말 한 것을 생각하며 「澪標」p.269에서 '선명하게 (아버지가) 보인 꿈을 꾼 뒤로는 아버지에 관한 것을 마음에 두고 어떻게 아버지를 죄에서 구제 할 수 있을까를 고민하다가 시월에 法華八講会를 개최한다(さやかに見えたまひし夢の後は、院の帝の御ことを心にかけきこえたまひて、いかでかの沈みたまふらん罪救ひたてまつる事をせむ、と思し嘆きけるを、…神無月御八講したまふ)'처럼 아버지를 위해 추선 공양을 한다.

아들의 운명적인 모습을 보이게 된다.

「若菜下」의 겨울, 光源氏는 女三宮의 불륜 상대인 柏木에게 '그 젊음
도 지금 잠깐이지. 거꾸로는 흐르지 않는 세월이라네. 그 누구도 늙음을
피할 수는 없지[43]'라고 비꼬며 괴롭히는 말을 한다. 자신의 어두운 비밀
이 투영된 柏木[44]에게 光源氏는 柏木만이 느낄 수 있는 가혹한 언행을
하여 柏木를 결국 병들어 눕게 한다. 그만큼 光源氏의 藤壺와의 불륜
또한 桐壺院에게 있어서는 괴로운 배신행위였던 것을 의미하지만, 자신
의 아들에게 괴로움의 내색은커녕 따뜻한 말을 남기는 桐壺院의 아버지
로서의 의미가 자신의 아들이 아닌 柏木에 대한 光源氏의 가혹한 태도를
반영함으로써 더욱 선명해진다. 그리고 이러한 桐壺院의 아버지로서의
내리사랑의 모습은 光源氏의 夕霧를 대하는 태도로 이어진다.

아주 분별력이 있고 침착하여 남이 나쁘게 말하지 않고 무난하게 지내
기에 체면도 서고, 내가 이전에 놀기를 좋아해서 바람기가 있다는 불명예
를 회복할 수 있을 것 같아 기쁘게 생각해 왔는데…'…숙세라는 것은 피
할 수 없는 것이구나. 어떻게 되든 내가 뭐라고 할 일은 아니다'라고 생각
한다.…'이만큼 강직하게 생각하고 있으면 충고한들 소용없겠지. 받아들
여지지 않을 것을 잘난 척 말해봐야 쓸데없다'고 생각하여 그만두었다.
'…그런 남녀의 일을 일으켜도 남들이 나쁘게 말하지도 않고 귀신도 그
죄를 용서해줄 만큼 멋지고 상쾌한 한창 젊은 아름다움을 풍기고 있다.…

---

43 「若菜下」p.270 「…いましばしならん。さかさまに行かぬ年月よ。老いは、えのが
れぬわざなり」
44 秋山虔(1982)「柏木の生と死」,『講座源氏物語の世界』第七集, p.11. 또한 今井上(2014.6)
「『源氏物語』若菜巻の理路」,『国語と国文学』, 東京大学国語国文学会, p.29는 光源
氏가 자신이 저지른 불륜의 대가 이상으로 가혹한 벌을 받게 하기 위해서 夕霧가
아닌 柏木의 불륜을 준비할 필요가 있었다고 지적한다.

여자라면 어떻게 반하지 않겠는가…'

　いとおとなしうよろづを思ひしづめ、人の譏りどころなく、めやすくて過
ぐしたまふを、面だたしう、わがいにしへ、すこしあざればみ、あだなる名
をとりたまうし面起こしに、うれしう思いしわたるを、…「…宿世といふも
ののがれわびぬることなり。ともかくも口入るべきことならず」と思す。…
「かばかりのすくよけ心に思ひそめてんこと、諫めむにかなはじ。用ゐざら
むものから、我さかしに言出でむもあいなし」と思してやみぬ。…「…さるさ
まのすき事をしたまふとも、人のもどくべきさまもしたまはず、鬼神も罪ゆ
るしつべく、あざやかにもの清げに若うさかりににほひを散らしたまへ
り。…女にて、などかめでざらむ…」　　　(「夕霧」(pp.441, 444, 456, 457)

　光源氏는 아들인 夕霧의 落葉宮에 대한 사랑을 안타깝게 생각하면서
도 이해하는 쪽으로 생각을 정리한다. 자신과 달라서 바람기가 없는 夕
霧를 기쁘게 생각해 왔지만, 결국 落葉宮에 대한 사랑으로 세상의 소문
거리가 된 夕霧를 통해 피할 수 없는 사랑의 운명의 두려움을 깨달으면
서[45], 아버지라고 해서 충고할 수 있는 것이 아닌 사랑의 운명적인 한계
를 받아들인다. 그리고 결국은 자신의 아들인 夕霧를 자랑스럽게 생각하
기에 다다르는 절대적인 사랑의 경지에 이른다. 자신을 배신한 아들에게
조차 따뜻한 말을 남긴 桐壺院의 아버지로서의 모습이 夕霧의 아버지인
光源氏의 모습으로 이어지는 것이다. 특별한 자연현상이 배경으로 묘사
되지 않는 겨울이 이어지며 나타나는 桐壺院과 光源氏의 아버지로서의
모습을 통해, 자연현상으로는 묘사할 수 없을 정도로 깊은 아버지의 아

---

45 鈴木日出男(1997)「光源氏愛憐執着」,『源氏物語時空』, 笠間書院, p.74. 인간은 정
　해진 宿世 때문에 愛憐執着에 빠지게 된다고 다시금 宿世의 엄숙한 두려움을 생각
　하면서 源氏 자신의 사랑의 반평생도 돌아보는 것 같다고 지적한다.

들에 대한 숙명적인 내리사랑의 깊이가 시사된다.

4. 결론

이상으로 『源氏物語』의 겨울에 나타난 光源氏의 삶에 초점을 맞추어 아내 紫上와의 사랑을 중심으로 고찰하는 한편, 아버지 桐壺院과 아들 夕霧를 통한 부자지간의 사랑 등의 남이 짐작할 수 없는 가족 간의 사랑의 의미를 싸락눈, 눈, 얼음, 서리 등 겨울의 자연현상과 연결 지어 고찰하였다.

光源氏와 紫上와의 관계는 '싸락눈'을 배경으로, 藤壺에 대한 그리움으로 시작된 어린 紫上에 대한 집착을 초월하여, 현실적으로 재설정하게 된다.

그 후의 光源氏가 紫上를 사랑하면서도 죽은 藤壺에 대한 그리움으로 紫上의 마음을 아프게 하는 장면은 '눈'을 배경으로 묘사된다. 紫上는 자신의 외로운 처지를 차가운 '얼음 속의 물'로 표현하고, '서리'를 배경으로 고독을 인내하지만, 紫上의 사망 후에는 光源氏가 紫上를 그리워하는 배경으로도 역시 '눈'이 쌓인다. '눈'을 배경으로 光源氏는 죽은 藤壺를 그리워하고, 죽은 桐壺院도 그리워하고 이윽고는 죽은 紫上도 그리워하며, 겨울의 대표적 자연현상인 '눈'이 깊은 그리움을 상징하듯, 그리움을 키워간다.

한편 특별한 자연현상이 묘사되지 않는 겨울을 배경으로는 光源氏의 紫上와의 결혼, 桐壺院의 죽음, 光源氏의 夕霧에 대한 이해 등, 감정의 한계를 초월한 가족으로서의 운명적인 깊은 관계가 시사된다.

光源氏의 인생에서 겨울은 특별한 자연현상을 배경으로 비밀리에 지켜온 사랑의 아픔이 드러나고 또한 인내로 사랑을 지켜내는 계절이면서, 동시에 가족으로서의 진정한 사랑을 터득해 가는 계절이다. 이를 바탕으로 『源氏物語』의 겨울 또한 사랑의 아픔을 초월하여, 사랑의 운명으로 맺어진 가족의 깊은 뜻을 되새기면서 더욱더 깊이 있는 자연으로 다가오게 된다.

明石君와
겨울의 이미지_●2

1. 서론

　『源氏物語』의 六条院은 사계절에 대한 平安時代의 인식이 잘 나타나 있는 곳이다. 말하자면 '자연은 인간이고 인간은 자연으로서, 문맥 속에 자연이 인간과 같은 차원의 동등한 자격으로[1]' 묘사되는 공간이 곧 六条院이다. 사계절의 인식이 뚜렷한 『古今集』[2]의 영향이 이곳에 구현되어[3] 나타나 있다. 그 六条院의 사방에는 네 명의 여인이 네 개의 계절과 연관되어 할당된다. 봄을 나타내는 동남쪽에는 紫上, 여름인 동북쪽에는 花散里, 가을인 서남쪽에는 秋好中宮, 겨울인 서북쪽에는 明石君가 각각

1　秋山虔(1978)『王朝女流文学の世界』, 東京大学出版会, p.66. 참조.
2　野村精一(1979)「古今集歌の思想」, 『古今和歌集』日本文学研究資料叢書, 有精堂, p.55. '『源氏物語』는 『古今集』 없이는 언어적으로 성립되지 않았을 것이다' 라며 양자의 절대적인 연관관계를 지적한다.
3　藤岡忠美(1979)「古今集前後」, 『古今和歌集』日本文学研究資料叢書, 有精堂, p.16. '窪田空穂『古今和歌集評釈』가 吉川幸次郎와 梅原猛의 対談集「詩と永遠」(1967.7) 의 의견에 이어서 『古今集』에는 인간은 시간 위에서 점점 쇠퇴하여 죽는다고 하는 인생관이 기본에 있다'라고 지적하며, 『古今集』의 인생과 계절이 밀접한 것을 강조한다.

배치된다. '사계절의 구도에 의한 자연과 인사의 배합이라는 계절의 이념화'[4]가 실현되어 있다.

그 중 明石君는「若紫」,「須磨」,「明石」,「澪標」,「松風」,「薄雲」,「朝顔」,「少女」,「玉鬘」,「初音」,「蛍」,「野分」,「梅枝」,「藤裏葉」,「若菜上」,「若菜下」,「御法」,「幻」,「匂宮」의 19巻에 걸쳐서 등장하는 여성으로, 『源氏物語』의「若紫」가 최초로 집필되었다고 하는 '성립 과정론'[5]을 고려한다면, 明石君는 누구보다도 먼저 光源氏의 숙명적인 여인[6]으로 그 등장이 예고된 중요한 인물로 평가할 수 있다. 이러한 明石君가 신분 의식으로 고뇌하기 시작하면서부터, 그리고 이윽고는 신분 의식을 초월하여 六条院의 질서를 이해하고 자신의 세계를 이루어가기까지, 한 가지 특이한 현상으로 눈길을 끄는 것이 다름 아닌 '겨울'이다. 明石君의 내면 세계의 깊이를 반영하며 삶의 의미를 부여하는 배경으로서 네 번의 '겨울'[7]이 상징적으로 묘사된다.

본고에서는 『古今集』가 보여주는 자연의 의미[8]를 참고로 하면서, 六

---

4 高橋和夫(1980)『源氏物語の主題と構想』, 桜楓社, p.216. 참조.

5 阿部秋夫(1982.3)「源氏物語執筆の順序」,『源氏物語(1)成立論構想論』国文学解釈 と鑑賞別冊, 至文堂, 참조.

6 「若紫」巻에서 光源氏가 明石君에 관한 소문을 듣는 것은 어린 若紫를 만나기 전의 이야기로, 소문거리이긴 하지만「若紫」巻에서 제일 먼저 언급되는 것은 明石君이다.

7 「須磨」,「薄雲」,「少女」,「若菜下」

8 小町谷照彦(2003)「平安朝文学における自然観」,『源氏物語研究集成』第十巻, 風間 書房, p.13. 上原敬二(1943)의『日本風景美論』(大日本出版株式会社)을 인용하면서 平安시대의 자연관의 특징을 '인생의 배경으로 있는 경우에는 인생이 첫 번째이고, 자연은 두 번째이다' 라며 인간이 우선시되어 있는 것을 지적한다. p.18에서는『古 今集』의 '겨울'을 '단풍이 지게 하는 10월의 소나기가 초겨울을 오게 하고, 사람의 눈도 떠나고 풀도 마른 겨울의 산마을은 한없이 외롭다. 겨울의 맑은 달로 물도 언다. 추위 속에서 吉野山에 눈이 내리고, 사람 왕래도 끊어진다. 눈은 봄꽃으로 잘못 보이고, 이윽고 눈꽃에 매화꽃이 섞여 피면서 봄이 오길 한결같이 기다린다.

条院의 사계절을 상징하는 여성 중 光源氏의 영화를 결과적으로 지배하게 되는 明石君를, 그녀가 상징하는 겨울의 이미지를 통해서 분석하고자 한다.

2. 깊어지는 마음의 겨울

明石君가 처음으로 物語에 언급되는 것은 「若紫」의 봄 3월, '내 뜻하는 바가 이루어지지 않는다면 바다 속으로 몸을 던져라(この思ひおきつる宿世違はば、海に入りね)'(「若紫」p.278)[9]라는 아버지의 기상천외[10]한 유언으로 '바다 속 용왕님의 왕비가 될 아가씨(海竜王の后になるべきいつきむすめななり)[11]'라는 남들의 비웃음거리로서 光源氏에게 알려지는 장면이다. 그러나 明石君가 결혼에 대해 진지하게 고민하며 정식으로 등장하는 것은 光源氏가 須磨에 있게 된 '겨울날'이다. 이는 여러 가지로 상징적이다.

연말, 눈 속에 절개 높은 소나무의 녹색이 두드러지면, 사람들은 세월의 빠름을 다시금 실감하면서, 늙음이 다가오는 것을 한탄한다'라고 정리한다. 鈴木日出男 (1993)『古代和歌史論』, 東京大学出版会, p.563. '겨울의 눈과 봄의 꽃을 겹쳐 보는 것은 …시간의 죽음과 재생을 생각하는 발상이다' 라며 『古今集』의 겨울이 계절의 끝이 아닌 시작의 뜻이 있음을 지적한다.

9 원문 인용은 阿部秋夫·秋山虔校注(1970)『源氏物語』日本古典文学全集, 小学館에 의함.

10 玉上琢弥(1979)『源氏物語評釈』第二巻, 角川書店, p.38. '바다에 들어가라는 유언은 바닷가이기 때문이지만, 京의 산속에서 들으면 기상천외'한 생각이라고 지적한다.

11 野村精一(1981)「六条院の四季の町」,『講座源氏物語の世界』第五集, 有斐閣, p.45. 이로 인해 '四季四方館인 용궁이 六条院의 사계사방관의 구성이 되었다'고 지적하며, 明石 일가에게 바다의 용왕을 둘러 싼 전설이 있는 것을 지적한다.

겨울이 되어 눈이 거칠게 내릴 무렵, (光源氏는) 하늘의 경치도 몹시 황량한 것을 올려다보면서…(열심히 염불을 올리신다)…이 아가씨는 아주 잘 생긴 얼굴은 아니지만, 상냥하며 기품이 있고, 교양있는 모습 등은 사실 고귀한 신분인 사람에게도 뒤떨어지지 않는다. 자신의 신분이 높지 않은 것을 알고는 '고귀한 사람은 나를 사람으로 생각지도 않을 텐데. 그렇다고 같은 신분인 사람과 결혼하는 것은 더 싫다. 살아남아서 부모님이 먼저 돌아가시면 비구니라도 되어야지. 아니면 바다 속으로라도 들어가야지' 등 생각하고 있다. 아버지는 대단히 소중하게 키우면서, 일년에 두 번(봄 가을) 스미요시 신사에 참배시키고 있다. 신의 영험을 내심 믿고 있는 것이다.

冬になりて雪降り荒れたるころ、空のけしきもことにすごくながめたまひて、…このむすめすぐれたる容貌ならねど、なつかしうあてはかに、心ばせあるさまなどぞ、げにやむごとなき人に劣るまじかりける。身のありさまを、口惜しきものに思ひ知りて、高き人は我を何の数にも思さじ、ほどにつけたる世をばさらに見じ、命長くて、思ふ人々におくれなば、尼にもなりなむ、海の底にも入りなむなどぞ思ひける。父君、ところせく思ひかしづきて、年に二たび住吉に詣でさせけり。神の御しるしをぞ、人知れず頼み思ひける。 (「須磨」pp.199, 203)

눈 내리는 겨울, 須磨에서 光源氏가 외로워하고 있는 한편으로 光源氏에게 딸을 혼인시키고자 계획하는 明石入道의 생각에 이어, 明石君의 모습이 처음으로 묘사되고 있다. 明石君의 배경으로는 須磨의 겨울이 간접적으로 설정되어 있는 것이다. 이 겨울은 아직 구체화되지 않은 그녀의 내면적인 고뇌를 상징하는 듯 하다. 말하자면 明石君는 기품있고 교양있는 모습으로 고귀한 신분인 사람을 능가하는 품위를 지닌 인물이지만, 신분을 의식하며 결혼에 대해 비관적인 모습을 내비치는 것이다. 「若紫」의 소문에서 소개되던 '바다 속으로 몸을 던져라' 라고 하는 딸에 대한 아버지의 집착이, 여기에서는 明石君 스스로가 진지하게 '바다 속으로 몸을 던질' 생각을 하고 있을 정도로 심각한 것이다. 그리고 아버지인 入道가 스미요시(住吉) 신사의 신의 힘을 의지할 정도로 明石君가 생각하는 결혼은 비현실적인 것이다.

이렇게 明石君의 이 첫 번째 겨울은, 겨울 그 자체보다도 光源氏의 배경으로 나온 겨울을 간접적인 배경으로 하면서, 높지 않은 신분이면서도 고귀한 품위를 지닌 明石君가 결혼을 생각하며 신분을 비관하고 심각하게 고민하는 내면을 부각시킨다.

그러나 현실적으로 불가능해 보였던 光源氏와의 결혼이 인간의 능력을 초월한 힘에 의해 이루어지게 된다. 즉 住吉 신사의 신의 효험과 光源氏의 꿈에 나타난 아버지 桐壺帝의 지시에 의해 須磨의 光源氏가 明石로 오게 되고, 明石君의 결혼이 현실이 된다. 그런데 초월적인 힘에 의해 결혼이 이루어진 明石君는 오히려 현실적인 신분을 더욱 더 의식한다. '신분에 대한 자각(身のほど知られて)', '어울리지 않는 인연(似げなきこと)(「明石」p.229)', '비교할 수 없는 신분(なずらひならぬ身のほど)' 등을 의식하는 것이 그것을 나타낸다. 明石君는 光源氏의 멋진 편지에 속으로는 감동하면서도 '생각해주시는 마음이 얼마나 깊겠습니까. 아직 본 적도 없는 분이 소문만으로 고민하겠습니까.(思ふらん心のほどややよいかにまだ見ぬ人の聞きかなやまむ)'라며, 신분을 의식한 심정을 답가로 보내기에 이른다.

光源氏가 明石로 온 늦봄부터 여름을 지나 결혼에 이르는 가을까지

明石君의 현실적 신분 의식은 깊어진다. 그러나 光源氏는 신분을 의식하는 明石君의 이러한 내면세계보다 '필적이며 말투 등이 고귀한 사람과 비교해도 뒤지지 않을 만큼 교양이 높다(手のさま書きたるさまなど、やむごとなき人にいたうおとるまじう上衆めきたり)'(「明石」p.240)는 점을 오히려 높이 평가한다. 明石君의 신분 의식은 光源氏에게 있어서도 일단 당연시 되는 것이다. 따라서 결혼한 明石君가 본부인 격인 紫上를 생각하며 미안해하는 光源氏를 직접 보게 되면서, 신분이라고 하는 걱정하던 현실을 실감하게 되는 것은 당연한 귀결이다. 결국 明石君는 '상상 이상으로 모든 것이 슬프지만 부드럽게 대하면서 밉지 않게 상대해 드린다.(かねて推しはかり思ひしよりもよろづに悲しけれど、なだらかにもてなして、憎からぬさまに見えたてまつる)'(「明石」p.250)처럼, 사회적 신분 앞에서 자신의 속마음을 드러내지 않고 행동하게 된다.

큰 소란을 피우며 참배하는 사람들의 모습이 바닷가에 넘쳐나, 굉장한 보물들을 든 행렬이 이어지고 있다. 춤꾼 열명 등은 의복을 갖추고 잘 생긴 사람들을 골랐다. '누가 참배하세요'라고 물어보는 듯하자 '내대신님이 소원 성취하셔서 참배하시는 것을 모르는 자도 있었네' 라며 하찮고 비천한 자들조차 잘난 듯 웃는다. 역시 나(明石君)는 한심하구나. 다른 날도 있는데 오히려 이 모습을 멀리 보니 신분의 벽이 아쉽게도 생각나는구나. 과연 이제는 헤어질 수 없는 운명이면서 이렇게 비천한 자들조차 모시는 것을 자랑스럽게 생각하는데, 무슨 죄가 깊어서 마음속으로는 생각을 많이 하면서도 (참배하러 오신다는) 이런 소식도 모르고 이렇게 나온 것일까 하고 계속 생각하자 너무 슬퍼져서 남모르게 눈물지었다.
　ののしりて詣でたまふ人のけはひ渚に満ちて、いつくしき神宝を持てつ

づけたり。楽人十列など装束をととのへ容貌を選びたり。「誰が詣でたまへるぞ」と問ふめれば、「内大臣殿の御願はたしに詣でたまふを、知らぬ人もありけり」とて、はかなきほどの下衆だに心地よげにうち笑ふ。げに、あさましう、月日もこそあれ、なかなか、この御ありさまをはるかに見るも、身のほどに惜しうおぼゆ。さすがにかけ離れたてまつらぬ宿世ながら、かくに惜しき際の者だに、もの思ひなげにて仕うまつるを色節に思ひたるに、何の罪深き身にて、心にかけておぼつかなう思ひきこえつつ、かかりける御響きをも知らで立ち出でつらむなど思ひつづくるに、いと悲しうて、人知れずしほたれけり。　　　　　　（「澪標」pp.292-293）

　　明石君의 드러내지 못하는 마음속의 슬픔은 점점 더 깊어진다. 여름인 6월의 임신과 다음 해 봄 3월의 출산으로 姫君의 어머니가 된 明石君는 住吉 참배를 나선 가을, 역시 참배하러 온 光源氏의 일행을 보고는 '신분의 벽'과 동시에 '이제는 헤어질 수 없는 운명'까지 실감하며 슬퍼한다. 明石君의 마음속에 슬픔이 더욱 깊어진다.

　　'아카시노온가타(明石の御方)[12]'라고 姫君의 어머니로서 明石君를 대우하는 光源氏가 二条東院으로의 이주를 제시하자 '이 어린아이의 체면만 깎는 별 것 아닌 신분만 알려지게 되겠지.(この若君の御面伏せに、数ならぬ身のほどこそあらはれめ)'(「松風」p.388)라며 거부하는 것도 明石君의 신분 의식에 따른 슬픔이 깊기 때문이다.

　　봄 여름 가을이 明石君의 배경으로 지나가면서 결혼을 비관하던 明石君가 결혼에 이르고 이윽고 姫君의 어머니가 되지만, 처음 소개되는 이 겨울을 배경으로, 강조되던 신분 의식에 의한 고뇌가 현실이 되면서 明

12　玉上琢弥(1979)『源氏物語評釈』第四巻, 角川書店, p.69. '明石는「上」는 아니지만, 그 다음의「御方」라고 불리우는 것은 源氏의 아이를 낳았기 때문'이라고 지적한다.

石君의 마음속에서는 슬픔의 겨울이 깊어지기 시작한다. 다시 말해 이 첫 번째 겨울은 須磨에 있는 光源氏의 배경으로서 明石君에게 직접적이지 않은 만큼, 明石君의 내면에서 깊어지는 마음속의 겨울을 암시하는 것이다.

3. 마음의 겨울이 현실의 겨울로

明石君는 신분을 의식하여 二条東院으로의 이주를 거부하는 반면, 姬君의 장래를 생각하여 어머니인 尼君와 함께[13] 大堰(오오이)의 저택으로 옮겨오게 된다. 大堰의 저택은 紫上와의 충돌을 피하면서 光源氏 가까이로 오기 위한 明石君로서의 최선의 선택[14]이다. 그러나 결과적으로 그곳은 『古今集』 '겨울'의 '산골의 겨울은 더없이 외롭구나 사람도 찾지 않고 나뭇잎도 져버렸다고 생각하니'(山里は冬ぞさびしさまさりける人目も草もかれぬと思へば)[15]처럼 외로움의 극치가 현실화되어 나타나는 공간이다. 즉 그곳에서 明石君는 姬君를 紫上에게 보내는 시련을 겪게 된

---

13 今井源衛(1981)『源氏物語の研究』, 未来社, p.106. 明石入道와의 이별에 이은 入道의 입산은 '入道부부, 明石上, 明石中宮의 3대에 걸쳐 바라던 상층 승화의 노력이 최종적으로 결실을 맺기 위한 필수조건'이라면서, '明石일족이 그 딸과 光源氏와의 결혼에 의해 맛보지 않으면 안 될 희비의 양면'이 여기에 있음을 지적한다.

14 篠原昭二(1992)『源氏物語の論理』, 東京大学出版会, p.145. '光源氏 이야기는 光源氏 자신의 영웅담이 계자(継子)담인 紫上 이야기와 이종 혼인담인 明石이야기를 동시에 지니면서 성립되었다…大堰이야기는 그 紫上이야기와 明石이야기가 충돌하면서 성립되었다'고 지적한다.

15 원문 인용은 모두 小沢正夫校注(1971)『古今和歌集』日本古典文学全集, 小学館에 의함.

다. 明石君의 배경으로 묘사되는 두 번째의 추운 12월의 겨울, 大堰의 明石君는 光源氏가 권하는 대로 姬君를 紫上에게 보내기로 결심한다. 마음을 의지하던 유모도 姬君를 따라 떠나고, 光源氏와 가까이 있기 위해 온 大堰의 저택은 온통 겨울의 세계로 변하여 明石君의 외로움의 극치가 표면화 된다. 大堰에서의 겨울은 明石君의 단순한 자연적 배경으로서 뿐만 아니라 쓸쓸한 내면을 반영하는 상징적 겨울로서도 설정되어 있다.

> 눈이 하늘을 어둡게 덮어 내려 쌓인 다음날 아침, 지난날과 미래를 끝없이 생각하며, 평소에는 그다지 툇마루에 나와 앉아 있거나 하지 않는데, 연못가의 얼음 등을 보면서, 흰 옷이 (자주 입어) 부드러워진 것을 몇 장이나 겹쳐 입고, 멍하니 생각에 잠긴 모습이나, 머리 모습, 뒷모습 등, 더없이 고귀한 분이라고 하더라도 이러할 것이라고 하녀들도 본다.
> 雪かきくらし降りつもる朝、来し方行く末こと残らず思ひつづけて、例はことに端近なる出でゐなどもせぬを、汀の氷など見やりて、白き衣どものなよよかなるあまた着て、ながめゐたる様体、頭つき、後手など、限りなき人と聞こゆともかうこそはおはすらめと人々も見る。 (「薄雲」p.422)

밤새 눈이 내려 쌓여 겨울의 절정에 달한 날 아침, 明石君는 눈처럼 흰옷을 그것도 자주 입어 몸에 아주 익숙해진 듯한 것을 겹겹이 껴입고 툇마루에 나와 연못가의 얼음 등을 보며 앉아 있다. 자주 입어 몸에 아주 익숙해진 흰 옷에서 明石君의 익숙해진 슬픔이 겹겹이 쌓여 있는 것을 알 수 있다. 시선을 통해서는 꽁꽁 얼어붙은 마음도 알 수 있다. 『古今集』 '겨울'의 '하늘의 달이 너무 맑아서 달빛을 본 물이 먼저 얼었구나(大空の

月の光し淸ければ、影見し水ぞまづこほりける)'라는 싯구처럼, 明石君의 마음의 시선이 연못가의 얼음으로 반영된다. 이렇게 슬픔으로 꽁꽁 얼어붙은 마음이 겨울의 눈[16] 내린 경치를 반영하듯 앉아 있는 明石君의 모습은, 그러나 그곳에 있는 하녀들에게는 고귀한 사람[17]으로 비춰진다. 光源氏와의 인연의 끈[18]이기도 한 姬君를, 姬君의 신분 상승을 위해 紫上에게 보내기로 결심한 明石君의 어머니로서의 마음이 표면화 된 것이다. 明石君의 신분의 한계로 인해 깊어진 슬픔이 姬君를 위한 결단으로 표면화 되어, 어머니로서의 明石君는 겨울의 한복판에서 고귀한 사람으로 승화되고 있다.

姬君를 위한 것이지만, 姬君와 헤어져야 하는 明石君의 마음은 익숙해진 슬픔조차 얼어붙을 정도이다. 그러나 光源氏가 姬君를 데리러 온 것은 '이 눈이 좀 녹을 무렵(この雪すこしとけて)'이다. 봄을 기대하듯 明石君는 '어떻게든 이렇게 비천한 신분이 아닌 사람으로 대우해 주길(何か、かく口惜しき身のほどならずだにもてなしたまはば)'(「薄雲」p.423) 바란다는 말을 눈물로 호소하며 천진한 모습의 姬君를 건네준다. 明石君가 바라는 것은 姬君의 신분 상승이며, 그것이 곧 明石君가 기다리는 봄인 것이다. 소위 『古今集』'겨울'의 '눈 내리고 해가 지나서야 끝까지 단풍들지 않는 소나무도 보이는구나(雪ふりて年の暮れぬる時

16 小山利彦(1983)『王朝文学世界の研究』, 桜楓社, p.129. 눈은 '황량한 경물이나 인사 속에 배치되어 추위, 외로움, 힘듦, 험함, 비탄, 고뇌라고 하는 이야기 공간을 자아내 갔다' 라며, 明石君의 힘든 상황을 뒷받침하는 '눈'의 의미를 지적한다.
17 篠原昭二, 주14와 같음, p.148. 明石君가 紫上와의 충돌을 피한 댓가로 얻어진 것이 '이 고귀하고 자율적이고 자랑스러운 인간상'이며, 明石君의 '높은 기품은 光源氏에게 종속되지 않고 자립함으로서 얻어지는 것이므로, 二条東院으로 들어가서는 안 되었던 것이다'라고 지적한다.
18 玉上琢弥, 주12와 같음, p.153 참조.

にこそつひにもみぢぬ松も見えけれ)'라는 싯구처럼, 明石君는 겨울이 깊어지며 비로소 부각되는 소나무의 푸르름을 기다리듯이, 시련이 지난 후의 영광을 기다리기로 한다. 따라서 '나선다는 생각이 드는 일은 하지 않고, 또 지나친 비하 등도 하지 않으면서, (光源氏의) 마음에 어긋나는 일 없이 바람직한 태도로 살고 있다.(過ぎたりと思すばかりの事はし出でず、また、いたく卑下せずなどして、御心おきてにもて違ふことなく、いとめやすくぞありける)(「薄雲」p.431)'처럼, 姫君를 보낸 明石君는 姫君의 성장을 기다리는 동안, 光源氏의 입장을 이해하고 지나친 비하 같은 것도 하지 않으면서 姫君의 어머니다운 면모를 갖춰 가기 시작한다.

姫君를 보내고 4년째의 가을인 8월, 六条院이 완공되어 紫上, 花散里, 秋好中宮 등이 옮겨간 후, 明石君는 겨울인 10월에 六条院으로 옮겨간다. 배경으로 등장하는 세 번째 겨울, 겨울이 끝나 姫君의 봄이 오기를 기다리는 겨울 그 자체가 된 明石君는 이제 六条院[19]의 '겨울'로 들어간다.

明石君은 이렇게 여러 분들이 옮겨 간 후에, 신분이 낮은 자기는 언제라고 할 것도 없이 조용히 들어가야지 하고 생각하여, 10월이 되어서 옮

---

19 野村精一, 주11과 같음, p.47. '六条院이 춘하추동의 사계절을 표현한 것으로 끝나지 않고 "인간과 자연의 관계구조"를 구상한 것이 그 이전의 四季四方館과의 본질적인 차이'라고 지적한다. 高橋和夫, 주4와 같음, p.216. '光源氏가 六条院을 계획하게 된 것은 「少女」後半에 이르러서'인데, '二条院을 구상하고 있던 光源氏가 六条院으로 저택을 변경한 것은, 사계절의 구도에 의한 자연과 인사의 배합이라는 "계절의 이념화"에 의한 것이라고 지적한다. 後藤祥子(2003) 「源氏物語の自然」, 『源氏物語研究集成』第十巻, 風間書房, p.51. 六条院 구상이 '현세적 영달을 위한 것이 아니라, 그 자체가 추억을 만들기 위한 정원'임을 源融의 河原院을 예로 들며 지적하는 것처럼, 明石君는 이미 '마음의 겨울'을 각오한 후에, 그 마음가짐에 걸맞는 六条院의 '겨울'로 이주한다.

겨 갔다. 집안 장식이며 이사하는 격식 등 뒤떨어지지 않게 해서 옮겨 가
신다. (光源氏는) 姬君의 장래를 생각해서 전체적인 격식도 다른 분들과
차이 없이 하여 아주 정중하게 대우하신다.

> 大堰の御方は、かう方々の御移ろひ定まりて、数ならぬ人はいつとなく
> 紛らはさむと思して、神無月になん渡りたまひける。御しつらひ、事のあ
> りさま劣らずして、渡したてまつりたまふ。姬君の御ためを思せば、おほ
> かたの作法も、けぢめこよなからず、いとものものしくもてなさせたまへ
> り。
>
> (「少女」p.77)

姬君의 신분 상승을 기다리는 明石君는 신분을 의식하며 슬퍼하기보
다는, 신분이 낮은 사람으로서의 질서를 지켜 姬君에게 누를 끼치지 않
으려고 행동한다. 明石君는 다른 부인들보다 뒤늦은 겨울에 六条院의
'겨울'로 들어간다. 마음속의 '겨울'이 현실의 '겨울'로 구체화되는 것이
다. 姬君의 장래를 생각하는 光源氏에게 姬君의 어머니로서 정중한 대우
를 받으며 六条院의 '겨울'의 세계로 들어가는 明石君는 명실공히 '겨울'
세계의 주인이다.

겨울이 끝날 무렵 새해를 맞이하기 위한 의상으로 光源氏가 '꺾은 매
화 가지에 나비와 새가 서로 날아, 중국적인 흰 겉옷에 윤기 나는 진보라
색 옷을 겹쳐서 明石君에게 보내자, 紫上는 고귀한 인품을 상상하며 질
투하신다(梅の折枝、蝶、鳥飛びちがひ、唐めいたる白き小袿に濃き
が艶やかなる重ねて、明石の御方に、思ひやり気高きを、上はめざ
ましと見たまふ)'(「玉鬘」p.130)처럼, 紫上가 질투를 느낄 만큼 고귀한
인품의 소유자로 인식되는 明石君는 六条院 '겨울'의 주인으로서 손색이
없다.

4. 겨울을 초월하여 그리움 속으로

　六条院에서의 새해 첫날, 姫宮의 처소를 찾은 光源氏는 그곳에서 '세월을 소나무에 이끌리듯 姫宮를 기다리며 살아 온 나에게 오늘은 휘파람새의 첫소리를 들려주세요, 소리 없는 마을에(年月をまつにひかれて経る人にけふうぐひすの初音きかせよ、音せぬ里の)'(「初音」p.140)라고 하는 明石君의 편지를 발견한다. 姫宮의 성장을 기다려 온[20] 明石君의 어머니로서의 아픈 마음이 솔직하게 드러난 편지이다. 明石君의 마음을 깨달은 光源氏는 姫宮에게 답장을 보내도록 말하면서, 자신도 明石君를 찾아가 紫上에게 신경이 쓰이지만, 明石君의 거처에서 묵는 등 明石君에게 신경을 쓴다. 그러나 明石君는 '아직 동틀 무렵인데 건너가시자, 이렇게 깊은 밤에 가지 않으셔도 라고 생각하며 지나친 아쉬움으로 안타깝게 생각한다.(まだ曙のほどに渡りたまひぬ。かくしもあるまじき夜深さぞかしと思ふに、なごりもただならずあはれに思ふ)'(「初音」p.145)처럼 인내하던 이전의 모습과는 달리, 光源氏로서는 늦은 시간인데도 불구하고 明石君는 돌아가는 光源氏에 대해 아쉬워하며, 光源氏에 대해서도 자신의 감정을 솔직하게 표현하기 시작한다. 六条院에서의 明石君는 이전과 달리 자신의 마음을 솔직히 표현하는 모습을 보인다.

　여름 장마 기간의 六条院 여성들의 그림 이야기(絵物語) 놀이에서 明石君는 姫宮에게 자신의 일가견으로 만든 것을 보내면서 자신의 숨은 능력을 발휘한다. 그것을 시작으로, 3년 후 봄의 姫宮 성인식(裳着) 전날

---

20 藤岡忠美, 주3과 같음, p.17. "'소나무'는 "사람을 기다린다"라는 수식으로 고정화되어, 더욱 더 인간의 일상생활 세부에 들어오게 된다'라고 지적한다.

六条院의 여성들이 하는 薫物를 만드는 놀이에서는, 光源氏의 동생이며 풍류인인 兵部卿宮[21]에게 '이 세상 것이라고는 생각되지 않는 우아하고 아름다운 느낌을 모아놓아 취향이 뛰어난 향(世に似ずなまめかしさを とり集めたる、心おきてすぐれたり)'(「梅枝」p.401)이라며 紫上와 똑같이 훌륭하다는 판정을 받아, 明石君는 光源氏의 사회에서도 능력을 인정받게 된다. 여기에서 明石君는 '겨울 부인(冬の御方)'[22]이라고 불리게 되는데, 이것은 「梅枝」에서 오로지 한번 불리는 명칭이다. 그 외에도 明石君에게는 明石君라는 호칭이 3번, 明石御方가 15번[23] 쓰이지만, 姬宮의 성인식 전날에 '겨울 부인'이라고 표현된 것은 明石君가 명실공히 六条院 '겨울'의 안주인으로서 그 능력을 인정받은 것을 의미한다.

---

21 兵部卿宮는 光源氏의 동생이며 당시의 풍류인으로 光源氏는 그 평가가 정확하지 않다며 비웃지만, 明石君가 兵部卿宮에게 높이 평가되는 것은 明石君가 六条院의 겨울의 안주인으로서 인정받는 것을 뜻한다.

22 今井源衛, 주13과 같음, p.107. 明石君가 이렇게 불리는 것은 '내면적으로도 신분사회에 저항하는 인간 본능을 지적으로 제어 극복하여 얻은 결과'라고 지적한다.

23 森一郎(2000)『源氏物語の表現と人物造型』, 和泉書院, pp.329-330. '阿部秋生(1959)「明石の君の物語の構造」,『源氏物語研究序説下』, 東京大学出版会, p.829의 '明石上라는 호칭은 나오질 않는다. 明石上라고 하는 호칭은 본문에는 없다'를 인용하면서,…明石君의 호칭은 「若菜上」에서 한번, 「若菜下」에서 두 번, 합계 세 번 보이는데,…明石御方보다는 한 단계 낮은 호칭이지만, 君는 친애하는 감정이 들어있는 경칭이다. 아마도 明石君는『源氏物語』의 여성의 한명, 光의 여성의 한명으로서의 의식에 의한 명명일 것이다.'라고 지적한다. 또한 秋山虔(1984)『王朝の文学空間』, 東京大学出版会, p.208은, 明石君가 「少女」에서 六条院으로 들어가면서는 明石君에 대해서 경어가 아낌없이 사용'된다. '源氏의 행동에 대해서도 "이주를 해 드리신다(渡したてまつり…)"라고 대상 존경어를 사용하는 것은 源氏에게 있어서도 明石君는 여기에서는 受領과 같아서는 안 되기 때문이다. 六条院의, 황비가 될 姬君의 친어머니로서 격식을 갖추고 들어오기를 요청받는 것이다' 따라서 '明石君의 "六条院의 황비가 될 姬君의 친어머니"라고 하는 존재성이 경어 표현을 시점으로 부각된다'고 지적한다. 결국 明石君는 부인으로서의 대우인 '우에(上)'라는 호칭이 사용되지는 않지만, '姬君의 친어머니'로서의 대우에 의해 '온가타(御方)'라는 표현이 사용된다.

그 후 明石君는 姬宮의 결혼과 임신, 출산 등을 계기로 紫上를 만나 감동하는 한편, 자신의 현실적인 입장을 확인하여 紫上을 대하는 태도나 마음가짐을 가다듬는 등, 바람직한 자세로 六条院의 질서 속에 적응해 간다. 그것은 明石尼君가 손녀인 明石女御에게 옛날이야기를 한 것을 알게 되자, 明石君는 딸인 明石女御를 안쓰러워하면서[24], 이제는 신분이 다른 딸의 마음과 입장을 헤아리는 등, 궁중사회의 질서를 이해하는 모습에서도 알 수 있다. 따라서 다음 해의 봄 3월에 출산한 明石女御의 뒷바라지를 하는 明石君는 마치 시녀(女房)처럼 뒷바라지만을 하지만 그러나 그 모습은 오히려 典侍의 눈에 '놀랄 만큼 기품이 있어(あさましく気高く)'(「若菜上」p.102) 보인다. 스스로도 紫上나 女三宮와 비교하며 자신의 운명에 '여한이 없다고 생각(恨めしきふしもなし)'(「若菜上」p.125)하기에 이른 明石君는 이미 현실적인 신분을 초월한 경지에 이르고 있다.

明石女御의 첫째 황자가 東宮이 되어, 東宮의 외할머니로서 이제는 신분을 초월하여 기품 있게 보이는 明石君와 관련된 네 번째 겨울이 묘사된다.

시월 이십일이라, 신궁의 울타리를 감은 넝쿨도 색이 변하여, 솔잎 아래의 단풍등, 바람 소리만을 듣는 가을이 아닌 또 다른 정취가 있다.…

누가 또 참뜻을 알아 住吉 신사의 오래 된 소나무에게 말을 걸겠습니까라고 (光源氏가) 쓰셨다. 尼君는 눈물에 젖었다. 이런 세상을 맞아 보니,

---

24 今井源衛, 주13과 같음, p.104. '조모, 어머니, 딸이라는 3대 혈육의 사랑조차도 서로의 신분이 다르기 때문에, 그 표현을 자제하지 않으면 안 된다…하층자 복종의 규칙이 그들을 지배한다.' 면서 明石君가 六条院의 신분 질서를 이해하고 따르는 것을 시사한다.

그 明石의 바닷가에서 마지막처럼 헤어졌던 일이며, 당시 明石君가 女御를 임신하고 있었던 일 등이 생각나서, 황송할 만큼의 숙세라고 생각한다. 속세를 떠난 入道도 그립고 여러 가지로 슬프기도 하지만, 이러면 안 된다고 말 조심하여 (尼君는)

住吉의 바닷가는 보람있는 곳이라고 나이든 해녀도 오늘은 알겠지요

답장이 늦으면 안 된다고, 그저 생각나는 대로 썼다.

住吉 신의 효험(우리들의 번영)을 보니 옛 생각이 납니다.

라고 혼잣말을 했다.…

이십일의 달이 멀리까지 맑아져서, 바다 면이 아름답게 멀리까지 보이는데, 서리가 아주 많이 내려서, 솔밭도 흰색으로 변하여, 모든 것이 왠지 추워서 즐거움도 외로움도 깊어졌다.

十月中の十日なれば、神の斎垣にはふ葛も色変りて、松の下紅葉など、音にのみ秋を聞かぬ顔なり。…

たれかまた心を知りて住吉の神世を経たる松にこと問ふ

御畳紙に書きたまへり。尼君うちしほたる。かかる世を見るにつけても、かの浦にて、今は、と別れたまひしほど、女御の君のおはせしありさまなど思ひ出づるも、いとかたじけなかりける身の宿世のほどを思ふ。世を背きたまひし人も恋しく、さまざまにもの悲しきを、かつはゆゆしと言忌して、

住の江をいけるかひある渚とは年経るあまも今日や知るらん

おそくは便なからむと、ただうち思ひけるままなりけり。

昔こそまづ忘られね住吉の神のしるしを見るにつけても

と独りごちけり。…二十日の月遥かに澄みて、海の面おもしろく見えわたるに、霜のいとこちたくおきて、松原も色紛ひて、よろづのことそぞろ寒く、おもしろさもあはれさもたち添ひたり。　　　　　（「若菜下」pp.163-165)

『古今集』의 '겨울' 첫노래, '다츠타강에 비단을 걸듯 아름다운 단풍은 시월의 지나가는 비를 씨실 날실로 짠 것이다(竜田川錦織りかく神無月しぐれの雨をたてぬきにして)'라고 하는, 초겨울의 비로 인해 남아있는 가을이 더욱 더 찬란하게 빛나는 모습을 읊은 和歌가 연상된다. 10월의 겨울, 光源氏가 스미요시신사 참배(住吉詣)를 행하는 것은 明石入道의 소원 풀이(願果たし)를 하기 위한 것으로, 아름답고 화려하게 치러지는 이 행사는 紫上의 존재를 넘어[25] 明石 일가의 행운을 시사한다. 이제는 더 이상의 말을 필요로 하지 않는 明石君를 대신하여, 光源氏의 '오늘 참배한 진짜 이유를 우리만이 안다'고 하는 노래의 답가로, 어머니인 尼君가 자신의 숙세에 감동하는 마음을 표현한다. 이어서 '자신들이 번영하여 住吉神의 효험이 있는 것을 보니 옛 생각이 난다'는 尼君의 독백에서 읽혀지는, 尼君가 남편인 入道를 그리워하는 마음을 통해 영화를 달성한 明石君의 확고한 위상이 두드러진다. 明石君의 침묵 위로 紫上, 明石女御, 中務君의 흰 서리(白き霜)를 읊는 和歌가 통과 의례처럼 이어지자, 가을의 정취로 시작되던 10월도 갑자기 겨울의 느낌이 짙어진다. 이제는 확연한 겨울의 세계이다. 이렇게 겨울의 住吉신사 참배는 明石君를 비롯한 明石 일가의 번영을 확인시키기에 이른다.

明石君의 琵琶는 아주 훌륭한 솜씨로, 마치 신들린 듯한 손놀림이, 끝없이 맑은 소리를 내어 멋있게 들린다.…(女三宮, 明石女御, 紫上에게) 明石君는 압도당할 것 같지만, 전혀 그렇지 않고, 행동 등이 섬세하여 이

---

25 鈴木日出男(1989) 『源氏物語の歳時記』, 筑摩書房, p.268. 住吉신사 참배 전후로 극도의 외로움을 느끼면서 출가를 바라는 紫上의 고립된 마음을, 신사의 깊은 밤의 얼어붙은 광경에서 연결시킨다.

쪽이 부끄러워지며, 마음 씀씀이도 마음이 끌리는 깊이가 있어, 기품이 있고 멋있어 보인다.…琵琶를 앞에 놓고 단지 켜는 흉내만 내려고, 편하게 다룬 손놀림은, 그 소리보다도 더 비교할 수 없으리 만큼 마음이 끌리는 느낌이어서, 오월을 기다려 피는 귤꽃의 꽃과 열매를 같이 땄을 때의 향기를 느끼게 한다.…'…둘째 황자는 지금부터 재능이 있어 보인다'라고 (光源氏가) 말씀하시자, 明石君는 뿌듯하여 눈물에 젖어 듣고 있다.

　琵琶はすぐれて上手めき、神さびたる手づかひ、澄みはてておもしろく聞こゆ。…明石は気おさるべきを、いとさもあらず、もてなしなど、気色ばみ恥づかしく、心の底ゆかしきさまして、そこはかとなくあてになまめかしく見ゆ。…琵琶をうち置きて、ただけしきばかり弾きかけて、たをやかにつかひなしたる撥のもてなし、音を聞くよりも、またありがたくなつかしくて、五月まつ花橘、花も実も具して押し折れるかをりおぼゆ…「…二の宮、今より気色ありて見えたまふを」などのたまへば、明石の君は、いと面だたしく、涙ぐみて聞きゐたまへり。　　　　　　　　(「若菜下」pp.181-191)

　다음 해의 봄, 六条院의 女楽에서 琵琶를 연주한 明石君는 花橘에 비유된다. 『枕草子』의 '꽃 속의 황금 구슬처럼, 아름답고 뚜렷하게 보이는 것은 아침이슬에 젖은 벗꽃에 뒤지지 않는다(花の中より黄金の玉かと見えて、いみじくきはやかに見えたるなどは、朝露に濡れたる桜におとらず)[26]'는 귤꽃처럼, 높지 않은 신분을 초월하여 꽃도 자손이라는 열매도 맺은 明石君는 마치 귤꽃과 열매를 같이 땄을 때의 향기가 피어오르듯이 향기로운 내면세계의 매력[27]을 느끼게 한다. 동시에 『古今集』 여름의 '오월을 기다려서 피는 귤꽃의 향을 맡으니, 옛사람의 소매 향기

---

26 松尾聡・永井和子校注(1979) 『枕草子』日本古典文学全集, 小学館, p.126
27 「若菜下」p.185 頭註15 참조.

가 난다(五月待つ花橘の香をかげば、昔の人の袖の香ぞする)28'처럼, 이제는 자손들의 영화가 영원하기만을 바라면서 그리운 옛사람이 되어 가기 시작한다. 明石君는 손자인 니노미야(二の宮)의 재능을 光源氏가 칭찬하자 영광으로 생각하며 눈물에 젖기도 한다. 영화를 이루어 낸 내면세계의 길고 긴 겨울은 住吉신사 참배 이후, 이제는 옛날 일처럼 눈 녹듯이 풀려간다.

光源氏와의 관계도 明石君는 '기러기가 있었던 논의 물이 마르고서는 (紫上가 돌아가신 후로는) 보이던 당신 모습조차 보이질 않는군요(かりがゐし苗代水の絶えしよりうつりし花のかげをだに見ず)'(「幻」p.522)처럼 이제는 옛날 일이 되어버리고, 明石君는 '(光源氏)가 二条院이라고 만들어 닦고, 六条院의 봄의 궁전이라면서 세상에 알려진 옥루도, 그저 이 한분의 자손을 위한 것이었다고 생각될 정도로 明石御方는 많은 손주들의 후견을 하면서 상대를 해드리고 계신다.(二条院とて造り磨き、六条院の春の殿とて世にののしりし玉の台も、ただ一人の末のためなりけりと見えて、明石の御方は、あまたの宮たちの御後見をしつつ、あつかひきこえたまへり)'(「匂宮」p.14)처럼, 손주들을 돌보는 외할머니가 되어 物語의 뒤로 물러난다.

---

28 鈴木日出男, 주25와 같음, p.104. 『伊勢物語』에서는 이 和歌가 '인간의 마음이 변치 않길 바라는…영원한 것에 대한 희구로서의 그리움'을 상징한다고 지적한다.

5. 결론

이상으로 『源氏物語』의 주인공 光源氏의 영화 성취를 위한 숙명적인 여인이면서 동시에 자신의 집안의 영화를 달성하는 明石君를, 사계절을 통한 인간과 자연의 관계의 하나로서, 특히 네 번에 걸쳐서 등장하는 '겨울'의 시점을 통해 그 의미를 고찰하였다.

우선 첫 번째는 그야말로 배경으로서 만의 겨울이다. 그것도 須磨의 光源氏의 배경인 만큼, 明石에 있는 明石君의 배경으로서는 어디까지나 간접적일 수밖에 없다. 그 대신 내면의 겨울이 깊어질 것을 시사하는 복선으로서의 겨울이라고 볼 수 있다.

두 번째는 姬君의 신분 상승을 위해 姬君를 紫上에게 보내고자 결심하는 明石君의 어머니로서의 뼈아픈 마음을 반영하듯 혹독하게 묘사되는 '겨울'이다. 그러나 그것은 明石君를 더 고귀한 사람으로 느껴지게 하는 겨울이다.

세 번째는 姬君의 신분 상승을 기다리며, 다시 말해 '봄이 오길 기다리는 겨울' 그 자체가 된 明石君가 六条院의 '겨울'로 이주하는 겨울이다. '봄을 기다리는 겨울'로서의 明石君가 명실공히 六条院 '겨울'의 안주인이 된다.

그리고 네 번째는 이미 明石君의 뜻이 이루어진 것을 알리는 '겨울'로, 住吉신사 참배의 배경이 되고 있다. 따라서 明石君에 대한 설명보다는 어머니인 明石尼君가 자신들의 영화에 감격하고 옛날을 추억하는 모습을 표현하면서 완연한 겨울의 정취가 아름답게 묘사되는 겨울이다. 이제는 완전히 '겨울'의 세상이 된 것을 완연한 '겨울'의 풍경을 통해 시사한다. 온통 짙어진 겨울의 느낌으로 明石君의 세상이 된 것을 알린다.

이렇게 明石君의 인생에서는 점점 더 짙어지는 네 번의 '겨울'의 묘사를 따라 그 영화의 달성 과정이 시사된다는 것을 알 수 있다.

'겨울'은 영화 달성을 위한 明石君의 내면세계를 반영하면서 明石君의 영화를 표면화하는 방법으로, 특수한 明石君의 삶을 자연 친화적으로 친근감 있게 다가오도록 하는 효과를 보여 준다. 그리하여 『源氏物語』의 겨울 또한 明石君의 삶을 반영함으로써 더욱더 깊고 아름다운 자연으로 다가오게 된다.

부록

겐지모노가타리源氏物語의 사랑과 자연

『源氏物語』의 어머니像 고찰 ●1
－ 六条御息所를 중심으로 －

1. 서론

　　六条御息所는 『源氏物語』의 등장인물 중에서 유일하게 生靈과 死靈 두 가지의 모노노케(物の怪)로 나타나는 특이한 여성이다. 살아서도 죽어서도 맺힌 한이 많았다는 말이 된다. 그만큼 六条御息所의 모노노케가 시사하는 의미는 크다. 작금의 연구에서 지적하듯이, 六条御息所의 모노노케는 '전 동궁 미망인이라고 하는 신분의 고귀함과 비극성'[1]을 동시에 지닌 그 호칭에서 느껴지는 정치적인 불행, 六条御息所와 光源氏의 양심의 가책이 마음의 귀신(心の鬼)[2]으로 표면화된 현상, 모노노케의 존재를

1　森一郎(1979) 『源氏物語作中人物論』, 笠間叢書, p.84, 六条御息所의 인생이 「前坊未亡人という身分の高貴さと悲劇性」을 부각시키면서 출발하고 있는 것을 지적한다.
2　三谷栄一(1979) 「源氏物語における民間信仰」, 『源氏物語講座』第五巻, 有精堂, p.298, 「죽은 사람에게 그런 말을 하게 하면서 괴로워하는 것도 자기 마음의 귀신이 아니겠는가「亡き人にかごとをかけてわづらふもおのが心の鬼にやはあらぬ」라고 하는 『紫式部集』의 和歌의 예를 들면서 紫式部가 말하는 모노노케는 '心の鬼', 즉 '양심의 가책'이라고 한다. 村松正明(2000.12) 「六条御息所の物の怪」, 『일어일문연구』, 한국일어일문학회, p.83에서도 六条御息所의 모노노케가 光源氏의 '心の鬼'인 것이 강조된다.

인정하던 당시의 인식3이 반영되어 光源氏로 인해 생긴 六条御息所의 깊은 상처 등이 부각된 것일 수 있다.

그러나 막상 모노노케로 나타난 六条御息所는, 현실에서는 말하지 못하는 여성으로서의 솔직한 심정을 호소하여, 여성에 대한 光源氏의 인식을 자각하게 하고, 나아가서 光源氏의 죄의식을 상기시키는 등, 다른 여성들이 光源氏에게 하지 못한 것을 일깨워 준다. 그리고 한편으로 遊離魂이 되어 나타나는 자신을 한탄하는4 등, 六条御息所는 平安時代의 다른 모노노케들과는 달리, 모노노케가 된 것을 수치스럽게 생각하면서 六条御息所만의 자존심 높은 독특한 모습을 보이기도 한다.

『無名草子』5의 '모노노케가 되어 나타나는 것은 아주 무서운 일이지만, 개성적이며 깊은 교양이 있어 호감이 가는 사람이다'라고 하는 六条御息所에 대한 평은, 모노노케가 될 만큼 깊었던 六条御息所의 현실적인 상처보다는, 六条御息所가 원천적으로 지닌 고귀한 인품 쪽에 더 주목한 결과라고 생각된다. 말하자면 六条御息所는, 光源氏와의 뜻대로 되지 않는 사랑으로 모노노케라고 하는 극단적인 지경에 이르기도 하지만, 기품 있는 생활 태도와 방식을 지키면서 결국에는 딸인 前 斎宮을 光源氏로 하여금 후견하게 만들기도 한다. 그런 측면에서 보면, 斎宮의 홀어머니

---

3 日向一雅(2004) 『源氏物語の世界』, 岩波新書, p.67에서는 '모노노케가 『紫式部集』에서 말하는 것처럼 「心の鬼」, 「心の闇」가 보이는 심리 현상일 수도 있지만, 당시에는 현실 세계에 존재하는 실체로서 생각되어진 점도 인정된다'고 지적한다.

4 大朝雄二(1981) 「六条御息所の苦悩」, 『講座源氏物語の世界』第三集, p.22, '平安時代の物語 전체를 통틀어보아도 자신의 답답함을 억제하지 못하여 遊離魂이 되어 나타났다고 한탄하며 자신의 심정을 설명하는 예는 전무하다.'라며 六条御息所의 모노노케의 특유함을 지적하고 있다.

5 『無名草子』(1976) 桑原博史校注, 新潮社, pp.30-31, 「余りに物怪に出でらるるこそ恐ろしけれど、人ざまいみじく、心にくく好もしく侍るなり。」참조.

로서의 六条御息所의 의미를 평가할 수 있는 부분이 있다.

다시 말해 六条御息所는 자신의 사랑에 솔직하게 부딪치며 모노노케가 되는 불명예를 안기도 하지만, 그 대신 六条御息所는 光源氏에게 자신의 딸을 후견하게 하기도 한다. 즉 六条御息所는 '故 전 동궁의 姫君의 어머니'[6]로서 자신의 딸을 지켜내는 어머니로서의 역할을 관철하는 것이다.

본고에서는, 모노노케가 될 만큼 깊이 상처받고 고뇌에 빠지면서도, 딸의 미래와 평안을 지켜내는 어머니로서의 六条御息所에게 초점을 맞추어, 모노노케로서의 六条御息所 像에 치우치지 않고, 『源氏物語』에서 제시하고자 하는 보다 폭넓고 본질적인 六条御息所의 인간상에 대하여 조명을 비추어보기로 한다.

2. 伊勢 낙향의 의미

「葵」에서 斎宮의 어머니로 등장[7]하기 시작하는 六条御息所는 이미 伊勢 낙향[8]을 염두에 두고 있다.

---

6 坂本昇(1981)「前坊の御息所論」, 『講座源氏物語の世界』第三集, p.1, '六条御息所는 故前坊の姫君の母の 호칭이다. 그녀는 어디까지나 六条御息所로서 살았다' 참조.
7 藤本勝義(1999)「六条御息所物語の主題」, 『源氏物語研究集成』第一巻, 風間書房, p.268 에서 '「夕顔」의 六条御息所는 그림자같은 존재이기는 하나, 장편적 인물형상을 가지고 있다'라고 지적하는 반면, 藤井貞和(2000)『源氏物語論』, 岩波書店, p.302에서는 '六条御息所는 六条 부근의 여자와는 구별해서 생각해야 된다. …결코 「夕顔」의 六条 부근의 여자를 이어가고 있지 않다'고 지적한다. 논자는 「葵」에 나타나는 六条御息所가 「夕顔」의 六条御息所와는 달리, 斎宮의 어머니로서 새롭게 등장하는 점에 주목하고자 한다.

六条御息所를 어머니로 하는 前 東宮의 姬君가 斎宮이 되셨기에 (御息所는) 光源氏의 마음을 전혀 의지할 수가 없어서, 딸이 아직 어린 것이 마음에 걸린다는 이유로 이 참에 자기도 伊勢에 내려가고 싶다고 전부터 생각하고 계셨다. 桐壺院도 이런 경위를 들으시고 '돌아가신 동궁이 귀중한 사람으로 생각하여 총애하시던 분인데 가볍고 평범하게 대하는 것은 안타까운 일이다. 딸인 斎宮까지도 나의 皇女들과 똑같이 생각하고 있으니 무슨 일이 있어도 소홀히 대하지 않는 것이 좋다'.   (「葵」p.12)

六条御息所는 '光源氏의 마음을 의지할 수 없어서' 斎宮이 된 딸을 따라 伊勢로 낙향하고자 생각하지만, 桐壺帝가 '故人이 된 前 東宮이 아끼던 皇妃이고, 그 딸인 斎宮은 자신의 皇女들처럼 아끼는 소중한 사람'이라고 光源氏에게 훈계하는 것처럼, 고귀한 신분인 六条御息所가 伊勢로 낙향하는 것은 당연한 일이 아니다.

게다가 六条御息所의 하인들이 '이것은 결코 그렇게 비켜나게 해도 되는 수레가 아니다'(「葵」p.16)라며 六条御息所를 葵上와는 비교할 수도 없는 고귀한 사람[9]으로 주장해도, 葵上의 하인들이 '그까짓 수레에 그런 말 하게 놔두지 마라. 다이쇼님을 믿고 위세를 떨려는 모양인데'(「葵」

8 山本利達(1981) 「斎宮と斎院」, 『講座源氏物語の世界』第三集, p.35, 素寂의 「紫明抄」에 '斎宮의 어머니가 자식과 낙향한 예'로서, 「日本紀略」 977년 9월의 기사에 있는 円融天皇때 斎宮規子内親王의 어머니 徽子女王이 함께 낙향한 단 한 번의 사실을 들고 있으며, 四辻善成 「河海抄」와 島津久基 「対訳源氏物語講話」 巻六(1951)는 이 것을 준거로 삼은 것을 지적한다.

9 坂本昇, 앞의 책, p.4에 '桐壺院의 훈계는 御息所가 源氏의 처첩 중에 사회적으로 가장 무게가 있는 葵上과 비교해도 아주 한층 고귀한 여성인 것을 독자에게 보여주고 있다'고 하고 있다. 또 p.5에서는 '하인들의 행동은 양식에 맞는 것이며 미야스도코로를 포함한 일행 모두의 의식이다.…六条御息所 측에서 보면 葵上 등이 아무리 左大臣의 딸이라고 해도 그저 평범한 사람에 불과하다.'라고 기술한다.

p.17)라며 후처 학대[10]의 대상으로서, 六条御息所의 고귀함을 비웃는 〈수레 사건〉을 당하면서도, 六条御息所는 아름다운 光源氏에 대한 미련 때문에 伊勢 낙향을 확고히 결심하지 못한다.

그러면서도 한편으로 자존심이 상한 六条御息所의 마음은 '고기잡이 어부의 낚시찌'(「葵」p.25)처럼 자제할 수 없는 遊離魂이 되어, 葵上가 出産하는 것을 계기로 질투심이 심해져서 〈모노노케〉가 되어 나타나게 된다. 세상 사람들은 그 모노노케를 '六条御息所의 아버지일지도 모른다는 정치적인 해석[11]'을 하지만, 세상 사람들의 짐작 이상으로 六条御息所의 光源氏에 대한 미련은 깊다. 그리고 이 모노노케 사건을 통해서 六条御息所와 光源氏는 서로에 대한 마음의 차이가 크다는 것을 깨닫게 된다. 이렇게 光源氏를 단념할 수밖에 없는 현실을 확인하고서야 六条御息所는 미련을 버리고 伊勢로 낙향하기로 하는 것이다.

그 후론 완전히 발을 끊고 냉정하게 대하는 것을 보고는 정말로 자기를 싫어 할 일이 있었을 거라고 알고 있기 때문에 모든 미련을 버리고 떠나신다. 어머니가 같이 가는 경우가 특히 있는 건 아니지만 아직 어린

---

10 中井和子(1981) 「葵祭」, 『講座源氏物語の世界』第三集, p.44, '光源氏는 궁중사회의 중심에 있는 것처럼 보이지만, 작가는, 그 光源氏도 左大臣의 비호가 있어야만 하는 사람이라는 설정을 잊지 않는다'라며, 葵上의 하인들은 光源氏의 정식 부인이며 光源氏의 후원자의 입장에서 말하는 것으로 지적하고 있다. 大朝雄二, 앞의 책, pp.16-17, '수레 싸움은 후처학대(後妻打; 우와나리우치)인데, 자존심 높은 六条御息所가 학대받는 불쌍한 후처의 역할로 끝나지 않아 『源氏物語』고유의 문제가 있다'고 지적한다.

11 坂本昇, 앞의 책, p.6, '藤原顕光. 延子父娘의 유형에 의한 해석'으로 본다. 金栄心(2000.5) 「六条御息所考-〈질투의 화신〉이라는 이미지의 실상」, 『일본연구』14, 외대 일본연구소, p.200에 '平安시대에는 정치적인 모노노케가 압도적으로 많다'고 한다. 森一郎, 앞의 책, p.90, '夫君前坊이나 父大臣의 政治的失脚이라는 어두운 過去를 因由'로 한다.

모습을 핑계 삼아 힘든 현실을 떠나고자 마음먹는데,…(光는)선물은 하시지만 御息所의 마음에 대해서는 아무 생각도 안하신다. (六는)가볍게 마음만 들뜬 불명예만 남긴 자신의 한심한 모습을 伊勢로 가는 날이 다가옴에 따라 지금 깨닫기 시작한 것처럼 밤낮으로 한탄하신다.…御息所는 가마에 오르시며 아버지 大臣이 끝없는 희망을 자신에게 바라면서 자신을 소중히 키워주시던 때와 달리, 만년이 되어서 궁중을 다시 보니 한없이 슬퍼진다. 나이 열여섯에 고 동궁에게 시집와서 이십에 사별했다. 삼십이 되어서 오늘 다시 궁중을 보는 것이었다.   (「賢木」pp.75-85)

위 문장에서 보듯, 六条御息所는 겉으로는 斎宮이 아직 어리다는 것을 핑계 삼지만, 실은 모노노케 사건에 대한 죄의식 때문에 미련을 버리고 伊勢로 낙향하는 것을 알 수 있다. 그러나 막상 伊勢로 낙향하려고 하자 六条御息所는 모노노케라고 하는 불명예가 한탄스럽고, 또 어렸을 적부터의 자신에 대한 아버지의 기대와 자신의 인생을 돌아보며 안타까움을 느끼게 된다. 말하자면, 光源氏에 대한 미련으로 자기 자신을 돌아볼 여유가 없었던 六条御息所가 伊勢 낙향을 계기로 돌아보지 못했던 자신의 인생을 돌아보게 된 것이다. 즉 자신의 집안을 생각하고 아버지가 자신에게 바라고 자신이 원래부터 가지고 있었던 꿈과 자존심을 생각하게 된 것이다. 伊勢 낙향을 계기로 六条御息所는 桐壷帝가 光源氏에게 훈계하던 것처럼 자신의 절대적인 위상에 대해 다시금 생각하게 된다.

(光源氏는 須磨에서) 伊勢에 있는 六条御息所에게도 사자를 보내신다. 그쪽에서도 일부러 이곳까지 사자가 찾아왔다. 얕지 않은 여러 가지 마음들을 쓰셨다. 그 문언이나 필적 등은 그 누구보다도 뛰어나게 아름답

고 교양이 깊어 보이셨다. (「須磨」p.185)

伊勢로 낙향한 六条御息所는 원래의 교양 높은 모습을 되찾고 있다. 須磨에 가 있는 光源氏가 六条御息所와 편지를 주고받으면서, 위 문장처럼 六条御息所의 뛰어나게 아름다운 필적과 문언으로 六条御息所의 높은 교양을 확신하게 된다. 六条御息所의 사망 후에도 光源氏가 '어머니인 御息所의 필적은 특히 뛰어나셨다'(「梅枝」p.407)라고 기억하는 등, 六条御息所가 伊勢로 낙향할 때도 六条御息所의 마음을 생각하지 않던 光源氏가, 伊勢로 낙향한 六条御息所와 편지를 주고받으며 六条御息所를 교양 높은 사람으로 기억하게 된다.

또한 光源氏는 明石君를 처음 만난 밤에도, 어둡지만 '六条御息所와 분위기가 많이 닮았다고 생각'[12](「明石」p.247)하며 六条御息所와 빗대어 생각하기도 하는데, 이렇듯 明石君가 왕권 성취라고 하는 집안의 宿運을 이루게 될 사람이라는 것을 암시하는 곳에서조차 六条御息所는 고귀한 신분의 상징으로 생각되어지고 있다.

伊勢 낙향을 결심하기까지 六条御息所는 모노노케가 된다고 하는 큰 고통을 겪었지만, 어렵게 결심한 만큼 六条御息所에게 있어서 伊勢 낙향은 고귀한 신분이라는 자신의 정체성을 돌아보고 회복하는 중요한 계기로 작용한다.

---

12 藤井貞和(2000)『源氏物語論』, 岩波書店, p.336, '六条御息所의 霊은 明石一族에게는 守護霊이다. 六条院은 明石의 자손이 독점하게 된다. 아마도 그들은 동족이었을 것이라고 추측한다.'고도 한다.

3. 출가의 의미

> 御息所는 지금도 역시 옛집을 아주 잘 수리하여 우아하게 살고 계셨
> 다. 취미가 좋은 것도 옛날과 다름없고, 좋은 여관들도 많고, 풍류를 아는
> 사람들이 모여드는 곳으로서, 쓸쓸한 감이 없진 않지만, 마음 두며 지내
> 고 있었는데 갑자기 심하게 병을 앓으시어 마음이 심히 초조해지자 斎宮
> 이라고 하는 죄가 깊은 곳에서 몇 년이나 지내 온 것도 불안하게 생각되
> 어 출가해 버리셨다. 光源氏가 그것을 들으시고는 사랑하는 사이는 아니
> 더라도 좋은 이야기 상대가 되리라고 생각하고 있었는데,…
>
> (「澪標」pp.299-300)

伊勢 낙향으로 자신의 정체성에 대해서 다시금 생각하게 된 六条御息
所는 위 문장에서 보듯, 伊勢에서 돌아 온 후에는 원래 살던 곳을 수리하
여 외롭긴 하지만 御息所다운 교양을 즐기면서 우아한 이전의 모습을
다시금 회복한다. 그러나 병이 나고 伊勢에 가 있었던 것조차 불법에서
멀어지는 죄[13]를 지은 것 같은 기분이 들면서 六条御息所는 출가하게
된다. 伊勢 낙향으로 자신의 정체성을 회복하긴 했으나, 병이 나서 마음
이 약해지자 이번에는 불법에서 멀어진 것까지도 불안하게 생각하는 것
이다. 그러자 光源氏는 출가한 六条御息所를 좋은 이야기상대로 생각하
고 있었다며 아쉬워한다.

---

13 高橋文二(2004.8)「六条御息所」,『国文学解釈と鑑賞』, p.46, '斎宮이라는 장소가 불
　교를 기피하는 곳이기에 죄 깊은 곳이라고 할 수는 있으나, 御息所의 憂悶하는
　마음을 생각할 때, 그 시원해지지 않는 마음이 누적되어 죄가 된 것은 말할 것도
　없다'라며, 御息所의 마음의 죄에 주목한다.

지금도 변치 않는 자기의 마음을 봐주지 않고 끝난 것이 안타까워 심히 우셨다. 여자도 만감이 교차하여 斎宮에 대해 부탁하신다. … '…참으로 믿을만한 아버지로 봐 줄만한 사람이 있는 경우에도 어머니가 돌아가신 딸은 너무나도 불쌍한 일이지요. 더욱이 애인처럼 취급당하는 일이라도 생기면 난처한 경우도 있어 남들이 멀리하는 일도 생기지요. 쓸데없는 걱정을 하는 듯하지만 결코 그런 식으로는 생각하지 말아 주세요. 불행한 이 몸을 생각해 보아도, 여자는 뜻하지 않은 일로 슬픈 생각을 하게 되는 것이고 보니, 내 딸은 그런 사랑하고는 상관없이 지냈으면 좋겠다고 생각합니다. '…어슴푸레한 등불 밑에 머리를 아주 아름답고 깔끔하게 자르시고 기대어 계신 것이 그림에 그려놓은 듯한 모습으로 마음에 스며들듯이 너무나도 아름답다. …전 斎宮이…아주 사랑스런 사람처럼 보인다. …光源氏는 마음이 들떠서 가까이 하고 싶지만 그러나 어머니인 御息所가 그렇게까지 말하셨으니까 하고 마음을 고치신다. …'돌아가신 桐壺院께서 이곳 姫君를 자기 자식처럼 여겼으니 나도 그렇게 동생으로 생각하겠습니다. 이제 어른 나이가 되었는데 보살펴야 할 자식도 없어 쓸쓸했지요'

(「澪標」pp.300-303)

六条御息所의 출가를 안타까워하는 光源氏에게 六条御息所는 어머니로서 전 斎宮의 앞날을 부탁한다. 오히려 光源氏와의 일은 뜻하지 않은 일로 슬픈 생각을 하게 되는 불행이었다고 말하면서, 자기 딸은 자기처럼 되지 않게 잘 보살펴 달라고, 딸은 자기 같은 인생을 살지 않았으면 좋겠다고 부탁한다. 출가한 六条御息所는 이제 자신의 경우를 교훈으로 삼으면서 오로지 어머니로서의 모습만을 남기고 있다. 그러자 그러한 六条御息所를 지켜보는 光源氏는 六条御息所의 아름다운 모습에 감탄하며, 그 옆에 있는 전 斎宮도 사랑스럽게 느끼게 된다. 그러나 光源氏는 역시 출가한 어머니로서의 御息所의 말을 명심하여, 전 斎宮에 대한 마음을 딸에 대한 아버지로서의 마음으로 고치는 것이다. 이렇게 해서 光源氏는 桐壷院의 훈계대로 六条御息所를 예우하며 전 斎宮을 돌보기로 六条御息所에게 약속하게 되는데, 이것은 출가한 六条御息所가 어머니로서의 역할을 충실히 수행하고 있기 때문이다.

Ⓐ

  같은 어머니라고 해도 쭉 같이 살면서 斎宮으로서의 伊勢下向에도 부모가 같이 가는 것은 전례가 없는 일인데 무리하게 졸라대어 같이 갈만큼 어머니와 헤어지기 싫었는데 지금 죽음의 길에는 함께 가지 못한 것을 눈물이 마를 틈도 없이 슬퍼하신다.   (「澪標」pp.307-308)

Ⓑ

  돌아가신 御息所가 아주 마음에 걸리는 얼굴로 마음을 남겨두고 가셨으니 마음 아픈 일이다. 그 걱정도 당연한 일이고 세상 사람들도 자신에 대해서 역시 마찬가지 짐작을 안 한다는 법도 없으니, 차라리 깨끗한 마음으로 보살펴드리자. 冷泉帝가 좀더 분별할 수 있는 나이가 되시거든 입궐시켜 드리고 자식이 없어 쓸쓸하니 이 분을 잘 보살펴드리자… '전 斎宮의 어머니인 御息所는 묵직하며 사료 깊은 분이었는데 나의 어쩔 수 없는 바람기 때문에 당치않은 불명예를 입게 되어 원망스런 남자라고 생각한 채로 되어버린 것이 아주 안타깝다고 생각합니다. 이 세상에서는 그 원망하는 마음이 걷히지 않았으나 임종에 이르러 전 斎宮에 대한 말을 남기셨기에, 그렇다면 나를 믿을만한 사람으로 생각하고 또 스스로도 마음을 터놓을 수 있는 상대라고 역시 생각해 주셨던 것이라고 생각하니 가만히 있을 수 없는 마음이 듭니다.'   (「澪標」pp.306, 309)

ⓒ

'아아 어머니인 御息所가 만약 생존해 계시다면 얼마나 보람 있게 보살펴주셨을까'라며 돌아가신 분의 마음 씀씀이를 생각하시고는 '아깝고 뛰어난 인품이었다. 그만한 사람은 흔치 않다. 취미나 교양 쪽은 특히 뛰어나셨다.'라며 무언가 있을 때마다 기억하신다.　　　　(「絵合」p.363)

六条御息所의 사망 후, ❹에서 보듯 전 斎宮은 '무리하게 졸라대어 갈만큼 어머니와 헤어지기 싫었다'며 六条御息所의 伊勢 낙향을 자신의 고집으로 생각하고, 六条御息所를 오로지 좋은 어머니로 기억한다. 그리고 ❸처럼 光源氏도 六条御息所의 의지대로 전 斎宮의 장래를 깨끗한 마음으로 보살피고자 다짐하여, 藤壷에게 六条御息所에 대해서 말하며 딸인 전 斎宮의 장래를 상의하게 된다. 이윽고 전 斎宮을 冷泉帝에게 입궐시킨 光源氏는 이제는 ⓒ처럼 六条御息所를 전 斎宮의 어머니로서 뛰어난 인품과 교양의 소유자로 기억한다[14]. 출가하여 딸의 장래를 부탁한 六条御息所는 이제는 딸에게도 光源氏에게도 좋은 어머니이며 고귀한 인품으로 남는다.

---

14 日向一雅(1983)『源氏物語の主題』, 桜楓社, p.93에는, 藤井貞和(1980)『源氏物語始原と現在』, 冬樹社, p.158의 '입궐한 딸 中宮이 퇴궐할 때 쓸 친정이 필요했고, 그것이 六条御息所가 살던 집이어야 했기 때문에 六条院이 그곳에 건설되었고, 그렇게 하는 것이 죽은 六条御息所의 霊에 대한 최선의 진혼이 된다.'와 上坂信男(1980) 「養女前斎宮」,『講座源氏物語の世界』第四集, 有斐閣, p.211의 '이루지 못한 꿈의 실현을 딸에게 의탁한 六条御息所의 속마음'을 헤아려 '六条御息所의 진혼을 위해 六条院이 성립'되었다고 단언한다. 물론 이것이 日向一雅가 이어서 주장하는 '光源氏의 왕권성의 실체화'가 되기도 하지만, 光源氏의 六条御息所의 진혼을 위한 마음 또한 진심이다.

4. 成仏의 지향

전 斎宮을 冷泉帝에게 입궐시켜 이미 六条御息所와의 약속을 다 지켰다고 생각하는 光源氏 앞에 돌연히 六条御息所의 死霊이 나타난다. 死霊은 '光源氏는 신불의 가호가 강해서 대신 紫上에게 나타났다'(「若菜下」p.228)면서 光源氏에게 원망적인 말을 한다. 그러나 秋好中宮을 보살펴주는 것에 대한 감사의 인사도 또한 잊지 않고 있다.

'中宮을 보살펴 주시는 것은 성불하지 못하고 방황하면서도 아주 기쁘고 황송하게 생각하고 있습니다. 그러나 유명을 달리하니 딸에 대해서는 그리 깊이 생각하지 않는 걸까, 역시 나 자신이 괴롭다고 생각한 것에 집착하게 됩니다. 그 중에서도 살아생전에 남보다 멸시받던 것보다도, 서로 사랑하는 紫上와의 거리낌 없는 대화에서 불쾌하고 싫었던 점을 꺼내어 말한 것은 아주 원망스럽습니다. 이제는 세상을 떠난 사람이니 다 용서하고 남이 나쁘게 말하더라도 오히려 덮어주어야 한다고 생각하고 있다보니 이렇게 내 뜻과 달리 모노노케가 되어버렸으니 몸 둘 바를 모르겠습니다. …어쨌든 지금은 내 죄가 가벼워지는 공양을 해 주십시오.…중궁에게도 내 뜻을 전해주십시오. 궁중에 있는 동안 결코 남과 경쟁하거나 질투심을 갖지 않도록. 斎宮으로 있을 때의 죄가 가벼워지게 공덕을 쌓는 일을 꼭 시켜주십시오. 후회스럽기만 합니다.' (「若菜下」pp.227-228)

이것은 光源氏가 출가하고 싶어하는 紫上를 달래다가 六条御息所에 대해서 '만나는 게 편치 않고 힘든 사람이었다'면서 '내 죄인 것 같아 그 죗값으로 中宮을 이렇게 돌보고 있다'(「若菜下」pp.200-201)고 말한 것에 분노[15]하여 죽은 六条御息所가 死靈으로 나타나서 한 말이다. '내 죄'라고 하는 光源氏의 말에서 六条御息所의 死靈을 '光源氏의 마음의 귀신(心の鬼)[16]'으로 생각할 수도 있으나, 六条御息所의 死靈은 죽어서도 역시 '나 자신이 괴롭다고 생각한 것에 집착'한다고 말한다. '유명을 달리하니 딸에 대'한 고마움보다 '자신에 대해서 불쾌하고 싫었던 점을 꺼내어 말한 것'이 괴롭다는 것이다. 게다가 '이제는 세상을 떠난 사람이니 다 용서하고 남이 나쁘게 말하더라도 오히려 덮어주어야 한다'는 교양 높은 기준에 집착한다. 원래 '지나칠 만큼 극단적으로 생각하는 성격으로, 나이차이가 많다고 남들도 생각할 것까지 생각하며 光源氏가 오지 않는 원망스런 밤에는 상심으로 지친다'(「夕顔」 p.221)고 극단적인 성격으로 묘사되던 六条御息所가 죽어서도 자신의 성격대로 光源氏를 깊이 원망[17]하며 모노노케가 된 것이다. 그리고는 역시 '이렇게 내 뜻과 달리 모노노케가 되어버렸으니 몸 둘 바를 모르겠습니다' 라며 모노노케가 된 것을 수치스러워하는, 생전과 다름없는 六条御息所 고유의 자존심 높은 모습을 보인다. 그러나 자신의 '죄가 가벼워지는 공양을 해'달라면서 부탁하다가 결국엔 딸인 中宮을 위해 부탁하기 시작한다. 中宮이 남에 대해서 경쟁심이나 질투심을 갖지 않고 불교의 공덕[18]을 쌓을 수 있

---

15 玉上琢弥(1979) 『源氏物語評釈』第七巻, 角川書店, p.386에 '光源氏가 秋好中宮을 후원한 것은 自家의 勢力을 유지하기 위한 手段이라고 하는 정치적 판단이었기에 자신의 죄값을 치루기 위한 것이라는 것은 말이 안 된다'고 지적한다.

16 橋本真理子(1979) 「六条御息所試論」, 『源氏物語の探究』第二輯, 風間書房, p.172 참조.

17 日向一雅, 앞의 책, p.66에 '「원망하는 마음」이 깊으면 生靈이 된다고 생각하고 있었다', p.68에 '現世에 원한을 남긴 死靈이 믿어진 이상, 生者의 원한도 生靈이 된다고 생각하는 것은 容易하다' 라면서, 당시의 사고방식 속에 원한이 많으면 生靈으로서의 모노노케가 된다는 생각이 있었던 것을 지적한다.

도록 부탁하면서, 六条御息所는 결국은 이렇게 中宮인 딸의 어머니로 되돌아간다. 六条御息所의 死靈은 살아서 자신이 그러지 못해 성불하지 못한[19] 것이 후회스럽다며 자신의 공양을 부탁하기 시작하지만, 그러나 자신보다도 딸을 위해 더 부탁하는 것이다.

다시 말해 六条御息所의 死靈이 말하는 위 문장은 딸에 대한 인사로 시작해서 딸에 대한 부탁으로 끝나고 있다. '유명을 달리하니 딸에 대해서는 그리 깊이 생각하지 않는'다며 자신이 死靈이 된 것이 딸과는 상관없다고 하면서, 그러나 결과적으로는 '궁중에 있는 동안 결코 남과 경쟁하거나 질투심을 갖지 않도록' 하는 것과 '斎宮으로 있을 때의 죄가 가벼워질 수 있도록 공덕을 쌓는 일'이 자신이 살아서 못한 가장 후회스러운 두 가지라며 딸을 위해 부탁한다. 출가하고자 하는 紫上의 마음을 달래기 위해, '만나는 게 편치 않은 사람'이었다고 자신을 욕되게 말한 것에 화가 나 死靈이 되어 나타났지만, 그러나 六条御息所의 死靈은 生靈일 때처럼 그러한 怨靈적인 역할에 대해서는 곧장 수치스러워한다. 그리고 이제는 자신의 인생에서 얻은 교훈까지도 딸을 위해 부탁하는 절대적인 딸의 수호령[20]으로 성숙되어 가는 모습을 보인다.

---

18 多屋賴俊(1979)「源氏物語の罪障意識」,『源氏物語講座』第五巻, 有精堂, p.273, '불교와 절연하는 일을 죄가 깊은 것으로 생각하고 있었다'고 지적한다.

19 玉上琢弥, 앞의 책, p.431에 '斎宮으로서 신을 모시는 동안 불교에서 멀어져 있었던 것은 마이너스이며, 고유의 신도보다 전래된 불교가 위'라는 생각을 가지고 있다고 지적한다. 鈴木日出男(1989)『源氏物語事典』別冊国文学No.36, 学灯社, p.140에서도 '평안시대의 정토교적인 관념에서는 이러한 死靈을 현세집착이 강한 나머지 成仏하지 못하는 魂이라고 생각하기도 했다'라고 지적한다.

20 藤井貞和, 앞의 책, p.335, '모노노케는 源氏 및 紫上에게 怨靈으로 나타난 것을 고백함과 동시에 딸인 秋好中宮에게는 守護靈인 것을 나타낸다. 원령은 수호령이기 때문에 수호하지 않으면 안 되는 사람 외에는 원령으로서 나타난다는 명확한 구조가 노출되고 있다.' '원령은 반면의 수호령이다'(p.348)라며, 딸의 수호령으로서

그러나 光源氏는 '모노노케와 대화하는 것은 흉한 일이기에, 방안에 가두고 紫上를 다른 방으로 옮겨'(「若菜下」p.228) 격리시킴으로서, 六条御息所의 死靈의 말에는 관심을 보이지 않고 紫上를 지키기에 여념이 없다. 게다가 光源氏는 '그 딸인 中宮을 보살펴드리는 것조차 요즘은 마음이 안내키고, 따져보면 여자의 몸이라는 것은 모두 똑같이 깊은 죄의 근원이 되는 거라고 모든 남녀사이가 싫어진다.…六条御息所의 死靈이라고 생각하니 아주 골치 아픈 생각이 든다'(「若菜下」pp.231-232)라며, 中宮을 보살펴드리는 일부터 시작해서 남녀사이라고 하는 현실이 싫어지고 여성을 죄의 근원으로 보면서, 六条御息所의 死靈을 불편하게 생각한다. 六条御息所의 死靈이 생각하는 어머니로서의 의도가 光源氏에게는 전혀 전달되지 않는 것이다.

그럼으로 六条御息所의 死靈은 출가한 女三宮에게 다시 나타난다. 女三宮를 출가시킨 死靈은 '보아라. 제대로 빼내었다고 紫上 한사람에 대해서는 생각했겠지만, 너무 억울해서 이곳에 며칠 와 있었다. 이젠 돌아가겠다고 하면서 웃는다.'(「柏木」p.300)처럼, '개가를 부르며 소리 높여'[21] '악마적인' 웃음소리를 내며 六条御息所의 死靈은 '두번 다시 物語上에 나타나는 일이 없다는 확증'과 光源氏의 외로움[22]을 시사하면서, 이번에는 中宮의 어머니로서의 모습이 아닌, 어디까지나 光源氏에 대한

존재하는 것을 지적한다.
21 玉上琢弥(1979)『源氏物語評釈』第八卷, 角川書店, p.77, 藤井貞和, 앞의 책, p.312, '이제는 가슴이 후련한 승리감으로 '웃으며 死靈의 세계로 돌아간다…'이젠 돌아가겠다'라는 것은 두 번 다시 物語上에 나타나는 일이 없다는 확증'이며, p.318 '이 세상에 남기고 온 자손에 대한 요망을 말하고…物語의 표면에 체재할 의미를 잃어버린다'
22 森一郎, 앞의 책, p.67, '뒤에 남겨진 光源氏의 외로움은 御息所의 그림자가 남긴 영향이다'라고, 女三宮의 출가 후에 남겨진 光源氏의 외로움을 지적한다.

원령23으로서 사라진다. 그러나 그 후 光源氏는 남녀사이에서 방황하는 일보다는, 六条御息所의 死靈 때문에 출가시킨 女三宮가 불쌍하고 후회스러워 女三宮에 대해서도 정성으로 후견하며 '인생을 진지하게 고뇌'24 하게 되고, 秋好中宮이 어머니의 구제를 위해 출가하려는 것을 타일러, 딸인 中宮이 六条御息所의 死靈이 말한 '기쁘고 황송스럽게 생각'하는 中宮으로서의 생활을 계속하며, 딸로서 어머니의 마음에 다가가게 하는 등, 光源氏는 六条御息所가 바라던 대로 충실히 中宮을 후견하게 되고 있다.

어머니인 御息所가 저세상에서 힘들게 살아가는 모습이며, 어떤 지옥의 연기 속을 헤매고 계신지, 돌아가신 후에도 남이 싫어하는 귀신이 되어서 나오는 일,…아주 슬프고 괴로워 모든 것이 괴로워져서 조금이라도 어머니가 말씀하신 내용을 자세히 듣고 싶지만 그런 것을 확실히 말할 수도 없고… '…나만이라도 그 불꽃을 식혀주고 싶다는 마음이 쌓여서 알게 된 것도 있습니다'…그저 그 御息所를 생각하면서 불공을 드리고자 하는 마음이 깊어지지만 冷泉院이 허락할 리가 없는 것이기에 공덕의 염불을 올리면서 더욱더 마음 깊이 이 세상의 무상을 깨달아 가신다.

(「鈴虫」pp.376-379)

---

23 藤本勝義, 앞의 책, p.309, '六条御息所 뿐만이 아니라 女三宮, 紫上 등의 여성들을 결코 행복하게 하지 못한, 사랑과 미야비를 주관하는 源氏의 한계가 나타나지만, 御息所의 死靈은 그것을 상징적으로 조명한 것이다'

24 高木和子(2005.5)「光源氏の物語としての源氏物語」, 『国語と国文学』, 東京大学国語国文学会, p.125, '光源氏가 아무리 흉한 늙은 모습으로 살더라도, 朱雀院도 柏木도 여러 출가를 한 여성들도 직시하지 못한 고뇌 속에서 살아감으로서 光源氏는 계속 物語의 주인공이다'라고 지적한다.

자신의 모든 집착을 후회하고, 불교의 공덕이 부족하다고 느끼면서 딸에게 공덕 쌓기를 부탁한 六条御息所의 死靈은 中宮인 딸의 삶을 불공으로 인도하면서 죽어서도 어머니로서의 역할을 다하여, 딸 中宮이 '冷泉院과 함께 薫의 후견'(「匂宮」p.15)을 하며 평화롭고 안정된 삶을 이끌어갈 수 있도록 결과적으로 인도한다. 성불을 지향하면서 딸을 생각하는 어머니로서의 六条御息所의 마음이 딸인 中宮이 어머니를 위해 불공드리며 어머니의 뜻을 따르는 모습을 이끌어 내는 것이다.

　『古事記』의 오모노누시노오카미(大物主大神)25라고 하는 신의 이름에서 시작 된 '모노노케'26의 '모노'는 시대가 흐르면서 神的인 의미에서

25　荻原浅男校注訳『古事記』(1973) 日本古典文学全集, 小学館, p.184, '中巻, 崇神天皇記에는 '자손에게 나를 제사지내게 하면 다시는 모노노케(당시의 유행병)도 일어나지 않고 나라도 또한 평온해지리라 「意富多多泥古を以ちて我が前を祭らしめたまはば、神の怪起らず、国も亦安く平ぎなむ」라는 大物主大神의 꿈의 계시가 있다.

26　藤本勝義(2002)「もののけ─屹立した独自性」,『源氏物語研究集成』第八巻, 風間書房에는 先行意識을 인용, 재인용하면서 '모노노케'에 대해서 거의 7단계로 정리한다. ⟨1⟩『古事記』『日本書紀』에 나타난 大物主의 'もの'에서 시작되는데, 西郷信綱는 이것을 '神보다는 낮은 옛날의 自然的霊格'이라고 해석한다. 2)『万葉集』에서는 11首에 '鬼'라고 表記하며 'もの'라고 읽고,『日本霊異記』에서도 '物に託ひて' '鬼に託へるか' '鬼に託へる人'라고, '物'에서 '鬼'로 表記가 변했다. 또『倭名類聚鈔』에서도 '邪鬼'를 '安之岐毛能(悪しきもの)'라고 하며, '오니'는 '隠者'의 사투리로, 三谷栄一는 「'もの'는 모습이 없고 불가사의한 작용을 하는 霊力, 精霊'이라고 한다. 3)折口信夫에서 山折哲雄로 이어진 사고로는, 'もの'가 'たま'에서 分化한 것으로, '人間이 봐서 善한 部分이 '神'이고, 邪悪한 면이 「もの」라고 생각하게 된'것으로, 이 'たま'는 西郷信綱가 말하는 '죽어서 肉体와 함께 滅하는 「心」과 달라, 死後에도 肉体를 離脱하여 살아남는 霊的인 것'4)岩波古典大系本『日本書紀』에서는 'たま'를 '和魂(にきみたま)', '荒魂(あらみたま)'(仲哀紀九年九月), 혹은 '神霊(みたましひ)', '霊(みたまのふゆ)'(仲哀紀元年十一月), '霊(みたま)'(敏達紀十年二月)로 읽어 神格化하는데, 推古記(十六年八月)에서는 '含霊'가 'よろづのもの'라고 읽혀져서, 'もの'가 低次元에 머무는 루트를 나타낸다고 본다. 5)疫病을 유행시켰다는 大物主는 平安時代에는 御霊信仰으로서 알려지나, 이 御霊信仰은『続日本紀』의 藤原広嗣나『日本霊異記』의 자해한 長屋王의 怨念등을 이어서 怨念을 갖고 죽은 人物의 霊魂에 대한 畏怖畏敬의 念이 기본이 되고 있다. 6)御霊会에 관한 最初의 文献인『三代実

분리되어 부정적인 이미지를 갖는 저차원적인 '모노'로 고착되며 개인적인 원한을 나타내는 것으로 변질되었으나, 이렇게 六条御息所가 자신의 딸로 인해 공양 받는 것을 『古事記』의 '자기 자손에 의한 제사'라는 공양의 형식을 이은 것으로 본다면, 六条御息所의 어머니로서의 모습을 부정적인 이미지를 갖는 저차원적인 '모노'에서 『古事記』이래의 神的인 '모노'에로의 희구 내지 함축된 의도로 읽을 수도 있다. 그리고 여기에 六条御息所의 成仏을 지향하는 어머니로서의 의미를 찾아 볼 수 있을 것이다.

5. 결론

이상으로, 모노노케가 될 만큼 극단적인 성격의 소유자인 六条御息所가 伊勢 낙향과 출가라는 과정을 통해 집안의 정체성을 깨닫고 어머니로서 성숙되어가는 모습, 그리고 딸에 대해 끝없이 염려하여 자신의 구제라는 명목으로 딸을 이끄는 어머니로서의 모습을 중심으로 고찰하였다.

故 東宮妃라는 비극의 주인공인 六条御息所가 막연히 伊勢 낙향을 생각하던 등장 초기와 달리, 〈수레 사건〉을 겪으면서 〈심한 질투〉로 인한 〈모노노케〉라고 하는 마음의 귀신을 光源氏와 더불어 확인함으로서 결심하게 되는 伊勢 낙향이지만, 그것을 계기로 六条御息所는 그동안 잊고

録』에는 疫病의 発生을 막는 방법으로서, 謀反의 죄로 異界에 유배되어 죽은 五人의 御霊奉祀가 기록되어 있다. 7)그러나 御霊信仰도 菅原道真를 지나자 藤原政権의 安定과 함께 巨大한 怨霊이 아닌 個人이나 一族에 憑依하는 霊이 나타나는 것으로 변화되어 이와 같은 배경 속에서 『源氏物語』도 쓰여졌다).

있었던 집안의 기대를 기억하여 자신의 정체성을 돌아보게 된다. 六条御息所의 光源氏에 대한 미련이 모든 사건의 원동력이 되고 있어 六条御息所의 성격이 문제 삼아지기도 하지만, 그러나 아이러니하게도 이 성격은 光源氏의 마음을 움직이는 마지막 보루가 되기도 한다.

伊勢에서 돌아온 六条御息所는 출가하여, 전 斎宮의 어머니로서 光源氏에게 딸의 흔들림 없는 후견인이 되어주기를, 자신의 불행을 교훈으로 내세우며 설득하고 간곡히 부탁하여, 어머니로서의 역할을 충실히 하기 시작한다.

그러나 사망 후 六条御息所는 光源氏를 완전히 단념하는 것이 어려웠는지, 光源氏가 紫上에게 자신의 단점을 말한 것에 격분하여 死霊이 되어 나타난다. 그리고 死霊이 되어 나타난 것은 오로지 자신의 원망하는 마음 때문이라며 수치스러워하면서도, 死霊은 中宮의 후견에 대한 감사의 인사와 부탁을 잊지 않고 있다. 六条御息所의 死霊은 자신의 성불을 위한 불교 공양을 부탁하면서, 또한 그 공양과 더불어 中宮이 궁중 생활을 하면서 명심해야 할 마음가짐을 자신의 경험을 토대로 부탁한다. 中宮에 대한 사랑과 설득력이 담긴 어머니로서의 이 모습은 六条御息所가 이미 저차원이 아니라 신과 같은 고귀한 차원의 霊으로 승화되어 가는 것을 느끼게 한다.

生霊과 死霊의 〈모노노케〉라고 하는 인생 최대의 고난을 겪으면서도 六条御息所는 집안과 자신의 정체성, 그리고 어머니로서의 마음을 잃지 않고, 딸인 中宮의 앞날을 인도하는 〈어머니〉로서 거듭나는 모습을 보인다. 이렇게 해서 六条御息所는 고난과 극복을 극명하게 드러내는 『源氏物語』 특유의 한 인물상을 연출하는 것이다.

겐지모노가타리源氏物語의 사랑과 자연

『源氏物語』의 아버지像 고찰 ●2
― 桐壺帝, 朱雀帝, 八の宮를 중심으로 ―

1. 서론

섭관정치가 한창이던 平安時代에는 藤原道長를 비롯하여 권력가의 많은 아버지들이 자식의 장래에 큰 기대를 걸고 있는 것이 확인된다. 그러한 시대상을 반영하듯 『源氏物語』에도 자식의 장래를 위하여 고민하는 아버지를 비롯하여 많은 아버지들의 모습이 묘사된다. 전체적으로 3부로 구분되는 『源氏物語』의 이야기 전개에서, 각 부의 시작에는 어머니를 여읜 자식의 장래를 염려하는 황족의 아버지들이 공통적으로 등장한다. 桐壺帝와 朱雀院 그리고 八の宮가 바로 그들이다.

그들은 어머니가 없는 자식들을 불쌍히 여기고 그 자식들의 앞날을 걱정하며, 어머니가 없는 만큼 그 아이들에게 직접적으로 사랑을 베풀어 아버지의 절대적인 사랑의 깊이를 확실하게 보여준다. 그들은 섭관가의 아버지들이 갖는 권력에 대한 집착 못지않게, 혹은 더 순수하며 뿌리 깊은 황족으로서의 자부심을 가지고 그 역할을 다하면서도, 인간의 본성에서 유래하는 아버지로서의 자식걱정에 있어 결코 예외가 아닌 모습들

을 노정한다.[1] 그러한 이 아버지들에게서는 중심인물의 부모를 소개한
다고 하는 장편이야기의 원칙[2]이상으로서의 의미를 찾아볼 수 있다.

본고에서는 각 부의 아버지상을 대표할 수 있는 이 세 명의 삶의 궤적
을 분석하여 『源氏物語』에 그려진 아버지의 상이 어떠한 것인지 또 그
의미는 무엇인지를 고찰하고자 한다.

2. 제1부를 대표하는 아버지 桐壺帝

桐壺帝에게는 제1황자인 朱雀帝의 아버지로서의 공적인 모습과 光源
氏의 아버지로서의 사적인 모습이 이중적으로 나타난다. 弘徽殿女御에
게서 태어난 제1황자에 대해 東宮으로서의 길, 그리고 帝로서의 길을
보장해주는 桐壺帝의 조치는 어디까지나 당시의 섭관가에 대한 공인으
로서의 모습을 보여준다. 그러한 桐壺帝가 또 하나의 아들인 光源氏를
위해서는 '私物'[3]로서의 사랑을 쏟았다고 할 수 있을 것이다. 물론 이
사랑은 光源氏를 신하로 내려 보낸다고 하는 역설적인 형태로 시작된다.
그러나 그 아쉬움이 오히려 高麗相人의 예언 실현에 집착하게 하는 한
편, 죽은 桐壺更衣를 닮은 藤壺를 어머니 대신으로 만나게 하는 등 특별
한 사랑으로 이어진다. 그러나 이러한 桐壺帝의 특별한 사랑이 光源氏의

---

1 『源氏物語』에는 본고에서 다루는 황족의 아버지들 외에도, 明石入道와 光源氏, 혹
　은 頭中将, 夕霧 등의 훌륭하고 자상한 아버지로서의 면모를 갖춘 많은 아버지들이
　등장한다.
2 玉上琢弥 『源氏物語研究』, 角川書店, p.226.
3 「桐壺」 p.95. 원문 인용은 『源氏物語』 日本古典文学全集, 小学館에 의함.

삶 그 자체를 형성해 나아가긴 하지만, 光源氏의 마음은 아버지의 사랑과 기대와는 어긋난다고 하는 비극이 있다. 이러한 비극의 구조에서 부자지간의 사랑조차도 완벽할 수 없는, 인간의 삶의 구조에 대한 부정적 의식이 파악될 수 있다. 그러나 그럼에도 불구하고 자식에 대한 일관된 절대적인 아버지의 사랑은 그 근저에 있어서 굳건히 견지된다. 적어도 光源氏의 아버지로서 등장하는 桐壺帝의 의미는 바로 그 점에 있다.

1) 제1황자의 아버지로서의 桐壺帝

「桐壺」에 나타난 桐壺帝와 제1황자와의 관계는 '첫째 황자는 右大臣 딸에게서 태어나 후견이 막강하고, 틀림없는 후계자라고 세상 모든 사람들도 소중히 생각하지만 … 공적으로 고귀하게 생각하시어(一の皇子は、右大臣の女御の御腹にて、寄せ重く、疑ひなきまうけの君と、世にもてかしずききこゆれど、…おほかたのやむごとなき御思ひにて)'[4]에서 보듯이 어디까지나 당시의 섭관가와의 공적인 관계를 근본으로 한다. 즉 외조부인 右大臣과 어머니인 弘徽殿女御와의 연장선상에서 제1황자가 황태자가 되고 황제가 되는 것은 번복할 수 없는 구조이며, 이러한 권력구조를 전혀 무시할 수 없었던 桐壺帝도 또한 光源氏의 장래를 진지하게 생각함에 이르러서는 자신도 또한 이 권력구조에서 벗어날 수는 없음을 확인하기에 이른다.

이러한 공적인 관계를 바탕으로 한 桐壺帝와 제1황자와의 관계가 부자지간의 사적인 관계로서의 의미를 지니게 된 것은 임종을 앞둔 桐壺院이 자신을 찾아 온 朱雀帝에게 東宮과 光源氏에 대하여 신신당부하는

---

4 주3과 같음.

유언에 의해서라고 할 수 있다.

　　마음이 약해졌지만 東宮에 대하여 몇 번이고 부탁하시고, 다음에는 光源氏에 대하여 '내가 살아있을 때와 똑같이 크고 작은 일을 막론하고 무슨 일이던 後見을 해라. 나이에 비해 정치를 하기에 걱정할 필요가 없다고 생각하네. 틀림없이 세상을 다스릴 관상을 하고 있네. 그래서 뜻하지 않는 일이 일어날까 두려워 親王으로도 하지 않고 신하로서 朝廷의 後見을 하게 한 것이네. 나의 그 마음을 어긋나게 하지마라' 라며 마음 아픈 유언을 많이 하셨지만…帝도 아주 슬퍼져서 유언을 지킬 것을 반복하여 대답하였다. 容貌가 아주 깨끗하게 성장한 것을 기쁘고 든든하게 생각하신다.

　　弱き御心地にも、東宮の御事を、かへすかへす聞こへさせたまひて、次には大将の御事、「はべりつる世に変らず、大小のことをへだてず何ごとも御後見と思せ。齢のほどよりは、世をまつりごたむにも、をさをさはばかりあるまじうなむ見たまふる。かならず世の中たもつべき相ある人なり。さるによりて、わずらはしさに、親王にもなさず、ただ人にて、朝廷の御後見をせさせむと思ひたまへしなり。その心違へさせたまふな」と、あはれなる御遺言ども多かりけれど、…帝も、いと悲しと思して、さらに違へきこえさすまじきよしを、かへすがへす聞こえさせたまふ。御容貌もいときよらになびまさらせたまへるを、うれしく頼もしく見たてまつらせたまふ。

(「賢木」p.88)

　　임종을 앞둔 桐壺院은 朱雀帝에게 東宮와 光源氏에 대하여 부탁하면서, 항하는 시켰지만 훌륭한 정치가로서의 관상을 하고 있는 光源氏를 조정의 후견인으로서 기대하고 있었던 자신의 마음을 따라줄 것을 당부하고 또 朱雀帝도 그 유언을 지킬 것을 약속한다. 즉 공적인 관계를 바탕으로 한 桐壺院과 朱雀帝의 관계는 東宮와 光源氏에 관한 桐壺帝의 유언을 매개로 하여 사적인 부자지간의 관계로 발전한다.

『源氏物語』에 나타난 유언들이 유언을 받은 자들에게 있어서는 그들의 생활 규범만큼의 구속력을 갖는 것이며, 유언을 받은 자들이 실제로 그 유언의 준수 실천을 위하여 노력하는5것으로 나타나 있는 것을 생각할 때, 朱雀帝의 치정과 그 삶은 桐壺院의 유언에 의해 구속받을 수밖에 없는 것이며 그렇게 함으로서 朱雀帝도 桐壺院의 의지를 이어 받는 자로서의 의미를 지니게 된다.

朱雀帝이 꿈에 桐壺院이 御前의 계단 밑에 서서 기분이 아주 나쁜 듯이 째려보시니까 송구해하며 앉아있다. 여러 말씀을 하시는데 光源氏에 대한 것 같다. 아주 무섭기도 안타깝기도 하여 어머니인 后에게 말씀드렸더니 '비가 내려 하늘이 거친 밤에는 마음에 걸리는 일이 그렇게 보이는 것이라며 가볍게 놀라서는 안된다'고 하신다. 째려보실 때에 눈이 마주쳤기 때문일까 눈병이 나서 참을 수 없이 고통스럽다.

帝の御夢に、院の帝、御前の御階の下に立たせたまひて、御気色いとあしうてにらみきこえさせたまふを、かしこまりておはします。聞こへさせたまふことども多かり。源氏の御事なりけんかし。いと恐ろしういとほしと思して、后に聞こえさせたまひければ、「雨など降り、空乱れたる夜は、思ひなしたることはさぞはべる。軽々しきやうに、思し驚くまじきこと」と聞こへたまふ。にらみたまひしに見あはせたまふと見しけにや、御目にわずらひたまひてたへがたう悩みたまふ。　　　　　　　　（「明石」p.241）

5 坂本昇(1981)『源氏物語構想論』, 明治書院, p.73.

光源氏의 장래를 매개로 桐壷院과 朱雀帝의 만남이 재연된다. 그러나 이것은 朱雀帝의 꿈속에서의 만남이다. 그리고 유언하던 장면과는 달리 이것은 桐壷院이 朱雀帝를 노려보면서 질책하는, 朱雀帝로서는 光源氏의 須磨퇴거로 인해 桐壷院의 유언을 이행하지 못한 죄책을 받고 있다고 해석되는 꿈이다.

『源氏物語』에 나타난 꿈들은 藤壷가 光源氏의 꿈에 나타나듯이 혹은 柏木가 夕霧의 꿈에 나타나듯이 타계로부터의 신호로서 해석할 수 있는 경우가 있는가 하면, 明石入道의 꿈처럼 예언적인 성격을 띠는 경우, 또는 六条御息所의 경우처럼 자신의 불안정한 마음이 나타나는 경우 등[6] 다양하게 해석되는데, 朱雀帝의 이 꿈은 光源氏의 꿈속에서 朱雀帝에게 할 말이 있다며 서둘러 떠난 桐壷院이 朱雀帝의 꿈속에 나타난 것이기 때문에 桐壷院의 의지를 전하고자 하는 타계로부터의 신호라고 생각할 수 있다. 그러나 弘徽殿女御가 '마음에 걸리는 일이 그렇게 보이는 것'이라고 일축함으로서 朱雀帝가 아버지의 유언을 지킬 수 있는 길은 점차 멀어지고, 유언을 지키지 못하는 朱雀帝의 안타까운 마음은 그 댓가로서 꿈속에 나타난 桐壷帝의 시선을 의식한 나머지 눈병을 앓게 된다. 즉 朱雀帝는 섭관가와 황족 사이에서 고뇌하면서 아버지인 桐壷院을 더 의식하기에 이르렀다고 볼 수 있다. 그러나 右大臣의 사후에도 계속되는 弘徽殿女御의 의견에 따라 유언실현을 지연시킨 朱雀帝는 심해진 눈병에 의해 드디어는 제위를 양위하는 댓가를 치르기에 이른다. 그러나 제위를 양위함으로써 朱雀帝는 弘徽殿女御를 비롯한 섭관가의 영향에서 벗어나 桐壷院의 의지를 이어가는 황족으로서 자리잡을 수 있게 된다.

---

6 日向一雅(1983) 『源氏物語の主題』, 桜楓社, p.120 참조.

이윽고, 冷泉帝가 아닌 朱雀帝의 자식이 東宮으로서 제위를 이어가게 되는 것도 冷泉帝에게 자식이 없었기 때문이라기보다도, 桐壺院의 의지를 지킨 朱雀帝이었기에 그것이 가능한 일이었다고 해석할 수 있다. 즉 桐壺院이 불의의 사실을 알고 모르고를 떠나서 불의로 인해 출생한 冷泉帝의 자손이 제위를 이어가지 못하고, 공적으로도 충분한 인정을 받으면서 아버지인 桐壺院의 의지를 지킨 朱雀帝의 자손이 제위를 이어가는 것이다.

이렇듯 아버지와 제1황자와의 관계는 공적으로도 사적으로도 절대적인 관계의 테두리 속에서 영위될 수밖에 없다고 하는 기본구조가 桐壺院과 朱雀帝의 관계에서 긍정적으로 부각된다. 또한 이것이『源氏物語』의 한계인 동시에『源氏物語』의 근본적인 구조를 이룬다.

2) 光源氏의 아버지로서의 桐壺帝

1〉 高麗相人의 예언 실현을 위하여

桐壺帝는 아들인 光源氏가 그 어머니의 전철을 밟지 않게 하기 위하여 전전긍긍하던 끝에『源氏物語』중 유일하게 점을 치는 帝이다. 그것도 '倭相'과 '宿曜道の人' 그리고 '高麗相人' 등의 점쟁이들이 동원된다. 물론 사실에 있어서도 이러한 예가 있었음이 알려지고는 있으나『源氏物語』에 나타난 高麗相人은 당시의 선진지대의 권위를 나타냄과 동시에, 이미 궁정화된 다른 점쟁이들과는 달리 황권의 외부로부터 光源氏의 초월적인 숙세를 보장하는 이방인으로서 등장[7]한다. 그리고 이것은 아들을 위하여 당시의 섭관가 중심의 권력구조에 대항하는 桐壺帝의 애절한 마음

---

7 河添房江(1992)『源氏物語の喩と王権』, 有精堂, p.207.

의 극치가 나타난 것이다.

　　나라의 어버이가 되어 帝王의 지위에 올라갈 관상이 있지만, 그렇게
하면 세상이 혼란하여 걱정스런 일이 있을 것이오. 朝廷의 신하가 되어
천하를 보필하는 측면에서 본다면 또 달라질 관상이오.

　　国の親となりて、帝王の上なき位にのぼるべき相おはします人の、そな
　　たにて見れば、乱れ憂ふることやあらむ。朝廷のかためとなりて、天の下
　　を輔くる方にて見れば、またその相違ふべし。　　　　　　（「桐壷」p.116）

　외가의 후견이 없는 光源氏의 앞날을 걱정하던 桐壷帝는 '천황의 관상
을 하고 있으나 천황이 되어서는 안 되고 그렇다고 신하로 끝날 관상도
아니'라는 수수께끼와 같은, 그러나 高麗相人이라고 하는 당시의 보다
진보된 나라의 점쟁이의 말[8]을 믿고 光源氏를 신하로 항하시키는 큰 결
정을 내린다. 따라서 高麗相人의 예언은 그것을 믿는 桐壷帝의 마음을
구속하게 되며 桐壷帝의 신념이 된다. 그렇기 때문에 어린 光源氏의 숙
세실현을 위하여 실질적으로 행동하는 것은 아버지인 桐壷帝가 될 수밖
에 없으며, 항하시킨 光源氏에 대한 桐壷帝의 아쉬움이 크면 클수록 高
麗相人의 예언실현에 대한 桐壷帝의 집착 또한 배가되는 구조를 띤다.

　　無品親王이면서 외가의 후견도 없이 떠돌게는 하지 않겠다. 내 시대
도 알 수 없으니 신하로서 朝廷의 後見을 하는 것이 앞날이 든든할 것이
라고 결정하여 더욱 더 여러 학문을 익히게 한다. 특히 현명하여 신하로
두기에는 아쉽지만 親王이 되고나면 세상이 의심을 하게 될테니…

8　後藤祥子(1986)『源氏物語の史的空間』, 東京大学出版会, p.3.

無品親王の外戚の寄せなきにては漂さじ、わが御世もいと定めなきを、
　ただ人にて朝廷の御後見をするなむ行く先も頼もしげなめることと思し定
　めて、いよいよ道々の才を習はさせたまふ。際ことにかしこくて、ただ人
　にはいとあたらしけれど、親王となりたまひなば世の疑ひ負ひかまひぬべ
　くものしたまへば、…
　　　　　　　　　　　　　　　　　　　　　　　　　　（「桐壺」p.117）

　　光源氏가 놓여있는 현실적인 상황을 고려하면 할수록 高麗相人의 예
언에 집착할 수밖에 없는 桐壺帝의 마음이 역력히 나타나있다. 그는 결
국 光源氏를 무품친왕으로서 외가의 후견조차 없는 불안정한 인생을 보
내게 하기보다는 '朝廷의 신하가 되어 천하를 보필하는 사람'으로서 조
정의 후견인을 시키는 것이 光源氏의 안정된 장래를 위한 것이라고 판단
한다. 그리고 그 판단이 수수께끼와 같은 高麗相人의 예언을 확신으로
이끈다. 즉 신하로 두기엔 아까울 만큼의 현명한 光源氏를 보면서 高麗
相人의 예언을 믿을만한 제왕의 기량을 확신하기 때문[9]에, 우선은 섭관
가를 중심으로 한 권력구조와의 충돌을 피하기로 하는 것이다. 따라서
정치에 관한 학문을 시키면서 멀게는 숙세의 실현을 기대하고 가깝게는
보다 안정된 삶의 길을 선택해 주고자 하는 계획적이고 현실적인 桐壺帝
의 아버지상이 조형되고 있다. 桐壺帝는 총애하던 更衣에 대한 '남의 질
투도 상관하지 않고, 세상 소문거리가 될 정도로 대우를 한'[10] 그때와는
달리, 아들 光源氏의 운명에 대해서는 현실을 고려하며 철두철미하게
신중한 아버지로 변모한다.

9 주6과 같음, p.67.
10 「桐壺」p.93 「人のそしりをもえはばからせたまはず、世の例にもなりぬべき御も
　てなしなり」

그러나 高麗相人의 예언 실현을 보지 못하고 임종을 맞은 桐壷帝은 섭관가를 중심으로 한 권력구조에 굴복하여 항하시킨 光源氏에 대한 아쉬움을 '나이에 비해 정치를 하기에 걱정할 필요가 없다고 생각하네. 틀림없이 세상을 다스릴 관상을 하고 있네.'[11]라고 朱雀帝에게 유언하여, 高麗相人의 예언 실현에 집착하고 있었음을 드러낸다. 그리고 이것이 朱雀帝에게 유언으로 남겨짐으로써 결국은 朱雀帝의 치정까지도 구속하기에 이르렀으며, 이 유언으로 인하여 桐壷院과 朱雀帝의 관계는 물론, 朱雀帝와 光源氏의 관계도 사적으로 연계되는 의미를 지니게 된다.

故桐壷院이 생전의 모습으로 서서 '어째서 이런 이상한 곳에 있느냐'라면서 손을 잡아 끄셨다. '住吉神이 인도하는 대로 빨리 배를 저어 이 항구를 떠나라'…'…이참에 帝에게 할 말이 있으니 서둘러 조정으로 가겠다'라며 사라졌다.

故院ただおはしまししさまながら立ちたまひて、「などかくあやしき所にはものするぞ」とて、御手を取りて引き立てたまふ。「住吉の神の導きたまふままに、はやふな出してこの浦を去りね」…「…かかるついでに内裏にそうすべきことあるによりなむ急ぎ上りぬる」とて立ち去りたまひぬ。

(「明石」p.219)

桐壷院은 須磨 퇴거중인 光源氏의 꿈속에 나타나 '住吉神'을 따라갈 것을 조언한다. 사후에도 光源氏의 장래에 집착하는 모습을 보인다. 이것은 光源氏의 운명이 초인적인 힘에 의해 인도되는 특이함을 나타내는

11 「賢木」p.88「齢のほどよりは、世をまつりごたむにも、をさをさはばかりあるまじうなむ見たまふる。かならず世の中たもつべき相ある人なり」

동시에 明石君와의 결혼으로 인해 천황의 외조부가 될 光源氏의 장래에 대한 아버지로서의 기대가 나타난 것이라고 할 수 있다. 朱雀帝에게도 할 말이 있다며 떠나는 桐壷院에게서 두 아들의 꿈속을 넘나들며 光源氏가 東宮의 후견인으로서 또 明石姬君의 아버지로서 桐壷帝가 생각하는 高麗相人의 예언이 실현되도록 이끌어주려는 의지가 강하고 신념 깊은 아버지상이 부각된다.

항하시킨 光源氏에 대한 桐壷帝의 아쉬움에 비례하여 高麗相人의 예언 실현에 대한 桐壷帝의 집착이 배가되는 구조 속에서, 桐壷院의 신념이 된 高麗相人의 예언은 光源氏와 朱雀帝의 삶을 총체적으로 지배하고 연결시키기에 이르렀다고 볼 수 있다.

2) 桐壷更衣 대신으로서의 藤壷를 통하여

先帝의 딸이라고 하는 고귀한 신분의 여성[12]인 藤壷가 物語에 등장하여 입궐하게 되는 가장 근본적인 이유는 桐壷帝가 桐壷更衣의 죽음을 안타까워하고 또 藤壷가 죽은 桐壷更衣와 닮았기 때문이다. 桐壷更衣에 대한 桐壷帝의 그러한 그리움은 결국 桐壷更衣가 남긴 光源氏에게 藤壷를 어머니대신으로서 만나게 하는 형태로 이어진다. 따라서 이것은 현실적인 사랑의 표현이 된다.

(藤壷는) 아주 젊고 아름다운 모습으로 열심히 숨지만, (光源氏는) 사이사이로 자연히 보게 된다. 어머니에 대해서는 그림자조차 기억이 없는데 '아주 많이 닮았다'고 典侍가 말하는 것을 어린 마음에 아주 그립게

12 「桐壷」p. 117.

생각하여 항상 가고 싶고 친해지고 싶다고 생각한다. 아버지 桐壺帝도 한없이 사랑하는 두사람이어서 '멀리 하지 마오. 이상하게도 아이어머니로 생각하고 싶은 기분이오. 무례하다고 생각지 말고 예뻐해 주시오. 얼굴 생김새나 눈매 등이 아주 많이 닮아 있어서 아이어머니처럼 보여도 어울리지 않지는 않아요' 라는 등 말하니, 어린 마음에도 별 것 아닌 꽃이나 단풍잎으로도 마음을 표현하게 된다.

> いと若ううつくしげにて、せちに隠れたまへど、おのづから漏り見たて
> まつる。母御息所も、影だにおぼえたまはぬを、「いとよう似たまへり」と
> 典侍の聞こえけるを、若き御心地にいとあはれと思ひきこえたまひて、常
> に参らまほしく、なずさひ見たてまつるらばや、とおぼえたまふ。上も、
> 限りなき御思ひどちにて、「な疎みたまひそ。あやしくよそへきこへつべき
> 心地なむする。なめしと思さで、らうたくしたまへ。つらつき、まみなど
> はいとよう似たりしゆえ、かよひて見えたまふも似げなからずなむ」など聞
> こへつけたまへれば、幼心地にも、はかなき花紅葉につけても心ざしを見
> えたてまつる。
>
> （「桐壺」pp.119-120)

光源氏를 신하로 항하시킨 아버지 桐壺帝는 藤壺와 光源氏를 서로 닮았다고 하면서 친 모자지간처럼 가까이 지내도록 권한다. 桐壺帝는 藤壺와 光源氏를 죽은 桐壺更衣의 연장선상에서 연결시킨다. 죽은 아버지의 유언으로 시작되는 桐壺更衣일가의 숙세[13]가 곧 光源氏의 숙세임을 아는 桐壺帝는 光源氏를 항하시킴으로써 숙세 실현에서는 보다 멀어지게 한 대신, 어머니에 대한 사랑을 그리워하는 光源氏를 위하여 어머니 대신으로서 藤壺를 만나게 하고 있다. 즉 光源氏를 항하시켜 황족으로서의 지위는 박탈해 버렸지만 그 대신 어머니의 사랑을 그리워하는 마음을

---

13 藤井定和(1980)『源氏物語の始原と現在』, 冬樹社, p.154.

藤壷를 통하여 채워주려고 한다. 그러나 藤壷와 光源氏의 이 운명적인 만남은 아버지인 桐壷帝가 전혀 짐작하지 못하는 곳에서 아버지의 사랑을 배신하는 光源氏의 죄의 씨앗이 된다.

帝가 양위하려는 마음의 준비가 되어감에 따라 이 어린 황자를 東宮으로 하려고 생각하지만 後見해줄 사람이 없다. 어머니 쪽은 모두 親王들이고 황족이 정치를 할 수도 없는 일이어서, 어머니 藤壷만이라도 확고한 지위에 오르게 하여 힘이 되도록 하게 하고자 한다.

帝おりいさせたまはむの御心ずかひ近うなりて、この若宮を坊にと思ひきこえさせたまふに、御後見したまふべき人おはせず、御母方、みな親王たちにて、源氏の公事知りたまふ筋ならねば、母宮をだに動きなきさまにしおきたてまつりて、強りにと思すになむありける。 　　　（「紅葉賀」p.419）

양위할 것을 생각하는 桐壷帝는 光源氏를 닮은 藤壷의 아들 若宮를 東宮으로 세우고자 한다. 그리고 그때까지 비어있던 中宮자리에 藤壷를 세워 若宮의 장래를 탄탄하게 하려고 생각한다. 훗날 光源氏가 '돌아가신 아버지도 이렇게 마음속으로는 알고 있으면서 모르는 척하고 있었던 걸까'[14]라면서 桐壷帝가 배신당한 사실을 알면서도 모른 체 한 것이 아니겠는가 하고 짐작하면서 아버지의 깊은 마음을 다시금 생각하지만, 桐壷帝는 그러한 사실은 아랑곳하지 않고 오로지 光源氏를 빼닮은 若宮의 장래를 튼튼하게 하려고 생각한다. 즉 藤壷가 中宮의 자리에 오른 것은 桐壷帝가 藤壷를 사랑한다는 그런 차원이 아니라, 光源氏를 닮은 若宮의

---

14 「若菜下」p.245 「故院の上も、かく、御心には知ろしめしてや、知らず顔をつくらせてたまひけむ。」

장래를 탄탄하게 하기 위한[15] 桐壺帝의 계산에 의한 것이며, 若宮의 황권 성취는 나아가서 光源氏의 현실적인 입지를 강화시킬 수 있는 계기라고 桐壺帝는 생각하는 것이다. 桐壺帝는 자식 사랑과 자식의 배신이라고 하는 양면적인 운명의 굴레 속에서조차 자식을 지극히 사랑하는 아버지 상으로서 일관되게 나타나있다.

> (桐壺帝는) 때에 따라서 관현악 놀이 등을 세상의 평판이 될 정도로 개최하면서 지금의 생활을 즐기지만, 단지 東宮만을 그립게 생각한다. 後見이 없는 것이 마음에 걸리어 大将の君인 光源氏에게 만사 부탁하는 것도 불편한 한편으로 기쁘게 생각한다.
>
> をりふしに従ひては、御遊びなどを好ましう世の響くばかりせさせたまひつつ、今の御ありさましもめでたし。ただ、東宮をぞいと恋しう思ひきこへたまふ。御後見のなきをうしろめたう思ひきこへて、大将の君によろず聞こえつけたまふも、かたはらいたきものからうれしと思す。(「葵」p.11)

桐壺帝는 양위하여 한가로이 시간을 보내면서도 東宮의 앞날을 光源氏에게 부탁하는 등, 光源氏를 東宮의 후견인으로 지목함으로써 光源氏의 숙세인 '朝廷의 신하가 되어 천하를 보필하는 사람'이 자연스럽게 성취되도록 유도한다. 그러나 이것은 섭관가를 중심으로 한 신분제도의 질서 속에서 桐壺更衣를 잃고 어쩔 수 없이 光源氏를 항하시킨 桐壺帝가, 그 억울함을 자신을 배신한 죄의 결실인 東宮를 통하여 풀고자 하는 아이러니한 모습이다. 그리고 이것은 사랑과 배신의 굴레 속에서 조차 끝없고 절대적인 아버지의 사랑을 확인하는 과정이 된다.

15 주5와 같음, p.33.

『源氏物語』제1부는 천황의 자식으로 태어났으면서도 섭관가를 중심으로 하는 권력구조하에서 신하로 항하된 光源氏의 영화성취와 사랑이 주된 주제이다. 그러나 그것은 光源氏를 항하시킬 수밖에 없었던 아버지 桐壺帝가 확고한 신념과 사랑으로 光源氏의 삶을 이끌어 줌으로서 가능한 일이었다. 그러한 아버지의 신념을 이어 光源氏는 이윽고 조정의 후견인으로서, 明石中宮의 아버지로서, 東宮의 외조부로서 영화를 성취하여 그 영화는 대대손손 이어지게 된다. 즉 아버지의 신념과 사랑이 高麗相人의 예언을 성취시키게 되는 것이다. 그러나 아버지를 배신함으로서 얻게 된 光源氏의 准太上天皇로서의 영화는 冷泉帝의 자손이 없음으로 인하여 결국 근본적으로 단절되고 만다. 이러한 단절에서 아버지의 자애로 이끈 자식의 번영에 대하여 배신으로는 번영할 수 없다고 하는 가치관이 나타나있다. 光源氏에 대한 桐壺帝의 절대적인 사랑은, 사랑과 배신이라고 하는 삶의 굴레 속에서 오히려 역설적으로 그 빛을 발하는 것이다.

3. 제2부를 대표하는 아버지 朱雀院

제2부는 光源氏의 잠재왕권의 원동력이던 '色好み'가 女三宮의 이야기와 합류되면서 왕권을 말살하는 '色好み譚'으로서 제1부의 왕권담을 재조명시킨다[16]거나, 또는 질투심이 있는 紫上가 女三宮의 降嫁를 계기로 인간적인 성장을 하여 참으로 이상적인 여인으로서 비약적인 발전을 한

16 주7과 같음, p.345.

다[17]는 등, 영화 성취의 뒷면에서 죄를 지은 光源氏가 그 죄의 댓가를 치른다고 하는 인과응보의 제시, 혹은 여주인공인 紫上의 완벽한 인간상의 성취 등에서 그 주제를 찾아 볼 수 있다. 그와 더불어 『源氏物語』 제1부의 원동력이 된 桐壺帝의 두 아들, 즉 太上天皇인 朱雀院과 准太上天皇인 光源氏의 진가가 제기되는 것도 제2부의 또 하나의 진정한 주제라고 할 수 있다.

거기에서 눈에 띄는 것이 女三宮의 아버지로서의 朱雀院의 모습이다. 그것은 光源氏의 영화 성취의 뒷전으로 밀려나 있던 朱雀院이 출가를 앞두고 어머니를 여읜 딸 女三宮의 앞날을 걱정하며 후견인 및 사윗감을 물색하는데서 시작한다. 그것은 결과적으로 准太上天皇가 된 光源氏의 인생을 송두리째 뒤흔드는 계기가 되고, 딸 女三宮의 인생전개에 대해서도 결정적인 계기로서 작용하게 된다.

1) 光源氏에게 기대하는 朱雀院

제2부의 시작인 「若菜上」권에서는 桐壺帝의 아들인 太上天皇 朱雀院과 准太上天皇가 된 光源氏의 만남이 필연적으로 일어난다. 즉 朱雀院은 출가를 앞두고 자신의 어머니인 弘徽殿女御의 의견과는 관계없이 '얼마 되지 않는 이 세상의 삶이니 그처럼 만족스럽게 살고 싶다'며 호의와 사랑과 존경심[18]을 갖고, 지금은 '신하'가 아닌 자신과 같은 황족이 된 准太上天皇 光源氏에게 자신의 딸인 女三宮의 후견을 당부하고자 한다.

---

17 松尾 聡(1983) 『平安時代物語論考』, 笠間叢書, p.172.
18 주5와 같음, p.315.

姬宮의 아주 어여쁘고 어리고 천진한 모습을 보면서 '소중히 하면서 아직 미숙한 점을 감추고 가르쳐줄만한 사람이 안심이 되고 맡기고 싶은데' 라고 말한다.……'정말로 조금이라도 평범한 결혼을 시키고 싶은 딸이 있다면 이왕이면 光源氏에게 보내고 싶구나. 얼마 되지 않는 이 세상의 삶이니 그처럼 만족스럽게 살고 싶구나. 내가 여자라면 같은 혈족이라도 꼭 친근한 사이가 되고 싶다고 젊었을 때에는 그렇게도 생각했었다. 더욱이 여자가 반하는 것은 당연하겠지'라고 말한다.

姬宮のいとうつしげにて、若く何心なき御ありさまなるを見たてまつりたまふにも、「見はやしたてまつり、かつはまた片生ひならんことをば見隠し教へきこえつべからむ人のうしろやすからむに、預けきこえばや」など聞こえたまふ。……「まことにすこしも世づきてあらせむと思はむ女子持たらば、同じくはかの人のあたりにこそは、触ればはせまほしけれ。いくばくならぬこの世の間は、さばかり心ゆくありさまにてこそ、過ぐさまほしけれ。我、女ならば、同じはらからなりとも、必ず睦び寄りなまし。若かりし時など、さなむおぼえし。まして女のあざむかれむはいとことわりぞや」とのたまはせて、

(「若菜上」pp.20-22)

어린 女三宮의 모습을 보는 아버지 朱雀院의 불안한 마음은 결국 女三宮를 잘 보살펴주고 이끌어주는 안심할 수 있는 사람을 기대하게 된다. 바로 이 기대가 光源氏에게로 향한다. '내가 여자라면 같은 혈족이라도 꼭 친근한 사이가 되고 싶다'고 호들갑을 떠는 朱雀院은 지금 准太上天皇로서 마치 궁궐과 같은 六条院의 주인인 光源氏를 '신하'가 아닌 자신과 같은 황족으로 인정함과 동시에 女三宮의 황족으로서의 체면에 집착하는 朱雀院의 光源氏에 대한 기대를 여실히 보여준다.

바로 그러한 기대로 말미암아 朱雀院은 아버지 桐壷帝가 인정하고 자신도 호의를 가져 왔던, 그리고 이미 准太上天皇로서 자신과 동등하다고 생각되는 光源氏에게 자신의 딸인 女三宮의 장래조차도 의지하고자 하는 것이다.

　'…미안한 부탁이지만, 이 어린 內親王 한명, 특별히 잘 돌봐줘서 그럴 만한 인연을 잘 정해서 맡겨주시오. 權中納言(夕霧)가 독신일 때 말을 꺼냈어야 했는데 大臣(頭中将)에게 빼앗겨서 아쉽네요.'라고 말한다. '신하 中納言은 성실하여 잘 섬기겠지만 만사가 아직 미숙하여 깊지 못하지요. 황송하지만 내가 깊은 마음으로 後見하면 지금과 다르지 않겠지요. 그저 내 여명도 얼마 남지 않아서 끝까지 섬길 수 있겠는가 하고 의심스러운 점만이 괴롭네요.'라며 수락한다.

　「…かたはらいたき讓りなれど、このいはけなき內親王ひとり、とり分きてはぐくみ思して、さるべきよすがをも、御心に思し定めて預けたまへと聞こえまほしきを。權中納言などの獨りものしつるほどに、進み寄るべくこそありけれ、大臣に先ぜられて、ねたくおぼえはべる」と聞こえたまふ。「中納言の朝臣、まめやかなる方は、いとよく仕うまつりぬべくはべるを、何ごともまだ淺くて、たどり少なくこそはべらめ。かたじけなくとも、深き心にて後見きこえさせはべらんに、おはします御蔭にかはりては思されじを、ただ行く先短くて、仕うまつりさすことやはべらむと疑はしき方のみなむ、心苦しくはべるべき」とうけひき申したまひつ。

(「若菜上」p.43)

　太上天皇인 朱雀院과 准太上天皇인 光源氏와의 女三宮의 항가를 에워싼 만남이 있다. 그러나 朱雀院이 夕霧가 女三宮의 남편감으로서 어떠한가를 묻는 것도 아니[19]면서 구태여 夕霧의 이야기를 꺼낸 것은 光源氏와

女三宮의 많은 나이 차이가 마음에 걸리기 때문이다. 光源氏는 이미 어린 紫上를 훌륭한 인물로 키웠으며 玉鬘의 후견도 충분히 해낸 나이 많은 사람이다. 紫上를 보살피던 십대의 光源氏와 사십이 다 되어 가는 지금의 光源氏를 동일시하는 것은 그동안의 세월의 무게를 무시하는 비약이고 착오[20]이다. 그럼에도 불구하고 이들은 女三宮의 후견을 문제 삼아 그녀와 결혼시킬 수 없는 夕霧의 상황을 화제로 삼으며, 오랜 세월의 무게를 초월하여 太上天皇와 准太上天皇이며 桐壺帝의 자식이라고 하는 동등한 지위를 확인한다. 그럼으로써 황족으로서의 체면을 생각하는 朱雀院과 藤壺의 혈육이며 최고의 신분임에 동경하는 光源氏의 엇갈리는 기대를 통해 女三宮의 항가가 결정된다.

2) 光源氏를 초월하는 朱雀院

朱雀院도 산에서 딸의 임신소식을 듣고 안쓰럽고 그립게 생각한다. 요 몇 달 다른데 가 있어서 딸에게 좀처럼 오지 않는다고 남들이 말하는데 어찌 된 일인지 걱정되어 부부사이도 새삼 원망스럽다. 紫上가 아플 때는 역시 돌보기 위해서 오지 않는다고 듣는 것조차 마음 편치 않았는데 '그 후에도 변함없이 오지 않는 것은 그 무렵에 불편한 일이라도 일어났을까. 딸이 모르더라도 섬기는 자들의 좋지 않은 마음으로 인해 무슨 일이 있었을까. 궁중의 정취를 같이 즐기는 사이라도 상식에 어긋나는 소문이 나돌기도 하니까'라고까지 생각한다. 아기자기한 속세를 떠난 몸이지만 역시 자식을 생각하는 길은 잊을 수 없어서 딸에게 자상하게 편지를

---

19 주5와 같음, p.353.
20 大朝雄二(1981) 「女三宮の降嫁」, 『講座源氏物語の世界』第六集, 有斐閣, p.84.

써 보낸다.

　御山にも聞こしめして、らうたく恋しと思ひきこえたまふ。月ごろかく
ほかほかにて、渡りたまふこともをさをさなきやうに人の奏しければ、い
かなるにかと御胸つぶれて、世の中も今さらに恨めしく思して、対の方の
わづらひけるころは、なほ、そのあつかひにと聞こしめしてだに、なま安
からざりしを、「その後なほり難くものしたまふらむは、そのころほひ便な
き事や出で来たりけむ。みづから知りたまふことならねど、よからぬ御後
見どもの心にて、いかなる事かありけむ。内裏わたりなどのみやびをかは
すべき仲らひなどにも、けしからずうきこと言ひ出づるたぐひも聞こゆか
し」とさへ思し寄るも、こまやかなること思し棄ててし世なれど、なほこの
道は離れがたくて、宮に御文こまやかにてありけるを、

(「若菜下」pp.257-258)

　속세를 떠나 있으면서도 光源氏와의 사이가 순조롭지 못하다는 소식
을 전해 듣는 朱雀院은 자식인 女三宮가 마음에 걸리기만 한다. 女三宮
가 임신했음에도 불구하고 紫上가 중병에 걸린 이후로 光源氏와의 사이
가 계속 먼 것에 대하여 朱雀院은 많은 염려를 한다. 부부사이가 믿을만
한 것이 못되는데21, 紫上가 중병에 걸려 光源氏가 女三宮를 소홀히 하
고 있을 때 무슨 불상사라도 일어난 것이 아닐까, 아니면 밑에 있는 女房
들이 잘못을 한 것일까, 光源氏를 믿고 의지하여 女三宮를 맡기기는 했

---

21 朱雀院에게는 세 명의 황비인 一条御息所, 承香殿女御, 藤壺女御가 있지만 朧月夜
와 秋好中宮를 사랑했다. 그러나 朧月夜는 자신의 황비가 되면서도 光源氏를 사랑
했고 朱雀院은 그것을 알면서도 朧月夜를 사랑하고 또 두 사람을 용서하고 이해하
려 했으나 朧月夜의 마음은 朱雀院을 사랑하는 일이 없었으며, 秋好中宮는 결국
冷泉帝의 황비가 됨으로서, 朱雀院은 사랑으로 인한 부부관계를 갖지 못하였다고
볼 수 있다.

지만, 부부사이를 믿을 수 없는 朱雀院은 더 이상 光源氏를 믿을 수 없다고 생각한다. 그리고 이것은 朱雀院의 추측임에도 불구하고 사실이다. 朱雀院은 이미 속세를 떠나 있음에도 불구하고 자식이 있는 속세의 일을 정확히 판단하고, 또 속세인과 다름없이 자식인 女三宮에 대하여 걱정한다. 속세를 떠나서도 자식을 걱정하는 아버지의 마음은 속세인과 다를 바가 없다.

'物の怪때문이거나 그에 졌다고 해도 나쁘다면 삼가겠지만, 허약해진 사람이 죽을 것 같다며 부탁하는 것을 들어주지 않으면 훗날 후회되고 괴롭지 않을까요.'라고 말한다. 마음속으로는 더없이 안심되어 맡긴 부탁을 승낙해 놓고는 그다지 애정이 깊지 않고 기대와는 다른 모습을 알게 되면서 요 몇 년 마음이 아팠지만 내색하고 원망할 수도 없는 일이어서 사람들이 상상하여 소문을 내는 것도 안타깝게 생각해 왔다. 이럴 때에 속세를 떠나는 것도 웃음거리가 될 부부관계를 원망해서의 출가로는 보이지 않겠지. 전반적인 後見으로는 계속 의지할 수 있을 것 같으니, 그저 맡겨둔 보람이 있다고 생각하기로 하자. 싫어서 출가하는 것으로는 하지 않고, 상속받은 넓고 정취 있는 저택을 수리하여 살 수 있도록 해주자. 내가 살아있는 동안에 비구니 생활이긴 해도 마음에 걸리는 일이 없도록 하고, 또 大殿인 光源氏도 말은 그렇게 해도 전혀 소홀히는 하지 않을 것이다. 그 마음을 지켜보기로 하자고 생각하여 '그럼 이렇게 온 김에 受戒하여 부처님과의 인연을 맺지요'라고 말한다.

「物の怪の敎へにても、それに負けぬとて、あしかるべきことならばこそ憚らめ、弱りにたる人の、限りとてものしたまはむことを聞き過ぐさむは、後の悔心苦しうや」とのたまふ。御心の中、限りなううしろやすく讓りおきし御事を承けとりたまひて、さしも心ざし深からず、わが思ふやう

にはあらぬ御気色を、事にふれつつ、年ごろ聞こしめし思しつめけること、色に出でて恨みきこへたまふべきにもあらねば、世の人の思ひ言ふらんところも口惜しう思しわたるに、かかるをりにもて離れなむも、何かは、人笑へに世を恨みたるけしきならで、さもあらざらむ、おほかたの後見には、なほ頼まれぬべき御おきてなるを、ただ預けおきたてまつりししるしには思ひなして、憎げに背くさまにはあらずとも、御処分に、広くおもしろき宮賜はりたまへるを繕ひて住ませたてまつらむ、わがおはします世に、さる方にても、うしろめたからず聞きおき、また、かの大殿も、さ言ふとも、いとおろかにはよも思ひ放ちたまはじ、その心ばへをも見はてむと思ほしとりて、「さらば、かくものしたるついでに、忌むこと受けたまはむをだに結縁にせむかし」とのたまはす。　　　　　　　（「柏木」pp.296-297）

　准太上天皇인 光源氏에게 항가시키면 황족으로서의 체면유지 이상으로 女三宮를 잘 대해주리라던 기대는 이미 무너지고, 남은 것은 황족으로서의 체면을 유지하면서 女三宮를 출가시키는 것이라고 朱雀院은 결심하기에 이른다. 따라서 朱雀院의 판단은 '物の怪'에 의한 출가의 차원을 초월[22]하여, 황족으로서의 체면유지를 위한 출가는 女三宮가 병중인 지금이 적기라고 생각한다. 그렇기 때문에 출가후의 女三宮의 생활에 대해서도 생각을 하면서 '物の怪'로 인하여 출가를 하게 되었더라도 출가 자체가 나쁜 것은 아니라며 적극적인 태도로 단호히 말한다. 朱雀院은 光源氏를 타이르거나 光源氏의 사랑을 구걸하거나 또는 紫上에 대해서 질투심을 갖거나 하지 않는다. 光源氏에 대한 기대가 무너지고 부부 사이도 믿을만한 것이 못된다고 이미 생각한 朱雀院은 범인의 삶을 초월

---

22 주5와 같음, p.369.

하여 '이렇게 오신 김에 비구니로 해주세요'23라고 하는 女三宮를 그 자리에서 직접 출가시킨다.

젊었을 때는 섭관가의 자손으로서 자신의 의지를 확고히 가질 수도 없었고 '마음이 너무 여려서 강인한 곳이 없는'24 성격을 타고 난 朱雀院은 지금 황족으로서의 체면을 생각하는 女三宮의 아버지이기 때문에 확고한 계획성과 결단력을 띤 성격으로 변모한다.

'이 세상의 삶이 오늘 내일로 끝나리라 생각했을 무렵에 (女三宮를) 후견해줄 사람도 없이 떠돌 것이 딱해 두고 떠날 수 가 없어서, (光源氏당신은) 본심은 아니었겠지만, 이렇게 부탁하여 몇 년간 안심하고 지냈지요. 만약 (女三宮가) 살아난다면 비구니가 되었으니 번잡한 곳에서 살기에는 어울리지 않을 테고, 그렇다고 산속에 떨어져 사는 것도 불안하겠지요. 비구니는 비구니인 채로 역시 돌봐주세요'라는 등 말하니, '이렇게까지 말씀하시니 오히려 부끄럽네요. 당황스러워서 뭐라 말할 수가 없어요'라며 참을 수 없을 듯이 생각한다.

「世の中の、今日か明日かにおぼえはべりしほどに、また知る人もなくてただよはむことのあはれに避りがたうおぼえはべしかば、御本意にはあらざりけめど、かく聞こえつけて、年ごろは心やすく思ひたまへつるを、もしも生きとまりはべらば、さま異に変りて、人繁き住まひはつきなかるべきを、さるべき山里などにかけ離れたらむありさまも、また、さすがに心細かるべくや。さまに従ひて、なほ、思し放つまじく」など聞こえたまへば、「さらに、かくまで仰せらるるなむ、かへりて恥づかしう思ひたまへらるる。乱り心地とかく乱れはべりて、何ごともえわきまへはべらず」と

23 「柏木」p.295,「かくおはしまいたるついでに、尼になさせたまひたよ」
24 「賢木」p.96,「御心なよびたる方に過ぎて、強きところおはしまさぬなるべし」

て、げにいとたへがたげに思したり。 （「柏木」p.299）

　　光源氏가 아버지에 대한 죄의식과 女三宮의 출가를 막지 못하고 柏木를 죽음으로 몰아넣는 옹졸함 사이에서 방황하고 있을 때, 朱雀院은 확고한 계획과 결단력으로 女三宮를 출가시킴으로써 영화와 사랑을 초월한 황족으로서의 숭고한 자부심을 표현하기에 이른다. 朱雀院의 그러한 모습은 출가한 女三宮의 후견을 할 수밖에 없는, 분별력이 떨어진 '신하'인 光源氏와 대조를 이룬다. 황족으로서의 자부심을 생각하며 확고한 태도를 취하는 朱雀院은 이미 光源氏를 초월한 숭고한 황족으로서의 모습을 지키고 있는 것이며, 女三宮를 출가시킨 朱雀院 앞에서 자신의 분별력도 없이 朱雀院의 말에 따를 수밖에 없는 光源氏는 이미 자신의 삶의 연장선인 '신하'로서의 모습을 드러내고 있다.

　　朱雀院은 光源氏의 세계를 초월함으로 해서 女三宮를 출가시키고, '근행을 하면서도 같은 부처님의 길을 가고 있을 거라 생각'[25]하며 女三宮와의 불도를 통한 공감대를 모색한다. 柏木의 혈통을 이어받고 있음으로 인하여 혈통적으로는 그리 대단하다고 할 수 없는 薫가 그처럼 재색과 성질이 뛰어난 인물로서 그의 어머니인 女三宮의 후반생을 더없이 행복하게 한 것은[26] 柏木의 혈통보다는 朱雀院의 숭고한 정신과 그 혈통을 이어 받는 인물임이 중요시되었기 때문일 것이다.

　　朱雀院에게서 보면, 이미 황족으로서의 길을 벗어난 光源氏는 항하한 신하로서 출가한 女三宮의 후견을 하며 紫上와의 여생을 정리할 수밖에 없는데 비해, 朱雀院은 光源氏의 불의를 아는지 모르는지 내색을 하지

25 「横笛」p.334, 「御行ひのほどにも、同じ道をこそは勤めたまふらめなど思しやりて」
26 주17과 같음, p.173.

않았던 桐壺帝의 뒤를 이어 범인의 삶을 초월한 황족으로서의 정신세계를 계승하여 명실공히 황족을 상징하는 인물로서 자리 잡게 된 셈이다. 이러한 대비를 통하여 승화된 인격을 지닌 아버지로서의 朱雀院의 모습이 두드러진다.

4. 제3부를 대표하는 아버지 八の宮

인간은 과연 과거와 미래로 연결되는 인연으로부터 구제될 수 있는가. 八の宮에게서는 자식들의 문제와 관련한 그 아버지상을 통하여 이 문제가 추구된다. 그리고 이것은 『源氏物語』 제1부와 2부의 전개를 통하여 남겨진 현실적인 의문이라고도 할 수 있다.

八の宮는 시공을 초월하여 宇治에서 불도를 닦는, 몸은 속세에 있으나 聖같은 삶을 영위하는 이른바 '俗聖'이다. 과거로부터 이어지는 황족으로서의 체면의식은 聖적인 삶, 그리고 두 딸의 결혼을 비롯한 미래의 문제는 俗적인 삶을 각각 지배한다. 그리고 이러한 양면적인 삶으로부터의 진정한 구제가 八の宮의 삶 속에서 추구된 주제이며 『源氏物語』가 결론적으로 추구하는 주제이기도 하다.

그러나 과거로부터 이어지는 황족으로서의 체면의식에 집착하는 八の宮는 딸들의 결혼으로 인해 손상될지 모르는 황족으로서의 체면의식을 염려하여 결코 宇治를 떠나지 말라는 결혼금지령을 내리고 山寺에 들어간다. 그러나 속세에 남겨둔 딸들에 대한 아버지로서의 연민으로 하여 八の宮의 마음은 속세를 떠나지 못한다. 결과적으로 八の宮에게 있어서 자식과의 인연은 속세를 떨쳐버릴 수 없는, 진정한 구제를 불가능하게 하는 죄로서 남는다. 그는 불교를 통하여 이 문제의 해결을 기대한다. 불교에 의지함으로 인해서 인간의 진정한 구제에 대한 가능성을 모색하고자 하는 『源氏物語』 제3부의 의도가 여기에 나타나있다. 따라서 八の宮는 과거에서 미래로 이어지는 인연으로부터의 진정한 구제를 모색하는 상징이다.

1) '俗聖'으로서의 八の宮

八の宮는 딸들을 위해 어쩔 수 없이 속세에 몸담고 있으면서도 마음의 구제를 위해 성도자로서의 길을 닦는다고 하는, 이른바 '俗聖'이다. 이것은 『源氏物語』 제1, 2부에서 많은 등장인물이 출가하면서도 결국 자식을 중심으로 한 속적인 번뇌에서 탈피하지 못한 점 등을 고려할 때, 속세에 있으면서 인간 구제를 시도한다고 하는 인간의 삶 그 자체에 대한 현실적인 접근이다. 이러한 입장은 자신의 입산을 결심하고 속세에 남겨질 딸들의 앞날에 대하여 훈계하는 아버지의 모습에서 확연히 드러난다.

'세상일이 영원한 이별을 피할 수는 없지만 마음의 위안이 되는 사람이 있으면 슬픔도 삭힐 수가 있는데, 부탁할 사람도 없이 초조한 아이들을 두고 떠나려니 힘들구나. 그렇다고 그 정도의 일로 지장이 생겨 영원한 어둠속에 갇혀버린다면 무슨 도움이 되겠는가. 이렇게 같이 살면서도 이미 마음속에서는 버린 세상이니 죽은 후의 일을 알아야 할리는 없으나, 내 몸 하나가 아니라 돌아가신 어머니의 체면을 위해서라도 가볍게 마음을 쓰지 마라. 확실한 후견도 없이 남의 말에 흔들려서 이 산골을 떠나지 마라. 그저 이렇게 남들과 다른 운명이라고 생각하여 여기에서 삶을 마치 겠다고 각오해라. 오로지 그렇게 생각하면 별 탈 없이 세월이 지나간다. 특히 여자는 그렇게 물러서서 특별히 눈에 띄는 험담을 듣지 않는 것이 좋다'는 등 말한다.

「世のこととして、つひの別れをのがれぬわざなめれど、思ひ慰まん方 ありてこそ、悲しさをもさますものなめれ。また見ゆづる人もなく、心細 げなる御ありさまどもをうち棄ててむがいみじきこと。されども、さばか りのことに妨げられて、長き夜の闇にさへまどはむが益なさを。かつ見た てまつるほどだに思ひ棄つる世を、去りなん後の事知るべきことにはあら ねど、わが身ひとつにあらず、過ぎたまひにし御面伏に、軽々しき心ども 使ひたまふな。おぼろけのよすがならで、人の言にうちなびき、この山里 をあくがれたまふな。ただ、かう人に違ひたる契りことなる身と思しなし て、ここに世を尽くしてんと思ひとりたまへ。ひたぶるに思ひしなせば、 事にもあらず過ぎぬる年月なりけり。まして、女は、さる方に絶え籠り て、いちじるくいとほしげなるよそのもどきを負はざらむなんよかるべき」 などのたまふ。

(「椎本」pp.176-177)

입산을 결심한 八の宮는 딸들에게 금혼령을 내린다. 황족의 혈통이고 고귀한 신분임을 잊어서는 안 되기 때문에 황족의 체면을 지킬만한 결혼 이 아니면 차라리 안하는 것이 나을 것이며 그렇게 함으로서 남의 비판 을 받는 일도 없고, 더구나 여자는 그렇게 하는 것이 가장 좋다고 설교한 다. 이미 마음은 성도자의 길을 걷고 있으면서도 딸들을 위해 속세에 머물러 온 八の宮가 속세를 떠나면서 밝힌 속세의 삶에 대한 결론이다. 『源氏物語』제1부에서 明石入道가 明石の君에게 '도시의 고귀한 분'과의 결혼이 불가능할 때는 차라리 '바다에 뛰어 들어라'라고 말한 명문 회복에 대한 집념과 열망[27]의 세계와는 다른, 체념에 대한 편안함과 그 가치에 대한 설득이다. 제2부에 나타난 紫上의 결혼에 대한 회의, 그리고 출가를 앞둔 朱雀院이 女三宮의 황족으로서의 체면을 지킬 수 있는 결혼을 모색한 끝에 光源氏에게 항가시키기에 이르렀으나 결국은 만족할 수 없었던 전례를 생각한다면, 八の宮의 결심은 삶에 대한 결론적인 의미를 갖는다. 이러한 결론은 八の宮가 평범한 황족뿐만이 아닌 '俗聖'이었기에 내릴 수 있었던 어려운 결론이다.

> 기대와는 다르더라도 보통수준으로 남이 보기에 나쁘지 않고 인정받을 정도의 신분인 사람이 진심으로 後見하겠다고 한다면 모르는 척 허락을 할 텐데. 각자 같이 살아갈 인연이 있다면 맡기고 안심을 할 텐데 그다지 열심히 찾아오는 사람이 없다.
>
> 思すさまにはあらずとも、なのめに、さても人聞き口惜しかるまじう、見ゆるされぬべき際の人の、真心に後見きこえんなど思ひよりきこゆるあらば、知らず顔にてゆるしてむ、一ところ一ところ世に住みつきたまふよすがあらば、それを見ゆずる方に慰めおくべきを、さまで深き心にたずねきこゆる人もなし。 (「椎本」p.169)

八の宮의 딸들에 대한 결혼관에는 '진심'이라는 기준이 있다. 薫나 匂宮 등 훌륭한 사윗감이 딸들의 주변에 있지만, 마음속 깊이 진심이 있다고는 생각되지 않는다. 오로지 딸들을 위하여 지금까지 속세에 몸담고 살아 온 만큼, 딸들을 위한 사윗감 물색에 있어서도 타협하지 않는다. 따라서 진심이 없다고 판단한 八の宮는 딸들에게 금혼령을 내린다. 이

---

27 阿部秋生(1959) 『源氏物語研究序説』, 東京大学出版会, p.764.

것은 '俗聖'이었기에 내릴 수 있었던 八の宮의 가치관이다.

　　'내가 죽은 후에 이 아이들을 가끔은 찾아주셔서 버릴 수 없는 사람으로 생각해주세요'라는 등 기분을 봐 가며 말을 하니 '이전에도 한번 말씀하셨으니 명심해서 게을리 하지 않겠습니다. 이 세상에 집착하지 않기 위해 인연을 끊으려고 하는 몸이어서 미덥지 못하고 여생도 얼마 남지 않았지만, 그런대로 살아있는 동안에는 변치 않는 마음을 보여 드리겠습니다'라는 등 말하니 기쁘다고 생각한다.
　　「亡からむ後、この君たちをさるべきもののたよりにもとぶらひ、思ひ棄てぬものに数まへたまへ」などおもむけつつ聞こえたまへば、「一言にてもうけたまはりおきてしかば、さらに思ひたまへ怠るまじくなん。世の中に心をとどめじとはぶきはべる身にて、何ごとも頼もしげなき生ひ先の少なさになむはべれど、さる方にてもめぐらひはべらむ限りは、変らぬ心ざしを御覧じ知らせんとなむ思ひたまふる」など聞こえたまへば、うれしと思いたり。
　　　　　　　　　　　　　　　　　　　　　　　　　　　　（「椎本」p.171）

　　진심이 없어 사윗감으로 생각할 수는 없으나, 자신이 죽은 후의 딸들이 염려되는 八の宮는 같은 불도자로서는 그래도 믿음직한 薫에게 딸들의 후견을 부탁한다. 자식을 염려하는 아버지로서의 모습이 여기에 여실히 드러난다. 단, 八の宮가 薫에 대하여 사윗감으로서의 기대를 하지 않았기 때문에 薫의 대답을 결혼에 대한 거부로 받아들일[28]필요 없이 八の宮는 薫의 후견인 승낙을 기뻐한다.
　　속세에 있으면서 시도된 八の宮를 통한 인간 구제에 대한 의문은 결

28　주8과 같음, p.135.

혼금지라고 하는 확고한 가치관의 성립으로 八の宮의 입산이라는 마지막 절차를 앞에 두고 거의 완성되었다. 이것은 자신이 이룰 수 없었던 혹은 자신이 떠난 뒤의 불안감을 유언으로서 나타내던 것과는 달리, 八の宮는 자신의 삶의 연장선상에서 삶에 대한 딸들의 자세를 훈계한 것이다. 속세에 있으나 '聖'으로서의 완성된 모습을 나타낸 것이다.

2) 흔들리는 '聖'으로서의 八の宮

속세에 있던 모습으로 세상을 깊이 염리하여 미련이 없었는데 좀 마음에 걸리는 일이 있어 마음이 흐트러졌기에 염원하던 극락정토에서 잠시 멀어진 것이 억울하니 추선공양을 해 달라고 명확히 말씀하셨는데, 당장 해야 할 일이 떠오르지 않으니 할 수 있는 일부터 하기로 하고 法師 대여섯 명에게 뭔가 염불을 시키고 있어요.

俗の御かたちにて、世の中を深う厭ひ離れしかば、心とまることなかりしを、いささかうち思ひしことに乱れてなん、ただしばし願ひの所を隔たれるを思ふなんいと悔しき、すすむるわざせよ、といとさだかに仰せられしを、たちまちに仕うまつるべきことのおぼえはべらねば、たへたるに従ひて行ひしはべる法師ばら五六人して、なにがしの念仏なん仕うまつらせはべる。 (「総角」p.310)

'아주 고민하는 얼굴로' 둘째딸인 中の君의 꿈에 나타난 八の宮는 阿闍梨스님의 꿈에도 나타나 산사에서 임종하기 직전까지 '좀 마음에 걸리는 일'이 있었다면서 구제되지 못했음을 말한다. 이 '좀 마음에 걸리는 일'은 친자로서 인정하지 않고 그 어머니와 함께 내친[29] 浮舟에 대한 고민일 수도 있겠지만, 이미 中の君의 꿈에 나타난 것으로 보아 薫와의 결혼을 강인하게 거부한 大君도 아니고, 匂宮와 결혼한 中の君에 대한 떨쳐 버릴 수 없는 염려로 볼 수 있다.

이미 불도에 들어간 사람이며 '세상을 깊이 염리'했던 八の宮지만 임종의 마지막까지 딸들에 대한 걱정을 떨쳐버릴 수는 없었던 것이다. 그러나 떨쳐버릴 수 없는 깊은 애착을 떨쳐버리려고 '추선공양을 하라'며 불도에 강하게 기대[30]한다. 그리고 불도에 대한 기대가 강하면 강할수록 역설적으로 자식 걱정을 하는 아버지의 모습은 더욱더 진하게 부각된다.

언니가 살아있었다면 하고 안타깝게 생각하지만 '그래도 나처럼 되어서 남을 원망할 수도 없이 자신을 원망하게 되었겠지. 무슨 일이던 남만큼 못되면 남들만큼 바랄 수도 없다'고 생각되었다. 그렇게도 남을 끝까지 받아들이지 않겠다던 언니의 결심이 과연 사료 깊었다고 생각난다.

おはせましかばと、口惜しく思ひ出できこへたまへど、「それも、わがありさまのやうにぞ、うらやみなく身を恨むべかりけるかし。何ごとも、数ならでは、世の人めかしきこともあるまじかりけり」とおぼゆるにぞ、いとど、かのうちとけはてでやみなんと、思ひたまへりし心おきては、なほ、いと重々しく思ひ出でられたまふ。 (「宿木」p.466)

아버지의 금혼령을 지키기 위하여 죽음으로서 결혼 거부를 관철한 大君의 생각과 의지를 긍정적으로 평가하는 中の君의 모습이다. '俗聖'으로서의 八の宮의 훈계가 딸들의 마음속에 깊이 자리 잡고 있다. 임종의 마지막 순간까지 딸들에 대한 걱정으로 구제될 수 없었으며 '추선공양'

---

29 岩瀬法雲 『源氏物語と仏教思想』, 笠間書院, p.17.
30 藤村 潔 「八の宮の遺言」, 『講座源氏物語の世界』第八集, p.116.

을 해도 '아무 효험이 보이지 않던'31 八の宮의 구제에 대한 의문은 中の君의 이러한 터득으로 말미암아 이윽고 구제될 가능성을 띠기 시작한다. 따라서 '행운이 있는 분'으로서의 中の君의 삶에 대한 불안을 浮舟의 등장으로 재연하면서 그 진가를 추구하는 宇治十帖의 불확실한 결론과 함께, 八の宮의 구제 가능성은 불확실성 속의 가능성으로서 불도로 인한 희망을 갖고자 하는 향불교적인 지표 속에서 宇治十帖의 근원에 위치하고 있다.

5. 결론

이상 보아온 바와 같이, 제1부의 영화와 사랑, 제2부의 죄의식을 초월한 승화, 그리고 제3부의 과거와 미래로 연결되는 인연으로부터의 진정한 구제 등『源氏物語』의 주제전개에 있어서, 각 부의 서두에 등장하는 桐壷帝, 朱雀院, 八の宮등의 아버지상이 근원적인 역할을 담당하고 있었음을 알 수 있다. 이들에게서는 자식에 대한 아버지로서의 애정과 관심을 공통적으로 확인할 수 있었으며, 그로 인하여 자식의 운명이 결정되는 것 또한 확인할 수 있었다. 즉 桐壷帝의 자식인 朱雀院과 光源氏의 자손의 영원한 번영, 朱雀院의 황족으로서의 숭고한 정신으로 인하여 구제되는 女三宮의 삶, 그리고 八の宮의 불도에 대한 강한 기대로 인한 인간 구제의 불확실성 속의 가능성 등은『源氏物語』의 각부를 대표하는 아버지들에 의해 기획되고 인도된다고 할 수 있다. 光源氏와 薫의 사랑

31 「総角」p.313「何の験も見えず」

을 주축으로 하는 『源氏物語』에 있어서, 각부에 나타나있는 아버지들의 자식 사랑은 光源氏와 薰의 인생에 대해서도 횡적으로 깊이 관여하는 중요한 계기로 작용하면서 『源氏物語』 전개의 뿌리를 이루는 것이다.

겐지모노가타리源氏物語의 사랑과 자연

『伊勢物語』의 대치적 구성 고찰_●3

●3

1. 서론

10세기 중반쯤에 완성된 것으로 알려진 이세모노가타리(『伊勢物語』)는 和歌의 맥을 이어받은 일본 최초의 物語이며 후세의 문학 및 문화에 많은 영향을 미친 작품이다. 125단의 짧은 이야기들로 구성된 『伊勢物語』에는 아리와라노 나리히라(在原業平)의 일대기를 중심으로 인생의 여러 형태들이 복잡 다양하게 나타나 있어 사람들의 문학적 관심을 끌기에 충분하다. 뿐만 아니라 이 작품은 그 성립 시기나 원 형태 등에 관해서도 많은 학문적 관심의 대상이 되고 있다. 그것은 이 시대의 작품들이 가지고 있는 공통점일 수도 있겠으나, 『伊勢物語』의 주인공으로 생각되어지는 業平[1]가 阿保親王와 伊都内親王사이에서 태어난 왕손이면서도

---

1 『伊勢物語』는 『源氏物語』를 비롯하여 『無名草子』 등에 이미 業平의 이야기로 나와 있으며, 『古今集』에 실려 있는 業平의 和歌 삼십수가 모두 여기에 실려 있다. 그러나 본고에서는 『伊勢物語』의 주인공이 실제로 在原業平냐 아니냐를 떠나서, 적어도 주인공의 삶의 일대기에 대치적 구성이 두드러진다는 판단아래, 그 내용과 의미를 논의의 주된 대상으로 삼는다.

신하인 在原씨로서 살아가야 하며, 더구나 영화의 절정에 오른 藤原씨의 시대에 살아가야 한다고 하는, 본인으로서는 납득하기 힘든 삶의 무게가 『伊勢物語』속에 여러 가지 형태로 반영되어 있기 때문에 더욱 그렇다고 생각된다. 본고에서는, 이러한 『伊勢物語』의 본질적인 연구의 하나로서, 주인공의 내면적 정신세계를 나타내고 있는 많은 대치적인 표현들이 결과적으로 대치적 구성을 형성하고 그로써 주인공의 삶의 명암을 극명하게 드러내는 특성에 대해 고찰해 보고자 한다.

2. 정열적인 과거의 젊은이와 체념하는 현재의 노인

『伊勢物語』는 성인식인 初冠을 한 주인공이 집안의 영지가 있는 옛 도읍 '나라의 가스가 동네(奈良の京春日の里)'를 찾아감으로써 시작된다. 이곳은 단순한 시골과는 달리 미개척의 이미지가 아닌, 당시의 귀족들에게 있어서는 특별한 의미를 지닌[2] 고향과도 같은 곳이다. 주인공은 이곳을 무대삼아 정열적인 '미야비'를 과시한다. 하지만 이곳은 어디까지나 과거 속의 공간일 뿐이다. 왜냐하면 이 젊은이는 '옛사람은 이렇게(昔人は、かく)'로 인하여 현실과는 거리가 먼 과거의 시간과 공간 속으로 사라져[3]가 버리기 때문이다. 그러나 과거 속으로 사라져 간 그 '昔人'는 제40단에 보이는 '옛날의 젊은이(むかしの若人)'와 연결되면서, 지금 이곳에 '지금의 옹(今のおきな)'으로 남아 있다는 것을 알려 준다[4]. 그렇

---

2 原田敦子(1985.12)「伊勢と尾張のあはひ」, 『平安文学研究』第74号, p.50.
3 菊田茂男(1983.7)「みやびとことば」, 『国文学』, p.37.
4 長谷川政春「主題と表現」, 『竹取物語『伊勢物語』必携』, 学灯社, pp.123, 124. '옛날

다면 『伊勢物語』는 그 첫 단부터 정열의 상징인 과거 속의 젊은이와 그렇지 못한 현재의 노인이 대치된 상황에서 함께 의식되어져 있음을 알 수 있다. 그리고 이것은 物語 전체의 마지막 단과 다시 한 번 대치되면서 『伊勢物語』 자체의 기초적인 구조를 형성하게 된다.

1) 정열적인 젊은이

『伊勢物語』의 제1단은 젊은이의 정열적인 '미야비'[5]로 시작된다.

> 옛날, 어느 남자가 성인식을 하고, 奈良의 春日에, 영지가 있는 관계로 사냥을 갔다. 그 마을에는 아주 아름다운 자매가 살고 있었다. 이 남자는 그들을 엿보았다. 뜻하지도 않게 옛 도읍에는 어울리지 않는 미인들이었기에 마음이 동요되었다. 남자는 입고 있던 사냥복의 옷자락을 찢어서 노래를 써 보냈다. 그 남자는 시노부즈리[6]의 사냥복을 입고 있었다.
>
> 春日野에 피어난 어린 紫草처럼 아름다운 아가씨들이여, 만난 기쁨에 내 마음은 보랏빛 시노부즈리처럼 한없이 설레고 있어요.

의 젊은이'와 '지금의 노인'이 한 雙을 이루면서, 『伊勢物語』의 전체적인 것과 관련된 주제로서 하나로 겹쳐진 한사람의 일대기라는 지적을 참고로 한다. '노인'을 나타낼 때는 쓰이지 않던 '남자'가 124, 125단에 이르러 다시 쓰이면서 '옛날의 젊은이'와, '지금의 노인'인 이 '남자'가 같은 인물로, '옛날의 젊은이'와 '지금의 노인'은 한 雙을 이루면서 동시에 시간의 양면에서 대치된다. 그러한 구조상의 대치를 시작으로 한 '옛날의 젊은이'와 '지금의 노인'의 정신세계인 '정열'과 '체념'의 대치적인 구성에 주목하고자 한다. 제1단의 '옛사람'과 제40단의 '옛날의 젊은이'가 서로 겹치며, 제1단의 '옛사람'을 바라보는 '지금의 노인'과 제40단의 '지금의 노인'이 서로 겹치는 점에도 주목하고자 한다.

5 미야비(みやび)는 平安時代의 미적이념의 하나로서, 인간적인 감동을 교양으로 승화시키는 능력을 기준으로 한다. 風流 또는 風雅등으로도 쓰지만 '멋드러짐'이라는 번역도 가능하다고 생각한다. 다만, 본고에서는 '미야비'로 일관한다.
6 넉줄고사리의 잎과 줄기를 천에 문질러 꼬인 것 같은 무늬를 낸 것을 말함.

라고 곧장 써 보냈다. 이렇게 하는 것을 재미있는 일이라고 생각했다.

陸奥의 흔들린 글씨처럼 흔들리는 내 마음은 오로지 당신 때문이라오.

라는 노래의 취향을 따랐다. 옛사람은 이렇듯 정열적인 우아함이 있었다.

むかし、男、初冠して、奈良の京春日の里に、しるよしして、狩にい

にけり。その里に、いとなまめいたる女はらからすみけり。この男かいま

みてけり。思ほえず、ふる里にいとはしたなくてありければ、心地まどひ

にけり。男の、着たりける狩衣のすそをきりて、歌を書きてやる。その

男、信夫ずりの狩衣をなむ着たりける。

春日野の若むらさきのすりごろもしのぶの乱れかぎりしられず

となむおひつきていひやりける。ついでおもしろきこととともや思ひけむ。

みちのくのしのぶもぢずりたれゆえに乱れそめにしわれならなくに

という歌の心ばえなり。昔人は、かくいちはやきみやびをなむしける。[7]

성인식을 한 주인공이 옛 도읍으로 가서, 즉 과거의 시공 속으로 가서 본 것은 그곳에는 어울리지 않게 젊고 우아하며 세련된 자매이다. 자매 이야기라고 하면, 이전의 『古事記』에 고누하나노 사쿠야히메(コノハナサクヤヒメ)와 이와나가히메(イワナガヒメ)의 자매 이야기가 있고, 『源氏物語』의 「橋姫」 등에도 그 영향이 보이지만, 『伊勢物語』에는 사랑의 경과나 결말보다는 그 자매를 보고 감동한 젊은이의 순수한 정열과 그 표현 방법만이 묘사된다. 즉 和歌를 주고받는 사랑을 확인하는 것이 아니라 과거 속의 젊은이의 정열을 확인하는데 그치고 있다.

그 자매를 본 주인공의 마음은 젊은 정열로 인하여 감동하고 흔들리

---

7 『伊勢物語』日本古典文學全集, 小学館, 이하 모든 본문 인용은 小学館 전집에 의함.

어 급기야는 입고 있던 옷을 찢어서 거기에 和歌를 써서 보내는데, 그것은 솔직 과감한[8] 혹은 분방한[9] 혹은 정열적인[10] '미야비(いちはやきみやび)'라고 상징적으로 표현된다. 그리고 '옛사람은 이렇듯(昔人は、かく)'로 인해서, 과감하고 분방하며 정열적인 '미야비'의 행동이 과거 속으로 사라져 간 젊은이만의 특유의 자질로서 부각된다.

『伊勢物語』 중에 '미야비'라는 용어가 쓰인 곳은 위의 제1단 한군데에 지나지 않으나, 『伊勢物語』가 平安시대의 '미야비'의 대표적인 작품으로 인식되어 지고 있는 만큼, 우선 여기에서 '미야비'의 의미를 일별해 두자. 平安시대는 '미야비'라고 하는 것이 구체적인 형태로서 생활이나 예술 속에 유감없이 실현된 시대이기 때문에, '미야비'라는 이 말 자체는 오히려 아주 드물게 밖에 쓰이지 않았다[11]. 『日本書紀』의 '閑' '閑雅' '温雅' '藻'나 『万葉集』의 '遊士' '風流士' '風流' 등 대륙의 '風流' '閑雅'의 영향[12]이 나타나는 上古시대의 '미야비'도 극소수이지만, 일본화 되었다고 보이는 平安시대의 '미야비'도 또한 『源氏物語』 등에 소수 나타나 있을 뿐이다. 그런 만큼 일본 고전문학에 있어서의 '미야비'라고 하는 미적 이념처럼 그 의미와 위치를 결정짓기 힘든 것도 없을 것이다. 日本国語大辞典을 보면, '미야비(雅)'는 '(1)궁정 풍으로서 품위 있는 것. 도회지풍인 것. 또 그 모습. 세련된 風雅. 優美. (2)사랑의 정취를 이해하고 세련된 사랑의 언행을 취하는 것. (3)뛰어난 풍채. 훌륭한 자태.' 등으로 나타나는데,

---

8 阿部俊子全訳注『伊勢物語(上)』, 講談社学術文庫, p.20.
9 森野宗明(1977.1) 「みやび」, 『国文学解釈と鑑賞』, 至文堂, p.52.
10 『伊勢物語』日本古典文学全集, 小学館, p.134.
11 岡崎義恵 「みやびの精神」, 『日本の文芸』, p.168.
12 주11과 같음, p.166.

일찍부터 '미야비'에 관하여 연구한 遠藤씨는, 平安시대에 있어서의 '미야비'는 '교양이 있는 것'을 말하고 '이로고노미의 행위이며 교양과는 거리가 먼 스키(粹)'와는 엄연히 구분되는 것이었으며, 또 '미야비'한 것과 속적인 것의 구분도 '도회지와 시골'이라고 하는 '지역적인 문제가 아니라 교양의 유무에 있다'[13]고 지적한다. 즉 平安的 왕조적 '미야비'가 정치성의 쇄약을 그 대상으로 하여 획득한 극히 고도의 세련된 유미적 형식주의적 정서[14]인만큼, 교양을 기본으로 하고 있음은 말할 것도 없거니와, 인간적인 감동을 기본으로 하는 '모노노아와레(もののあはれ)'를 아는 것이 '미야비'라고 말한 本居宣長[15]의 지적과 함께 인간적인 감동을 교양으로서 승화시킬 수 있는 능력이 즉 '미야비'의 기준이며, 당시 귀족의 기본 조건이다.

『源氏物語』에서도 오난산노미야(女三宮)를 걱정하는 스자쿠인(朱雀院)이 '…궁중에서 미야비를 주고받는 사이더라도 쓸데없는 소문을 내는 사람들이 있다고 한다(内裏わたりなどのみやびをかわすべき仲らひなどにも、けしからずうきこと言ひ出ずるたぐひも聞こゆかし)'[16]라고 하는 말에서 보듯이, 당시의 귀족들은 '미야비'를 和歌를 주고받는 것으로 인식하고 있다. 따라서 주인공이 자기가 입고 있던 시노부즈리의 옷을 찢어서 시노부즈리에 관계있는 마음의 흔들림을 읊어 보내고, 또 『古今集』의 源融의 和歌를 本歌取하여 읊어 보낸 점[17] 등의 기법을 감

---

13 遠藤嘉基(1940.6) 「風流展開」, 『形成』第7号, 古今書院, p.24
14 目崎德衛(1989) 『王朝のみやび』, 吉川弘文館, p.6.
15 주11과 같음, p.183.
16 「若菜下」, 『源氏物語(四)』, 日本古典文学全集, 小学館, p.258.
17 주13과 같음, p.26.

동과 조화시켜 정열적인 '미야비'의 행동을 한 주인공은 인간적인 감동을 교양으로서 승화시킨, 『伊勢物語』가 지향하는 귀족적인 인물의 전형이다.

순서가 바뀔지 모르나 '정열적인'이라고 해석해온 'いちはやき'에 대해서도 생각해 보면, 그 전례가 전무하지만 『万葉集』 126단[18]의 和歌 '미야비한 남자라고 들었는데 방 안내주고 날 돌려보내다니 멍청한 미야비남(みやびをと我は聞けるをやど貸さず我を帰せりおそのみやびを)'에서 보듯이 'いちはやき'와는 반대되는 뜻으로 쓰인 것이 있다. 이것은 石川女郎가 자기의 연정을 알아주지 않는 大伴田主에게 읊어 보낸 것으로, 田主를 찾아간 女郎를 그냥 돌려보낸 田主에 대한 비판이다. 그러나 제127단의 田主의 和歌 '미야비 남자 나는 그대로라네 방 안내주고 돌려보낸 나야말로 미야비남 이라네(みやびをに我はありけりやど貸さず帰しし我そみやびをにはある)'는 자기야말로 도덕적이고 인격적인 '미야비오(風流士)'라고 반박한다. 이렇듯 『万葉集』의 'おその風流士'는 사랑의 마음을 이해하지 못하고 아무런 행동도 취하지 않는 멍청한 風流士와, 아무런 행동을 취하지 않고 돌려보냈기 때문에 참된 風流士라고 하는 양의성을 지닌다. 그러나 『伊勢物語』의 '미야비'는 『万葉集』의 風流士에 대한 뜻을 초월한다. 즉 『伊勢物語』의 그것은, 女郎가 말한 멍청한 풍류인이라는 비판과 표리의 관계를 이루면서 새로운 전개를 나타내고자 하는 칭찬이자, 멍청한 풍류인이라는 말로 인해서 역으로 원하는 것을 달성시키고자[19] 하는 말이며, 동시에 '멍청한'과는 다른 자유분방하면서도 과감하고 정열적인 그러나 그 감동을 교양으로 승화시킨 '미

---

18 『万葉集(一)』日本古典文学全集, 小学館, p.131.
19 주3과 같음, p.35.

야비'의 세계를 지향한다.

그런데 『伊勢物語』의 이 정열적인 '미야비'는 그것이 참으로 젊은이만의 특성으로서 상징적으로 쓰인 것을 제40단에서 재삼 확인할 수 있다.

옛날, 젊은 남자가 하녀를 사랑했다. …갑자기 부모가 이 여자를 내쫓았다. 남자는 피눈물을 흘렸지만 말릴 방도도 없다. 그러는 사이에 남이 데리고 집을 나갔다. 남자가 눈물을 흘리면서 읊었다.

가버린다면 헤어진다는 것이 어려울까만 억지로 헤어지니 더없이 슬프구나

라고 읊고는 기절하였다. 부모는 당황하였다. 자식을 생각해서 한 것이다. 이렇게까지 라곤 생각을 안했는데, 정말로 숨도 넘어갈 것 같아서 당황하여 부처님께 빌었다. 해질 무렵에 기절하여 다음날 저녁 여덟시쯤 겨우 겨우 살아났다. 옛날의 젊은이는 이런 한결같은 사랑을 했다. 지금의 노인들이 이런 사랑을 하겠는가.

むかし、若き男、けしうはあらぬ女を思ひけり。…にはかに、親、この女を追ひうつ。男、血の涙を流せども、とどむるよしなし。率ていでていぬ。男、泣く泣くよめる。

いでていなばたれか別れのかたからむありしにまさる今日は悲しも

とよみて絶え入りにけり。親あわてにけり。なほ思ひてこそいひしか、いとかくしもあらじと思ふに、真実に絶え入りにければ、まどひて願立てけり。今日のいりあひばかりに絶え入りて、またの日の戌の時ばかりになむ、かろうじていきいでたりける。むかしの若人はさるすける物思ひをなむしける。今のおきな、まさにしなむや。

사랑하는 아들을 위하여 아들이 사랑하는 하녀를 집에서 쫓아내는 강

제적이고 또 절대적인 부모를 상대로 주인공은 혼신의 힘을 다하여 그 괴로움과 슬픔을 和歌로 읊어 대항한다. 정열적인 '미야비'의 정신은 여기에도 나타난다. 정신을 잃은 주인공은 당황한 부모의 기원으로 간신히 정신을 되찾는다. 그러나 이것이 제1단의 'いちはやきみやび'의 연장인 것은 '옛날의 젊은이는 이런 한결같은 사랑을 했다'에서 알 수 있다. 여기에도 옛날의 젊은이는 목숨을 건 한결같은 정열적인 사랑을 했고, 지금의 노인은 그런 목숨을 건 정열적인 사랑은 할 수 없다는 체념이 대치된다. 그럼으로써 이 옛날의 젊은이는 제1단의 '옛사람은 이렇게'의 연장선에서 과거 속으로 사라져 간 지금의 노인[20]인 것이며, 이렇게 과거의 젊은이와 현재의 노인이 시간의 수평선 위에서 대치됨으로서 정열이 젊은이의 점유물이며 한시적인 것임이 명백해진다.

이렇듯 제40단의 '옛날의 젊은이'와 제1단의 '젊은이'가 일치되어 정열적일 수 있는 그 젊은이와 결코 그럴 수 없는 노인의 차이점이 대치적으로 드러난다. 정열적인 '미야비'가 순수한 젊은이의 특성이며 절대적인 것임이 강조되는 것이다. 그리고 그것이 한시적인 것임으로 해서 현재의 노인이 보여주는 체념과 선연히 대비된다.

2) 체념하는 노인

이미 사랑의 정열을 체념한 노인이 시사되긴 했지만, '昔、男'로 시작되던 것이 제76, 77, 78, 79, 81, 82, 83, 85, 97, 101, 114단[21]에서는 공적

20 주9와 같음, p.162. 片桐洋一(197.1) 「えらばれた過去〈"むかし"の意味〉」, 『国文学解釈と鑑賞』, p.114 참조
21 長谷川政春(1989.4) 「主題と表現」, 『竹取物語伊勢物語必携』, 学灯社, p.122. 제76, 77, 79, 80, 84, 86, 87, 89, 98, 99, 101, 114단을 「翁章段」으로 본다. 본고에서는 보다 구체적으로 '공적인 관계속의 翁'로 기술한다.

인 관계 속의 노인으로서 등장한다. 그중 제76단은 니조노기사키(二条后)와의 기억을 되살리는 장면으로서, 그리고 제82, 83, 85단은 고레타카노 미코(惟喬の親王)와의 우정을 확인하는 장면으로서, 그 의미가 이미 퇴색된 한 공인의 과거 지향적인 장면이다. 그러나 제101단의 業平만이 갖는 뿌리 깊은 왕족의식²²의 표현을 계기로, 노인의 좌절이 시작된다. 즉 삶에 대한 체념이 시작된다. 그리고 그것은 제124, 125단의 체념한 노인의 모습으로 이어진다.

> 옛날, 仁和천황이 매사냥으로 芹河에 행차하셨을 때, 수행하기에는 이미 늙어서 어울리지 않는다고 생각했지만,…시노부즈리 사냥복의 소맷자락에 노래를 적었다.
> > 노인 티 나도 책망하지 마시오 사냥복 입는 것도 오늘로 마지막이라고 학도 울고 있는 듯하니
> 그것을 본 천황의 기분이 나빠졌다. 내 나이를 생각한 것인데 젊지 않은 사람은 자신에 대한 것으로 받아들였구나.
> むかし、仁和の帝、芹河に行幸したまひける時、いまはさること、にげなく思ひけれど、…すり狩衣のたもとに書きつけける。
> > おきなさび人なとがめそかりごろも今日ばかりとぞ鶴も鳴くなる
> おほやけの御けしきあしかりけり。おのがよはひを思ひけれど、若からぬ人は聞きおひけりとや。

제114단의 노인은 자신의 겸손이 오히려 천황의 기분을 상하게 했다고 하는, 인간관계에 있어서의 어려움을 느낀다. 이것은『後撰集』나『三

---

22 村井康彦(1983.7)「廷臣業平、政治と文学」,『国文学』, 学灯社, p.59.

代實錄』의 光孝천황의 마지막 매사냥에 在原行平가 마지막으로 동행한 기록을[23] 토대로 한 것인데, 세월 앞의 인간의 민감한 마음을 감지하는 주인공을 묘사한 것이다. 스스로가 불만을 가지면서도 넘지 못했던 신분 제도라고 하는 금기의 상징이지만, 그러나 자신의 왕족의식의 모태이던 천황조차도 세월 앞에서는 한 인간의 존재에 지나지 않았다고 하는 실망이 '젊지 않은 사람'을 통하여 표현된다. 제1단 이래 발휘되었던 '미야비'가 여기에서는 인간관계에 있어서의 화근임을 확인한다. 자신의 노령에도 불구하고 동행을 시켜 준 천황에 대한 감격이 천황에게 있어서는 감격이 아니라 자신에 대한 실례로서 받아 들여 질 수도 있다고 하는, '미야비'에 대한 서로 다른 이해를 통하여, 인간관계의 어려움과 실망을 감지하는 노인의 모습이 부각된다.

　　생각한 것을 말하지 않고 그냥 두겠다. 나와 같은 마음인 사람은 없는 것이니까
　　　思ふこといはでぞただにやみぬべきわれとひとしき人しなければ

　결국 제124단에는 인간관계에 대해 완전히 체념하고 있는 주인공이 나타난다. 지금까지의 인생경험을 통해 자기와 같은 마음을 가진 사람 혹은 자기의 마음을 이해할 수 있는 사람은 없다고 확신한다. 이미 제114단에서, 業平는 물론 당시의 귀족들에게 있어서 절대적인 존재이던 천황조차도 세월 앞에선 귀족의 '미야비'를 이해하지 못하여 오해할 수도 있다는 경험을 한 노령의 주인공이 여기에서는 인간관계에 대해 더

---

23 阿部俊子(1979.9) 『伊勢物語(下)』, 講談社学術文庫, p.152.

이상의 기대를 할 수가 없다고 체념한다.

『伊勢物語』의 주인공은 항상 누군가와의 관계 속에서 살아간다. 마음 속으로는 二条后와의 사랑을 찾아서, 현실의 삶 속에서는 '동쪽 지방으로의 하행(東下り)'을 비롯한 漂泊과 그 과정의 인간관계 속에서, 우정을 통해서, 그리고 또 공인으로서 만족할 수 있는 무언가를 추구해 가지만, 그러나 그것은 지식과 교양을 겸비한 귀족이기 때문에 지킬 수밖에 없는, 천황을 상징으로 하는 신분제도 속에서의 삶에 지나지 않는다. 그러나 이미 천황도 인간에 지나지 않았음을 깨달은 주인공이 결론적으로 얻은 것은 마음이 통하는 사람은 결코 어디에도 없다고 하는 인간관계에 있어서의 고독한 체념이다.

> 옛날, 어느 남자가 병에 걸려 죽을 것 같았을 때 읊은 노래,
>> 마지막 가는 길이란 것 들은 적 있었지만 어제 오늘이 될 줄은 미처 몰랐다네
>
> むかし、男、わずらひて、心地死ぬべくおぼえければ、
>> つひにゆく道とはかねて聞きしかどきのふけふとは思はざりしを

『伊勢物語』의 마지막 제125단에서는 인생의 종말이 주제화된다. 제124단의 인간관계에 대한 체념은 곧 인생의 종말을 뜻하는 것이며, 인간관계를 체념하고 보니 여기 제125단에서는 인생의 종말도 바로 눈앞에 와 있다고 하는 것이다. 공적인 관계 속의 노인으로 등장하던 주인공은 죽음 앞에서 다시 한사람의 '남자', 정열적인 젊은이는 아니지만 그러나 그때의 순수한 '남자'로 다시 등장한다. 젊은이와 노인은 과거와 현재라고 하는 시간의 간격을 초월하여 수평선상에서 동일한 인물임을 드러낸다.

이렇듯 과거와 현재를 이어가는 그때의 과감한 정열을 가졌던 젊은이와, 교양 있는 귀족으로서 죽음이 있다고 하는 것을 알고는 있었지만 막상 이렇게 눈앞에 닥칠 줄은 몰랐다며 인생의 종말을 느끼는 지금의 노인은, 『伊勢物語』의 대치적인 구성의 주축을 이루면서, 동시에 시간의 흐름을 초월하여 『伊勢物語』의 서두와 결말을 인생이라고 하는 종합적인 수평선상에서 하나로 연결시킨다.

3. 금기된 사랑으로 인한 우수와 자유

『伊勢物語』의 첫 번째 축을 이루는 것이 정열적인 젊은이와 체념하는 노인의 대치라고 한다면, 두 번째 축은 금기된 사랑으로 인한 우수와 자유의 대치라고 할 수 있다. 이곳에서의 사랑은 절대적으로 금기된 사랑이다. 이것은 전제조건이다. 그렇기 때문에 주인공은 항상 우수에 싸여 있다. 그러나 금기된 사랑 속에서도 자유스런 마음을 느낄 수는 있다. 황후라고 하는 금기된 사람과의 사랑, 斎宮라고 하는 신을 모시기 때문에 금기된 사람과의 사랑, 이것을 통하여 주인공인 '남자(男)'는 우수와 자유 속을 오간다.

1) 二条后와의 사랑으로 인한 우수

제3단, 제4단, 제5단, 제6단에는 二条后가 아직 皇后가 되기 이전부터 시작된 주인공의 사랑이 二条后의 결혼과 함께 좌절되어 가는 과정이 묘사된다. 그리고 제65단, 제76단에는 젊은 날의 사랑을 회상하는 장면이 묘사된다. 皇后라고 하는 절대적으로 금기된 사람과의 사랑으로 인한 인생의 우수가 시간의 흐름 속에서 확인된다.

　　다음 해 정월, 매화꽃이 한창일 때, 작년을 생각하고 가서는, 서서도 보고 앉아서도 보고, 보지만, 작년과 같을 리 없다. 울면서 허름한 마루에 앉아 달이 기울 때까지 엎드려 있다가, 작년을 생각하며 읊었다.
　　　　달도 옛날 그대로다 봄도 옛날 그대로다 그렇지만 모든　것이 변했
　　　　다 내 몸은 그대로지만 그 사람이 없구나
　　라고 읊고는, 어슴푸레 밤이 샐 때 울면서 돌아갔다.
　　　またの年の正月に、梅の花ざかりに、去年を戀ひていきて、立ちて見、いて見、見れど、去年に似るべくもあらず。うちなきて、あばらなる板じきに、月のかたぶくまでふせりて、去年を思ひいでてよめる。
　　　　　月やあらぬ春やむかしの春ならぬわが身ひとつはもとの身にして
　　とよみて、夜のほのぼのと明くるに、なくなくかへりにけり。

　　제3단부터 시작되는 二条后에 대한 사랑이 제4단에 이르러서는 떠나간 二条后를 그리워하는 주인공의 슬픔으로 변화된다. 달도 옛날 그대로의 달, 봄도 옛날 그대로의 봄, 내 몸도 그대로의 몸, 아무것도 변한 것이 없는데, 그런데 모든 것이 옛날 그대로가 아니고 모든 것이 변해 버렸다고 느끼는 주인공에게는 남아 있는 것이 아무것도 없다. 이 和歌는 '그 마음은 넘치면서 말이 적고 지는 꽃의 모습은 보이지 않으나 향기가 남는 것과 같다'는 「仮名序」의 業平의 평을 대표한다. 멀리 있는 달에서부터 시작하여 나를 둘러싸고 있는 봄, 그리고 내 몸, 그리고 없어진 그 여인이라고 하는 나의 시각이 점점 나 자신의 현실로 다가 왔을 때, 모든 상황은 달라진 것이다. 그 여인의 상실은 나 자신의 상실이며 봄과 달을

포함한 모든 세계의 상실[24]이다. 사랑을 상실함으로 인하여 모든 것을 상실하고 오로지 슬픔만이 거기에 남는다.

　　옛날, 어느 남자가 있었다. 맺어질 수도 없는 여자를 몇 년씩이나 구혼해 오다가 겨우 훔쳐내어 아주 어두운 밤에 도망왔다…허름한 창고 안에 여자를 들여놓고 남자는 활과 화살 통을 메고 문을 지키면서, 빨리 밤이 새었으면 하고 생각하며 서 있었는데, 귀신이 잽싸게 여자를 먹어 버렸다. 비명을 질렀지만 천둥소리에 들을 수가 없었다. 이윽고 밤이 새는데 보니까 데려온 여자도 없다. 발버둥을 쳐도 소용없다.

　　흰 구슬인가 뭐냐고 물었을 때 이슬이라고 답한 뒤 이슬처럼 사라
　　져버릴 것을

　むかし、男ありけり。女のえ得まじかりけるを、年を経てよばひわたりけるを、からうじて盗みいでて、いと暗きに来けり。…あばらなる倉に、女をば奥におし入れて、男、弓、胡ぐひを負ひて戸口にをり、はや夜も明けなむと思ひつついたりけるに、鬼はや一口に食ひてけり。「あなや」といひけれど、神鳴るさわぎに、え聞かざりけり。やうやう夜も明けゆくに、見れば率て来し女もなし。足ずりをしてなけどもかひなし。
　白玉か何ぞと人の問ひし時つゆとこたへて消えなましものを

　　제5단에 나타난 二条后는 금기된 사랑을 범하는 원조[25]이다. 따라서 二条后와의 잠시의 사랑을 되찾고자 하지만 제6단에서는 금기된 사랑으로 인한 주인공의 절망을 확인할 뿐이다. 신분 차이로 인하여 이루어질 수 없는 사랑임을 알고는 있었지만, 오랫동안 사모해 오던 여인을

24　河地修(1983.1)「二条后関係章段」,『一冊の講座伊勢物語』, 有精堂, p.340.
25　小林正明「二条后を想う」11과 같음, p.136.

훔쳐내어 빗속에서 주인공은 그 여인을 허름한 창고 속에 앉혀 놓고, 마치 큰 보물을 지키듯 무장하고 지킨다. 그 여인을 훔쳐낸다고 하는 도전과 그 무엇인가로부터 지키겠다고 무작정 무장한 비현실적인 그 모습에서, 오히려 주인공의 현실세계에 대한 불만의 표현과 사랑에 대한 순수한 마음을 찾아볼 수 있다. 그러나 그 여인을 비현실적인 귀신이 한 입에 잡아먹어 버린다고 하는 현실이 거기에 있다. 이렇듯 신분차이로 인한 금기가 비현실적인 상황으로 빙자되어 묘사된다. 그리고 이 금기를 깰 수 없는 귀족으로서의 삶을 영위하고 있는 주인공의 모습이 바로 제2단에서 묘사된 '성실한 남자(まめ男)'이다. 과거의 시공 속으로 사라져 간 제1단의 젊은이와 대치되면서『伊勢物語』의 서두를 같이 구성하는 제2단의 '성실한 남자', 그는 제3단부터 시작되는 二条后와의 금기된 사랑으로 인한 우수 및 번뇌에 대한 복선으로서 이미 예고되어 있었다. 그에게는, 제60단이나 제103단에 나타나 있듯이, '미야비'하지 못한 비하된 '성실한 남자'로서의 삶만이 주어져 있다. 그렇기 때문에 이 '성실한 남자'에겐 이슬처럼 사라져 버렸으면 좋았을 것이라는 삶에 대한 절망만이 남겨진다.

이 남자, '어쩔 수가 없습니다, 제 마음을 잡아주세요'라고 신에게도 부처님에게도 빌었지만, 점점 심해져 더욱 더 사랑스럽게만 느껴지기에, 사랑을 하지 않겠다는 굿을 하기 위한 도구를 갖고 강가에 갔다. 굿을 할수록 슬픔이 커지고 전보다도 그리워져서
사랑하지 않겠다고 미타라시강(江)에서 한 굿을 신은 받아주지 않는구나
라면서 가버렸다.

この男、「いかにせむ、わがかかる心やめたまへ」と、仏神にも申しけれど、いやまさりにのみおぼえつつ、なほわりなく恋しのみおぼえければ、陰陽師、神巫よびて、恋じといふはらへの具してなむいきける。はらへけるままに、いとど悲しきこと数まさりて、ありしよりけに恋しくのみおぼえければ、

　　恋せじとみたらし河にせしみそぎ神はうけずもなりにけるかな
といひてなむいにける。

　第65단에는 二条后를 잊지 못하는 주인공의 괴로움이 나타난다. 그녀에 대한 사랑은 신불의 힘을 빌려서라도 잊어야 한다고 생각한다. 당시의 왕조섭관정치의 테두리 안에서 살 수밖에 없었던 주인공의 왕조 귀족으로서의 고뇌[26]가 나타나있다. 신불의 힘을 빌려서라도 잊어야 했던 금기의 사랑에 대한 괴로움도 그러나 제76단에 이르러서는 모든 이들의 관심 밖의 일이 된다.

　　옛날, 二条后가 東宮의 어머니로서 氏神에게 참배하셨을 때, 近衛府에 근무하던 노인이 같이 수행한 사람들과 선물을 받고는 읊어 올렸다.
　　　大原에 있는 小塩山의 신도 오늘은 神代의 옛날을 기억하고 그리워하겠지요.
라고 읊고는 깊은 슬픔에 잠겼는지 어땠는지 그건 모른다.
　　むかし、二条の后の、まだ東宮の御息所と申しける時、氏神にまうでたまひけるに、近衛府にさぶらひけるおきな、人々の禄たまはるついでに、御車よりたまはりて、よみて奉りける。
　　　大原や小塩の山も今日こそは神代のこともおもひいずらめ

とて、心にもかなしとや思ひけむ、いかが思ひけむ、しらずかし。

　공인으로서의 위치에 있는 노인은 옛날에 간직했던 자신의 감정을 '미야비'로서 전하려 하지만 '모른다'는 말로 그 모든 것을 무색하게 만든다. 공인인 노인의 사적인 감정은 이미 세인들의 관심 밖의 일인 것이다. 젊은 날의 금기된 사랑으로 인해 괴로워하던 '성실한 남자'의 절망도 흘러가는 시간 앞에서는 무의미하다. 그러나 금기된 사랑으로 인한 주인공의 우수는 젊은 날의 삶 그 자체였고, 스스로를 비하시킨 '성실한 남자'로서의 삶이었던 것이다.

2) 伊勢斎宮와의 사랑으로 인한 자유

　제69단부터 제75단까지 그리고 제102단, 제104단에 나타난 伊勢斎宮와의 사랑도 二条后와의 사랑처럼 금기된 사랑이다. 그러나 이것은 二条后와의 사랑처럼 괴로운 사랑이 아니다. 오히려 신의 금기라고 하는 울타리 안에서 사랑의 자유로움을 만끽한다.

　　그 남자가 伊勢지방에 사냥의 칙사로 갔을 때, 그 伊勢斎宮의 어머니가「다른 칙사보다는 이 사람을 잘 돌봐드려라」고 말하니, 어머니의 말씀이라 잘 돌봐 드렸다. …여자가 노래만 읊어 보냈다.
　　　당신이 온 건지 내가 간 건지 알 수가 없네요 꿈인지 생시인지 잠들었는지 깨었는지
　　남자는 펑펑 울고서 읊었다
　　　슬픔에 잠긴 내 마음은 헤매고 있답니다 꿈인지 생시인지 오늘밤 정합시다.

…밤이 새자 尾張지방으로 가 버렸다.

その男、伊勢の国に狩の使にいきけるに、かの伊勢の斎宮なりける人の
親、「つねの使よりは、この人よくいたはれ」といひやりければ、親の言な
りければ、いとねむごろにいたはりけり。…女のもとより、詞はなくて、

　　君や来しわれやゆきけむおもほへず夢かうつつか寝てかさめてか

男、いといたうなきてよめる、

　　かきくらす心のやみにまどひにき夢うつつとは今宵さだめよ

…明くれば尾張の国へこへにけり。

제69단은 斎宮의 어머니가 주인공에게 특별히 관심을 갖는 등, 斎宮와
業平사이에서 高階師尚가 태어났을 것이라고 하는 사실과 빗대어 비몽
사몽간에 금기를 넘었다[27]고도 하고, 문장의 표현에 따라서 모독의 사실
은 없었다[28]고도 한다. 그러나 여기에는 주인공이 二条后와의 사랑처럼
괴로워하지도 않고 자연히 자신의 생활 속으로 돌아가게 된다고 하는
차이점이 있다. 어머니의 특별한 관심에도 불구하고, 황족의 세계에 대
한 것과는 달리 신의 세계에 대한 도전은 없다.

　　옛날 어느 남자가 伊勢斎宮에 천황의 칙사로서 갔을 때, 호색적인 이
야기를 좋아하는 여자가 자신의 사랑을 읊었다

　　　넘어서는 안 될 신의 울타리를 넘어버리겠어요 궁중에서 온 당신이
　　　보고 싶어서

　　남자는,

　　　보고 싶으면 와서 보면 되지요 사랑은 신이 금지하는 것이 아니니까

---

27 河添房江「斎宮を恋う」11과 같음, p.147.
28 주8과 같음, p.264.

むかし、男、伊勢の斎宮に、内の御使にてまいれりければ、かの宮に、
すきごといひける女、わたくしごとにて、
　　ちはやぶる神のいがきもこえぬべし大宮人の見まくほしさに
　男、
　　恋しくは来ても見よかしちはやぶる神のいさむる道ならなくに

　제71단의 斎宮 밑의 女房와 주고받은 和歌에는 신분차이로 인한 금기
된 사랑의 세계인 현실에서보다 훨씬 자유로운 마음이 나타난다. 女房와
의 농담처럼 주고받은 和歌 속에 사랑은 신이 금지하는 것이 아니라고
하는 주인공의 사랑에 관한 인식이 나타난다. 지식과 교양을 갖춘 귀족
이기 때문에 금기를 넘지 못하는 현실 속의 주인공이 신에 대한 믿음으
로 인하여 그의 세계에서는 자유로운 마음을 표현한다. 현실을 초월한
신의 세계에서 주인공은 '성실한 남자'로 비하된 스스로를 잊고 사랑에
대한 인식을 자유롭게 펼친다. '미야비'한 주인공이 그 '미야비'를 발휘하
지 못하고 '성실한 남자'로서 살 수 밖에 없었던 현실세계에 대한 지적이
라고 할 수 있다.

　　출가를 했어도 구경하고 싶었나 보다. 賀茂축제를 구경하러 나갔더니
남자가 보고 노래를 읊어 보냈다.
　　　세상이 싫어 출가한 사람을 여기서 보니 눈짓이라도 해주려나 기대
　　　됩니다
　　斎宮가 구경하던 가마에 읊어 보내니 구경하다 말고 가버렸다고 한다.
　　　かたちをやつしたれど、ものやゆかしかりけむ、賀茂の祭見にいでたり
　　けるを、男、歌よみてやる。
　　　世をうみのあまとし人を見るからにめくはせよとも頼まるるかな

これは、斎宮のもの見たまひける車に、かく聞えたりければ見さしてか
へりたまひにけりとなむ。

제104단에는 이미 각각의 길을 걷고 있는 斎宮와 주인공이 나타나
있다. 출가한 여승이면서 사람이 많은 賀茂祭에 온 것을 비판하면서도
말벗이 되어 주겠다고 하는 주인공과 그냥 가버린 斎宮이던 여승은, 옛
날을 기억하며 그리워하던 二条后와 주인공과의 관계와는 전혀 다르다.
성역인 신의 세계에 대한 저항 및 도전은 아예 고려되지 않는다. 이미
인정하고 있는 신의 세계이기 때문에 그 속에서는 사랑하는 마음을 오히
려 더 자유롭게 표현한다.

현실 속의 금기된 사랑이 절망과 고뇌라고 하는 인생의 우수를 느끼
게 하는데 비해, 신의 세계에서의 금기된 사랑은 오히려 금기라는 테두
리 안에서의 자유로움을 만끽한다. 이것은 한편으로 신분제도로 인한
현실세계에 대한 도전이다. 현실세계에 대한 풍자적인 불만 표현, 그것
이 二条后와의 금기된 사랑으로 고뇌하는 현실 속의 주인공을 '성실한
남자'로 비하시키면서 우수를 표현하고, 더 철저한 금기인 신의 세계에
서는 오히려 그 마음을 자유롭게 표현한다고 하는 대치가 나타난다.

4. 공간이동의 기대와 좌절

신분의 벽이라고 하는 현실에 직면하여 생겨난 고뇌로부터의 탈피를
위해 도입된 것이 '東下り'로 시작되는 貴種流離譚의 일종이다. 그러나
이곳에서의 '東下り'는 시골에서의 다른 여인과의 관계로 인하여 다른

힘 내지 능력을 얻어 다시 돌아온다고 하는 재생의 구도는 거의 없다[29]. 그렇다고 『古今集』雜下의 '요시노 산의 저 멀리 집 있으면 좋겠구나 세상살이 슬플 때 숨는 집이 되겠지(み吉野の山のあなたに宿もがな世の憂き時の隠れ家にせむ)'이나 '저 멀리 산의 사이사이로 숨어 버리고 싶네 슬픈 이 세상에는 사는 보람 없다네(あしひきの山のまにまに隠れなむ憂き世の中はあるかひもなし)' 혹은 제59단이나 제102단에서 볼 수 있는, 당시로서는 이미 잘 알려진 산속으로의 은둔도 아니다. 오히려 『古今集』雜下 凡河内躬恒의 '속세 버리고 산에 들어간 사람은 산에서도 역시 슬플 때에는 어디로 가는 걸까(世を捨てて山に入る人山にてもなほ憂き時はいづち行くらむ)'에 나타난 미지의 세계를 선택했다고 볼 수 있다. 당시의 東国라고 하는 곳이 밝은 희망을 갖게 하는 이미지는 전혀 없는, 멀기만 한 거리감과 미지의 감각을 갖게 하는 곳[30]이었기 때문에, 현실에서 벗어나, 그러나 은둔은 아닌, 아직 알려지지 않은 세계로의 미지의 삶을 찾고자 한 것이라고 볼 수 있다. 따라서 漂泊의 시작인 '東下り'가 자신을 '쓸모없는 사람'으로 여긴다는 절망적인 것이면서도 그와는 대치적으로 '살만한 곳을 찾아' 라는 적극적인 것[31]으로 나타나는 것도 바로 이러한 것에서 연유된다.

그 남자는 자신을 쓸모없다고 생각하여, 京에는 있지 않겠다면서 동쪽 지방으로 살 곳을 찾겠다며 갔다. 옛 부터 친한 친구 한 둘이 같이 갔다. 길을 아는 사람도 없어서 헤매며 갔다.…

29 河添房江 「『伊勢物語』を読む」11과 같음, p.159.
30 桑原博史(1977.1) 「疎外者の魂の原点」, 『国文学 解釈と鑑賞』, 至文堂, p.60.
31 주30과 같음, p.58.

길든 옷처럼 편해진 아내를 두고 왔기에 멀리 와버린 여행이 슬프
기만 하도다 …

駿河에 있는 **宇津山**에 오니 생시에서도 꿈에서도 님을 만날 수가
없구나…

이름이 그러니 **都鳥**여 한마디 물어보자 사랑하는 님은 잘 있는지
어떤지

その男、身をえうなきものに思ひなして、京にはあらじ、あずまの方に
すむべき国もとめにとてゆきけり。もとより友とする人、ひとりふたりし
ていきけり。道しれる人もなくて、まどひいきけり。…

から衣きつつなれにしつましあればはるばるきぬるたびをしぞ思ふ…
駿河なるうつの山辺のうつつにも夢にも人にあはぬなりけり…
名にしおはばいざこと問はむみやこどりわが思ふ人はありやなしやと

제9단의 '東下り'는 제7단의 '교토에 있는 것이 외로워서 동쪽 지방으
로 갔다(京にありわびてあずまにいきける)'와 제8단의 '교토에서는 살
기가 힘들었겠지. 동쪽 지망으로 가서 살 곳을 찾겠다며 친구 한 두 명과
같이 갔다(京やすみ憂かりけむ、あずまの方にゆきて、すみ所もとむ
とて、ともとする人、ひとりふたりしてゆきけり)' 등을 반복하면서 주
인공의 의지를 확인하는 형식으로 시작된다. 그러나 몸이 도시에서 멀어
지면 멀어질수록 그 마음은 도시에 두고 온 사랑하는 사람을 더욱 더
그리워한다. 주인공은 금기된 사랑으로 인한 슬픔에서 벗어나기 위하여
'東下り'라고 하는 공간이동을 시도하지만, 주인공의 마음은 그와는 반
대로 사랑하는 사람이 살고 있는 도시를 더욱 더 그리워하며 그곳에 집
착한다. 사실에 입각해보면, 권력의 뒷전으로 밀려난 귀족의 한숨소리가
멀어져 가는 도시에 대한 향수를 느끼게 하는 것[32]이라고도 할 수 있다.

그러나 멀어지면 멀어질수록 마음은 더 도시를 향한다고 하는 몸과 마음의 대치를 복선으로 하면서, 이러한 공간 이동에 대한 기대와 좌절이 대치적으로 나타난다.

陸奥지방에 정처 없이 도착했다. 그곳에 사는 여자가 京에서 온 사람을 신기하게 생각했는지 사모하는 마음을 가졌다. 그래서 그 여자,

어설피 연모하다 죽느니 잠시라도 부부금슬 좋은 누에로 태어나면 좋았을 것을

노래마저 촌스러웠다. 그래도 역시 감동했는가 보다. 가서 하룻밤 묵었다. 아직 밤이 깊었을 때 나오자, 여자가,

밤이 새면 물통에 던져버릴거야 저놈의 닭이 울어서 남편이 가버렸으니

라고 읊자, 남자는 기가 막혀 京에 가려고 하면서

栗原의 '아네와소나무(あねはの松)'가 사람이라면 같이 데리고 갈텐데

라고 읊자 기뻐하며, 남자가 자기를 '마음에 들어 했다'고 말했다.

陸奥の国にすずろにゆきいたりにけり。そこなる女、京の人はめずらかにやおぼえけむ、せちに思へる心なむありける。さてかの女、

なかなかに恋に死なずはくは子にぞなるべかりける玉の緒ばかり

歌さへぞひなびたりける。さすがにあはれとや思ひけむ、いきて寝にけり。夜ぶかくいでにければ、女、

夜も明けばきつにはめなでくたかけのまだきに鳴きてせなをやりつる

といへるに、男、京へなむまかるとて、

栗原のあねはの松の人ならばみやこのつとにいざといはましものを

32 주8과 같음, p.64.

といへりければ、よろこびて、「思ひけらし」とぞいひをりける。

제14단에서는 결국 시골 여인과는 마음이 통할 수 없다는 것이 확인된다. 현실을 떠나 무언가 다른 삶을 찾고자 미지의 시골까지 왔으나 그러나 그것은 주인공의 꿈이며 기대에 불과했던 것이다. 이곳에서의 현실은 더 더욱 참혹하다. 이곳에서는 도시인의 기본인 교양조차도 통하지 않는다. 이 시골 여인은 무교양 그 자체이다. 게다가 시골여인의 '기뻐하며 '마음에 들어 했다'고 말했다'고 하는 지나친 착각은 주인공의 공간이동의 좌절을 확인시킨다. 제15단에서도 마찬가지지만, 주인공은 도시인으로서 동경의 대상이 될 뿐 그 '미야비'적인 성품으로 인하여 이곳에서는 이질적인 존재에 지나지 않는다. 결국 현실 회피로 인한 '살만한 지방(住むべき国)'이란 찾아볼 수 없는 것이다. 이렇듯 東国쪽에서의 생활은 현실을 피해 방황한 주인공의 비극적 효과를 높일[33] 뿐이며, 주인공의 삶의 터전은 역시 도시의 현실세계밖에 없음이 역으로 증명된다.

> 옛날, 몇 년이고 찾아가지 않았던 여자가 현명하지는 않았나보다. 믿음직하지도 않은 사람을 따라가서 …일하다가, 전남편 앞에 나와서 음식 접대를 했다. …남자는 '나를 모르는가' 하면서
>> 벚꽃 같던 지난날의 아름다움 어디로 가고 이제는 시들어 버렸구나…
>> 이것이 나에게서 도망친 사람의 모습이구나 세월이 흘렀지만 좋아진 것은 없다
> 라고 말하고, 옷을 벗어 주었지만 버리고 도망 가 버렸다. 어디로 갔는지

---

33 市原愿 「東下章段」 24와 같음, p.348.

도 모른다.

　むかし、年ごろ訪れざりける女、心かしこくやあらざりけむ、はかなき
人の言につきて、…つかはれて、もと見し人の前にいで来て、もの食はせ
などしけり。…男、「われをばしらずや」とて、
　　いにしへのにほひはいずら桜花こけるからともなりにけるかな…
　　これやこのわれにあふみをのがれつつ年月経れどまさりがほなき
といひて、衣ぬぎてとらせけれど、捨てて逃げにけり。いづちいぬらむと
もしらず。

　제62단은 제60단과 마찬가지로 남편을 버리고 지방으로 내려간 여인
의 비참한 모습이 나타나있다. 시골로 내려간 여인에게서는 더 좋아진
모습은 찾아볼 수 없다며 마치 걸인과 같은 취급을 당한다. 이 여인의
묘사를 통해 도시와 지방 내지 시골에 대한 당시의 인식이 잘 나타난다.
그리고 스스로를 비하하던 도시에서의 '성실한 남자'는 시골의 무교양을
접함으로써 그의 '미야비'함을 더욱더 뚜렷하게 드러낼 수가 있다. 그러
나 이 여인의 묘사를 통해서 이미 공간이동을 통한 기대는 좌절되어 있
음이 확인된다.

　지방으로의 공간이동은 결국 그곳이 도시에서의 우수 이상으로 견딜
수 없는 곳이라는 점만을 역설적으로 부각시킨다. 공간이동으로 기대했
던 또 다른 삶은 결국 좌절된다. 공간 이동의 의미는 이미 찾아 볼 수
없다. 주인공도 결국은 '미야비'의 상징인 도시로 돌아갈 수밖에 없다.
그러나 도시로 돌아간 그는 더 이상 옛날의 그가 아니다. 그는 되돌아가
되 이미 노인이 되어버린 시간 속으로 돌아가는 것이다.

5. 결론

이상으로 『伊勢物語』에서의 대치적인 구성을 살펴보았다. 그것은 기본적으로 왕손이면서 신하인 주인공 業平의 기묘한 신세를 기초로 삼는다. 그리고 그로부터 과거의 젊은 날에 대한 지향의식이 싹터 나왔다. 그리고는 현실적인 의식이 노인의 체념으로서 표현되었다. 바로 이것이 삶의 이쪽과 저쪽을 나타내는 대치적 구성인 셈이다. 그리고 이러한 구성은 주인공의 사랑에 있어서도 여실히 나타난다. 즉, 그 현실에 대한 불만이 二条后에 대한 고통스런 사랑과 伊勢斎宮와의 기묘하게 자유로운 사랑의 대치적인 구성으로 나타난다. 그리고 또 한편으로, 현실에서의 탈피를 위하여 '東下り'를 비롯한 공간이동이 시도된다. 그러나 그는 그 공간이동의 무의미함을 깨닫고 다시 현실세계로 돌아올 수밖에 없다고 하는 공간이동에 대한 기대와 좌절이 또한 대치적으로 구성된다. 이러한 대치적인 구성은 주인공의 정신세계의 주축을 이루고 있다. 그러나 현실세계로 돌아온 주인공에게는 이미 노인으로서의 위치밖에는 남겨져 있지 않다. 공인으로서의 '미야비'를 과시하고자 하는 노인 앞에는 어느새 인생의 종말인 죽음이 덥석 다가와 있다. 그리고 이 '노인'은 '옛날의 젊은이'로 이어진다.

왕손으로서의 자존심과 신하로서의 불만이라고 하는 대치적인 정신세계가 스스로를 비하하게도 하고 지방으로 떠돌게도 하지만, 스스로의 '미야비'함을 확인하고 다시 현실세계인 도시로 돌아온 주인공은 흘러간 시간 앞에서 결국 무의미한 존재에 지나지 않는다. 따라서 '정열적인 젊은이'였던 '지금의 노인'이 남아있을 뿐이다. 이러한 대치적인 구성들을 통해서 주인공의 의식 및 정신세계가 입체적으로 추구되었음을 확인할 수 있다.

『伊勢物語』가 당시의 문학에는 물론 그 이후에 이르기까지 많은 공감대를 이루면서 영향을 미치고 있는 것도, 거기에 삶에 대한 이상과 현실의 모순이 여실히 드러나고 있다는 것, 다시 말해 그 속에 나타난 대치적인 구성이 당시의 귀족사회에 대한 개인 業平의 도전이라는 단순성을 넘어 인간의 삶에 대한 보편적 의미 추구의 한 방법으로서 자리 잡을 수 있었기 때문이라고 할 수 있을 것이다.

■ 初出一覧

1. 光源氏의 사랑과 봄의 의미
   『源氏物語』에 나타난 光源氏의 사랑과 봄의 의미
   「日語日文学研究」 한국일어일문학회, 89집2권(2014.5)

2. 紫上와 봄의 이미지
   『源氏物語』의 紫上와 봄의 이미지
   「日語日文学研究」 한국일어일문학회, 63집2권(2007.11)

3. 光源氏의 사랑과 여름의 의미
   『源氏物語』에 나타난 光源氏의 사랑과 여름의 의미
   「日本研究」 고려대학교 일본학연구센터, 제10집(2008.8)

4. 花散里와 여름의 이미지
   『源氏物語』의 花散里와 여름의 이미지
   「日語日文学研究」 한국일어일문학회, 69집2권(2009.5)

5. 光源氏의 연인들의 죽음과 가을의 의미
   『源氏物語』에 나타난 光源氏의 연인들의 죽음과 가을의 의미
   「日語日文学研究」 한국일어일문학회, 80집2권(2012.2)

6. 秋好中宮과 가을의 이미지
   『源氏物語』의 秋好中宮과 가을의 이미지
   「日本研究」 한국외국어대학교 일본연구소, 제55호(2013.3)

7. 光源氏의 사랑과 겨울의 의미
   『源氏物語』에 나타난 光源氏의 사랑과 겨울의 의미
   「日本研究」 한국외국어대학교 일본연구소, 제63호(2015.3)

8. 明石君와 겨울의 이미지
   『源氏物語』에 나타난 明石君와 겨울의 이미지
   「日本学報」 한국일본학회, 69집(2006.11)

9. 『源氏物語』의 어머니像 고찰
   『源氏物語』에 나타난 六条御息所 像의 意味
   「日本学報」 한국일본학회, 제66집(2006.2)

10. 『源氏物語』의 아버지像 고찰
    『源氏物語』에 나타난 아버지象의 연구
    「日語日文学研究」 한국일어일문학회, 29호(1996)

11. 『伊勢物語』의 대치적 구성 고찰
    『伊勢物語』에 나타난 대치적 구성에 관한 연구
    「日本学報」 한국일본학회, 36호(1996)